本书为国家社科基金重大项目"《歌德全集》翻译"（批准号 14ZDB090）的阶段性成果

——— 卫茂平 主编 ———

歌 德 全 集
JOHANN WOLFGANG GOETHE
SÄMTLICHE WERKE.
BRIEFE, TAGEBÜCHER UND GESPRÄCHE

在魏玛和耶拿之间
独立创作时期 II
1819—1822

◆ 36 ◆

陈琦 孙瑜 卞虹 译

上海外语教育出版社
外教社 SHANGHAI FOREIGN LANGUAGE EDUCATION PRESS

图书在版编目(CIP)数据

歌德全集. 第36卷，书信、日记及谈话. 1819－1822/卫茂平主编；陈琦，
孙瑜，卞虹译. —上海：上海外语教育出版社，2019
ISBN 978－7－5446－5735－8

Ⅰ.①歌… Ⅱ.①卫… ②陈… ③孙… ④卞… Ⅲ.①歌德(Goethe,
Johann Wolfgang Von 1749—1832)－全集 Ⅳ.①I516.14

中国版本图书馆 CIP 数据核字(2019)第 026437 号

出版发行：**上海外语教育出版社**
　　　　　　（上海外国语大学内）　邮编：200083
电　　话：021-65425300（总机）
电子邮箱：bookinfo@sflep.com.cn
网　　址：http://www.sflep.com
项目负责：陈　懋
责任编辑：陈　懋
特约编辑：吴　鹏
封面设计：周蓉蓉

印　　刷：上海中华商务联合印刷有限公司
开　　本：890×1240　1/32　印张 17.75　字数 428千字
版　　次：2019 年 7 月第 1 版　　2019 年 7 月第 1 次印刷
印　　数：1 300 册

书　　号：ISBN 978-7-5446-5735-8 / I
定　　价：**68.00 元**
　　　本版图书如有印装质量问题，可向本社调换

　　　质量服务热线：4008-213-263　电子邮箱：editorial@sflep.com

汉译《歌德全集》主编序言

卫茂平

歌德(Johann Wolfgang Goethe，1749－1832)是德国文学史、思想史及精神史之俊才，也是欧洲乃至世界文坛巨擘。他还是自然研究者、文艺理论家和国务活动家，并对此留文遗墨，显名于世。

德国产生过众多文化伟人，但歌德显然是德国面对世界的第一骄傲，一如莎士比亚于英国。他在本土受到厚待，在中国亦同。撇开李凤苞(1834－1887)《使德日记》中提及"果次"(歌德)不论，首先以著作对他示出无比热情的，该是晚清名人辜鸿铭。他 1898 年由上海别发洋行出版的《论语》英译(*The Discourses and Sayings of Confucius*)，副标题即是《引用歌德和其他西方作家的话注释的一种新的特别翻译》(*A New Special Translation，Illustrated with Quotations from Goethe and Other Writers*)，颇有以德人歌德注中国孔子之势。另外，他 1901 年的《尊王篇》和 1905 年的《春秋大义》，同样频引歌德。到了 1914 年 1 月，中国第一部汉译德国诗歌选集、应时(应溥泉)的《德诗汉译》由浙江印刷公司印出，收有歌德叙事谣曲《鬼王》。同年 6 月，上海文明书局推出《马君武诗稿》，含歌德译作两篇：《少年维特之烦恼》选段《阿明临海岸哭女诗》和《威廉·迈斯特的学习年代》中的《米丽容歌》。此后，影响更大的是郭沫若所译《少年维特之烦恼》(上海泰东图书局 1922 年版)。此书首版后不仅重印数十次，而且引出众多重译，比如有黄鲁不(上海创造社 1928 年版)、罗牧(上海北新书局 1931 年版)、傅绍光(上海世界书局 1931 年版)、达观生(上海世界书局 1932 年版)、钱天佑(上海启明书局 1936 年版)、杨逸声(上海大通图书社 1938 年版)等译本。紧随其后的是郭沫若译《浮士德》第一部(上海创造社 1928 版)。它带出周学普《浮士德》汉译全本(上海商务印书馆 1935 年版)。郭沫若的全译本随后跟进(群益出版社 1947 年版)。总之,在从 20 世纪初至 1949 年的五十年间,不少歌德代表作被译汉语,比如《史推拉》(1925)、《克拉维歌》(1926)、《哀格蒙特》(1929)、《铁手骑士葛兹》(1935)、《诗与真》(1936)以及《赫尔曼和窦绿苔》(1937)。据本人粗略统计,其中至少有中长篇小说及自传四部、剧本七部、诗歌上百首、诗集三部,另有一些短篇故事和童话。

新中国成立之后,尤其是 20 世纪 80 年代初以来,歌德作品汉译风光无限,很难在此细述。以《浮士德》为例。这部大作之重译在 20 世纪下半叶至少有五部,它们分别是董问樵(复旦大学出版社 1982 年版)、钱春绮(上海译文出版社 1989 年版)、樊修章(译林出版社 1993 年版)、绿原(人民文学出版社 1994 年版)、杨武能(安徽文艺出版社 1998 年版)的译本。进入 21 世纪,《浮士德》重译势头未减,仅本人所收就有陆钰明(长江文艺出版社 2012 年版)、潘子立(天津人民出版社 2013 年版)、马晓路(安徽师范大学出版社 2013 年版)和曹玉桀(北京联合出版公司 2015 年版)的同名译本。

而《少年维特之(的)烦恼》,自 20 世纪 80 年代初以来,复译愈炽。翻检个人所藏,已见有不同译本约二十种,译者分别为侯浚吉、杨武能、胡其鼎、黄甲年和马惠建、劳人、丁锡鹏、韩耀成、仲健和郑信、江雄、王凡、梁定祥、张佩芬、冀湘、成皇、贺松柏和李钥、徐帮学、王荫祺和杨悦等等。拙译《青年维特之烦恼》(北岳文艺出版社 1996 年版)属异名同书。

1999 年,当德国学界隆重纪念歌德 250 周年诞辰之时,我国歌德汉译出版,达其大盛。京沪等地共有三部歌德文集,不约而同,联袂而出。它们分别是:人民文学出版社的 10 卷本《歌德文集》、上海译文出版社的 6 卷本《歌德文集》以及河北教育出版社的 14 卷本《歌德文集》。

　　人民文学出版社版《歌德文集》，第 1 卷收《浮士德》，第 2 卷收《威廉·麦斯特的学习时代》，第 3 卷收《威廉·麦斯特的漫游时代》，第 4 卷和第 5 卷收《诗与真》（上、下），第 6 卷收《少年维特的烦恼》与《亲和力》，第 7 卷收《铁手葛茨·封·贝利欣根》等剧作四部，第 8 卷收诗歌两百余首，第 9 卷收叙述诗，内含《叙事谣曲》《赫尔曼和多萝西娅》与《莱涅克狐》等三部，第 10 卷含歌德"论文学与艺术"的相关论述约六十篇。

　　上海译文出版社的《歌德文集》，为该出版社已出单行本之汇集，书名分别是《浮士德》《威廉·麦斯特》《少年维特的烦恼——歌德中短篇小说选》《歌德诗集》《亲合力》《歌德戏剧三种》（含《克拉维戈》《丝苔拉》和《哀格蒙特》）。

　　河北教育出版社的《歌德文集》，分为第 1 卷《诗歌》，第 2 卷《诗剧》（收《浮士德》），第 3 卷《长诗》（含《莱涅克狐》《赫尔曼和多萝西娅》），第 4 卷《小说》（收《少年维特的烦恼》与《亲合力》），第 5 卷《小说》（收《威廉·迈斯特的学习时代》），第 6 卷《小说》（收《威廉·迈斯特的漫游时代》），第 7 卷《戏剧》（收《情人的脾气》《铁手葛茨·封·贝利欣根》《克拉维戈》和《丝苔拉》等包括残篇在内的十二个剧本），第 8 卷《戏剧》（收《哀格蒙特》《伊菲格尼》《托尔夸托·塔索》与《私生女》等剧本），第 9 卷与第 10 卷同为《自传》（分别收《诗与真》的上、下两部，第 11 卷为《游记》（收《意大利游记》），第 12 卷题为《文论》（下分"艺术评论篇""文学评论篇""铭言与反思"，收文近六十篇），第 13 与第 14 卷同为《书信》，共收歌德书信数百封。

　　三地三套文集，如约而至，争奇斗艳，在我国歌德汉译史上，可谓赫赫可碑。但细细查检，仍见如下现实：重译居多，新译殊乏。纵观歌德全部作品，其大量的日记、书信和各类文牍，直至今天，依旧少有汉译；遑论其有些作品的原始版本或者异文；而对其自然科学领域著述的译介,依然乏善可陈。这种局部的复译不断和整体的残缺不全,既造成我们歌德阅读、理解与研究方面的巨大障碍,也有碍中国作为善于吸收世界优秀文明成果的文化大国地位。

其实早在近百年前,田汉、宗白华、郭沫若合著《三叶集》(亚东图书馆 1920 年版),已提建议:"我们似乎可以多于纠集些同志来,组织个'歌德研究会',先把他所有的一切名著杰作……和盘翻译介绍出来……"遗憾的是,此愿至今未成现实。笔者曾在这三套《歌德文集》出版前后,援引上文,难抑感叹:"我们何时能够克服商业主义带来的浮躁,走出浪费人力物力的反复重译的怪圈,向中国读书界奉上一部中国的'歌德全集',让读者一窥歌德作品的全貌,并了却 80 年前文坛巨擘们的夙愿?"[①]

此愿不孤。之后十年,偶见同调类似表述:"最近在中国可以确定一种清晰趋势,总是聚焦于诸如《维特》和《浮士德》这样为数不多的作品,而它们早已为人熟知。难道我们不该终于思考一下,是否有必要去关注一下其他的、在中国一直还不为众人所知的歌德作品吗?与含有 143 卷的原文歌德全集相比,即使那至今规模最大的 14 卷汉语歌德文集,也仅是掉上一块烫石的一滴水珠。究竟还需要几代中国人,来完成这个巨大的使命?"[②]由此可见,歌德全集的汉译,越来越成为中德文学及文化交流过程中的学术召唤,并成为改革开放时代中国日耳曼学研究的具体要求。汉译《歌德全集》,若隐若现,有呼之欲出之势。

---

① 卫茂平:《歌德译介在中国——为纪念歌德二百五十年诞辰而作》。载:《文汇读书周报》1999 年 10 月 2 号。

② 顾正祥编著:《歌德汉译研究总目》(1878—2008),中央编译出版社 2009 年版,第 XIX 页。原文为德语,由笔者译出。

　　完成这个使命，先得选定翻译蓝本。歌德十分珍视己作，身前就关注全集编纂。首部 13 卷的《歌德全集》1806 至 1810 年出版。① 第二部 20 卷的《歌德全集》，1815 至 1819 年刊行。② 他在晚年投入大量精力，从官方争取到当时未获广泛认知的作家版权，于迟暮之年，推出《歌德全集——完整的作者最后审定版》40 卷。③ 歌德身后，前秘书爱克曼和挚友里默尔，承其未竟，编就《歌德遗著》20 卷，作为上及"作者最后审定版"的 41 至 60 卷，同由歌德"御用"的科塔出版社出齐。④

　　规模更大的歌德全集，即所谓魏玛版《歌德全集》，由伯劳出版社 1887 至 1919 年发行。⑤ 它分四个部分：一、作品集 55 卷（63 册）；二、自然科学文集 13 卷（14 册）；三、日记 15 卷（16 册）；四、书信 50 卷（按每年 1 卷编成，所以卷帙浩繁）。凡 133 卷（143 册）。

　　其实，歌德的各类著作包括书信等众多文字，即使在上及魏玛版全集中，也非全备无缺。另外，随着歌德作品发掘和研究的深入，新有成果，不断现身。所以，魏玛版之后，到了 20 世纪，歌德作品集或全集的出版，依旧代起不迭。主要有三：

---

① Goethes Werke, 13 Bde., Tübingen: J. G. Cotta, 1806 ‒ 1810.

② Goethes Werke, 20 Bde., Stuttgart und Tübingen: J. G. Cotta, 1815 ‒ 1819.

③ Goethes Werke. Vollständige Ausgabe letzter Hand, 40 Bde., Stuttgart und Tübingen: J. G. Cotta, 1827 ‒ 1830.

④ Goethes Werke. Vollständige Ausgabe letzter Hand, Bde. 41 ‒ 60, hg. v. Johann Peter Eckermann und Friedrich Wilhelm Riemer, Stuttgart und Tübingen: J. G. Cotta, 1832 ‒ 1842.

⑤ Goethes Werke, 4 Abteilungen, 133 Bde., Weimar: Verlag Hermann Böhlau, 1887 ‒ 1919.

　　一是汉堡版《歌德文集》，①按作品体裁分类编排，辑有歌德的主要作品，未录歌德日记、书信和文牍等，计 14 卷，是歌德作品选集，每卷均有评述。自 1964 年出齐后，历经多次修订，较新的有 1981 年慕尼黑版。

　　二是慕尼黑版《歌德全集》，②按作家创作年代的时间顺序编制，实际也是辑录歌德主体作品的文集，兼收部分书信，每卷均有评注。共计 21 卷(33 册)，1985 至 1998 年刊印。

　　三是法兰克福版《歌德全集》40 卷(44 册)。正文 39 卷 1985 至 1999 年排印。③ 它显然与歌德亲自主持的最后一部全集形成呼应，同为"40 卷"，但在辑录规模和笺注水准上，远非昔日全集可比。

　　法兰克福版《歌德全集》，被誉为 20 世纪(目录卷出版于 21 世纪)最完善的歌德版本，亦即代表目前歌德全集编制的最高水平。它既是德国日耳曼学人及出版界匠心经营、与时俱进的成果，也是歌德全集出版史上承前启后的新碑，并有以下亮点：

　　第一，它对歌德文字收录相当完整，囊括了歌德不同体裁的文学作品，以及美学、哲学、自然科学等方面的文字，还有书信、日记、自传、游记、谈话录和翻译作品以及从政期间所产生的相关公文，集成正文，几近 3 万页，规模可谓庞大，内容更臻完备。

　　第二，作品或文本按体裁划分，同时又按照编年体编排，并收录

---

① Johann Wolfgang Goethe：Werke. Hamburger Ausgabe in 14 Bde., Hamburg, 1948 - 1964.

② Johann Wolfgang Goethe：Sämtliche Werke nach Epochen seines Schaffens. Münchener Ausgabe. München und Wien，1985 - 1998.

③ Johann Wolfgang Goethe：Sämtliche Werke. 40 Bde., Frankfurt/Main：Deutscher Klassiker Verlag，1985 - 1999. 第 40 卷即目录卷 2013 年改在柏林问世：Das Regisgter zum Gesamtwerk von Johann Wolfgang Goethe, Berlin：Deutscher Klassiker Verlag，2013.

重要作品的初版或异版，以此进一步全面呈现歌德的创作思想与生命历程。

第三，邀请德国文学研究专家 50 余人，倾力 20 余年，对歌德的各类文字，进行详尽评述与注解，提供众多辨证。仅笺注规模就达 2 万多页，实为歌德研究集大成者。

第四，它有目录卷上、下两册，置于卷末，以约 1555 页的篇幅，提供本《全集》所涉人名（包括写信人和收信人以及谈话对象的人名）、地名、作品名（包括诗歌题目及无题诗歌首行）的完整索引，给出其在本《全集》中的卷数和页码，所涉条目数逾百万，可为查检全集各种内容提供便利。

由此可见，将它选为本翻译项目的底本，既能最终推出一部汉语版《歌德全集》，让汉语读者有机会目睹歌德作为诗人、文学家、国务活动家和自然科学研究者的全貌，也可打造兼具学术性的评注版《歌德全集》汉译本，让我们的歌德研究同时跨上一个台阶。

2006 年初，笔者有幸获得这套法兰克福版《歌德全集》（德国博世基金会赠，2005 年 12 月 10 日由德寄出）。本该更早启动译事，了却已有心愿。只因歌德作品卷帙浩繁，规模庞大，内容复杂，涉及面广。兹事体大，让人踌躇。直到 2014 年，一则躬逢昌达的学术环境，二则得到同仁领导的大力托举，才鼓勇气，正式提出翻译歌德全集的建议。它当年就被国家社会科学基金重大项目（第二批）招标选题库采纳，显然获得学界同人高度认可。

最初想法，是仅做翻译。但考虑到国家社会科学基金重大项目通常涉及研究，所以起先提交的题目，含歌德翻译研究内容："《歌德全集》翻译与歌德作品汉译研究。"有兄弟院校同行，见此招标，参与

　　竞争。后经有关方面协调平衡,此题被分为"歌德翻译"和"歌德研究"两个独立项目,并在 2014 年 11 月同获立项。我们回到原点,专事翻译;竞标同行也有斩获,专事研究。结果可说各得其所,皆大欢喜。

　　本项目由本人作为首席专家,在上海外国语大学、北京大学和北京外国语大学多位同仁的热情帮助下,尤其在上外党委书记姜锋博士等党政领导的大力支持下,于 2014 年 8 月 24 日填表申请,2014 年 11 月 5 日由"全国哲学社会科学规划办公室"作为"2014 年国家社科基金重大项目(第二批)"批准立项。最终题目改为:"《歌德全集》翻译"。项目批准号 14ZDB090。

　　这部汉译《歌德全集》,将法兰克福版《歌德全集》作为蓝本,最终分为五个子课题:

　　一、歌德诗歌与格言(共 4 卷:卷 1、卷 2、卷 3、卷 13)。负责人:王炳钧。

　　二、歌德戏剧与叙事作品及翻译(共 9 卷:卷 4、卷 5、卷 6、卷 7、卷 8、卷 9、卷 10、卷 11、卷 12)。负责人:谷裕。

　　三、歌德自传、游记、谈话录与文牍(共 7 卷:卷 14、卷 15－1/15－2、卷 16、卷 17、卷 26、卷 27、卷 39)。负责人:李昌珂。

　　四、歌德书信、日记与谈话(共 11 卷:卷 28、卷 29、卷 30、卷 31、卷 32、卷 33、卷 34、卷 35、卷 36、卷 37、卷 38)。负责人:卫茂平(兼)。

　　五、歌德美学与自然科学作品(共 8 卷:卷 18、卷 19、卷 20、卷 21、卷 22、卷 23－1/23－2、卷 24、卷 25)。负责人:谢建文。

　　另加索引卷(卷 40－1/40－2:人名、地名、作品名)。负责人:卫茂平(兼)。

　　统计分析表明:法兰克福版《歌德全集》正文达 29 972 页,汉译可能将达 20 000 千字。与此同时,全集由德国相关领域的权威专家对每一卷进行详尽严谨的注解与评述，共达 21 790 页，汉字约有 13 000 千字。这部分内容，不会被逐字逐句地译成汉语，而会被作为译本注释和作品解读时的重要参考资料，得以使用。加上译文之外的这些添加内容，这部汉语版歌德全集，其总字数可能达到 30 000 千字左右。

截至目前，共有一百多位国内外日耳曼学人参与翻译，另有多位各领域的学者、专家等协助工作。整个项目组人员分别来自京、沪等地和德国的约四十家国内外大学与科研机构。而各位译者，大多是中国的德语教师，其中不乏年逾八旬的前辈名宿，也有三十上下的青年学子。至少在我国德语圈内，可谓老少咸集，群贤毕至。在时代飚进、人趋实惠的当下，有众多同道集聚一起，为这样一项理想主义色彩浓厚的事业出力，作为主持者，倍感信念之力、同道厚爱。每每思之，感喟无穷。谨借此序，深致谢意！

德汉两种语言，在语法、词汇、句法以及对事物的称谓和命名上，差异巨大。两个民族的文化道统，更是有别。加上歌德的文字距今久远，译者之路，榛莽密布，崎岖难行。虽歌德作品汉译非生荒之地，其主作大多已有汉译。但是，相对原语的唯一、永恒和不可改变性，翻译本质上只是某时某刻的选择性结果，都是暂时的，不具终极意义。对研究者来说，旧译本可能更有魅力，因为它蕴含这一代人的审美趣味和文学眼光。而对一般读者来讲，也许符合此时此刻语言发展的译语最为合适。遑论研究新见时常问世，甄别旧译，融合新知，成为必须。而对本项目而言，它其实还面对大量在汉语语境内尚处尘封湮没状态的歌德文字。也就是说，我们所做，绝非集丛拾残、辑佚补缺之事，而常为开启新篇、起例发凡之举。这让译事更加步履维艰。所以本全集的翻译，舛误不当之处，或许难免。也会有个别古奥之词，因目前无法移译，而不得不留存原文，以请明教，开启柴塞。还望读者见谅。

　　该项目的一大困难，在于逾百名译者之间人名、地名、作品名、标题以及诗歌标题的译文统一。外语中同一读音常可对应不同汉字，而歌德作品及作品人物等的已有译名，往往各不相同。因此，译事第一步是翻译法兰克福版《歌德全集》索引卷（包含全集中所有人名、地名、作品名以及诗歌标题或诗歌首行的索引），以此为基础，确保本全集中各种译名尽量做到统一、规范。这里既有"萧规曹随"的做法，比如"Goethe"依旧是"歌德"；也有"不循旧习"的例子，比如"Lotte"不再是旧译"绿蒂"而是"洛特"。

　　我们计划，用五至十年时间完成这部《歌德全集》的翻译和出版工作。全力支持该项目实施的上海外语教育出版社，已在 2016 年 8 月 19 日上海书展上首发法兰克福版《歌德全集》德文影印版，为本全集助力开道。

　　德谚有言：Aller Anfang ist schwer. 汉语是：万事开头难。现在，第 8、28 和 36 卷组成的第一批译作终于竣事，拟先行推出。这意味着汉译《歌德全集》的实现，不再杳渺。"开头"之难，即将成为过去。

　　另有德谚云：Ende gut, alles gut. 汉译为：结果好，一切好。就此而言，开端远非全部，结果决定一切。如此说来，"革命尚未成功，同志仍须努力"。

2017 年 12 月于上海外国语大学

约翰·沃尔夫冈·歌德

Johann Wolfgang Goethe

在魏玛和耶拿之间
独自创作时期 II

1816 年 6 月 6 日至 1822 年 12 月 26 日

书信、日记及谈话

第二部分
1819 年 10 月 27 日至 1822 年 12 月 26 日

Zwischen Weimar und Jena
EINSAM-TÄTIGES Alter II
Briefe，Tagebücher und Gespräche
Vom 6. Juni 1816
bis zum 26. Dezember 1822

Teil II
Vom 27. Oktober 1819
bis zum 26. Dezember 1822

目 录

1819 年

魏 玛

1819 年 10 月 24 日至 1820 年 4 月 19 日

321. 歌德致 J. G. 沙多①（亲笔落款）

1819 年 10 月 27 日　星期三

还没等消息仓促地传到连报纸都难以触及的波希米亚②时，细
心的封·普雷恩士官③就给我写信告知阁下的身体已经好转，并有望
完全康复。这一消息解除了我的惊恐和因此可能会持续多日的惋
惜，我真是感激不尽。不然，如果因为您过度操劳而牺牲自己，那将
让我多么难过啊！愿一切都好转，祝您长寿并早日回归到这高尚的
事业中！④

迄今，我辗转从朋友那儿听说您已日益康复，在此也希望不久能
从您或您家人那里得到亲笔确认的消息。

同时我还要衷心感谢您在自己的作品⑤中友好地向我致意。与
一个意志坚定、思想经得起考验并真心敬仰长期历史经验的艺术家
当然不难找到一致：因为一切活动都基于规范的行为和工作准则，
若是艺术家和艺术爱好者在这一点上不谋而合，目标就几乎得以实

9

---

① 约翰·戈特弗里德·沙多（Johann Gottfried Schadow，1764－1850），德国雕刻
家，柏林雕塑学派创始人。代表作为柏林勃兰登堡门上四驾马车雕像
（Quadriga）及普鲁士的露易丝公主和弗雷德里克公主双人雕像。沙多于
1801 年在魏玛见到歌德，与歌德就雕塑艺术尤其是公主双人雕像是否应该
如此写实（该雕像还原了露易丝公主由于颈项伤病长期系在头上的围巾）发
生论战，这也被后人视为自然主义和古典主义的争战。沙多于 1816 年起长
居柏林。
② 歌德此前可能在波希米亚卡尔斯巴德（Karlsbad）地区度假疗养。
③ 梅克伦堡的封·普雷恩内廷总监（Kammerherr v. Preen）。
④ 指"多家报纸登载的关于我们尊敬的沙多院长逝世的（还好是）错误消息"，
封·普雷恩在 1819 年 9 月 21 日写信告知身在卡尔斯巴德的歌德，及时"驳
斥"了这一"讣告"。幸运的是，"去世的谣传"因为"外交消息在波希米亚地区
传递缓慢"还没有传到歌德耳中，封·普雷恩已告知他，沙多这位杰出人物日
益康复。
⑤ 沙多在魏玛期间曾应歌德儿子之请将歌德头像刻在纪念章上，后来又自行雕
刻了歌德头像，此处"作品"应指后者。

现——因为两者必有相同的行事方法。①

10　　　如果这种事业在艺术和技艺方面困难重重，那么你我能够跨越这些困难则几乎可视为奇迹或童话。请接受我的祝福，以及衷心的期待：期待您的所有相关工作长久顺利并取得圆满。若您的下一部大作——路德雕像②完成，也请一定告知我。

　　　另外，在巴黎的周年庆典上将推出新铸造的纪念章。③ 如果您还没有或者希望赠与其他好友，那我可以送您一份。

　　　向您的亲朋好友致以衷心的祝福！

您忠诚谦恭的

魏玛，1819 年 10 月 27 日　　　约翰·沃尔夫冈·封·歌德

---

① 指沙多的研究论文《值 1819 年 8 月 26 日在罗斯托克隆重落成时论布吕希尔·封·瓦尔施塔特侯爵的纪念碑》。歌德在收到梅克伦堡议会特权代表的"小型委员会"1819 年 8 月 28 日发出的关于这次落成典礼的报告时，一并收到了沙多的这篇文章。

② 指沙多所立的路德铜像，自 1821 年始立于德国维滕堡的集市广场。雕像用来纪念马丁·路德在宗教改革中的贡献，这也是在德国首次为一名非贵族人士竖立雕像。沙多在过去数月多次向歌德讲到即将在维滕堡竖立的浇筑雕塑"马丁·路德博士雕像"。

③ 参见第 331 封及注释。歌德在《论艺术和古代》（第 2 卷第 2 期，62-64 页）中请他的艺术知音迈尔对赖因哈德伯爵 1819 年 9 月 8 日寄来的"巴黎的路德纪念章"进行评论。

322. 歌德致 C. G. L. 朔廷^①（草稿）

1819 年 10 月 27 日   星期三

我谨向尊贵的阁下致以衷心的感谢，感谢您带来这令人惊奇的天文消息。在此也窃问阁下，是否能够拥有这块奇石——当然最好能保存完好。希望我们能够达成一个实惠的价格。^② 不知您能否送来供我一赏。我郑重保证，一定看好它，不会乱动。

顺致崇高的敬意！

魏玛，1819 年 10 月 27 日

---

① 卡尔·格奥尔格·路德维希·朔廷（Karl Georg Ludwig Schottin，1773 - 1838），普鲁士宫廷御医，枢密顾问。

② 朔廷医生、博士在 1819 年 10 月 19 日写给歌德的一封信中生动记述了 1819 年 10 月 13 日一颗陨石的坠落，并寄送了一小块"陨星"："巨大的叮当声、呼啸声和翻滚声〈……〉响彻空中，随着一声类似最强炮声的爆裂，陨石坠落到一块新耕种的田地上，插进土中达 3/4 尺（德国旧时长度单位，以约 60 - 80 cm，3/4 尺，为 45 cm），砸出了一个比陨石还要大很多的坑。"歌德想要以一个"便宜的"或者说合理的价格买下这块陨石。在之后数月中，他继续专注于这一"令人惊奇的天文消息"。"歌德称陨石为'大气石'，因为他认为，陨石是在大气中由地球上的气体、蒸汽或者灰尘构成的"。

323. F. 封·米勒①总理, 日记

1819 年 10 月 31 日　星期日

11　　一早到〈……〉格尔斯多夫②那儿和歌德家。〈……〉只能就政治泛泛而谈。歌德说, 各种势力如今都愚蠢至极, 四处崩散, 无人喜欢。③

---

① 弗里德里希·封·米勒(Friedrich von Müller, 1779 - 1849), 德国政治家, 1815年起任萨克森-魏玛-埃森纳赫大公国总理, 也是歌德的挚友。
② 魏玛的国务委员封·格尔斯多夫男爵(Freiherr von Gersdorff)。
③ 该句原文"Die Mächte hätte in Kohlen geschlagen, die nun an Orte hingesprungen, wo man sie nicht haben wollte", 直译表示"各种势力都在以拳击炭, 炭崩散到人们并不想看到它的地方", 这是德语的一句格言。在爱克曼等人整理发表的歌德语录集《箴言与反思》中, "Alle Gegner einer geistreichen Sache schlagen nur in die Kohlen, diese springen umher und zünden da wo sie sonst nicht gewirkt hätten"这一句与前一句说法类似, 都是形容愚蠢。这里很有可能指的是在奥地利和普鲁士两大权势政府治下的众多德意志联邦的君主国和大公国。它们日益加大对各种呼吁自由的力量的压迫, 使得后者与共和制的颠覆势力一起密谋革命。(参见第 324 封信及注释, 也重点参照第 331 封信注释)。对当时这些政治事件的观察, 歌德使用了如上的说法, 如今成为广为人知的格言:"所有智慧之事的反对者只是在以拳击炭, 这些炭四处崩散, 点燃了本来到不了的地方。"

324. 歌德日记

1819 年 11 月 10 日　星期三

看了《圣灵降临节的星期一》①等等。晚上见到枢密顾问迈尔。②读了《汇报》③上关于普鲁士艺术审查的圣谕。中午我去拜见各位公主。④ 往科莫陶寄去邮件，⑤并附上一本集子：包含我的所有小诗，还有《节日贺诗》。

---

① 1816 年上演的施特拉斯堡方言的喜剧《圣灵降临节的星期一》，由施特拉斯堡的历史教授约翰·格尔克·丹尼尔·阿诺尔德（Johann Georg Daniel Arnold）创作。歌德 1817 年起多次谈及这一"极为亲切的演出"并于 1820 年在《论艺术和古代》第 2 卷第 2 期发表了一篇详尽的《美学观察》。

② 约翰·海因里希·迈尔（Johann Heinrich Meyer，1760－1832），出生于瑞士苏黎世，画家、艺术史学家，在罗马与歌德结识，1791 年来到魏玛宫廷，1807 年起任枢密顾问，是歌德在艺术问题上的得力助手，也因此被人称为"艺术迈尔"或"歌德的迈尔"。

③ 指《耶拿文学汇报》。该报刊始在成立于 1789 年的耶拿，几经迁址，后在 1849 年于哈勒停刊。该报旨在对当时的文学创作发表评论，成为当时最为畅销的文学评论刊物。1819 年 9 月，反对出版自由的《卡尔斯巴德决议》颁布之后，1819 年 10 月 18 日（由国务秘书封·哈登伯格侯爵签署的）为期五年的《普鲁士艺术审查圣谕》于柏林颁布。该谕令在（1810 年起于奥格斯堡出版的）《汇报》分三期（1819 年 11 月 4 日至 6 日）登出。

④ 卡尔·奥古斯特大公爵（Großherzog Karl August）的两个孙女：玛利亚·路易泽·亚历山德丽娜（Maria Luise Alexandrine）和玛利亚·路易泽·奥古斯塔（Maria Luise Augusta）。

⑤ 该邮件寄给西妥教士、德国语文教授安东·迪特里希（Anton Dittrich）博士，他住在波希米亚地区的城市科莫陶。歌德 1813 年在特普雷恩茨就认识了他，1819 年在卡尔斯巴德与他再次见面，讨论"波希米亚学校及其他事务"。歌德寄去了"集子：〈……〉所有小诗"即《歌德诗集》，第一部/第二部（斯图加特，1815）及关于《1818 年 12 月 18 日的面具游行》的一期《节日贺诗》。迪特里希于 1819 年 11 月 20 日就回复了一封激情洋溢的信致谢，歌德 1819 年 12 月 9 日才收到。

325. 歌德致 C. E. 舒巴特①

1819年11月13日　星期六

您令人愉快的邮包②来得恰逢时宜,我正好来得及仔细看看。无论如何,若在印刷后③再次拜读,那将多么令人欣喜和兴奋阿。

您对《尼伯龙根之歌》所说的观点与我不谋而合,我那些粗略的想法能够逐渐细化,也是您的功劳。④

我想简单地再说一下:您不要感到困惑。除了您自己外,没有人会对您指摘。针对《西东合集》的斗争⑤也不会徒劳无果的。

因为不了解您的境况,我一直有个愿望没有告诉您:我希望您

---

① 卡尔·恩斯特·舒巴特(Carl Ernst Schubarth,1796‑1860)是德国语文学家、美学家,自1818年4月起与歌德建立书信往来。

② 舒巴特1818年在布雷斯劳出版的专著中写有一篇论文《基于相近文学和艺术论歌德》,并将该论文的修改稿寄给了歌德。

③ 修改和扩充后的著作于1820年分两册出版。

④ 舒巴特于1819年8月15日写信给《尼伯龙根之歌》的改编者弗里德里希·海因里希·封·哈根。舒巴特将这封信(也是关于"《尼伯龙根之歌》改编处理的诗意本质"的一篇论文总结)的副本寄给了歌德。它作为"结论",包含对这部中世纪史诗自相矛盾的评价:肯定了改编整体的伟大,同时又指出细节上的"执行"不够完善。此外,舒巴特反对将《尼伯龙根之歌》理解为基督教的英雄诗歌。1806年首次在《四季笔记》中提到了《尼伯龙根之歌》后,歌德受到哈根1807年10月对《尼伯龙根之歌》改编的鼓舞,深入地阅读和研究了这部诗作。歌德这个时期给他的秘书弗里德里希·威廉·里默尔说的话与舒巴特对这部史诗的评价不谋而合:"改编体现了某种伟大,却失去了品味。"歌德对《尼伯龙根之歌》的评价却多次摇摆,某些地方自相矛盾,未给出一个明确的最终判断。

⑤ 舒巴特在1819年10月27日的信件中写道:"诗集中的某些地方〈……〉想要谐谑地讽刺积极向上的年轻时代,〈……〉原本目的纯粹的想劝导,却令人不满,淡化了教导的用意〈……〉",反而"令人惋惜地不遗余力地远离了劝导的本意"。歌德的《西东合集》第一版在1819年夏末出版后,读者对其进行了褒贬不一的评价:寥寥的拥趸者及参与出版的工作人员坚定地赞扬和热情地肯定,而大多数读者却完全不理解甚至拒绝这部作品。参见歌德1819年10月7日写给策尔特的信。

到德累斯顿去。这个城市无论自然、艺术还是热闹的生活都必然对您有益。① 我们一直只通过信件和印刷物形式交流思想和感受,我们各自的思想日益不同,最终我们俩都不免惆怅。②

    致以最好的祝福和真诚的问候!

        魏玛,1819 年 11 月 13 日   歌德

12

---

① 1819 年 8 月 21 日已经记录的但是没有用到的草稿段,关于为何住在德累斯顿对舒巴特的精神成长"会有好处"这个问题讲得更为详细:"我希望您在德累斯顿住;那儿的环境为学者工作、思考和做出判断创造了前提条件,使人不会感到迷惑,工作不会停顿,并能产出自己坚信不疑的观点。"
② 歌德在此指的是舒巴特曾经对年轻人的批评。舒巴特认为他们的情况很"尴尬"并令人沮丧,他对于一个艺术完善发展的时代为年轻人所提供的充分和富足,态度只有"批判、挑剔、嫌弃"。

326. 歌德致大公爵夫人露易丝（草稿）

1819 年 11 月 16 日　星期二[1]

殿下：

　　您从我这一大胆行动的一开始，就对此给予了极大关注，在快要完成的时候，我自然也不能辜负您的期望。[2]

---

① 草稿中缺少的收信人和日期的信息是从 1819 年 11 月 16 日的日记中推知的："寄给大公爵夫人的一本诗集"。

② 歌德 1816 年 2 月 20 日的日记记载"晚间拜访大公爵夫人，朗读《西东合集》"。创作《西东合集》这一"大胆行动"，据信始于 1814 年初夏。

327. 歌德致玛丽安娜·封·维勒默^①（亲笔）

1819 年 11 月 20 日　星期六

> 一个黄李盒，
> 从南送到北；
> 享用完果实，
> 又要寄出去。
> 果心无甜果，
> 而是严肃脸。
> 它远道而来，
> 愿君能珍惜。
> 1819 年 4 月^②

---

① 玛丽安娜·封·维勒默（Marianne von Willemer，1784 - 1860），演员、女高音
歌唱家、舞蹈家，是约翰·雅各布·封·维勒默（Johann Jakob von Willemer，
1760 - 1838，银行家、作家）的第三任妻子，歌德好友，也是一位颇具天赋的女
作家，与歌德同样热爱东方文学，甚至参与歌德《西东合集》几首诗歌的创作，
同时也是《西东合集》中"苏莱卡"的原型，歌德对她也颇为爱慕。

② 沙多 1816 年 2 月为像章刻上歌德头像，这首诗是为该头像的蜡模复制品的
题诗。在歌德的诗集《题词、思念和寄送诗》中还有如下说明："从诗节中显而
易见：一个装在挖空了的果皮里寄来的朋友画像。"这一封信的日期推自歌
德 1819 年 11 月 20 日的日记："带有蜡像的盒子寄给美因河畔法兰克福的
封·维勒默枢密大臣。"

328. 歌德日记

1819 年 11 月 29 日　星期一

　　写作《形态学》。读了穆尔西纳对卡斯帕·弗里德里希·沃尔夫①的生平记录；②读颅间骨；研究米勒和他的《苏格拉底》。③ 三人共用午餐。餐后研究骨学。④ 晚间见了枢密顾问迈尔。之后读了《智慧之光》第 3 册上的文章："福斯对阵施多尔贝格。"⑤

13

---

① 克里斯蒂安·路德维希·穆尔西纳（Christian Ludwig Mursinna，1744 - 1823），德国外科医生。卡斯帕·弗里德里希·沃尔夫（Kaspar Friedrich Wolff，1734 - 1794），德国胚胎学奠基人。1761 年穆尔西纳开始做后者助手，后得以记录后者生平。

② 外科医生穆尔西纳纪念他的老师沃尔夫医生的短文，歌德称其是"如此真诚和动人的纪念文"，并在紧接其后的一篇诗歌中概括了纪念短文的大意："就算抛弃整个世界，/高尚的学生还会赞美，/他们为你的思想赴汤蹈火，/即使多数人把你看错。"（《形态学》第 1 卷第 2 期，1820 年）。沃尔夫基于歌德形态变化学说研究了器官的发展演化，歌德也对沃尔夫的研究进行了探讨。

③ 魏玛的石版画家 F. H. 米勒（Franz Heinrich Müller）和他所作 A. J. 卡斯滕斯（Asmus Jakob Carstens）的油画《苏格拉底》的石版画。与出版石版艺术杂志相关的详情参见第 478、486 封信及注释。

④ 歌德于 1781 年起深入进行骨骼比较研究。

⑤ 弗里德里希·利奥波德·楚·施托尔贝格伯爵（Friedrich Leopold zu Stolberg，1750 - 1819），作家、翻译家。约翰·海因里希·福斯（Johann Heinrich Voß，1751 - 1826），以翻译荷马史诗出名，曾是施托尔贝格的同学、朋友和邻居。福斯以施托尔贝格皈依天主教的事情作为批判素材在《智慧之光——近代国家及教会的历史、立法、统计的公正、坦率评论》（H. E. G. 保卢斯编，第 3 册，法兰克福，1819）中有一篇贬损弗里茨·施托尔贝格伯爵的文章《弗里茨·施托尔贝格如何失去自由？——约翰·海因里希·福斯作答》。福斯在文中强烈攻击 1800 年皈依天主教的施托尔贝格，矛头对准当时的复辟潮流，满是人身攻击和对个人隐私毫无保留的公开。诗人、翻译家，歌德的老友克内贝尔立即使用一个生动又有力的形象化语言表达了对这一笔战的愤怒："数年累积的肮脏诽谤〈……〉一个男人乐于这样小心而完整地藏污纳垢这么久，真真令人惊奇〈……〉这儿鄙俗的腓力基人的荣耀与高贵的腓力基人的荣耀争斗。那粗陋的农民單衫上甚至还装上刺，到了哪里都格外扎眼。"（"腓力基人的荣耀"：出自《圣经·旧约》，指神将要消灭的腓力基王）——最后一句影射福斯

的出身是穷苦的农民家庭。歌德也有相似的评价，然而是出于更高层次的独有的清晰视角。从心理学和社会学解读的远观角度，歌德认为这种不可挽回的分歧主要原因在于贵族与"能干、粗野、孤立的地里生地里长的人"生存状况的"区别"，他们"天生的特点、人生轨迹和状态"有着无法克服的矛盾，从两人青年时代结为朋友时就不可能指望相互平衡，冲突是"相异之人的关系"的必然结果。由于这个基本的观点，歌德在《四季笔记》里回顾 1801 年时，没有使用激烈的笔战论调和人身攻击，而是"冷静地观察这(在施托尔贝格信仰改变后)因私下误解后来明了化而引起的混乱"。针对福斯后来将"私下误解"的公开，1820 年的一节诗《福斯对战施托尔贝格》专门给予了嘲讽："我不自由了，我不高兴了，/〈……〉就像我读了一个篇章/关于但丁那可怕的地狱。"

329. 歌德致 F. A. 布兰①（亲笔修改的草稿）

1819 年 12 月 7 日　星期二

尊敬的阁下：

您应该还记得我早前说过，我这儿有些研究民族和国情学的有修养、有威望的朋友，他们一直关注您的人种学研究院，并希望保持对该学科的研究兴趣。② 因此，希望您乐意尽快将随信所附书目摘录至贵刊。③ 如果这些书您目前手头上没有，可以告诉我需要哪些，我立即告知对方。

目前和今后可能都要借书给您，用后还请归还，也请将我这个请求保密，不要透露给他人。期待尽早恭听您的讲解，就此止笔。

魏玛，1819 年 12 月 7 日

---

① 历史学家、地理学家和出版人弗里德里希·亚历山大·布兰（Friedrich Alexander Bran）博士 1818 年起在耶拿出版了《人种学档案》，这是登载（主要是外语的）游记以及民族与国情学的内容摘要或摘录的系列杂志。
② 指的是卡尔·奥古斯特大公爵。他对布兰的工作怀有"巨大的好感"："如果我在购置生命鲜活的新英文书籍时能够获取《人种学档案》，对我来说不仅贴心，而且对我这个既乐于舒适，又对新奇的事物、民众、民族和国情如此向往的人来说非常有意义。"
③ 大公爵在 1819 年 12 月 6 日将信件寄给歌德并托他转交"提供书籍的目录"。其中提到的五本书中，布兰在他 1819 年 12 月 12 日的回信中请求得到前两本《尼泊尔国王记述》和《希腊的古典和地形之旅》（两本书的书名原文为英文），以收入他的集子；歌德的日记于 1819 年 12 月 14 日将两本书列为"饭后读物"和"晚间读物"。歌德与布兰在 1819 年至 1822 年间就"这一个有益双方的出版活动"曾多次通信。

330. 歌德日记

1819年12月6日　星期二至12月7日　星期三

〈12月6日〉

　　一上午都专注于研究骨学。收到一个意大利人的文件。三人共用午餐。施皮克斯①的《颅骨学》。② 批阅了各种文件并放进新柜子。晚上收到威尼斯寄来的书：拜伦的《唐璜》。③ 一直读到深夜。

---

① 约翰·巴蒂斯特·封·施皮克斯骑士（Johann Baptist Spix，1781-1826），德国著名动植物学家。

② 指的是动物学家施皮克斯的作品。该书于1815年在慕尼黑出版，出版名为《头部骨骼结构、形状及特征〈……〉》，作者在该书中按照头部构造建立了一个动物体系。歌德自1817年起多次，特别还与自己针对比较骨骼学的《附录》相联系，对这部（由玛利亚·帕夫诺娃女公爵的耶拿宫廷图书馆赞助项目资助的）研究论文进行了批判性地研究。

③ 歌德在1819年12月14日对卡尔·奥古斯特大公爵送来该书致谢道："《唐璜》极为奇特、充满智慧，使长夜变得短暂，其名声无可争议，非常感谢您。"歌德1821年在《论艺术和古代》（第3卷第1期75-82页）发表的一篇对这部"无限的"、天才的"著作"中五个八行诗的带评注的试译，也算是他每夜阅读《唐璜》的成果。同时也面临一定的风险："我们〈……〉在德国传播这样的作品，似乎显得不够负责，因为我们试图让忠实、安静、富足的国民去了解文学创作带来的不道德的成分。"歌德于1816年5月第一次了解到拜伦勋爵。

14   〈**12 月 7 日**〉

一直到中午都在研究骨学。欣赏了铜版画，并就此与枢密顾问迈尔讨论。与约翰①准备明天的一些事情。一点左右乘马车朝新瓦伦多夫方向散心。三人共用午餐。餐后继续读费舍尔的《颌间骨》。②迈尔枢密带来几幅铜版画。晚间我独自一人，读拜伦的《唐璜》。

① 歌德的书记员、秘书，口授信件的代笔者。
② 动物学家约翰·戈特赫尔夫·费舍尔（Johann Gotthelf Fischer）的论文《不同动物颌间骨的不同形状》（莱比锡，1800）。歌德借此重新开始自己的骨骼学研究。

331. 歌德致 C. F. 封·赖因哈德^①（亲笔落款）

1819 年 12 月 24 日　　星期五

　　尊敬的朋友,我利用年底白日短暂的辰光给您写几行字,加上这封迟来的邮件,^②来表达我的真心思念。请允许我保证,过去的几个月虽算安宁,却也颇感紧促。对祖国举办的各种友好的活动——回复,牵扯着我的精力,^③前前后后用了不下数周的时间。卡尔斯巴德^④我很喜欢,只是留下了一丝不愉快,我希望通过眼下的工作来忘掉它们;^⑤您

① 卡尔·弗里德里希·封·赖因哈德伯爵（Carl Friedrich Graf von Reinhard, 1761－1837）,外交家、政治家、出版人和启蒙思想者。

② 这是指一本 1819 年 8 月出版的歌德《西东合集》的第一版。收信人卡尔·弗里德里希·封·赖因哈德伯爵收到《诗集》后认为它是"可以想象的最珍贵的新年礼物"。

③ 值歌德 1819 年 8 月 28 日七十岁寿辰之际,在德国许多地方（包括魏玛、法兰克福、海德堡和耶拿）,在不同的朋友和崇拜者圈子内举行了声势浩大的纪念活动和歌德作品的演出。为了对"同胞们""从远方"送来的"各种各样礼物"一并致谢,歌德将几份印好的"回谢诗"《对 8 月 28 日庆祝活动充满感激的回复》于 1819 年 10 月 15 日寄给赖因哈德伯爵,让他在法兰克福朋友圈里分发。歌德本人对生日庆典的态度有些矛盾:他"因为自感尴尬的怪想法顽固地占据心头而试图随时逃避"庆祝活动。他在 1819 年的《四季笔记》中也说过:"这次"他提前两天就逃离了魏玛,"〈……〉在宫廷和卡尔斯巴德之间的旅程中度过了生日!""祖国的活动":"祖国"这个概念在这个语境中并没有地理、领土和政治、民族国家层面含义,而是（歌德也多次）指思想文化方面。对于这个"博学的"、具有文化共同点的"亲爱的德意志祖国",即使歌德对它的发展和成就有所贡献,同时也持批判态度保持着距离,话语间不时透露出轻微的讽刺色彩。

④ 卡尔斯巴德是位于西部波希米亚地区的疗养胜地,歌德曾十三次至此。

⑤ 可能是影射歌德于卡尔斯巴德疗养期间,在梅特涅侯爵任主席的德意志联邦国家部长会议结束时,被卷入的"令人迷惘的世界讨论"。也许"留下一丝不愉快"是因为歌德预感,这一"伟大的外交大会"之"重要成果"将会给萨克森-魏玛-埃森纳赫大公国带来政治和精神生活的不良影响,歌德也曾"与全德国一起"深入思考会议结果。实际上,萨克森-魏玛-埃森纳赫大公国重新开始出版审查以及对耶拿大学自由斗争的镇压都是这个臭名昭著的"卡尔斯巴德决议"的结果。为了逃离这由"令人迷惘的活动"引起的"不愉快",歌德再次开始自然科学研究的"短暂工作"。

将再次收到一本《论艺术与古代》①和一本自然科学与形态学方面刊物。我试着把一些以往的想法和感兴趣的方面写下来,感觉自己真成了处理他人历史遗物的编辑。② 我的《西东合集》随信附上,里面一些好听的韵律已让我心旷神怡。③ 虽然撰写《合集》的日子一往不返,然而这种创作方式却在其完成后也依然适用,④我也能够偶尔插入某些内容,通过填补某些空缺使整体更易读懂。⑤

　　您是否了解迪茨翻译的卡布斯书?⑥ 不了解的话我可以寄送您一份;这真是一本好书,任何赞美都不为过。这位奇特而杰出的学者与当时的统治者产生矛盾,后者狡猾地使他作品的出版告吹。只能自己出版的迪茨在临终前将手稿等转赠给了普鲁士皇家图书馆,使

15

---

① 指《论艺术与古代》,是歌德于 1816 至 1832 年编纂的关于文化和艺术批评的杂志,前后共六册,歌德"世界文学"的概念亦始于该刊。
② 这一说法指的是歌德在重新开启骨骼学研究的"过去的池塘和沼泽"(曾经从事却停滞的研究领域)时,所产生的内心距离感:"我做的解剖学那些东西不可能让我有什么创造的兴趣了。"他在 1820 年 2 月 4 日给波恩的植物学教授内斯·封·埃森贝克(Nees von Esenbeck)的信中这样说,因此那些过去的研究也只能被歌德视为过往。当时刚刚宣布出版的《形态学》第二辑,也被歌德视为"真正的身后著作"。参见第 351 封信及注释。
③ 关于 1819 年 8 月出版的这一诗集第 1 版的接受情况参见第 334 封信的注释。
④ 参见第 370 封信及注释。
⑤ 歌德此时就已经为扩展版《新诗集》(Neuer Divan)进行新的诗歌创作,1827 年 3 月出版了歌德最终审订版。
⑥ 海因里希·弗里德里希·封·迪茨(Heinrich Friedrich von Diez, 1751‒1817),德国东方学家、外交官、驻外公使。《卡布斯书或波斯国王吉卡乌斯写给儿子吉兰沙赫的训诫书——跨越时代的著作〈……〉》。该书由德雷米人的国王昂苏尔·麦阿里·吉卡乌斯(Unsuril Maali Kjekjawus)于公元 11 世纪所著,是波斯的格言集。迪茨将其"从土耳其-波斯-阿拉伯语"翻译过来并于 1811 年在柏林出版。歌德从中得到了《西东合集》诗歌创作的启发;在《便于理解〈西东合集〉的附注与论文》中的《关于迪茨》一章中,他还详细描写并成章概述了这本"出色的、可以说是无可估量的书",这样"祖国也可以知道自己被奉上如何珍贵的宝贝"。

得作品得以流传,但条件是这些作品不能销售而只能赠送出去。我的朋友给我弄到了几本,其中一份可供赏阅。

您是否见过这本书:耶拿的凯斯特纳教授写的神圣爱宴?① 没看过的话我可要向您推荐。对于读者来说,只有在谈及书中观点时才跟随作者的思路,这一点还是比较明智的;因为书中的思想会让人产生从未有过的观点。全书的问题可以归结为:基督教是否是因为对大众道德上的影响,经历过偶尔动荡的历史,而凸显出并最终发展成一统?还是人为地由一个统一体、一个信念坚定的同盟有意促成?作者更愿意相信是后者。即使没有给出足够严谨的证据,但该书至少让读者相信这个说法是完全有可能的。这跟最近我们这儿遍布各处的谋反是多么惊人的相似,人们都并不清楚,这些思想是正从边缘走向中心,还是从中心变为边缘。正确的也许是认为两者都在发生,在天性和受影响之间②有一个周而复始的互动。③

---

① 格奥尔格·奥古斯特·克里斯蒂安·凯斯特纳(Georg August Christian Kestner, 1777－1853),德国神学教授、法学家、考古学家,也是艺术收藏家。1819 年耶拿出版凯斯特纳所著《神圣爱宴——(皇帝)多米蒂安政府治下罗马克雷门斯(教皇)设立的秘密世界同盟》。该书的主要论点是认为基督教是由一个秘密的坚持"神圣爱宴"(原文为希腊语词"Agape",即纪念神对人的爱的盛宴)的联盟创立的。受过神学教育的赖因哈德伯爵在 1820 年 2 月 1 日给歌德的回信中,深入和批判地分析了这个观点。
② 这里是说在(边缘的)大众的天性与(至少是中心)少数人的影响之间。
③ 歌德在此影射"在柏林"发现的、波及范围"广泛"的蛊惑民心者的"谋反","他们旨在施行共和制的政府模式"。歌德收到关于这一谋反"较深入的消息"时正在"专注地阅读"1819 年 7 月底出版的"凯斯特纳的《神圣爱宴》"。将意图进行"世界革命"的宗教晚餐联盟与眼下的"蛊惑民心的谋反"活动相比较,歌德在两个革命运动中发现了类似的从"中心"遍及"边缘"和相反方向的互动及互相影响,这也是在历史进程中"一种时而反复的交互关系",也就是说,"吸引"与"排斥""集中"与"扩张"的那种相互的、两极的循环。这种循环在自然和精神领域存在,在历史领域同样存在。

　　感谢您寄来路德像章,①让我倍感高兴。这不仅丰富了我的收藏,还有助于友人;仔细端详,这实在是此间面世的这位英雄像中,最好的一幅。

　　谨致问候!

您最忠诚的

魏玛,1819 年 12 月 24 日　　　　　　　　　　　　歌德

---

① 作为 1819 年 9 月 8 日寄给歌德信件的附件,赖因哈德寄送了两块银质和三块青铜质的"像章样品"。"像章是为 1817 年巴黎举行的宗教改革纪念日打造的"。

332. 歌德日记

1819 年 12 月 25 日　星期六至 12 月 26 日　星期日

〈12 月 25 日〉

今天是圣诞节第一天。枢密院长今天过生日。① 发了几封信。

---

① 指歌德的儿子奥古斯特（August von Goethe），他于 1789 年 12 月 25 日出生。

〈**12 月 26 日**〉

　　读了博里·德·圣文森特《游记》。① 写信给耶拿的弗罗曼并寄去《形态学》第 10 和 11 册的手稿。② 写信致科塔（斯图加特），寄去将发表在《汇报》上的关于即将出版《论艺术与古代》和《形态学》的布告。③

---

① 让·巴蒂斯特·吉纳维夫·马赛兰·博里·德·圣文森特（Jean Baptiste Geneviève Marcellin Bory de Saint Vincent，1778–1846）的《在欧洲群岛旅行》（巴黎，1804）。歌德在 1819 年末 1820 年初阅读该法国自然学者的这本科学游记。1820 年 1 月 5 日至 20 日，歌德根据这本书给卡尔·奥古斯特大公爵整理了一篇植物学摘要——这也与排印大公爵的观景楼花园植物名目有关。

② 《形态学》第 1 卷第 2 期的手稿寄送给耶拿的 K. F. E. 弗罗曼（Karl Friedrich Ernst Frommann，1765–1837）印刷厂。这一册书以八行诗《初始之话·神秘》开头，于 1820 年 4 月出版。

③ 《论艺术和古代》第 2 卷第 2 期、《形态学》第 1 卷第 2 期以及《论自然科学》第 1 卷第 2 期这几本书的出版布告，歌德与 1819 年 12 月 25 日信件一起寄给了他的出版人 J. F. 封·科塔（Johann Friedrich von Cotta），希望"不久后在学界报纸（奥古斯堡的）《汇报》得到刊印，因为我很希望能够让人们即时、用两句话就注意到这次讲的是何人何事"。这些布告（含详细的内容提要）在 1820 年 1 月 11 日《汇报》的副刊发表。

333. 歌德致 J. J. 和玛丽安娜·封·维勒默（亲笔）

1819 年 12 月 27 日　星期一

我的孩子和孙子都奔向糖果树,把我这个祖父晾在一旁,我们期待已久的朋友夫妇恰逢其时地出现了,①目光祥和又充满欢喜,似乎感觉到自己会收到热情的欢迎。因此,即使大雪阻隔,朋友夫妇也不会孤单,久违的阳光在我一堆亲朋好友中带给我问候。大堆的糖果②让孩子和茶友们对我也有了兴趣,戴胜鸟的谜语也并非无法破解,③因此新的一年一样不落。希望美因河畔一切顺利!

魏玛,1819 年 12 月 27 日　　　　　　　　　　G

---

① 从法兰克福寄来的圣诞邮件中包含两张由画家安东·拉德尔(Anton Radl)所作的维勒默夫妇的彩色肖像画。
② 维勒默夫妇寄来的礼物。
③ 歌德这有些神秘的说法极有可能是(日期同样标为1819年12月的)戴胜鸟诗集《橄榄枝上的戴胜鸟》。这些在诗中密语般表达的戴胜鸟谜语大多可以借助玛丽安娜·封·维勒默与歌德在1819年8月至10月间的信件破解。

334. 歌德日记

1819 年 12 月 29 日   星期三

寄了几封信：致维勒默议事，致封·克内贝尔少校。①读了莫森盖尔的《艾格蒙特》②和蒂克的莎士比亚。③ 寄往柏林的致泽贝克博士。④ 寄往海德堡的致高级主教议事莫森盖尔。读了《哈勒文学报》⑤1819 年 11 月刊对《西东合集》的书评。⑥

17

① 参见 335 封信。卡尔·路德维希·封·克内贝尔（Carl Ludwig von Knebel，1744 - 1834），诗人、翻译家，被歌德称为"挚友"（Urfreund）。

② 卡尔·弗里德里希·奥古斯特·莫森盖尔（Carl Friedrich August Mosengeil，1773 - 1839），德国速记家、作家。贝多芬曾为歌德的悲剧《艾格蒙特》做戏剧配乐，作于 1810 年，作品 84 号，而莫森盖尔又为该音乐配诗。

③ 约翰·路德维希·蒂克（Johann Ludwig Tieck，1773 - 1853），德国诗人、作家、翻译家、编辑。蒂克与人合译了莎士比亚全集。

④ 托马斯·约翰·泽贝克（Thomas Johann Seebeck，1770 - 1831），德国物理学家。歌德通过克内贝尔认识了泽贝克。泽贝克常与歌德讨论颜色理论，并支持歌德《颜色论》的写作，给予实验上的帮助。

⑤ 即前文《汇报》（《耶拿文学汇报》），该报此时已迁至哈勒。参见第 324 封信及注释。

⑥ 该书评由科泽加滕所写。约翰·戈特弗里德·科泽加滕（Johann Gottfried Kosegarten，1792 - 1860）是德国东方学家、语言学家，1817 年起任耶拿大学教授，也开始与歌德有了近距离的接触。在歌德创作《西东合集》期间，他帮助歌德讲解阿拉伯文字和文献。年末的时候歌德还因该书评向他致谢：您"如此清晰和友好的评论，我是怀着极大的乐趣和警醒阅读的"。参看第 335 封信及注释。

335. 歌德致 C. L. 封·克内贝尔(草稿)

1819 年 12 月 29 日　星期三

收到你问候我身体健康的信时,我正因这个季节恶劣的天气而感到非常不适。① 虽然这几天我不算完全荒废,但也就现在才真正开始干点事。

主教议事莫森盖尔先生随信寄给了我几首诗歌②一并告知你,这个想法不错。贝多芬的音乐虽有很高的艺术价值,却将本来就很长的剧本进一步拉长,莫森盖尔的配诗使音乐为听众所乐意接受。

随信也附上路德维希·蒂克的值得关注的几页纸。③他曾为研究莎士比亚及同时期文学去了英格兰,并答应帮我做些相关纪录。从附上的这些材料中不难看到,这个研究怎么深挖都不过分,莎士比亚在文学上与他的那个年代密不可分。蒂克也认为出重大成果希望不大,但是该研究本身依然意义非凡,从附上的只言片语就可看出。

研究古典文学也是如此。新近在米兰发现了大师荷马的有关文物,④特别是对其作品的注疏,⑤这使我们的文学家也有的忙了,这些

---

① 参见第 341 封信及注释。
② 指上文中莫森盖尔为贝多芬 84 号曲目《艾格蒙特》所配诗歌。莫森盖尔所作"贝多芬的《艾格蒙特》幕间乐的配诗"是为《艾格蒙特》情节所作的一篇短小(部分押韵的)诗节的内容提要,为的是在音乐厅朗诵,与贝多芬的曲段交替呈现,让"安静倾听的观众得以享受"。歌德在 1819 年 12 月 30 日的回信中也积极评价他激发"听众想象力"的"浓缩方式"(简短扼要的呈现方式);克内贝尔则对朗诵这一诗节是否能对观众产生效果持怀疑态度。
③ 参见第 338 封信的注释。
④ 红衣主教安杰洛·马约(Angelo Mai,也叫 Angelo Maio)发现了公元 5 世纪米兰的安布罗西亚 1019 年的莎草纸古手稿《伊利亚特:最古老的伊利亚特配图残稿》(安格鲁·迈,米兰,1819)。
⑤ 原文使用"Scholie"一词,指一种简短的、使用语言客观论述的边注,只在希腊和罗马时代作家的手稿中可以见到;荷马史诗中列在一起的作为附录的注解也被称为"Scholie"。

舶来品的美学意义会得到进一步丰富。科泽加滕对《西东合集》的书评①我还没看到，但肯定要感谢他，因为他确实是理智、博学并友好的。

你会喜欢《尤里乌斯·弗龙托》，②这一点我绝对相信。也许你还记得，我很反感一位叫罗特的先生，这人曾恶意批评弗龙托。③ 有眼能看的人，都会看到一个奇特的时代和重要人物的奇怪行为。

施托尔贝格的去世令人吃惊，因为这就发生在福斯干坏事④之后。不无可能的是，一个像弗里德里希·利奥波德⑤那样柔和的人，看到自己美好的愿望被人亵渎，会无比难过。

祝你和你的家人健康，让我们明年共聚一段时间！

魏玛，1819 年 12 月 29 日

---

① 参见第 334 封信的注释。克内贝尔曾不吝对此书评的赞美："只有科泽加滕可以写出如此清晰、理智的书评。"

② 指的是修辞学教师马库斯·科尼利厄斯·弗龙托（Marcus Cornelius Fronto）与他以前的学生马克·奥厄莱（Mark Aurel）的通信。这一通信集是根据安杰洛·马约红衣主教发现的公元 5 世纪的羊皮纸手抄本，于 1816 年由历史学家巴托尔德·乔治·尼布尔（Barthold Georg Niebuhr）重新编纂出版。尼布尔在 1816 年 4 月 13 日写给歌德的信中也谈到这一"发现"。歌德有尼布尔奉赠的该版本的一册。

③ 歌德指的是语文学家卡尔·约翰·弗里德里希·罗特（Carl Johann Friedrich Roth）的论文《科尼利厄斯·弗龙托及安东尼时代》（纽伦堡，1817）。

④ 此处所说的"坏事"应指，福斯以施托尔贝格皈依天主教的事情作为批判素材写的时评。弗里德里希·利奥波德·施托尔贝格伯爵于 1819 年 12 月 5 日去世，而当时他正在写文章回击过去朋友约翰·海因里希·福斯针对他的攻击短文。关于这次争论详见对第 328 封信的注释。

⑤ 即施托尔贝格，全名弗里德里希·利奥波德·楚·施托尔贝格。此处为名，前文为姓。

1820 年

336. 歌德日记

1820 年 1 月 7 日　星期五

　　口授了关于瑞士冰川扩张的文稿。① 再次阅读了"福斯对阵施托尔贝格"。② 三人共用午餐。午餐之后完成了各种各样的琐事。傍晚封·米勒总理来访,留下共进晚餐。

19

---

① 1820 年 1 月 8 日歌德寄给卡尔·奥古斯特大公爵一篇关于该话题的短篇报道。1817 年,"瑞士自然研究协会"宣布举行关于瑞士阿尔卑斯山冰川面积可能增加的有奖征集论文活动,歌德的文稿与此次活动有关。

② 关于这次争论详见第 328 封信及注释。

337. 歌德致 S. 博伊塞雷①（亲笔落款）

1820 年 1 月 14 日　星期五

我最亲爱的朋友,我迫不及待地〈要回复〉您的亲切来信,因为它让我看到了今年将会发生美好的事情,尽管没有我期盼的那么自由。

家乡和家乡外的德国都为我庆祝生日,②这足以令接受庆祝的人知足,也足以让我的生平回顾变得更加简单。但若如您所说,想要远行的话,③我觉得还是小心谨慎些好,不然涅墨西斯④会被唤醒,会遭到惩罚。

以现在的年纪和健康状况,我已经不起任何的冒险行为,如果还想活下去,最好还是依着传统和习惯。去年卡尔斯巴德⑤之行再一次证明了它的有益之处,所以考虑再三,我还是决定今年春天再去一趟。

20　　丹内克⑥先生的到来对我们而言会是弥足珍贵的,我觉得让他从这么遥远的地方赶来真是有些苛求了。为了自己能够开心地接受远行而来的善意和体面的礼遇,我想 4 月份待在魏玛。我和家人欢

---

① 苏尔皮茨·博伊塞雷(Sulpiz Boisserée, 1783 - 1854),画品收藏家、艺术史和建筑史学家、科隆大教堂建设的重要支持者和研究者,著有《科隆大教堂的外观、平面图和各个部分》。
② 值歌德七十岁寿辰之际在法兰克福举行的活动。
③ 博伊塞雷在 1819 年 12 月 28 日的信件中(按照他自己的说法)接受了"艰巨的任务",给歌德"友善地描写纪念碑的样子"。法兰克福的朋友和崇拜者们计划立此碑以向歌德致敬。这个最初由博伊塞雷发起并积极推进的项目,后来发展颇为起伏。歌德本身对该项目开始虽不拒绝,但态度也一直有所保留。参见第 489 封信及其注释。
④ 涅墨西斯是希腊神话中的复仇女神,惩戒所有人类享受不应有的运气时的狂妄。
⑤ 歌德在 1819 年 8 月 28 日至 9 月 26 日期间在这个波希米亚的疗养城市休养。
⑥ 约翰·海因里希·丹内克(Johann Heinrich Dannecker, 1758 - 1841),雕塑家、画家。

迎丹内克先生的到来，我们会为他准备几个房间和一个能激发灵感的工作室，因为我们最大的心愿就是希望他在这里过得舒服和愉快。

4 月底我将前往卡尔斯巴德，因为我打算在那里度过宁静的 5 月，然后 6 月初回来，不过回来的具体日期还没有定。现在我把所有东西都交至您尊贵的手中，此情此景下我脑中不由自主地产生了一些想法，暂且先不予理会。①

我们最新一期的杂志②已经定稿，我只能再将寄给您的小纸片上的内容加印到封面上。③ 由于您手中有一份德文译稿，④因此比我更易了解相关各类研究，所以我很乐意把与此有关的一切事情托付给您。从译稿中您一定会比我更快地从原文中看出哪些地方用得着。或许您还可以从身边找到一个人能撰写可读性较强的内容提要，⑤因为

---

① 计划竖立的大理石歌德半身像在博伊塞雷的介绍下，最先由雕塑家约翰·封·丹内克承担制作。虽然"在这样情况下被近身观察"，歌德最开始也准备 1820 年 4 月在魏玛给它做模特。可歌德在 1820 年 2 月 27 日写给博伊塞雷的第二封信件中，却对自己的应许有些动摇，并在数月之后让克里斯蒂安·丹尼尔·劳赫完成了自己的半身像模板。参见 1820 年 7 月 16 日及 9 月 1 日写给博伊塞雷的信（第 391、405 封信）。
②《论艺术和古代》第 2 卷第 2 期（1820）。
③ 该"小纸片"作为 1819 年 10 月 22 日信件的附件，是一个关于东方三博士（即三个国王）传说拉丁文手稿的首尾部分，歌德于 1819 年秋获得该手稿：约翰·封·希尔德斯海姆（Johann von Hildesheim）的《三个国王故事的译本》。歌德 1819 年 10 月 22 日对博伊塞雷第一次提到这个"发现"时，就对"这部小作"评价非常高："拿到手"的这本书不可能找到"同类别中更为优美的"了；在进一步深入研究这部加尔默罗会修士和神学教授约翰·封·希尔德斯海姆（Johann von Hildesheim）14 世纪的作品后，歌德在《论艺术和古代》发表了三篇文章：《东方三博士》（1820，第 2 卷第 2 期）、《东方三博士作者的消息》（1821，第 3 卷第 1 期）、《再论东方三博士》（1822，第 3 卷第 3 期）。
④ 博伊塞雷在海德堡博物馆发现了 15 世纪的东方三博士传说的直译手本。
⑤ 对东方三博士传说的重新改编参看第 355 封信及注释。

整篇中多多少少存在一些不清楚的地方。我坚信这一切会向着美好的方向发展。

《艺术报》①也会显现一些价值的。我们的杂志发行缓慢,所以在两期之间的空隙时间内有其他刊物能让读者紧凑地读点东西也不错。作者可以署名,也可以使用任意符号,编辑就无须承担任何责任,好处是可以任意刊登观点对立的文章。但愿这一切能给艺术和从事艺术的人都带来最好的结果。

21　　因为信纸还有些空白地方,我再讲讲之前搁置未讲的想法吧。②亲爱的朋友,把一个雕塑家送到他再也看不到原型的地方去,这难道不令人忧虑吗?那里天然的部分衰退到仅剩下可以维持生计的那点东西,如果旺盛的生命力已经消逝,如何还能为大理石雕像做模特?我们好几年未见了,我祝愿,我们尊贵的艺术家在朝圣之行后不会感到迷惑。

最后严肃地申明,我可没说过什么话来阻止或妨碍那些好意和对我表示敬重的活动。早先说出的话依然完全有效——忠诚的朋友联盟同样如此。

魏玛,1820 年 1 月 14 日　　　　　歌德

---

① 1820 年起由艺术史学家约翰·卡尔·路德维希·封·朔恩(Johann Karl Ludwig von Schorn)在科塔出版社出版的《斯图加特艺术报》。博伊塞雷在 1820 年 1 月 1 日的信件中附上了一张征稿启事,希望歌德可以偶尔发表些文章。

② 歌德在此处折回到那些"令人忧虑"的想法,他最先答应为丹内克做原型模特时忽略了这一点:"送一个雕塑家到再也看不到原型的地方去,这难道不令人忧虑?"(歌德与丹内克最后一次见面是 1797 年)。歌德毫不掩饰地承认自己的衰老和容颜的改变,这表明了歌德对于博伊塞雷这个比自己年轻三十多岁的密友非常信任,与他结成的"忠诚的朋友联盟"(亲笔信尾)不是空话,而是"完全有效"。博伊塞雷在 1820 年 2 月 24 日的回信中试图阻止歌德"怀疑艺术家(丹内克)面临迷惑",自然是徒劳无功的。

338. 歌德致 J. L. 蒂克(亲笔修改的草稿)①

1820年1月23日　星期日

尊敬的阁下：

　　我本想热情地给您回信并为富有教益的赠礼②致谢，可因黏膜炎而导致发烧，我无法接待您派来的那位年轻人了。③ 不过我仍要在此对您表示我诚挚的谢意。

　　好朋友们在德累斯顿，令我羡慕和嫉妒，如果您的健康状况允许，我高兴地期盼着您去充分享受那里的美好。丰富的有关莎士比亚和他同时代人的文章再次令我一下子回忆起自己逐渐熟悉的那个时代；这份有幸享有的文稿自然激发了我的愿望，用理解力和想象力去观察那个奇妙时代的复杂发展。但是我当然理解，要展现如此丰富而交错的人生以及著名人物之间的相互影响是非常困难的，尤其是当人们认为戏剧就是谈论瞬间的话。瞬间那奇特、多彩、偶然的交替很难拼成一个历史报告。

　　我相信这一事实，因为我想创作令自己满意、被他人理解的魏玛剧院史。④ 多年来我亲自经营魏玛剧院，并非没有一定的章法。剧院的经营包含了方方面面的因素，会同时遇到众多阻力和动力，我们最多只能解释效果，而非取得这种效果的方法和途径。

　　致以最诚挚的祝福和最好的问候。

　　　　魏玛，1820 年 1 月 23 日

① 根据日记记载，誊清稿是在 1820 年 2 月 2 日寄出的。
② 路德维希·蒂克1819 年 12 月 24 日的信里还带有一个关于"莎士比亚及同时代人"文章的草稿。
③ 带来信的人是一个对德国文学感兴趣的、从格拉斯哥来到魏玛游览的叫做戴梅泰纳的苏格兰人。
④ 歌德 1819 年 2 月 23 日、25－27 以及 3 月 9 日的日记有相关记载。戏剧并没有得到上演——即使数年后歌德还在致力于此，1820 年 5 月 20 日在卡尔斯巴德的孔塔说："他(歌德)写了魏玛剧院的历史并兴致很高地谈论在那里的美好时光。"

　　最后我还要对阁下啰唆几句,我的孩子们向您致以最诚挚的问候和感谢。在柏林的逗留期间,①他们认识了很多人,经历了很多事情,这丰富了他们的精神世界,也让他们的心灵感受到了友好和善良,因此我们这个冬天过得非常舒适而有生气。他们常常心怀感激地回忆起阁下的陪伴。

---

① 歌德的儿子奥古斯特和儿媳奥蒂莉(Ottilie)曾于 1819 年 5 月 4 日至 6 月 27 日间去柏林旅游。他们在柏林逗留期间(5 月 8 日至 6 月 1 日)与路德维希·蒂克及其兄弟、雕刻家弗里德里希·蒂克多次见面。

339. 歌德日记

1820 年 1 月 27 日　星期四

　　继续写《远征法兰西》。① 中午 1 点乘马车散心。读了《流亡者的信》。② 三人共用午餐。细看和讨论了纽伦堡硬币目录。③ 傍晚和里默尔教授谈了学校事宜，④关于文学也谈了不少。收到耶格尔⑤《论植物形变》⑥和《符腾堡袖珍本》。⑦

23

---

① 自传性著作《远征法兰西 1792 年》，歌德主要在 1820 年初数月及 1821/1822 年冬创作该书。1792 年歌德随魏玛大公爵卡尔·奥古斯特出征法国，参加了瓦尔密战役，后来将这次经历详尽地写成了两本军事著作，即《远征法兰西 1792 年》和《围攻美因茨》。

② 指的是《流亡国外者的原版书信——流亡国外者的自我讲述》（柏林/法兰克福/莱比锡，1793），分两册，译自法语。歌德将这部书信集列入《远征法兰西》的参考文献。

③ 歌德在 1819 年 12 月 21 日向纽伦堡的拍卖商 J. L. S. 莱希纳（Lechner）索要本尼迪克特·威廉·察恩（Benedict Wilhelm Zahn）博士的"7 300 枚铜质、锌制和铅制纪念章收藏"硬币和纪念章目录，这一收藏于 1820 年 3 月 1 日拍卖。按照日记的说法，目录是在 1820 年 1 月 26 日寄给歌德的；1820 年 2 月 9 日就已经寄回纽伦堡并拒绝购买。

④ 哲学家、作家、图书馆管理员、魏玛的高中教师弗里德里希·威廉·里默尔（Friedrich Wilhelm Riemer, 1774 - 1845），1814 年起担任歌德秘书。里默尔在这天晚上告诉歌德他打算在两个月之后告别学校事务。

⑤ 格奥尔格·弗里德里希·封·耶格尔（1785 - 1866），医生、古生物学家。

⑥ 这里是指耶格尔的论著《植物的形状变异——有机体变异历史及理论研究〈……〉》（斯图加特，1814）。耶格尔托苏尔皮茨·博伊塞雷将书送给歌德（参见第 348 封信及注释）。歌德早在 1816 年 7 月 23 日就买到了这本书，并在自己的形态学研究基础上研读此书。

⑦ 指的是《符腾堡年鉴》，由坎斯塔特的高中教师和地理学家约翰·丹尼尔·乔治·梅明杰出版。参见第 348 封信的注释。

340. 歌德致大公爵夫人露易丝^①
（亲笔修改的草稿）

1820 年 1 月 30 日　星期日

尊敬的殿下：

　　您已经多次友好地恩准我在今天这样一个喜庆的日子通过写信来表达我忠诚的心意，也请允许我今天再一次对殿下赐予的恩宠、仁慈、包容和同情表示感谢。^② 尊敬的大公爵陛下和您^③每时每刻方方面面都在佑护我和他人，希望您和陛下以及您尊贵的家人^④能得到双倍至三倍于我们的幸福。在这温暖的关怀下工作了几日，我真是三生有幸。

　　　　　　　魏玛，1820 年 1 月 30 日

---

① 黑森-达姆施塔特的露易丝（原名 Louise Auguste von Hessen-Darmstadt，1757－1830），1775 年成为大公爵卡尔·奥古斯特的夫人。
② 大公爵夫人露易丝在 1820 年 1 月 30 日过六十三岁生日。歌德写的生日贺文如今总共保留下来十三份，其中九份写于 1817 年后。
③ 过生日的露易丝及其丈夫卡尔·奥古斯特。
④ 指大公爵一家，特别是世袭大公爵卡尔·弗里德里希（Karl Friedrich）、夫人玛利亚·帕芙洛娃（Maria Paulowna）以及他们的三个孩子：玛利亚·露易泽（Maria Louise）、奥古斯塔（Augusta）和卡尔·亚历山大（Carl Alexander）。

341. 歌德致 C. F. 策尔特①（亲笔落款）

1820 年 1 月 30 日　星期日

　　我们又可以通信真是太好了，也恰合这个季节。② 那么就听好下面的话吧。你友好地写信给我，详细地讲述了你旅途上的美好见闻，而当我结束疗养回到耶拿③后，你的旅程也差不多要结束了；④我在耶拿处理了一些图书馆及其他事务，⑤10 月 24 日总算回到了魏玛。在魏玛我完成了新一册的《论艺术与古代》⑥和另一册《形态学》，⑦也许是在此期间自己过于操劳，不然由于社交方面的好心迁就而招致的感冒不会这么严重。⑧ 两周以来我都没有什么工作兴致，现在才逐渐地开始重新适应工作。

---

① 卡尔·弗里德里希·策尔特（Carl Friedrich Zelter, 1758－1832），音乐家、作曲家、音乐教师，歌德好友，曾为歌德多首诗歌谱曲。在柏林出生和逝世。

② 歌德在此通过调侃天气和季节来指出他和策尔特之间整个冬季没有通信（歌德写给策尔特的上一封信是在 1819 年 10 月 7 日）。

③ 在歌德从卡尔斯巴德疗养之旅（1819 年 8 月 28 日至 9 月 26 日）返回后，他从 1819 年 9 月 28 日起在耶拿停留了一个月。

④ 策尔特没有按原先计划去威斯巴登旅行，而是在 1819 年 7 月初到 10 月初环游了卡尔斯巴德、雷根斯堡、维也纳（顺道还去了巴登和普雷斯堡）、布拉格和德累斯顿。关于行程中的这些城市，策尔特寄给歌德的信有一篇详细的日记。

⑤ 歌德此时的主要工作是领导耶拿大学图书馆（始于 1817 年 10 月 7 日）的重建和重组。此外，他在 1809 年起负责管理耶拿和魏玛所有的艺术和科学机构。

⑥《论艺术和古代》第 2 卷第 2 期，1820 年出版。

⑦《形态学》第 1 卷第 2 期，1820 年出版。

⑧ 歌德自 1819 年 12 月 20 日起"由于社交方面的好心迁就"得了"严重的黏膜性发热"，让他"忍受了十四日病痛"。这次生病的原因可能是歌德值严寒之际拜访了卡尔·奥古斯特和露易泽大公爵夫妇。

24　　　我们相聚的时候都会念及你和你的家人，①孩子们承蒙在柏林的朋友们的厚爱，获取了人生中的宝贵经历。感谢你父亲般的悉心照料。②

　　为了能够及时邮寄随附的《诗集》，这次就写到这里吧。希望能再次鼓舞和促使③你将这首尚毫无修饰的诗歌赋以丰富的音乐并推向世界。④ 另外，我也确立了新的努力方向，⑤并正在往前推进。

　　再见，我最亲爱的朋友！

　　　　　　魏玛，1820 年 1 月 30 日　　　　　　　　　　　G.

---

① "你的家人"指的是策尔特两个尚还在世的亲生女儿多萝特娅(多瑞丝)·策尔特(Dorothea Auguste Cäcilie Zelter)和罗莎蒙德·策尔特(Rosamunde Zelter)。策尔特的两任妻子约翰娜(Johanna Eleonora，为弗吕睿柯即Flöricke 的遗孀)、朱莉安(Julie Auguste Caroline)及最小的女儿克拉拉(Clara Antigone)在此时都已去世；继子卡尔·路德维希·弗洛里克(Carl Ludwig Flöricke)1812 年自杀。

② 是指歌德的儿子奥古斯特及妻子奥蒂莉在 1819 年 5 月和 6 月去柏林，在此期间住在策尔特家。歌德在 1819 年 5 月 29 日的信中为策尔特的热情招待致谢。歌德的孩子在柏林这个普鲁士的首都逗留期间，受到了"在柏林的朋友们"的特别关照，这些朋友中尤其包括枢密顾问舒尔茨(Schultz)、朗格曼(Langermann)和尼克洛维乌斯(Niucolovius)及剧院经理布吕尔伯爵(Graf Brühl)和与文学家弗里德里希·沃尔夫(Friedrich Wolf)。

③ 歌德在 1819 年 10 月 7 日就说要送给策尔特 1819 年 8 月 22 日首印的一本《西东合集》，现在才真正寄给他。

④ 就在"收到《诗集》册子之后"策尔特受到"红皮配金祿"豪华装订诗集的"巨大鼓舞"，为诗歌《重逢》和《苏莱卡小曲》〈……〉谱上曲调。

⑤ 此处指歌德自传性文集《远征法兰西》和《围攻美因茨》，这两部作品主要是分两个阶段(1820 年初和 1821/1822 年冬天)完成的。

342. 歌德日记

1820 年 1 月 30 日　星期日至 1 月 31 日　星期一

〈1 月 30 日〉

　　大公爵夫人过生日，给她写信。① 继续口授《远征法兰西》。伦纳教授②来了，我们一起乘马车去散心。伦纳教授留下来吃饭。饭后读格尔坦纳的《法国革命》。③ 晚上枢密顾问迈尔来了，我和他查看纽伦堡硬币目录。④

---

① "给她写信"：参见第 340 封信。
② 指特奥巴尔德·伦纳（Theobald Renner, 1779－1850），耶拿的兽医学校校长。
③ 指的是分十三册的《法国革命的历史消息和政治观察》（柏林，1792－1797），作者是克里斯多夫·格尔坦纳（Christoph Girtanner），该集子也是歌德撰写《远征法兰西》的最重要文献之一。
④ 参见第 339 封信及注释。

〈1 月 31 日〉

口授《远征法兰西》的草稿。1 点乘马车去散心。三人共用午餐。收到内登和内斯·封·埃森贝克①的来信。枢密顾问迈尔来了，与他讨论《革命》。② 晚上读米尔纳的《阿尔巴尼亚女人》，③并跟孩子们就此讨论。

---

① 这一天歌德收到了语文学家和艺术学者格奥尔格·海因里希·内登（Georg Heinrich Noehden）的未标日期的来信；他将歌德《约瑟夫·波希论莱奥纳多·达·芬奇在米兰创作的〈最后的晚餐〉》一文翻译成英语，在该信中告知翻译稿即将印刷。波恩的植物学教授内斯·封·埃森贝克来信的标注日期为 1820 年 1 月 18 日。

② 很可能指格尔坦纳的著作。

③ 是指在魏玛剧院上演的戈特弗里德·阿道夫·米尔纳的戏剧《阿尔巴尼亚女人》。作者于 1819 年 7 月 24 日将该剧本的完整手稿寄给歌德，而歌德早在 1819 年 6 月 14 日就读到了前两幕。歌德在 1819 年 7 月 29 日的回信中表达了对这部"优秀剧作"的"兴趣"。歌德在与总理封·米勒 1819 年 6 月 15 日的谈话中表达了不同的、更有批判性的观点："米勒的《阿尔巴尼亚女人》"将"在舞台上产生效果〈……〉因为它用艺术手段进行构建，虽然也足够混乱和怪异"。

343. 歌德致卡尔·奥古斯特大公爵 （亲笔修改的草稿）

1820 年 2 月 8 日　星期二

尊敬的陛下：

在此附上印了一半的目录①（六）②供您查看，希望陛下对活字排 ²⁵
版还能满意。免费印本③的纸页也值得称道；即使经过击打和压制，
纸张还会看起来不错。印刷还在一直继续。

我跟使馆参赞贝尔图赫及登施泰特教授④讨论写一个前言，⑤为
森林、公园、花园及科学之用，连贯讲讲四十年来的植物栽培。前言
表达应尽量简洁，以便赶上刊印，并将以德语刊在收费的目录印本
上，以拉丁语刊在免费的印本上。⑥ 希望这能使陛下满意。

随信的布兰寄来的集子也许陛下手中已有，人种论的那本⑦他
说会近期寄来，恳请陛下继续予以最友善的关注。

---

① "目录"是指所谓的"美景宫目录"（美景宫：Belvedere）《美景宫花园·大公爵
　的魏玛美景宫培植和看到的某些植物名录〈……〉》。
② 指一卷书内的第 6 印张。
③ 该目录有双重版本：一个是贝尔图赫（J. F. Bertuch）自费印制的 1 000 印本
　的便宜版本，在市场上售卖；另一个是卡尔·奥古斯特大公爵出资，印制在较
　昂贵荷兰产纸张上的学术版，共印 250 本，供"免费"礼物之用。
④ 医学家、植物学家奥古斯特·威廉·登施泰特（August Wilhelm Dennstedt）
　1817 年起担任美景宫的大公爵花园园长，并制作了上述《美景宫目录》。
⑤ 歌德原计划在登施泰特教授序言前再加上自撰前言，然而由于歌德有相当庞
　杂的准备性研究要做，未能即时赶上目录的刊印。这些前期的研究成果后来
　被加进了歌德 1822 年 4 月撰写的《对〈魏玛大公国植物栽培〉论文概要的阐
　释》中。
⑥ 歌德在 1820 年 1 月 25 日写给贝尔图赫的信中建议，目录学术版前言使用拉
　丁语以方便各国的读者阅读，"对美景宫里这新的研究对象的产生、发展予以
　交代"。
⑦ 历史学家、人种学家弗里德里希·亚历山大·布兰 1816 年起定居耶拿，1818 年
　他出版了以英文游记选录为主的《人种志》。"寄来的集子"是他历史、政治内
　容的期刊《Minerva》及他的《最新外国文学聚焦》的最近几本。

陛下赐给的游记既有娱乐意义，又有教育意义；然而据我看，东方的面具下偶尔会露出欧洲人的面容。①

魏玛，1820 年 2 月 8 日

---

① 据其日记所署，歌德在 1820 年 2 月 2 日读了卡尔·奥古斯特大公爵寄去的《米尔扎·阿卜杜勒·塔利布汗游记》(原书名为法语，巴黎，1819)。歌德认为这本书不是一个东方人的，而是欧洲人的游记。大公爵在当天就回复了歌德的信说："这部东方著作据说确实是真的。"

344. 歌德日记

1820 年 2 月 8 日　星期二

为日记《在明斯特的逗留》①撰写概要。将植物名录寄给陛下。1 点乘马车去散心。再次翻阅施皮克斯。② 三人共用午餐。将铜版画归类。为《耶拿文学汇报》撰文关于福斯批评施托尔贝格的文章。③ 封·米勒总理来访,跟他讨论格尔坦纳的《革命》。④ 晚间枢密顾问迈尔和雷拜因御医⑤也来了。

---

① 指《概述征程最后一段》,讲的是歌德 1792 年 12 月 6 日至 10 日在加利钦侯爵夫人身边的明斯特朋友圈的逗留。
② 参见上文第 330 封信。该评论不只关于《智慧之光——近代国家及教会的历史、立法和统计数据的公正和坦率评论》的第 3 册中福斯对施托尔贝格的批评文章,也针对这本杂志整个三册。
③ 参见上文第 328 封信及注释。
④ 参见上文第 342 封信。
⑤ 魏玛的宫廷御医威廉·雷拜因(Wilhelm Rehbein, 1776－1825)。

345. F. W. 里默尔，消息

1820 年 2 月 20 日　星期日

谈到福斯和施托尔贝格的争论时，歌德说，福斯批判施托尔贝格就像但丁笔下的地狱，①就像冻在泥浆里的人啃咬一起冻住的人的头颅。

26

---

① 福斯对施托尔贝格的攻击令歌德想到了但丁《神曲》第 32 章《地狱篇》的最后一节，讲的是最底层的第九层地狱，背叛者被冻在冰湖中，饿极之下相互啃咬。

346. 歌德日记

1820 年 2 月 20 日　星期日

　　寄了多封信。① 带有铜版画的大文件夹致莱比锡的施蒂默尔硕士。② 口授了一部分《围攻美因茨》。③ 枢密委员施魏策尔④来了。此前因为涂了色的纸写信给米勒。⑤ 乘车到美景宫去散心。中午见了里默尔一家⑥和雷拜因。读施托尔贝格回应福斯批判的文章。晚间枢密顾问迈尔来了。在报纸上读到：德·贝里公爵⑦遇刺。后来见到宫廷回来的奥古斯特⑧。

---

① 其中包括一封寄给德国化学家约翰·沃尔夫冈·德贝赖纳(Johann Wolfgang Döbereiner, 1780 – 1849)的信,感谢他寄来新版化学教科书。

② 歌德在 1820 年初,从莱比锡的艺术商约翰·戈特洛布·施蒂默尔(Johann Gottlob Stimmel)送来的铜版画集中选出了一些,剩下一些不打算购买的放在一个文件夹中寄回了莱比锡。

③ 歌德在此前后数月都在从事他的自传体著作,讲述 1793 年从法国革命军占领下围攻和夺回美因茨城及堡垒。歌德随同卡尔·奥古斯特的普鲁士骑兵团经历了这场战争。该传记 1822 年与《远征法兰西》一起合并出版在《我的自传》之第二部第五部分。

④ 歌德晚年与耶拿的法学家和法学教授克里斯蒂安·威廉·施魏策尔(Christian Wilhelm Schweitzer)保持着密切交往。

⑤ 指铜版雕刻家、平版画家弗兰茨·海因里希·米勒(Franz Heinrich Müller),他正参与计划中的平版画册制作。

⑥ 弗里德里希·威廉·里默尔常年支持歌德的科研和编辑计划,他的妻子是卡洛琳(Caroline),也是歌德(1806 年起的)妻子克里斯蒂安娜(Christiane)的朋友。

⑦ 查尔斯·费迪南德·德·贝里公爵(Charles Ferdinand Duc de Berry)是阿图瓦伯爵(Graf von Artois)即后来成为法国国王的查理十世的次子。他在法国大革命期间逃往英国,1814 年复辟之后回到法国。他是波旁王朝最后一个王位继承人,在演讲时遭遇政治狂热分子卢韦尔(Lowel)的刺杀,随后于 1820 年 2 月 14 日死于巴黎。这一政治事件让歌德颇为触动,坚定了他写作《远征法兰西》的决心。

⑧ 指歌德的儿子奥古斯特·封·歌德。

347. F. 封·米勒总理,日记

1820 年 2 月 25 日   星期五

〈……〉歌德说,他也许会在半年后说些不利于拜伦的话,认为吸血鬼是拜伦最佳的作品。① 谈到自己领导剧院,歌德说那是一种吉卜赛式的混乱,②也必须作为非常规状况来对付。施罗德③不够明白,只想对此使用常规的应对方式。

---

① 指拜伦所作的未完成作品,后来由其友人约翰·威廉·波利多里(John William Polidori)1819 年在伦敦改编成《吸血鬼故事》(*The Vampyre: A Tale*)。

② 歌德指责自己领导魏玛剧院期间演员缺乏工作纪律。

③ 弗里德里希·路德维希·施罗德(Friedrich Ludwig Schröder)是汉堡的演员、剧作家和剧院院长。1791 年 4 月他拜访了歌德,为此前歌德刚刚接手的魏玛剧院领导工作提了一些建议。

348. 歌德致 S. 博伊塞雷（亲笔落款）

1820 年 3 月 6 日 星期一

如果信件往来偶尔停滞，得空不时寄出一封信去也不错。虽还没收到对我上封信的回复，但我先即把这封信寄给您。请原谅我上次对您寄来的书未有提及；我脑子里事情太多，以致需要的时候却又记不起来。您代我问候一下耶格尔，他的著作在形态学第 1 期印刷后立即送到了我手上，夹着做记录用的空白页，也补充和增添了一些东西。为此我将在第 2 期里予以致谢和表达敬重。① 这位出色的作家并不因我的批评而愠怒；每个人都有自己的品性，也应想办法自行解决困难。

年鉴我也很喜欢，我觉得坎斯塔特洪水的图片②很值得关注，因为它们很直观地展示了大象被淹的样子。到了春天，冰冷的石块解冻了，我们可以捡一些做成一份骨骼化石作为礼物寄至坎斯塔特并期待坎斯塔特的珍宝所收到礼物后给以友好的反馈。

亲爱的朋友，对于您身体上的毛病，我甚至比对自己生病③还要难过。年轻时要充分利用自己的体力——不仅仅年轻人对自己有所要求，世界对他们也有甚多期待。而我们老年人没有什么差事了，所以如果我们散步时显出步履蹒跚的样子，也不会被人指责。给我的《描图和勾勒》④应当作为珍品再给朋友们看看，然后就寄出。

您最忠诚的

魏玛，1820 年 3 月 6 日 　　　　　　　　　　　　　歌德

---

① 《形态学》第 1 卷第 2 期中以"修整与收藏"为名对耶格尔（Jäger）的著作《变形》详细评论，并称赞它是"一部有助益的前期和合作的工作"。
② 这章图片让歌德直观"了解了《符腾堡年鉴》的古生物学研究对史前时间的重构"。《年鉴》出版人梅明杰（Daniel Georg Memminger）在该刊中也发表了一篇相关论文《坎斯塔特和周边：历史地理学论文》（斯图加特，1820）。
③ 歌德并无具体的疾病，只是一般性的与季节和年龄相关的不适。
④ 指博伊塞雷曾在 1820 年 1 月寄给歌德《简描海姆林油画中三王》。歌德称赞它是"无与伦比的素描画"，所有观看者都会为之"赞叹和欣喜"。几天之后，几位对艺术特别感兴趣的朋友枢密顾问迈尔、感兴策尔枢密等都来与歌德谈话。此外，博伊塞雷在 1820 年 2 月 24 日"请求歌德将 1814 年起收到的图片描图都寄过去"。

349. 歌德致 J. J. 封·维勒默和玛丽安娜· 封·维勒默(亲笔落款)

1820 年 3 月 6 日　星期一

28　　霍尔韦格夫人①兴致勃勃地拜访我们,然而当日孩子们却都因宫廷的庆祝活动②忙得不可开交,以至我们只能短暂地接待这位尊贵的夫人。希望她返回法兰克福时不会效仿维勒默朋友的"做法"。③

　　霍尔韦格女士和我的儿媳都是极有教养的小姐,却不能掩饰对送来的这份小包裹④的好奇;我将小包贴身藏在胸前口袋里,因此她们也只能很不情愿地安静下来。

　　今天我才想起为此向您深表谢意,并斗胆通过戴胜鸟信使提出新的要求。⑤ 也许随信的书册⑥能让朋友们多少可以消遣一下,从中至少可以看到我们的小圈子在这个冬天忙碌的成果。

　　策尔特刚刚写信告知他为《西东合集》的几首诗谱了曲子;⑦西式风格对他影响很大,我希望曲调是优美的。我等收到后就马上寄给你们,之后我想知道美因河畔我温柔的朋友们是否满意其中一些诗歌和片段。这一类的作曲你们那里可能也有。从德国北部我收到

---

① 据歌德日记,苏珊娜·伊丽莎白·贝特曼-霍尔韦格(Susanne Elisabeth Bethmann-Hollweg)1820 年 2 月 2 日从法兰克福来到魏玛。
② 指萨克森-魏玛-埃森纳赫大公国的世袭大公爵卡尔·弗里德里希三十七岁生日的庆祝活动。
③ 维勒默在 1819 年春从柏林返回时,没有经过魏玛,而是"从另一条路回到家(美因河畔法兰克福)"。
④ 小包裹里有一把梳子,是歌德 1819 年 12 月在一封带密语的戴胜鸟信中(参见第 333 封信的注释)向玛丽安娜要一个新年礼物后收到的。
⑤ 歌德在随信的戴胜鸟信件中以一首小诗《礼物漂亮又精致〈……〉》为送来的梳子致谢,并恳求玛丽安娜送一卷头发为梳子"赋予意义"。
⑥ 指《论艺术与古代》第 2 卷第 2 期(1820)。
⑦ 歌德老友、柏林作曲家策尔特为《西东合集》中的《重逢》和《苏莱卡小曲》谱曲,详见第 341 封信及注释。

了虽不知来自谁却很友善的评价。我在这个冬天安静工作的成果①
也许到了明年会带给朋友们一些思考和享受。让我们不时交换意
见吧。

　　请代我问候平时被亲切地称为罗塞特的朋友。② 愿她目前即使
身体处于特殊阶段也能不时想起我们和参与我们的活动。霍尔韦格
女士只跟我简单讲了讲法兰克福的情况；她待的时间太短，我们甚至
还来不及建立初步的信任并坦诚交换意见。

你们最忠诚和最真挚的

　　魏玛,1820 年 3 月 6 日　　　　　　　　　　　　　　　　　**G**

---

①　指歌德 1819 - 1820 年冬天部分创作完成的自传《远征法兰西》,参见第 346
　　封信的注释。
②　指安娜·罗西娜·托马斯(Anna Rosine Thomas,原本姓维勒默),是约翰·雅
　　各布·封·维勒默与第一任妻子(玛丽安娜·封·维勒默是他第三任妻子)的女
　　儿,当时已怀孕。

350. 歌德致卡尔·奥古斯特大公爵
（亲笔修改的草稿）

1820 年 3 月 10 日　星期五

29　尊敬的陛下：

在此请您收下上次提到的来自维也纳的邮包：

（1）来自巴西的奥地利皇家自然学者的消息。①

（2）关于封·雅坎男爵的《银杏》。② 我不知道这样的植物是否在美景官也有。如果有的话，它定能在见光的地方很好地生长并且数年后开花。这种树的叶子独具特色，在头几年的形态就像雅坎让人画的一样，扇形叶子上的切口不太明显。但是在后来的树枝上，这种切口越来越明显——从这首诗歌下面插图中的两片叶子可以看到——最终一片叶子变得像两片叶子。

（3）新到的骨骼包裹我没有继续拆开，跟随附的那个一样，都是鸟类耳部骨骼。当然需要别有兴趣的人去关注这些骨头的区别了。

（4）来自波恩的关于德国黑莓类植物的铜版画的通知，也附在信里。内斯·封·埃森贝克正专心的做手头的事情，只是说他似乎要克服一些障碍和拖延症。

---

① 指 1817－1820 年去巴西考察的奥地利和巴伐利亚自然学者给此次考察的学术专员施赖伯斯（Karl Franz Anton Ritter von Schreibers, 1775－1852）所作的关于收集和研究成果的报告。它们以《巴西的奥地利皇家自然学者及其工作成果报告》为名分两册发表。施赖伯斯将三份报告复本寄往魏玛，一份给卡尔·奥古斯特大公爵，一份给歌德，还有一份用来做书评。歌德对这次考察表现出浓厚的兴趣。

② 指维也纳植物学家约瑟夫·弗兰茨·封·雅坎男爵（Joseph Franz Freiherr von Jacquin）的论文《论银杏》，发表在《奥地利帝国医学年鉴》（维也纳，1819）。源于中国和日本的异域树种银杏，在写信的时候已经在美景官的植物园了。歌德在《西东合集》的《苏莱卡篇》中专门有一篇诗名为《二裂银杏叶》，正是受这种两裂片的树叶启发而作。

（5）然后我还要满怀感激地提一下您送来的《奥尔良的约翰娜》；①当然必须承认,这本书真的让人迷惑。开头是奇妙的超自然的美好,结尾是尘世的荒唐的残酷,这些完全扰乱了感觉和想象力。

魏玛,1820 年 3 月 10 日

---

① 1820 年 3 月 8 日和 9 日歌德在日记中记录了阅读四卷著作《绰号奥尔良少女的让娜的故事》,作者为法国作家菲利普·德·沙尔梅特（Phillippe Alexandre Le Brun de Charmettes）。卡尔·奥古斯特大公爵非常喜爱这本书,很明显是他让歌德关注到这本书的。法语名"让娜"对应德语名"约翰娜"。

351. 歌德致内斯·封·埃森贝克
（亲笔修改，亲笔落款）

1820 年 3 月 12 日　星期日

30

　　从尊贵的阁下您那里每次收到信件或包裹，我都希望能助您一臂之力。自从听说德·阿尔顿①是您工作上的伙伴，我就对此更加渴望。若想有令人愉悦的成果，大家就要共同在场并一起合作。

　　说到地质绘图，我不太清楚如何把图缩小或者仅使用其中的一小部分，因为地图的价值恰恰在于可以大尺寸地展示各部分的关联；这项研究对我来说也已经如此遥远，以至于没法重新启动，我也没有足够的时间领会和描绘这些东西。

　　我们的海姆②认为菲希特尔山脉、③图林根森林、彼得山和哈尔茨山区"横空出世"；④对火山主义者来说，将这些东西从深处挖掘出来，过去和现在都很容易。但这样的话什么东西不会乱七八糟？谁还愿意操心这种杂乱的收藏室？我有时会想留给你什么遗物，无所谓你是否保密。⑤

　　一同邮寄来的还有紫菀花种；还附上了一小块所谓的黑色块菌，就给化学实验室的"厨房"用吧，家里的厨房就不用了。

　　您寄来您兄弟的博士论文、报纸上关于黑莓著作的通告和前省

---

① 指解剖学家、考古学家爱德华·约瑟夫·德·阿尔顿（Joseph Eduard d'Alton）。他于 1818 年起在柏林任考古学和艺术史学教授。关于他与歌德的关系，参见第 442 封信。
② 地理学家、矿物学家约翰·路德维希·海姆（Johann Ludwig Heim）。
③ 指亚历山大斯巴德附近菲希特尔山脉中路易森堡的花岗岩石。
④ 歌德曾 1820 年 4 月 25 日考察了路易森堡，并在 1820 年《四季笔记》中表达了自己"对于某些解释的厌恶"——它们将花岗岩的形成归因于地震、火山、洪水等巨大的地质变化。歌德本人却强烈反对这种观点，而是持水的沉积缓慢带来地质变化的"沉积岩"观点。
⑤ 与后文"身后作"一词相同，都表达了歌德对于年轻科学家的期待，希望他们完成科学的未竟事业。

长的手稿，为此我心存感激，并会好好接受、使用和保存它们。

　　不久您会收到**形态学**的第 2 册等资料。它确实是一部身后作，通过您的参与，赋予它新的活力吧。

　　现在还有个问题要咨询真菌学家：在参加远征时，我曾多次看到所有那些运来的面包就像切开的圆形干酪，在表皮和面包屑中间有一些洞，而面包屑不久就会发绿霉，后来又变成橙色霉。别人说这是因为生面团含水太多的原因——为了让面包质量增重而加入面包。这个现象在您寄来的插图中的哪一分支可以找到？

　　您能否给我找**一本黄色的死亡植物**?① 这一现象我感觉非常有趣。

　　停笔之前，我还要向您保证：在所有的绘图和文章中，我确实去找了，却看不到什么眼下可以收入您刊物②中进行交流的。经验告诉我，而且我也一直都清楚，我还太外行，算半个门外汉，因此其他人都走在我前面。对这一点，我并不生气，只是有些难过，因为我不能帮到我的朋友们。

　　致以好意和关心！

　　　　魏玛，1820 年 3 月 12 日　　　　　　　　　　　　　　G.

31

---

① 原书名为希腊语。
② 指自然研究科学院的院刊《新记录》。

352. 歌德日记

1820 年 3 月 16 日　星期四至 3 月 18 日　星期六

〈3 月 16 日〉

　　寄信给封·施赖伯斯骑士。多罗关于亚述人楔形文字的小作①到了。11 点跟年轻的贵宾夫妇②一起。他们待到 12 点半。写信给奥·唐奈伯爵夫人：将铜版画和石版画装入包裹。③ 三人共用午餐。修改了《远征法兰西》。晚间枢密顾问迈尔来了，一起谈论柏林的剧院布景和剧服。④ 晚间四人一起。

　　〈……〉

---

① 古代研究学者威廉·多罗(Wilhelm Dorow)的论文。

② 指世袭大公爵卡尔·弗里德里希和妻子世袭大公爵夫人玛丽亚·帕芙洛娃。

③ 奥·唐奈伯爵夫人(Gräfin O'Donell)此前在 1819 年 12 月 9 日曾写信请求寄来铜版画和石版画。这些画描绘的是歌德在魏玛的花园洋房，还有席勒和维兰德的肖像。

④ 指的是《封·布吕尔伯爵领导下的柏林两个国王剧院的布景——枢密建筑大臣申克尔的绘图》的第 2 册。据日记所记，歌德于 1820 年 3 月 17 日收到从柏林寄来的该书。封·布吕尔曾感谢歌德对剧院工作的赞许并请求歌德对书的前言发表观点，后来歌德也在致谢回信中公开给柏林的"艺术追求"以积极评价。

〈3月18日〉

32

改写了《远征法兰西》中10月5日和6日的日记。乘车去散心。三人共用午餐。

收到施魏格尔和古比茨的包裹，①接着就阅读和观赏包裹里的物品。为书信打草稿。读了施魏格尔的期刊26卷第2期。读了克拉德尼关于火流星的文章。晚间封•米勒总理和孩子们都在。奥古斯特看喜剧回来。

---

① 哈勒的物理学教授约翰•施魏格尔(Johann Salomo Christoph Schweigger)自1813年起开始与歌德通信，两人较多探讨了光学的问题。施魏格尔又寄给歌德一册1811至1834年间出版的《化学和物理杂志》(第26卷21期)，其中有一篇为克拉德尼论火流星的文章。"古比茨的包裹"是指柏林的木雕家和作家弗里德里希•古比茨(Friedrich Wilhelm Gubitz)出版的月刊《消遣伙伴——精神与心智杂志》。

353. 歌德致 F. W. 里默尔（亲笔修改和落款的草稿）

1820 年 3 月 19 日　星期日

我们前天会谈之后，您，尊敬的教授先生，将收到眼前这封信。写这封信并非我所情愿，因为这将使得您离开现在的住所。① 我这里能谈到的，也许对推荐您可以起到积极作用、最具说服力的，就是我们多年间的关系。

当〈1803〉年您从意大利②刚刚返回时，我就发现您品行良好、学识渊博，并邀请您来我家任职，希望您参与我儿子的教育；这份工作您无论何时都是尽心尽力地去完成的。

后来我儿子成年，并去读了大学。③ 您就在我这里积极参与到我所有有关艺术、科学、自然和古代研究的工作中，同时让我看到了您在自己专业④上的巨大进步。

当魏玛高级中学有职位空出来时，为了使更多的人受到教育并因为您适合这个职位，我乐意忍痛割爱让您去那里任职。同时您在大公爵图书馆任职期间，我一直视您为家人。出版的百科词典证明了您的不懈努力，而您出版词典时论述的基本准则和推导出的更简易的授课方式对有能力的学生来说有很大裨益。您最近的努力让我也受益匪浅并颇为欣喜，特别是通过长期的共同生活，我们看待事物的美学、科学的观点几乎完全一致，我就更有感触。我的儿子现在已成为善良、能干的人，每日聊天总是不时提起您的课。他在课上受到

① 里默尔 1803 年 9 月至 1812 年与歌德及其家人同住在魏玛弗劳恩普兰广场旁的歌德住宅。这段时间，里默尔于 1803 至 1808 年任歌德的儿子奥古斯特的家庭教师，后来成为歌德的文学及科学文章、著作的顾问、校对和撰稿人。
② 里默尔 1802 至 1803 年在威廉·封·洪堡罗马的家做家庭教师。
③ 歌德的儿子奥古斯特 1808 至 1810 年在海德堡和耶拿学习法学，期间成为公爵议会的候补委员。
④ 指里默尔在古代语文学方面的研究。

的古代文化的熏陶,培养了其品位和鉴赏力。

目前我有各种事务要处理,却不得不失去您卓有成效的支持。我这个年纪的人都喜欢结交经历时间考验的朋友,而不敢把新人贸然纳入朋友圈。即便如此,我还是考虑到了您的个人发展和祖国某个教学机构①的需要——在那里,您乐意用比入门水平更高的思想来教化有前期教育基础的学生。

想到这些,我便对抛弃一己私利这件事更为释怀了,并祝福您新的职业之路一切顺利。

魏玛,1820 年 3 月 19 日

---

① 歌德也许是指里默尔计划从魏玛的高中调到柏林的大学。

354. 歌德致 C. F. 策尔特

1820 年 3 月 23 日　星期四

你的夏日旅行回忆录对我来说非常珍贵,所以我想你肯定会很乐意再得到它。因为即使写下字迹整齐的日记,现在也不会有这么思想性和信息性的内容了。所以,收下这本回忆录吧,某些书写错误我忘记划掉了,还请原谅。

34　　同时寄去新的一册**论艺术与古代**,兴许其中的几篇文章会引起你的思考。我缓慢地推进自己感兴趣的工作,修订、分拣和保留了那些还算像样的东西。① 有些东西我要充分利用身体还算舒服的时间,从生命的忘川重新唤起。通常我都与世隔绝,期待着下一缕春风唤我再次来到卡尔斯巴德。② 去年虽然去得有些晚,但在那儿的疗养让我整个冬天还算过得去。

我窗前的院子里已有一些悬铃花从土里冒了出来,预计不久之后藏红花就要长出来了,希望我自己也能挪步走出这畦田地吧。

祝你健康!

魏玛,1820 年 3 月 23 日　　　　　　　　　　　G

---

① 歌德在魏玛和耶拿之间几年的主要工作就是将过去几十年各个艺术和自然科学领域自己搁置的研究进行编纂,主要发表在 1816 起歌德出版的《论艺术与古代》和《自然科学概论,尤论形态学》。
② 歌德在 1820 年 4 月 29 日至 5 月 31 日在卡尔斯巴德疗养,"去得有些晚"的疗养之旅是在 1819 年 8 月 26 日至 9 月 28 日。

355. 歌德致 S. 博伊塞雷（亲笔落款）

1820 年 3 月 23 日　星期四（至 3 月 26 日　星期日）

3 月 13 日您的来信促使我们停滞的通信重新启动。如下物品在未来几日将逐一寄送：

(1) 海姆林①油画《三王》的总图。

(2) 丢勒②画的《葬礼图》。

(3) 玛布斯③画的《耶稣被钉十字架》。

(4)《圣维罗妮卡》，描图。

(5)《圣约翰的告别》，描图。

因为这些画摞起来很整齐，所以我也没有在中间垫纸，以免垫纸起卷使画纸不平整。

较小的描图随后单独卷起来寄出。

就在邮寄之前，我和一些朋友还在欣赏这些作品，并衷心祝愿您为得到原版画作而开心。

如果有机会让人将您那儿的几小组画作描给我，让我收进自己为数不多的收藏，我将不胜感激。比如关于东方三博士返回的那组、玛布斯的耶稣钉十字架图片下面那些小图等。

如果这些有着卓越天赋的先人，当时能够雕刻铜版画——正如卢卡斯·封·莱登④乐于做的——在这数百年后，每个人都可以立在铜版画前，真正欣赏到这些先人的功绩。

我给您说过没有？我由来已久的一个愿望得以满足了：从马

35

---

① 文艺复兴时期荷兰画家海姆林（Hemmling），原名汉斯·梅姆林（Hans Memling, 1430 - 1494）。

② 德国画家、版画家、文艺复兴代表人物阿尔布雷希特·丢勒（Albrecht Dürer, 1471 - 1528）。

③ 荷兰画家玛布斯（Mabuse），生于 1487 年，原名扬·格萨尔特（Jan Gossaert, 1478 - 1532）。

④ 卢卡斯·封·莱登（Lucas von Leyden, 1494 - 1533），荷兰画家和铜版画家。

丁·舍恩①那里得到了《玛利亚之死》非常好的一个印本。无论是海姆林等人那完好无损的图片，还是更早期的铜版雕刻家保真的描摹，都让人认识到那独特的清晰性和这些大师工作的无尽功劳。

修订《东方三博士》手稿时对古老译文②的处理我完全同意，想要既不死板又不一味使用新词而将这种事物展示给大众，需要一定的品位和鉴赏力。为此我送给您我这儿的原著，并恳请您对它要极为呵护，它对我来讲意义重大。

这个冬天，由于我离群索居，仅与为数不多几个朋友有过交谈，所以如果我们寄出的东西能够给您带来欢乐和活力，我就非常开心。您读到过拜伦写的《唐璜》吗？这首诗比他的其他作品更为疯狂和宏大。一样的写作题材，却用极高的天赋和大师手笔予以处理。如果他是个画家，他的画作价值恐怕要用黄金来衡量。如今他的书人手一本，您说的话就显得特别确切。他的画作一再被描摹而使我们感到审美疲倦，也最终使我们疲于赞赏。

在您信中提到的像章，我要想办法弄到。那个怪异的、我还看不太懂的多罗从威斯巴登给我弄到一块像章。他寄给我一个波斯的圆柱形护身符的硫磺铸件，这个护身符他在《东方古物》③中也描摹下来，并进行评注。如果看重那个时代和风格，也必须特别重视这本杰出的作品。然而这个作品值得称道的地方并非在于其描摹仿制，因为细节根本没有直观地表现出来。

夏天我将与我们杰出的丹内克见面。至于在哪里见面，还要听天由命。相信您也将给他最好的问候。到时我无论如何先设法从卡

---

① 马丁·舍恩（Martin Schön，原名 Martin Schongauer，1445－1491），是丢勒之前阿尔卑斯山以北最有名的版画家。
② 也见第 337 封信及注释。
③ 多罗等人编纂的著作《东方古物》于 1821 年在维也纳出版。

尔斯巴德赶回来，后面的事情才能慢慢明了。

一卷画里有多幅画。

您最忠诚的

魏玛，1820 年 3 月 23 日　　　　　　　　　　　　歌德

续

我不会责怪您拒绝仿制品，毕竟我们都想得到原版。

在此期间您制定了更大的考察计划，①祝一切顺利！我毫不否认对您领队工作以及专注态度的尊敬。

您目前身体状况有些复杂，需要加强进取之心和坚定意志，当然这些并非说有就有。

我很想看一下您关于大教堂的著作。可以说，我认为这一建筑无与伦比。因此在我看来，其他所有类似建筑顶多称得上是件不错的仿制品。

希望您如愿踏上既定旅行，身心状态在行程中日益改善。我从这儿走之前，您还会收到我的信，也许我也会收到您的。

魏玛，1820 年 3 月 23 日　　　　　　　　　　　　G.

37

没想到我较大的那个邮包被拦下了；我不得不将细心缝起来的油布卷重新剪开，因为就在这几天，那些宝贵的绘图笔记寄送程序更为繁冗，我得在此将寄送物品出示以供检查。因此，小画卷先行寄

---

① 博伊塞雷 1820 年 3 月 13 日宣布将在巴黎停留较长时间，为发表自己关于科隆大教堂艺术史的研究论文做准备。歌德对博伊塞雷这一研究给予积极评价。

出,大的立即跟上。

致以最好的祝福和问候!

魏玛,1820 年 3 月 26 日　　　　　　　　　　　　G.

356. ^C歌德致 G. C. 封·韦德金德
（亲笔修改的草稿）

1820 年 3 月 25 日　星期六

阁下：

　　这令人欣喜的邮包让我想起去年那个重要时期的生动画面，当时我亲爱的同胞们正举办盛大规模的寿辰庆典，让我很是惊喜。然而我也承认：当如此光耀的消息传到正在波希米亚孤独疗养中的我的耳中时，不免感到有些忧虑，也只能战战兢兢对这些活动表示感谢，因为就算一个人值得享有这样的幸福，也不敢肯定自己能否真正能承受得了。

　　如今我已经心平气和，也接受了同胞们对我的喜爱及献上的花环，①所以能利用有幸得来的时间将之前的工作继续下去并做得更好，这也算是我对大家好意最真诚的回报吧。

　　阁下给我写信时，我也正忙于此前的工作。关于那一场弟兄们的庆祝，②我此前只知道大概情况，您的信让我了解了所有重要的细节。这一消息让我能够开心地回味。对先前活动的回忆成为更纯粹的享受。

　　请您代我向那些弟兄们致以最真诚的感谢，我自然也时常内心充满感激之情。我曾将儿子引荐给您神圣的共济会，并与他一起通读和讨论了托付给我的小作。③ 希望他什么时候能够亲自登门拜访并受到您友好的接待。

38

---

① 这是镶嵌着红宝石和祖母绿的黄金桂冠，据说是由法兰克福市民将个人收藏一起拼凑而成。
② 指沃尔姆斯的共济会成员为歌德举办的七十寿辰庆祝活动。
③ 指的是共济会达姆施塔特分会会长格奥尔格·克里斯蒂安·戈特利布·封·韦德金德（Georg Christian Gotlieb von Wedekind）的著作《建筑构件：共济会成员特别是折中派弟兄读本》，它的第 7 章讲的是沃尔姆斯共济会成员 1819 年 8 月 28 日为歌德举办的庆祝活动。

　　请原谅我随信又附了若干页，①可以看作是我亲自的回应，特别是说给那些年轻的朋友们听。因此希望您将这几页交给我们协会那些较年轻的成员，以表达对他们的感谢和激励；也希望包括您在内的功成名就的会长们能时常念及我。

　　魏玛，1820 年 3 月 25 日

---

　　① 是为生日庆祝活动致谢的"回复诗歌"。

357. 歌德日记

1820年3月25日　星期六

　　起草和口授了几封信。收拾东西。后院在打扫,所以三人在蓝屋子里用餐。晚间枢密顾问迈尔来了。通读了新的英文书。

358. 歌德致卡尔·奥古斯特大公爵
（亲笔修改的草稿）

1820 年 3 月 28 日　星期二

陛下：

　　请允许我恭敬地向您汇报以下各类内容：

　　（1）我愿意承认，热量在地表分布不均有利于解释一些现象，因此最好无论何地，无论何种季节，都总结一些经验。

39

　　（2）内斯·封·埃森贝克献上新的名录，还说："陛下为美景官的建设给予了很多资助，也许我可以立刻为您挑选一两种花草亲自献上，或在完成培育后马上恭敬地呈送过去"。

　　（3）如果您还没有收到美景官的名录，我就去要一份，也可以多要几份分给其他朋友。

　　（4）建筑监督长官施泰纳为美景官凉亭的事务做了充分的准备，这样几天后可以呈交陛下您做出最后的决定。

　　（5）希望这几天我能完成写给卡塔内奥的信，这个任务不容易。确切地说，那些浪漫主义者——卡塔内奥也是其一——要的不是评判而是无条件的称赞，这样可以更有力对抗对手。纵然悲剧的作者有创作天赋，这部作品本身也代表了他的成就。然而进一步阐释它这个困难任务我却无法承担，尤其是因为做这个肯定费力不讨好。所以我准备找个好点的托词从这件事情上脱身。①

---

① 米兰的钱币展馆馆长、艺术学者加埃塔诺·卡塔内奥（Caetano Cattaneo）1820 年 1 月 11 日从米兰给歌德寄意大利浪漫主义作家亚历山德罗·曼佐尼（Alessandro Manzoni, 1785－1873）新出版的悲剧《卡马尼奥拉伯爵》并附上一封信，希望歌德对该作予以评价。歌德虽对曼佐尼及其作品积极评价，但是并没有立即表达出来，以防卷入意大利"古典派"和"浪漫派"的文学争论中。在大公爵 1820 年 3 月 27 日的提醒和催促下，歌德写了一篇泛泛而谈的称赞曼佐尼的评论寄给卡塔内奥，这封信其实歌德在 1820 年 3 月 5 日就已构思完毕。当年的《论艺术与古代》第 2 卷第 3 期中，歌德则对"这部值得称道的悲剧"发表了深入、表示赞赏的评论，甚至称曼佐尼的创作非常"经典"。在 1820 年的《四季笔记》中歌德再次赞扬曼佐尼及其作品，称其是"天生的作家"。曼佐尼在 1821 年 1 月 23 日回信致谢。

（6）上次寄来的英文书①非常重要，关于努比亚和安的列斯群岛的书已寄往该去的地方。麦卡洛克的西部群岛我是怀着很大的兴趣研究的。对我们这些长期持沉积岩理论的研究者，需要关注的有信息价值的是，与火山相关的词汇在书中根本没有出现，无垠的玄武岩的形成与维尔纳的观点相同，归结于暗色岩层系的构造。

祝愿陛下在即将到来的春天愉快！

魏玛，1820 年 3 月 28 日

---

① 约翰·克里斯蒂安·许特纳（Johann Christian Hüttner，1766－1847）从伦敦寄往魏玛大公爵图书馆的英文书中，歌德于 1820 年 3 月 24 日将几本书拿来阅览，包括约翰·路德维希·布尔夏特（Johann Ludwig Burckhardt）的《埃及和努比亚游记》（伦敦，1819）和《现代航海和旅游》（第 2 卷第 6 期）、奥利弗·克伦威尔（Oliver Cromwell）的《护国主奥利弗·克伦威尔及他的儿子理查德和亨利的回忆录》（伦敦，1820）、约翰·麦卡洛克（John MacCulloch）的《苏格兰西部岛屿，包括马恩岛的描述》（1－3 卷，伦敦，1819）。最后这本描写了赫布里底群岛，歌德的研究尤其深入，因为他认为自己所持玄武岩的沉积岩理论在此得到印证。

359. 歌德日记

1820年4月9日   星期日

40   今天是瓦尔特①的生日。为迎接年轻的宾客们和符腾堡国王做
准备,他们11点到达,一直待到12点30分。处理了1798年的一些
文件。② 翻译了《求造物主圣神降临》。③ 饭后待在前厅。读了勒普
兰斯的新版《颜色的形成》(巴黎,1819)。晚间见了封·温普芬上校和
公使馆参赞封·格斯。④之后独自从头到尾思考了一下今天的各个谈
话。〈……〉

---

① 1820年4月9日,歌德的孙子瓦尔特·沃尔夫冈(Walter Wolfgang)过两周岁
生日。
② 指1798年的《四季笔记》。
③ 原书名为拉丁语。这是一首圣灵降临赞美诗。歌德把这首诗的翻译在1820
年4月12日寄给策尔特,请求策尔特谱曲。
④ 符腾堡国王威廉一世的秘书封·温普芬上校(Oberst Friedrich Freiherr v.
Wimpfen)和公使馆参赞封·格斯(Georg Wilhelm v. Goes)。

360. 歌德致 C. F. 封·赖因哈德(亲笔落款)

1820 年 4 月 12 日　星期三

　　我尊敬的朋友,您 2 月 1 日的来信,让我至今还兴奋不已,这封信一直记在我心上。您对我的身体状况关心备至,我们的关系也历久弥新。我清楚地记得,您在卡尔斯巴德①亲口告诉我,自己在踏实稳健的人生早期就投身于东方语言文学研究。我们为一首诗的改写②而相见,没想到您为我的工作会做出如此显著而特别的贡献。

　　我要感谢您将《西东合集》推荐给一位看似任性,但也还算可爱的女士。③ 她承认,哈特姆和苏莱卡④那样的爱与被爱是非常美好的。

　　在这里附上我最近完成的几本书。希望您一眼就看中并喜欢上其中某本书。

　　此外,我如往常放了太多的"纺纱杆",以至纺线无法全部"纺完"。我足够勤奋并保持毅力,尤其是得以从社交的义务中脱身,这样就可以将全部时间用来专心完成一切有关艺术和科学的工作,并

41

---

① 歌德于 1807 年 5 月 29 日在卡尔斯巴德疗养期间结识了赖因哈德。一直到 1807 年 7 月 15 日赖因哈德每日来与歌德进行深入交谈。

② 赖因哈德伯爵在将阿拉伯语翻译成德语的尝试中,曾以 1774 年伦敦出版的英国语文学家威廉·琼斯先生(Sir William Jones)的《六首亚洲诗歌的评论及附录》为参考,歌德在《更好理解〈西东合集〉的笔记和论文》的《教师》篇中也提到这本书是《西东合集》的文献。"同一首诗"指的是歌德和赖因哈德不约而同翻译过阿拉伯诗歌《血族复仇之歌》。

③ 赖因哈德曾来信讲到,他把歌德签名的对七十寿辰庆祝的致谢诗分给朋友们看。"只有一个可能不太会骑马的女士怪罪无辜的骑兵队伍(没能分到)〈……〉因为分发时几乎没有什么剩余了,所以事情就不太好办,而我也不想得罪任何一方,所以给她其它的建议并期待有效〈……〉我特别向她推荐读一下《西东合集》"。

④ 哈特姆(Hatem)和苏莱卡(Suleika)是《西东合集》中《苏莱卡篇》的主要形象。哈特姆是阿拉伯人的名字,歌德拿来作为《西东合集》里的诗歌人物。苏莱卡的原型是玛丽安娜·封·维勒默。在《苏莱卡篇》这一章中,歌德与玛丽安娜透过这两个人物形象来交换深刻、意义丰富的情话。

保持与他人通信,收集和修订一些老旧文件,而幸运和好心情也会偶尔会带来一些意外的惊喜。

您在信中提到了西班牙的局势。① 这一肮脏的事件从一开始就是如此暴力!有什么改善值得期待,有什么新的恶事令人担忧? 我们现在所知道的,既不能帮助我们去评判,也不会对局势的预测或想出解决办法有什么作用。

这几天我有幸接待非常尊贵客人的来访。由于我不能去宫廷晋谒,符腾堡国王陛下屈尊来家里看望我,这令我倍感荣幸。世袭大公爵夫妇促成这次会面并亲自带他们过来。有如此尊贵的朋友来访,这样的时刻和情景将构成我今后重要的回忆。

现在我要上路去卡尔斯巴德了,尽早出发这样会赶上夏天更美好的日子,而不要像去年一样太迟了。

最后向您致以最美好的祝福! 如果 5 月份在卡尔斯巴德能收到您的来信,我会非常高兴。

就此搁笔。

　　　　　魏玛,1820 年 4 月 12 日　　　　　　　　　　　G.

附言

您信里所提到的书——勒普兰斯的新版《颜色的形成》(巴黎,1819)到我手里已有数日,让我喜欢上这本书或者理解作者的思维方式是不可能的。牛顿的错误观点②或者想要为牛顿辩解的诡辩方式

---

① 指拉斐尔·德尔·列戈(Rafael del Riego)上校 1820 年 1 月 1 日发动的军事起义,费迪南德七世不得不在 1820 年 3 月 9 日宣布效忠此前被他废除的 1812 年宪法,取消宗教法庭,召集人民代议机构。
② 指牛顿的光学和颜色学理论。

他看得非常清楚，因为他从开始就使用批判的论调，并且想要以新的解释取而代之。这样他的反驳意见和他的论点都不甚清晰。也许我再安心细读一下，会弄清他的这些反驳意见和论点。

您了解也赞同我对事物的看法。这本书的前言在我看来写得很散乱，既没有吸引力也没有说服力，丝毫看不出作者了解我的研究。甚至作者还明确写道：自己没读过相关的文章，只知道唯一的相关作者，还引用了他（法国物理学家阿维）。

我认为这本书不会有什么影响力的，跟英国人里德博士的书一样；后者完全认识到了牛顿的错误，但是取而代之却提出了一个更为荒唐的错误观点。所以直到今天为止，我并不后悔自己长年的工作，①因为它让我们更清晰地判断这个领域的状况。

　　　　魏玛，1820 年 4 月 12 日　　　　　　　　　　G.

42

---

① 歌德指的是他规模庞大、用时超过四十年的著作《颜色学》。

361. 歌德致 C. F. 策尔特

1820 年 4 月 12 日　星期三至 4 月 14 日　星期五

随信附上赞美诗,我希望能够看到真正策尔特的作曲,这样每个周日在我房前都可以有人合唱这首曲子。如果这首曲子在 5 月份能够寄给我的儿媳,她就可以练熟这首曲子,并在 6 月初我回家时可以孝敬而友好地以此曲迎接我。愿圣灵此后和将来安详地守护我的朋友。

魏玛,1820 年 4 月 12 日　　　　　　　　　　　G.

被迫时不时离开身边环境并与之断绝关系,也不算坏事。这样我们也留下了人生中阶段性的遗言。我打算十四天后去卡尔斯巴德,如今四处搜寻,帮你找了哈克特①并将其装订整齐寄给你。你从这本书中可以看出我为哈克特付出的细心和思考;在我们亲爱的德国这种书不多见了,短暂的风沙用许多其他美好和有价值的东西将它遮盖。然而总有一天它还会像琥珀一样被冲刷或挖掘出来。感谢你提醒我想到这本书。

有些东西你在此期间已经收到,后面几天请给我进一步的消息。我现在很需要再去趟野外,因为这个冬天让人不怎么舒服。当然是等春天到来、悬铃花和藏红花从地里冒出来的时候,这样就可以忘记冬天在冰窖般房间里的感觉。在你们大城市却不一样,那里冬天的生活最为有趣。愿你记得我的好吧,而——善有善报——我得承认最近确实碰上了一些好事。

致以同样的祝福!

魏玛,1820 年 4 月 14 日　　　　　　　　　　　G.

---

① 风景画家约翰·菲利普·哈克特(Johann Philipp Hackert)1785 年起居住在意大利,成为那不勒斯费迪南德一世的宫廷画家。他是歌德在意大利时的绘画教师,并将歌德视为自己记述的继承人。歌德后来将他的记述进行修订并与枢密顾问迈尔于 1811 年一起发表了。策尔特曾在 1820 年 4 月 19 日的回信中说:"你的'菲利普·哈克特'我又通读了一遍。"

362. 歌德日记

1820年4月17日　星期一

准备出发。① 将各种物品装箱归类。修订了《论艺术与古代》的诗歌部分。11点年轻的宾客们来访。之后继续上午的工作。晨间绘图大师米勒和儿子来了，讨论亚格曼②的遗物和平版画刊的出版通告。建筑监督官施泰纳来谈论耶拿的彩色窗户。③ 格纳斯特④来访。三人共用午餐。饭后收到封·普雷恩士官寄来的梅克伦堡的矿石标本。读了封·霍瓦尔德的悲剧《图画》。⑤ 汉德博士⑥来访。继续作出发准备。乘车去美景宫散心。里默教授、枢密顾问迈尔来访。晚间跟孩子们。〈……〉

---

① 歌德1820年4月19日开始为期六周的卡尔斯巴德之行。

② 铜版雕刻家、魏玛自由绘画学校的教授约翰·米勒（Johann Christian Ernst Müller）和儿子、平版画家弗兰茨·海因里希·米勒（Franz Heinrich Müller）。费迪南德·亚格曼（Ferdinand Jagemann）是魏玛绘画学校教授，自青年时代起就受到卡尔·奥古斯特大公爵和歌德的艺术赞助，他于1820年1月9日病逝，享年四十岁。其遗物由米勒教授整理。

③ 指的是耶拿大学图书馆的重修工作。歌德1820年6月2日的日记记载："关于图书馆：彩色窗户装上了。"

④ 指常驻魏玛的宫廷剧院的演员安东·格纳斯特（Anton Genast）。他在1816年被歌唱家、卡尔·奥古斯特公爵的情人、（在歌德从剧院退休后）任魏玛剧院院长的卡洛琳·亚格曼（Caroline Jagemann）"强制退休"前，是歌德领导魏玛剧院时的亲密同事。

⑤ 克里斯托夫·恩斯特·封·霍瓦尔德男爵，"为大众口味创作时髦的命运悲剧剧本的人"。这个剧给歌德留下了非常"不愉快"的印象。歌德在1820年4月18日写给霍瓦尔德的致谢信中没有评论剧本质量，而是颇为圆滑地说，把这本作者想要推荐给剧院院长的手稿托付给儿媳奥蒂莉了。

⑥ 耶拿的语文教授费迪南德·戈特黑尔夫·汉德（Ferdinand Gotthelf Hand）。

363. 歌德致 A. C. 封·普雷恩（亲笔落款）

1820 年 4 月 18 日　星期二

44　　阁下：

　　您真是天生有才，总能让朋友看到一些具有独特魅力的好东西，而受命运垂青，您的分享又总能发生在合适的钟点时刻。正当我向柏林的朋友们讨要同样分散在那个地区的原始山脉岩石时，就欣喜地收到了您寄来的邮包。这种一直蔓延到我们这儿来的神奇的石灰岩层现象真是难以参透。埃卡茨贝尔格山附近有些花岗岩石，它们——特别是火红色长石——占比特别大；整个图林根地区都散落着这样的石头。我从卡尔斯巴德一回来就给您寄一些石样。

　　贵榴石花岗岩最为美丽。我所有的藏品中不乏来自俄国的岩石，但却没有这么俊美的。非常感谢您给我那块巨大的光滑岩石，它很好地体现出了这种石头的特性。很奇怪的是，贵榴石与土壤一起变化，因为快速的固化使它不容易结晶。

　　我一直注意到波希米亚有一种少见的片麻岩，长石石纹从走向来看是双轴晶石，与有名的卡尔斯巴德的双轴晶石类似。然而通过云母的作用变平、变丑。请让您的朋友也关注一下这种我认为非常重要的岩石种类吧，说不定他们那里也有，因为柏林寄给我的漂砾当中也有一些这样的石块。

45　　　说到花岗岩，我承认，伊尔默瑙的矿物监督长官福格特多年前就提出这样的观点，认为上面提到的分散在我们这儿的岩块是由于冰川搬运形成的。不过我记不得是否他把这一观点付诸发表了。

　　还请代我感谢西姆森先生寄来了化石；能见到个别的挪威矿石如辉石、钙板藻片等很是珍贵。孔里含锰的砂岩我认为同样重要。对所有寄来的东西致以最深的谢意！

　　我回去的路上会抽空写信告知地质学里有价值的一些内容。

　　现在我再麻烦您一件事：如果布吕歇尔纪念碑的周边已经建设完成，植物栽种就要热火朝天地开始了。所以我希望得到整个规划

的草图和在一定意义上对我很有价值的全身塑像的描图，这样我将
记得有幸与阁下您就这些内容亲密交谈的美好时光。如果这些意义
重大且具有建设性的工作取得令人满意的成果，我同样也会随时为
此感到高兴。

您最忠顺的

魏玛,1820 年 4 月 18 日　　　约翰·沃尔夫冈·封·歌德

1820 年 4 月 19 日至 1820 年 5 月 31 日
取道埃格尔去往卡尔斯巴德的疗养之旅
（途中 4 月 19 日至 4 月 23 日在耶拿停留）

364. 歌德致子奥古斯特（亲笔）

1820 年 4 月 28 日　星期五至 4 月 29 日　星期六

46　**马林巴德，1820 年 4 月 28 日**

　　我决定立刻去看看那个奇特的地方，①你们会为我的决定感到高兴。我感觉就像进入了北美的森林，在那里人们三年就可以建起一座城市。其规划出色并令人愉悦，其建造严谨，工匠们都很努力，监工们明智而头脑清醒。成品房、扩建房、屋檐下、房梁上：从地基往上，一切都不突兀却又栩栩如生。比这儿还好的地方恐怕不容易找到了。我明天晚上到达卡尔斯巴德。从那儿后再给你写信。这七天来的气象现象非常珍贵。② 昨天下了数日以来的第一场大雨，也是农民的福音。

　　　　　　　埃格尔，1820 年 4 月 29 日　　　　　　　　　G.

---

① 1820 年 4 月 27/28 日歌德从埃格尔（Eger）出发第一次参观了新建成并于 1818 年开放的波希米亚北部地区的疗养地马林巴德。

② 在此前的一周天气清澈，歌德看到了有趣的云层构造，这也为他这一路的"天气观察日记"提供了宝贵的素材。4 月 29 日他在日记中关于天气写道："天空云层密布，西北风。昨天和昨夜埃尔伯根地区下了一场大雨，在田间和路上都感受到其猛烈。"

365. 歌德日记

1820 年 5 月 2 日　星期二

　　家里寄来信,策尔特的也在里面。研究神秘的原始文字并进行了评注。考虑下一期《形态学》并列出了提纲。待在家里,更加严格和精确地将材料分门别类归入不同的书册中。提前写好几封信。

366. 歌德致 C. F. 策尔特
（亲笔修改和落款）

1820 年 5 月 2 日　星期二

47　　　我 5 月 2 日在卡尔斯巴德收到了你 4 月 19 日的来信,让我极为开心。首先祝贺你组织举办了拉斐尔节。① 这个想法很好,活动肯定圆满举行,难以复制。纪念那些超越嫉妒和对抗之环境的英雄人物,该成为传统。

　　你们活动上的音乐我也很想听听。对于你说的话,我至少也能有点自己的理解。音乐中最为纯粹和高超的模仿就是你正在做的:能够将听众置于诗歌表达的氛围中,听众脑中不自觉地会想象出诗歌的主题,这很重要。你所作的约翰娜·泽布斯、午夜、群峰一片沉寂都是范本,哪里又没有这样的例子? 你能给我讲讲,除你之外还有谁做出同样的成绩? 以声拟声:打雷、高声喊叫、溪水流动、水花溅起,这种做法令人作呕。明智的做法是像你一样将这种拟声最小化,把这种方法用在上面那些反例中则变成画龙点睛之笔。虽然我还算听得懂,但是其实对音乐并不内行,所以我就把音乐这一巨大享受付之于思想和文字。我清楚地知道自己的人生因此有三分之一的缺憾,但是人也得有自知之明。

　　4 月 23 号起我度过了美好的八日,天气晴朗至极,我身体还算不错,保持着观测的热情,关注着天气状况和云层构造。在亚历山大斯巴德我观察了巨大的垮塌堆积岩石,②估计见不到比这还大的了。我有三十年③没看到过这种现象了,三十年来园林建筑艺术使人们

---

① 策尔特任校长的普鲁士歌唱学院和柏林艺术学院为庆祝 300 年前去世的意大利文艺复兴画家拉斐尔(可能的)寿辰于 1820 年 4 月 18 日举办了活动。
② 亚历山大斯巴德附近有碎块堆积而成的大块花岗岩石山,1805 年以普鲁士王后露易丝(Luise von Preußen)的名字更名为"路易森堡"。
③ 歌德 1785 年 7 月 3 日在去卡尔斯巴德的路上首次见到这种石块。1790 年起,石块所在地区开发出来供游览和研究。

可以走近这种花岗岩块并逐一观赏。我也不时很奇妙地怀念起你们的王后。①

　　接着我又去参观了马林巴德，它在特普尔修道院的主持建造下成为一个新的重要疗养所。这个地方的规划令人欣喜；尽管如此也有业已凝固的率性之作，并不讨人喜欢，只不过人们对此及时地进行了干预。这里建筑师和园艺师②都是专业之人，也习惯发挥自由的想象来开展工作。马林巴德建设者的想象力及工艺可见一斑：他无所谓工地现在的样子，而是关心要把它建成什么样子。辛苦的铲除、填平这样的重复劳作也不能让他动摇。当今很需要这样的人。我另一个感觉像是进入了北美的荒僻地带，人们砍伐树林，为了三年后建起一座城。砍倒的杉树作为副产品进行加工，裂开的花岗岩石像城墙一样耸立，与几乎还没冷却下来的砖块相连。同时来自布拉格和其他地方的涂墙工人、石膏雕花工匠、画家，像做计件工作一样熟练和卖力地工作。他们住在统一租下的房子里，所以一切都进展神速。一栋还没封顶的房子，要求 8 月份就部分能居住——至少我不愿意搬进去住。可是投资商这种匆忙和急切的心态（因为所有常规计划的工地已经分配出去了）只有完工后的第二个夏天，当有百分之十居民入住，才开始见到成果。③ 时间长短才是最关键的。水可供外送，很大一部分是送至柏林的。④ 不知你的朋友中有没有喝过运来温泉水的？请写信告诉我，我相信是有的。

48

----

① 普鲁士王后露易丝 1810 年三十四岁时在拿破仑战争时期死于流放。
② 歌德 1820 年 4 月 28 日亲自与马林巴德建设负责人见面并请他们讲解施工方案。
③ 这个新的疗养胜地完工后必定带来利润，因此许多外地投资商慕名而来。
④ 18 世纪，饮用温泉水变得时髦，甚至长途运送温泉水。有些矿泉水因其矿物质无法保存而不适宜长途运输，而马林巴德温泉水的矿物成分却可以。

昨日年度集市的见闻

————————

譬喻
孩子们跑来，
涌向女摊贩。
每个人都想要苹果！
他们兴致勃勃地
将手伸进苹果堆——
49　听到价格后，
又烫手热铁般地扔回苹果。
小贩是否要
免费赠送才算好？
卡尔斯巴德，1820 年 5 月 2 日

下次再聊！

G.

367. 歌德致 J. S. 格吕纳[①](草稿)

1820年5月2日　星期二

阁下：

　　经过您那里时没能问候您,所以我将几年前写的关于卡默贝格山的一篇文章寄给您。如今人们又开始讨论这件事,也许这篇文章能为此作些解释。一旦这个月的后续挖掘工作能发生任何重大变化,都请通知我。还有一件小事我想说一下:我希望为自己的收藏再增加一块重要的符山石,这种石头的中间散发出明显的光芒,而且能够清楚地看到矿物质结晶的方式。哈斯劳的市长瓦格纳先生那里一般都收藏着这种石块,而且他人还算亲切。凭阁下您与他的关系,去他那求得一些石块应该是没问题的。衷心感谢您帮我搞到的每一块藏品。我回去时,希望能够与阁下您一起游览卡默贝格山,细细观察在此期间发生的变化。希望您一直记得我!

　　　　卡尔斯巴德,1820年5月2日

---

① 约瑟夫·塞巴斯蒂安·格吕纳(Joseph Sebastian Grüner, 1780 - 1864),法学家,海布(德国人称埃格尔兰即 Egerland)乡土学者。歌德1820年4月26日在埃格尔第一次与警事顾问格吕纳见面,从这封信开始歌德就与这位兴趣广泛的法学家和公务员建立起持续的信件往来。格吕纳主要积极参与了歌德的地理和矿物研究。歌德在1822年8月23日从埃格尔写信给克内贝尔:"这些研究活动中,警事顾问格吕纳的帮助令我颇为受益。他凭借自己的职位在整个地区都很有影响力,也因为自己的品行很受喜爱和信赖。"

368. 歌德日记

1820 年 5 月 7 日　星期日

50 　　观察霍恩山的玄武岩并用黏土①进行复制。乘马车散心,从霍泰克路一直到卡尔桥。饭后去看施拉肯维特路上施工挖出来的所谓火山岩石。从中往家拿了不少块。晚上较早上床。11 点后暴雨,大概一个小时。**致魏玛大公爵陛下**②寄往魏玛。

---

① "黏土"(Ton)在德语中也可以表示"声音",歌德此处是指"黏土"还是"声音"(因其在第 366 封信讲过音乐对实物的模仿)不详。
② 指歌德在 5 月 6 日日记中提到的 1820 年 5 月 7 日"寄给陛下的信",在信里歌德说"十四天以来未能做到的晋谒卡尔•奥古斯特大公爵"是"做美好的义务",并给大公爵从卡尔斯巴德写信讲述关于气象学最新的观察和研究。

369. 歌德致 F. 封·米勒总理（亲笔）

1820 年 5 月 8 日　星期一

阁下：

　　我收到信后，立即回信感谢您带给我的这些出色的诗歌。在夜里下过让农民欣喜的滂沱大雨后，第二天阳光妩媚的早晨我就收到了这些诗歌。我觉得这些诗确实如写诗的缘由①一样极为宝贵。希望您的家人和朋友一直记得我！

　　公爵给我要的文章我最近发出。眼下我只谈谈最紧迫的关于里默尔的事。他到您那里去，将会是您很大的收获。而我的损失②将随着时间推移日渐明显，但再后悔也晚了。

　　他的突然辞职是出于忧虑，虽然这种情绪可能现在已经消失了。更多的消息您会从他那里更方便得到。也许他已感觉到地方和工作性质变化所带来的困难和不愉快。

　　我再补充几句：未来我愿意给他三百塔勒作为闲职工资。③ 从目前的工作进展看来，我不知道如何让他真正有效地参与进来。

　　年轻的世袭大公爵夫妇也考虑留住他，愿从自己的角度做点事情。这一切都听由您的眼力和智慧而定。此外我还要告诉您，从（王子）那儿每四天就有消息传到我这儿来。

　　这次疗养对我身体很有益，我的健康状况不错，使得我一旦确定

51

---

① 1820 年 5 月 4 日总理封·米勒随信寄给歌德两手即兴诗，是封·米勒为教学枢密施瓦布（Schwabe）和宫廷总管封·艾因西德尔（von Einsiedel）就任五十年所作。
② 古代语文学家里默尔是歌德长年信赖的编辑方面的合作伙伴，然而因为里默尔的倔强，两人逐渐产生个人矛盾。里默尔 1812 年起任魏玛的高中教师。1820 年春天他辞职并打算赴柏林工作。1820 年 3 月 19 日歌德给里默尔寄去的推荐信，信中强调了里默尔在魏玛和为魏玛所作的贡献，并表示对里默尔的不舍。
③ 歌德考虑，虽然目前没有合适工作让里默尔参与进来，但是每月付给他一定的钱而不需要他在魏玛工作，以留住他。

　　了停留时限就想立即回到您那儿去。

　　天气迄今为止至少是干燥的，下雪时节马上就过去了。总能找到适合散步的好时间。

　　荒野开始有了生机。包括封·德雷克公爵夫人、图尔恩及塔克西斯大侯爵①等在内的很多人都来疗养了。

　　请您在合适的时候代我问候公爵陛下及其他友善的朋友。祝您万事愉快！

　　　　　　卡尔斯巴德，1820 年 5 月 8 日

　　　　　　　　　　　　约翰·沃尔夫冈·封·歌德

---

　　① 封·德·雷克公爵夫人 (Gräfin Charlotte Elisabeth Constantia v. d. Recke) 和图尔恩·及·塔克西斯大侯爵 (Fürst Carl Alexander Joseph v. Thurn und Taxis)。

370.^{C}歌德致 C. F. 策尔特
（亲笔补充和落款）

1820 年 5 月 3 日　星期三至 5 月 11 日　星期四

这封信是接着 5 月 3 日我给你去信后继续写的。① 既然你换了房子，就告诉我你搬到哪里了。这样我可以在孩子们放在家里的柏林地图上找到你的住处，并去拜访你。

我乐意相信，你所在的这个热闹的城市②会分散精力。因为人人都有求于有能力的人，所以你的精力也被分散了。但是你也懂得如何再把精力集中起来。

希望你一直都喜欢我的《西东合集》。我知道自己放进去了什么，又有什么可以以某种方式剥离出来加以使用，埃贝魏因作了几首曲子，请写信告诉我你的评价。你谱的曲目感觉跟我的诗歌能够融为一体，音乐就像涌入的气流一样，将气球带到高空。如果是别的作曲家，我就得仔细听听他们是如何理解的诗歌，并为诗歌配了什么样的乐曲。

埃贝魏因的谱曲中有一首："〈……〉约瑟的魅力我想借用〈……〉"，③我和其他人都很喜欢（就像歌名一样）。那位女士④演唱得也很好，流畅又悦耳。

现在又给《西东合集》收集了几首新诗。⑤ 伊斯兰教、神话、习俗

52

---

① 歌德在写这封信时，5 月 3 日写给策尔特的信尚未得到回复。
② 当时柏林作为普鲁士的首都，文化繁盛，活动多样，也耗费金钱和精力。创作的人在这里经常收到别人的请求，不能集中精力。策尔特在 1820 年 4 月 19 日曾致信歌德提到这点："写信告诉我你在哪里吧。我现在又不能经常写信了。虚无的大潮让人毫无所获。"
③ 该句是《西东合集》的《苏莱卡篇》中诗歌《爱与爱，时与时》第 8 行。
④ 指作曲家埃贝魏因（Franz Carl Adabert Eberwein）的妻子、歌唱家里吉娜·埃贝魏因（Regina Henriette Eberwein）。
⑤ 在 1820 年卡尔斯巴德疗养期间，歌德又作了几首诗，收在 1827 年新版《西东合集》的《天堂篇》中：《预先尝试》《进入天堂》《相似》《你的爱》及《又一根手指》。

给予适合我这个岁数的人以创作空间。上帝高深莫测的意志生出绝对事物，我清晰观看地球上周而复始的人类活动，看到爱情和倾慕在两个世界间飘逸，一切的真被涤出，又消解成抽象的符号。我这个做祖父的人还有何求？

————————

够奇怪的，被我放弃和遗忘的普罗米修斯现在重新冒了出来。其中的第三幕是以我那本诗集中有名的独白开启的。① 也许你不记得了，门德尔松就是在过早发表这首独白②之后没多久去世的。你们不要让这份手稿过于公开，不然日后就不适合发表了。它相当受那些革命年轻人的欢迎，成为他们的神圣信条，而柏林和美因茨的委员会③则对我年轻时也同样做过的蠢事摆出不可饶恕的姿态。值得注意的是，这一反抗的火苗五十年来在诗歌的灰烬中继续发光，直到最终遇到真正可燃的东西而发展成有破坏力的火焰。④

既然我们谈到过去的但并未过时的事，我就想提个问题：你是

————————

① 弗里德里希·海因里希·雅各比（Friedrich Heinrich Jacobi）的论著《从致摩西·门德尔松的信论斯宾诺莎的学说》（布雷斯劳，1785）未授权就登出了歌德所作赞歌《普罗米修斯》，歌德1789年才在自己的书中发表。他在日后多次（错误地）提到这首颂歌是《普罗米修斯》戏剧第三幕的开篇。

② 柏林的商人、哲学家摩西·门德尔松（Moses Mendelssohn）1786年也就是在未经歌德同意就出版了《普罗米修斯》赞歌的一年后去世。歌德针对雅各比、莱辛和门德尔松间关于斯宾诺莎的争论所提出意见相当尖锐。

③ 指1819年"卡尔斯巴德决议"在联邦层面组建了"中央调查委员会"来镇压所有自由派人士。

④ 当时已有四十七年之久的《普罗米修斯》手稿自从问世以来，其革命的、解放的爆发力丝毫未减，所以歌德看到眼前学生为自由做的努力和严格的国家政权（特别是"卡尔斯巴德决议"之后）之间的政治敌对关系后很可能担心，如果《普罗米修斯》残稿印刷出版，就会成为丑闻。

否仔细读过我书里的萨堤洛斯或被神化的林中恶魔？① 因为它跟
《普罗米修斯》一起重新浮现在我脑海里，令我突然想到。不知你一
旦带有目的性去阅读会有何感受？我不参与各种比较，只想说一下，
浮士德里的一个重要章节也是在这个时候创作的。②

　　现在说一下天气吧——这是旅行和疗养的重要前提。上空的干
燥空气赶走了潮湿空气，云开雾散，今天是耶稣升天节，真是天公
作美。

　　总体来说，阳光高照之下隐避的春意非常令人惬意。似乎树木
苏醒时会惊讶于这时节来得如此之早，而自己的生长还很滞后。每
一天都有新的花骨朵绽开，而已经盛开的花蕊则开得更加绚烂。

　　在日落时分沿着布拉格大街散步非常舒适。那些干枯的树木，
此前几乎难以被察觉，如今日益添绿，更为鲜艳。它们叶子舒展开
来，享受着从背面射来似乎穿透树叶的阳光的照射，形成了各自独特
的造型，易于辨别。那鲜绿色还透着微黄，鲜得甚至完全透明。这万
物生长的美景肯定还能再欣赏两周，因为即使到了圣灵降临节，第一
抹绿还没有完全长出。白天渐长，一切都很美好。希望你也一切
都好！

　　　　卡尔斯巴德，1820 年 5 月 11 日　　　　　　　　G.

---

① 歌德 1773 年撰写完成了青年时期戏剧《萨堤洛斯或被神化的林中恶魔》，
1817 年出版。在他 1777 年 10 月 30 日为卡尔·奥古斯特公爵等人朗诵该书
后，原手稿丢失。1807 年雅各比通过法学家萨维尼告知歌德找到了不知名
人士的手抄版。
② 应该是指 18 世纪 70 年代早期歌德最早的《浮士德》手稿中有一篇补遗，是靡
菲斯特向浮士德索要灵魂一幕的草稿《田野　街道》。

371. 歌德日记

1820年5月18日 星期四

　　天气晴朗。去了温泉浴场。向枢密大臣舍费尔①报告收藏品的编制情况。许策博士来访，然后是公使馆参赞孔塔来了。到米尔巴德桥上观察云朵的漂移现象。继续绘图。② 晚上去布拉格大街。观察园艺。③ 8点去见女士们。④ 下起了雷雨。

---

① 枢密大臣、图尔恩及塔克西斯大侯爵的御医舍费尔（Jacob Christian Gottlieb Schäffer）。
② 歌德在1820年卡尔斯巴德疗养期间用绘图来记录地质和气象现象。
③ 应该是指马林巴德的规划。
④ 歌德去拜访多萝西娅姐妹（Schwestern Dorothea）、库尔兰公爵夫人（Herzogin v. Kurland）及作家埃莉萨·封·德·雷克男爵夫人（Elisa v. d. Recke）。库尔兰公爵夫人1820年5月18日的日记中记载道："歌德给我带来山上的花朵，给我看并告诉我几块砾石的名称。他开朗、风趣，脾气也好。这一晚非常愉快。"

372. C. F. A. 封·孔塔致妻子

1820 年 5 月 18 日　星期四至 5 月 19 日　星期五

5 月 18 日

　　饭前拜访歌德，如果晚上去不了的话。

54

5 月 19 日

　　昨天我就是饭前去的,聊天①相当有趣。歌德建议我在布拉格大街骑马。我听了他的建议在 4 点上了布拉格大街,当时整个天空满是云彩。当我骑马经过歌德的住所时,他正站在打开的窗前观察云朵漂移,看到我后就兴奋地朝我喊:"不错! 不错! 这是一个美妙的时刻。说实话,我真羡慕您能骑马!"〈……〉

---

　　① 聊天是关于歌德那段时间一直关注的云层构造。

373. 歌德致 J. H. 迈尔(草稿)

1820 年 5 月 20 日　星期六

在我们许策博士的帮助下，您的邮包顺利到达，我立即仔细阅读邮包里的旧报纸，同时将去年的报纸不时也捆起来放入其中。这些报纸这样(连贯起来)就像一部世界历史，而如果是不连贯寄来的零散报纸则没有任何意义。

我过得很好，但是也想回去了。每当认识了什么人，从一开始就能够预想到这个人在四个星期内会说些什么。印刷了这么多，来不及读，因此既听不到什么有道理的话也听不到什么不理智的。

寄往柏林①的回信我建议尽可能写得明确些。这个情况比较个别，身居外乡的人也几乎没法正确想象。目前应尽可能不要再枉费旅行的时间和金钱了。我认为，这是该种情况下唯一可以做的明智之事了。

55

---

① 此处应是"巴黎"，是记录歌德口授内容的歌德仆人施塔德尔曼(Carl Johann Stadelmann)的笔误。魏玛宫廷有可能将定居巴黎的语文学家卡尔·本尼迪克特·哈泽(Karl Benedikt Hase)请来做公爵夫妇两个女儿玛利亚和奥古斯塔的教师。为了相关的商谈，特别是关于"这一荣耀职位"的"职务责任"，迈尔代公爵夫人请求歌德简短表达意见。

374. 歌德致 C. F. A. 封·施赖伯斯
（亲笔修改和落款的草稿）

1820 年 5 月 23 日　星期二

阁下：

　　我所期待的信①已经在手边了，正如您也希望看到的那样——正好是我在为离开卡尔斯巴德②做准备的时候。您所有亲切和美好的祝福都实现了：我也是不到一年以来才知道这里的水质对身体这么好。

　　之前说要寄给您的小邮包③刚刚装好，并写好了目录和几句评语。请谅解这一切。就以往来看，您是会亲切地原谅我这种一板一眼的作风的。因为人们总归是要有思想的，所以您也应该不会厌恶我在各处表达的各种观点。

　　这周边的地质，我已经研究了好多年了。因为医生既不让我阅读，也不让我写作和用脑，因此也许安静的观察自然才是能够带给我享受和快乐的。最令我们关注的是各种岩石：古老的、中生的、新生的岩石被封锁在史前时代的深处，之后却每天都在生成，人们就能了解到岩石从果至因，再从因至更高层面的循环。为此我近四十年来经常造访卡尔斯巴德，也总是能有新的、值得赞叹的发现。

56　　　　谈到我所注释过的约瑟夫·米勒藏品以及我随信附上的较早期的论文，我突然想到——本来就是想问这个问题的——阁下的博物馆中是否有这样的藏品？如果没有，我可以在下一次来这儿时，或从魏玛寄出有最新发现的这么一件藏品，毕竟我也常从魏玛寄出邮件。眼下要寄给您的邮包本可以跟藏品一并从魏玛寄出。自从约瑟夫·

---

① 歌德曾于 1820 年 5 月 10 日写信请求施赖伯斯为他写推荐信以从施特恩贝格伯爵（Graf von Sternberg）那里获得"地下发现的棕榈森林"的样本。施赖伯斯的回信标注的日期为 1820 年 5 月 18 日。
② 歌德在当年 5 月 28 日早晨 6 点离开卡尔斯巴德。
③ 歌德在 5 月 10 日的信中说要寄给施赖伯斯"一小盒矿石"。

米勒①去世,这里就没有人收集整理过这些藏品了,即使马上就有很
多人收藏个别物件。

　　地质状况千差万别的原始山脉,最终带来巨大的煤炭存量,煤炭
又引起地火。② 人们因此而进行〈如此〉多种多样的观察研究,以至
于疗养之人忘记了自己,忘记了恶,说要思考却没时间思考。

　　最后我不免想简短说一下,我很感动自己寄去的藏品可以跟那
些来自特普利茨附近、受卢多维卡皇后陛下庇护的矿石藏品③放在
一起。这些特普利茨的藏品我都还清楚记得,它们代表了我一段重
要和极为快乐的时光。④ 我想以别人的话作为这封信的结尾:

　　你令我,苦痛更新。⑤

　　　卡尔斯巴德,1820 年 5 月 23 日

---

① 宝石雕刻匠约瑟夫·米勒(Joseph Müller)1817 年九十岁时去世。
② 这个较为浓缩的说法描写了波希米亚的山体构造,这是歌德长年观察和研究
　　得出的结果。
③ 歌德寄往维也纳的矿石将与波希米亚北部地区疗养地特普利茨(Teplitz)的
　　矿石藏品放在一起保存,后者已由奥地利皇后玛利亚·卢多维卡(Maria
　　Ludovica, 1787—1816)捐献给维也纳博物馆。
④ 歌德在 1812 年 7 月 15 日至 8 月 11 日应奥地利皇后玛利亚·卢多维卡之邀
　　待在特普利茨疗养浴场。在那里歌德几乎每天都与皇后见面进行深入的交
　　谈。这位美丽和聪慧的皇后二十九岁英年早逝对歌德来说是巨大的损失。
　　如今岩石收藏令歌德再次想起皇后。
⑤ 出自古罗马诗人维吉尔(Vergil)的《埃涅阿斯纪》。歌德在信中的原文按照
　　原著使用拉丁文。

374ª. 歌德致 G. H. L. 尼克洛维乌斯
（亲笔修改和落款的草稿）

1820 年 5 月 24 日　星期三

尊敬的朋友，我在卡尔斯巴德疗养之旅将要结束之际高兴地告诉您，我会牢牢记住这次疗养经历，这肯定也是您所乐意听到的。我离开家以来度过了非常愉快、闲趣并且研究收获颇丰的五个星期。然而这也让我在度过了如此舒适的一个春天后，对将要到来的夏天抱有相同的期待。然而我估计没有什么能比得了您，我亲爱的朋友，还有您亲爱的（也是我的）亲人①在魏玛一年中最美好的时候给我带来那么好的心情，还让我思如泉涌。

似乎是时候将我们之间迄今为止奇怪的、摇摇欲坠的面纱彻底揭下来，让如今我们的真诚和相互欣赏，在未来把我们紧密联结在一起吧。通过我的孩子，我们已经建立起良好的基础，②让我们在此基础上更进一步！是啊，请允许我邀请您 6 月下旬来访而且相信能够通过款待令我们双方愉快，这将预示着我的身体也会走向健康。

请您让这个预兆顺利实现吧。由于我常常忧虑自己下个阶段的身体状况，以至于总是要放弃一些美好的计划。愿早日在魏玛收到您肯定的回复！

您最忠诚的

卡尔斯巴德，1820 年 5 月 24 日　　　　　　　　歌德

---

① 歌德希望柏林的枢密委员尼克洛维乌斯以及他的三个儿子能够来魏玛看望自己。尼克洛维乌斯与歌德唯一的外甥女玛利亚·安娜·露易丝（Maria Anna Louise）是夫妻。玛利亚是歌德的妹妹科妮莉亚的女儿，她在 1811 年就已经去世。

② 1819 年歌德的儿子奥古斯特及其妻子奥蒂莉去柏林期间拜访了尼克洛维乌斯及其一家，也再次加深了他们之间的亲戚关系。

375. 歌德日记

1820 年 5 月 23 日　星期二至 5 月 24 日　星期三

〈5 月 23 日〉

忙着整理石头收藏，将藏品装包。孔塔的收藏又有增添。寄信回家。为维也纳及其他事情做准备。乘马车短暂出游。晚上到封·库尔兰公爵夫人那儿送给她《维也纳会议》铜版画。①

---

① 这是 1819 年有名的铜版画《维也纳会议》。当天晚上，歌德将该作品作为礼物送给公爵夫人。

58　〈**5 月 24 日**〉

与许策博士乘马车出游。公使馆参赞孔塔再次来访。写信给施赖伯斯先生。信件**致我的儿子**与封·林克尔女士的合同①一并寄出。饭后 3 点走上去霍恩山的路，并在那儿发现了玄武岩。孔塔先生跟我一起。回来路上穿过城区和邮局广场去到哈默尔小村。晚间独自在家。

---

① 多萝西娅·封·林克尔(Dorothea v. Lyncker)是魏玛宫廷总管卡尔·封·林克尔男爵(Carl Wilhelm Friedrich Freiherr v. Lyncker)的妻子。这封合同是指卡尔斯巴德疗养高峰期间一个夏日居所的租房合同。歌德的仆人施塔德尔曼为封·林克尔夫人及其女儿费力谈到可接受的价格。

376. 歌德致卡尔·奥古斯特大公爵
（亲笔修改的草稿）

1820 年 5 月 26 日　星期五

陛下：

在这里逗留的最后时刻我向您禀报：山谷和田野都是一派圣灵降临节的景象，花朵和树叶也长到全盛。我想我没看过这么美的栗子树上吊灯状的树枝，下面还有火焰般的花朵吊在枝桠下约一英尺到十八英寸，大都朝向太阳。一切都那样如人所愿的新鲜和细嫩。打雷，下雨，又放晴，天气一直温和，环境非常宜人。安排了计时马车夫，我就利用起每个小时，为地质研究走遍这个地区。孔塔回忆起他过去的这类研究并参与到这个有些艰苦的考察，令人愉快。

我在此间的这些工作中发现了一些新颖的、整体可以说是有趣的现象，其中较为重要的我已寄给施赖伯斯先生并附上描写和评注了。我刚进卡尔斯巴德就写信问候这个才能出众的人，他又给我回信说我有望从那些原始森林的植物化石中得到具有研究意义的标本。

奥·唐奈女士那儿我也寄去了一首她一直想要的歌唱皇后陛下的诗歌，如今奥·唐奈女士将保留皇后的遗物作为纪念。①她很好，用惯常的纪念方式给予回信。她的信都是以对陛下您的想念为开头和结尾的。现在我首先要代图尔恩·及·塔克西斯大侯爵问候陛下您。他关注到卡尔斯巴德壮观的矿石收藏，那些藏品是我个人收藏并且在每次出游时，都将沿途收集的新藏品收入其中。他和家人友好地拜访了我。一起愉快地参与了我的整个演讲。他们也很有智慧，也在合适机会提出意见，由特殊到一般然后又回到个别的、特别的和有

59

---

① 奥·唐奈女士是1816 年去世的奥地利卢多维卡皇后的侍女。她找人打造了一个珍贵盒子，用来保存皇后的遗物。她请歌德作一首诗以印在盒盖的里面。

用的现象。

封·库尔兰公爵夫人①也希望再次听到您的惦念。泉水没有丧失妩媚，还具有吸引力，能让大家保持联系。②

还有卡尔·封·松德斯豪森王子。我去晋谒了王子及其夫人，交谈愉快。③

多年后再次见到莱比锡的赫尔曼教授，④也让我非常高兴。他的聪明和友善还像过去一样，他令人讨厌的一面也是依旧。

其他人我想不起很多来了，虽然还有几个人物也颇具魅力。不过我得急着止笔。

我在此宣布要去度假了。这之前再说一点：卡尔斯巴德的市民非常迫切地一再问道：既然这么喜欢这个温泉，陛下是否考虑再来一次，满足人们的好意。

60　　按照我目前的身体状况，几乎可以肯定地说，周日就能到达埃格尔。我多么希望也可以去埃格尔和弗兰岑斯布伦之间卡默山看到真正的火山。人们在所谓的火山口继续挖掘。那儿的现象总是很有意思。

　　　　　　　卡尔斯巴德，1820 年 5 月 26 日

---

① 即安娜·封·比龙帝国伯爵夫人(Anna Charlotte Dorothea Gräfin v. Biron)，是库尔兰最后的公爵夫人，是"这个世纪第一位外交官"查尔斯·德·塔列朗公爵(Charles Maurice de Talleyrand)多年的情人，自从俄国在 1795 年吞并库尔兰之后一直住在阿尔滕堡(Altenburg)的骑士封地勒比肖(Löbichau)。根据歌德日记记载，库尔兰公爵夫人 1820 年 5 月 9 日到达卡尔斯巴德。

② 时年五十九岁的封·库尔兰公爵夫人当时病未好，因此不能完全展示个人的妩媚。

③ 据日记记载，歌德在 1820 年 5 月 21 日拜访了约翰·卡尔·封·松德斯豪森(Johann Carl von Sondershausen)王子及其妻子。

④ 约翰·戈特弗里德·雅各布·赫尔曼(Johann Gottfried Jakob Hermann，1772－1848)，莱比锡诗学和演讲术教授。

377．J．S．格吕纳

1820 年 5 月 28 日　星期日

1820 年 5 月 28 日再次在埃格尔与歌德见面。他从卡尔斯巴德来，在金色阳光下入住客栈，并让他的仆人施塔德尔曼邀请我见面。他非常友善的态度让我与这个伟大人物见面更为振奋。他迎接我时说了下面的话：

难以破解的卡默贝格山给我们带来了什么？埃格尔兰的人们都在干什么？① 亲爱的朋友，我们有很多事情要谈论〈……〉。〈乘马车去卡默贝格山〉

〈……〉

现在我们到了卡默贝格山。歌德交叉双臂长久站立不动，专注地沉思和观察。最终他说道："我从这座小山还不能得到确定的研究结论。"

"阁下！"虽然我不是自然科学学者，我还是大胆地表达了我的观点，"我认为，这座山不是因为火山爆发形成的，而是现在这些石头是被地下火烧过的。"

我从山顶岩层带回几块几乎不到两罗特②重的小火山岩，然后从同一条垂直线更低的岩层带回重达数斤的石块。然后我说：

"如果岩浆从上面的火山口流出的话，按照物理原理应该是重的石块先堆积下来。此外石块的边缘像针一样尖，即使是最轻微的活动都会让它们失去棱角。"

歌德微笑着。"年轻的朋友，"他说，"我们不能那么轻易下结论。在我看到的云母细沙没有从谷底往上蔓延到接近所谓的火山口时，

61

---

① 对埃格尔兰的历史和行政、语言、习俗等的提问是歌德与格吕纳第一次见面以来"通信和口头交流"的长久话题。在歌德返回魏玛后与总理封·米勒1820年 6 月 7 日的交流中讲到他对这个"长时间交谈"的印象："他夸赞埃格尔的警事顾问格吕纳和那里完备、责任清晰的县区行政。"
② 旧时重量单位，一罗特约为三十分之一磅。

这个卡默贝格会一直都是未解之谜。"

　　歌德观察着实验井道,走到最顶,仔细观看周边和小山。回埃格尔的路上我们上了这座山。我的熔岩石块在每层都做了记号,挨着其他东西放在箱子里,然后被建议寄至魏玛给弗兰茨巴德矿泉曾经的承租人黑希特。

　　出发前歌德送给我 1817 年 7 月 1 日在魏玛写的作品,提名为"认识波希米亚山脉岩石",扉页题有"亲切怀念警事顾问格吕纳。歌德。"

　　　　埃格尔,1820 年 5 月 28 日

耶拿
1820 年 5 月 31 日至 1820 年 11 月 4 日
（短暂拜访魏玛：10 月 14 日至 10 月 19 日）

378. 歌德致 A. 赫尔曼（亲笔修改的草稿）

1820 年 6 月 2 日　星期五

　　虽然我马上就要开心地进入自然赋予每个人的老年状态了，然而在收到您亲切来信后我还是希望自己年轻些，可以能够为您的工作献计献策。[①] 目前我只有精力完成接下来这件不可推却的任务了。所有其他事情，为了身体健康我必须拒绝。感谢您告知您愉快的徒步旅行，[②] 因为不怎么劳累，我也很开心地跨越了重重障碍。以后的"朝圣者"可以按照线路图般的这一系列描述追随而来。先说到这吧，时候不早了。

　　　　　　耶拿,1820 年 6 月 2 日

[①] 歌德以年纪为由委婉拒绝了赫尔曼（August Herrmann）想要自己为他评价和推介《漫游诗歌》的请求。此前他为赫尔曼的六音步诗歌《浪漫田园史诗般的巨型山脉》做评论时，歌德表达了更直接的观点，建议赫尔曼不要发表。

[②] 赫尔曼在《山和旅行的诗歌》中描写了西伯利亚的徒步旅行。后文"这一系列描述"也是指这首诗。

379. 歌德致 C. F. 策尔特

1820 年 6 月 6 日　星期二至 6 月 7 日　星期三

耶拿, 1820 年 6 月 6 日

首先给你报告一声,你的几封信我先后都收到了:

4 月 19 日;5 月 13 日;圣灵降临日;圣灵降临节周一的福音;6 月 2 日收到《圣内波穆克》。① 你为其作的曲令我很喜欢,我也向你表达最深的谢意。你的话促使我进行了个别观察,我马上就把它们记录下来并分批摘录一些给你过目。对你所有这些好意,我只能回复如下：我独自详细地涉猎了各色人物,深入研究了异乡状况,得到了很多有益的收获。在很多孤独的时刻,书写和口授给我带来很大快乐,这六周我就写了比以往更多的东西,很有意义。有些美好的事物从记忆的深处重新浮现,其中应归功于你的部分我也不会有所吝惜。

作出四首《西东合集》里《天堂篇》的诗歌,②让我自己也很惊讶,我甚至无法评价它们的质量如何。

现在反过来我回复一下你信件。原本我很早启程去温泉疗养,是想 6 月份、7 月份还有 8 月上半月能够在这里度过。你的拜访③会让我非常高兴,但我也请你预先跟我约好,因为整个时间段我都要处理一些琐碎小事。你的到来将会让我备受鼓舞。但是一想到柏林,我就因为不能领受柏林致予我的好意而深感失落。

63

---

① 歌德 1820 年 5 月 24 日寄给策尔特《圣内波穆克的前夜》作为"离别祝福",策尔特将其谱曲又寄给歌德。圣内波穆克(Sankt Nepomuck,约 1345 - 1393)是捷克的殉道者和民族圣人。

② 参见第 370 封信对"几首新诗"注释。

③ 策尔特本打算与女儿多丽丝(Dorothea 或 Doris Zelter)还有时年十二岁的菲利克斯·门德尔松前往魏玛拜访歌德,但最终在 1821 年 11 月 4 日至 19 日才得以成行。菲利克斯·门德尔松(Felix Mendelssohn, 1809 - 1847)即德国浪漫主义著名作曲家门德尔松,作品包括《仲夏夜之梦》《乘着歌声的翅膀》等。其生于汉堡,十一岁时入柏林声乐学院学习,少年时即与歌德交往。

上次旅行中我虽然大胆做了一些事情，而且样样都成功了，①但细细看来只是因为我不只每天每时，甚至每分每秒都投身于此。我用尽所有力气，最终不顾一切，左转右转甚至调转方向。如此庞大繁复的体量，这几乎难以想象。等你来了，我们进一步详谈。

我该对你们演出《浮士德》说什么呢？我们之间因你而发展的忠诚关系②将我置于这极为奇异的处境。这个诗剧真像一个响尾蛇，人们身不由己地落入它的咽喉中。当然如果你们像迄今为止一样同心协力的话，它将成为并一直是世人所能见到的最奇特的作品。

非常感谢你寄回《圣内波穆克的前夜》。圣洁的精神在那个时代就自己形成了。对此我打算以后慢慢给你细说。我们应该还有机会面对面相聚。

再写几句填满信纸：约一年前我与儿媳单独坐在一起时，曾给她讲过一个小故事。③ 这种故事你也多少知道一些，我脑子里也有不同的几个。她想要读一下，但我给她说，故事只存在于我的想象力中。从那时到现在我没再想过它。现在我去施莱茨，比较早，时间也较长，我从皮夹子里拿出一本书厚的书写纸和比较好用的维也纳产黑粉笔，开始写下这个故事。现在我口授结束，没什么好修改的了，我看到信写得不多不少，待后续吧。

耶拿，1820 年 6 月 7 日   G.

---

① 指歌德在疗养期间，在卡尔斯巴德附近地区由公使馆参赞孔塔和警事顾问格吕纳陪伴进行的地质考察。

② 1820 年 5 月 24 日《浮士德》在柏林上演，普鲁士国王弗里德里希·威廉三世也出席了演出。策尔特在 1820 年 5 月 25 日的信件中向歌德详细描述了柏林的《浮士德》演出情况。

③ 是指插在《威廉·迈斯特的漫游年代》中的一篇中篇小说，最终定名为《泄密者是谁？》。歌德在 1820 年 5 月底构思，同年 6 月 4 日至 23 日动笔并于同年 9 月 29 日完成。

380. 歌德日记

1820年6月7日　星期三

为《云学》作序。总理封·米勒来访。处理了各种私事和公事；去王子花园觐见公爵。艾希施泰特、两位施塔克、封·莫茨、总理封·米勒、福格特枢密①一同用餐。饭后林克尔上校冒雨赶来。7点大公爵离开。弗罗曼先生②来拜访我。我独自对下一步的工作从头到尾进行思考。

---

① 分别是语文教授艾希施泰特（Eichstädt）、魏玛的公国领导委员会主席封·莫茨（Wilhelm v. Motz）、总理封·米勒、耶拿的医学教授卡尔·威廉·施塔克（Carl Wilhelm Stark）和约翰·克里斯蒂安·施塔克（Johann Christian Stark）、植物学教授福格特（Friedrich Siegmund Voigt，1781－1850）。
② 耶拿的出版商 Carl Friedrich Ernst Frommann。

381. 歌德致儿媳奥蒂莉(亲笔补充和落款)

1820年6月12日　星期一

亲爱的女儿：

　　感谢你亲切地写信给我，在此我寄给你一个玻璃杯送给乌尔丽克①并附上美好祝愿。每当她用这个玻璃杯喝水时，就会想到我。

　　非常遗憾，你们不能自如活动，②不然我很希望看到你们来拜访我并把瓦尔特带来，他应该会喜欢这个陌生的花园。既然目前你们无法成行，那就好好待在家里，像以往一样。关于我吃饭的事情：侯爵酒窖的女老板决定给我做饭，现在刚开始我觉得还过得去。

65　　不要再给我送螃蟹吃了，长途跋涉不适合保存螃蟹，但是我倒是想吃点花椰菜。早饭我也许想吃个烟熏牛舌、冷牛排，或者其他的肋肉排、小的烤制品、肉糜，或者不管人们怎么叫的东西，我都会满意。

　　雨水不是人类的什么好朋友，但却是动物的。因为草苗壮成长，喝啤酒的人看到大麦长得好也无可抱怨。我没怎么去散步，因为外面也没什么吸引人的。不久以后也许一切就变样了，我也喜欢待在这里了，因为我的工作③进展顺利，而且总有新想法和惊喜。

　　我忍不住告诉你我遇到的最奇特的事情〈是〉，在我旅行快结束的时候，《泄密者是谁?》从记忆中唤醒，不知道怎么就写到一半了。也许也将会有结尾。

　　你喜欢新出炉的诗歌，所以我先把还没干的几张纸放在报纸下

---

① 歌德儿媳奥蒂莉的妹妹乌尔丽克·封·波格维奇(Ulrike Henriette Adele Eleonore v. Pogwisch)。

② 奥蒂莉目前正怀第二胎，是继1818年4月9日瓦尔特出生之后又一个儿子沃尔夫冈·马克西米利安于1820年9月18日出生。这次生产给奥蒂莉带来并发症。

③ 歌德在耶拿这几个月的"工作"包括他的官方工作，特别是1817年10月7日接受的耶拿大学图书馆改建、整修的最高监视长官一职，以及针对早年论文的研究和编辑工作。

面寄给你。

　　衷心祝好！

　　　耶拿，1820 年 6 月 12 日　　　　　　　　　　　　G.

382. 歌德致 J. L. 比希勒（亲笔修改的草稿）

1820 年 6 月 14 日　星期三

尊贵的先生：

　　阁下那封特别重要的邮件①使我在卡尔斯巴德孤独一人时也非常愉快，并再次让我相信两个真理：一是应该到真正的铁匠铺门口去看看，二是真理的宝石只有依靠错误来衬托才能愈发光彩。送给勃兰登堡的奥托的洗礼礼物，②如果未被否认来自萨克森，看起来就不会如此美妙。那次变革的重要时代现今依然历历在目：一个伟大的、自比皇帝的侯爵灭亡，③他的财产分散出去使帝国的形式也完全

66

---

① 是关于历史学家迪姆根（Carl Georg Dümgé）对魏玛公爵的一个银质洗礼杯来源和年代的鉴定。按照歌德 1820 年 5 月 9 日的日记，歌德从比希勒（J. L. Büchler）那里又收到这个杯子。

② 1819 年魏玛世袭大公爵夫人玛利亚·帕芙洛娃在歌德建议下为魏玛宫廷收购了中世纪一个银质洗礼杯。杯底刻有婴儿接受洗礼的图画并标着"奥托"和拉丁文的"弗里德里希大帝"。在歌德将这个杯子寄给公使馆参赞、法兰克福古代德国历史学协会第一秘书比希勒后，一场深入的、对于 19 世纪历史批判学产生根本影响的辩论展开。最后得出结论：弗里德里希一世巴巴罗萨（Barbarossa）不是教父而是受洗者。关于另外一个"奥托"有几个人物被纳入讨论，最终确认为威斯特法伦的奥托·封·卡彭贝格伯爵（Otto v. Cappenberg）。通过这次讨论，歌德认为历史学研究有问题，他后来在《关于一个古代德国的洗礼杯》中直接指出："现在等着瞧吧，人的智慧还会让多少奥托出现。这场冲突最有趣的好处最终是，那些伟大的、有趣的时间点使得很多人际和家庭关系纳入讨论，而在普遍的世界和国家历史甚至传记中研究，人们认为那些关系太过专门而将其搁置一旁。"

③ 指的是海因里希·封·勒文（Heinrich v. Löwen）通过拒绝支持 1176 年的意大利之征对弗里德里希一世巴巴罗萨所作的反抗。在 1176 年一场溃败后，皇帝宣布剥夺法律保护，收回萨克森和巴伐利亚封地。然而 1180 年这两处封地重新分封出去。封·勒文虽然 1181 年又臣服于皇帝，也只得到自己的房产不伦瑞克和不伦瑞克-吕讷堡（Braunschweig - Lüneberg）公国。

改变。请您代我向迪姆根先生及尊贵的协会成员①表示感谢，感谢他们告知研究成果，并请允许我今后继续询问。

因为您什么也没说，我估计那个碗还没有被雕刻，也不为人所知，因此我将找人雕刻，并希望您允许我以自己的方式让人使用既定的阐释来雕刻。

为了配得上这份厚爱，我虽然在该领域还是个新人，但希望为了这崇高的理想为下一册②的撰写能够尽上绵薄之力。

稿子搁置至今，我得向您道歉：我们三年半以来一直在为大学图书馆的完全改建而忙碌。那些旧的大教室被改建进来，因此图书馆已扩建三分之一。只有少部分书架和书籍还放在原先的地方。一个三百年来像矿藏一样不断堆积的几近腐烂的书籍宝藏正在更新，被收入曾经比特纳的图书馆和现在宫廷的图书馆③合并而成的耶拿大学图书馆。人们把所有图书按照学科顺序排列，同时建立一个按字母顺序排列的目录。借此机会，一些迄今尚未涉及的馆藏资料部分得以重见天日，如布德尔的手稿④现在才被登记下来。

解释这些过去关于德国历史的手稿，因为很少有人爱干这行而变得艰难。还是眼下的事情总能吸引注意力，使久已远去的事物完 67

---

① 1819 年在法兰克福由卡尔·封·施泰因·楚·阿尔滕施泰因男爵（Freiherr Carl vom und zum Stein vom Altenstein）组建的古代德国历史学协会，歌德在 1819 年 8 月 28 日七十岁寿辰时成为该协会荣誉会员。
② 歌德在《古代德国历史学协会档案》（第 2 卷，1820）发表了《奥托·封·弗莱辛根纪事》。
③ 哥廷根的自然和语言学家比特纳（Christian Wilhelm Büttner）40 000 卷珍贵藏书的图书馆 1783 年就被卡尔·奥古斯特大公爵买进，与耶拿的公爵宫殿图书馆馆藏合并为耶拿大学图书馆。
④ 曾经的耶拿大学图书馆管理员克里斯蒂安·布德尔（Christian Gottlob Buder）的遗留手稿。

全消散在九霄云外。

　　如今我相信，一个令人尊重的协会是愿意看到自己所倡议的古代研究在我们这里再次兴起并得到革新。在我的推动下，一位年轻和文笔很好的图书馆专家乐于从事这些研究，他已经做了一些摹本，让我们能够把古代文字的描摹给远方的专家以供评论。

　　现在我委托维德堡寄给您一个这样的大师或宫廷抒情诗歌者的古本，附上一些可当作提问的评注，希望得到最终确定的解释。下一步我打算提供给您的是关于奥拓·封·弗赖辛手稿的更为复杂的信息，之后还有关于利希滕奥的康拉德主教两个手稿的信息。

　　借此希望您也向尊敬的协会创立者及主席以及所有值得敬佩的协会成员表达我的祝福。

　　　　　耶拿，1820 年 6 月 14 日

　　还要告诉阁下，您对我的厚爱使我自己倍感责任重大。我感觉自己很幸运，在经历了这么长久和多样的人生后，我的同乡①还将我视为亲人。我也自认为配得上这份厚爱，因为即使有意识地了解遍布全地、形式各异的广泛人性并在祖国重新发现、承认和促进这一人性时，我的目光和步伐始终没有离开祖国。因为站起来成为所有世界公民的代表，正是做德国人的使命。② 希望您保持跟我一样的信念并时不时给我肯定。

　　　　　耶拿，1820 年 6 月 14 日

------

① 古代德国历史学协会将地点设在歌德的家乡美因河畔法兰克福。
② 与拿破仑的战争结束之后，德国兴起爱国主义风潮。与此相反，歌德提出立足家乡的世界公民思想。

383. 歌德日记

1820 年 6 月 16 日　星期五

　　处理植物学论文，修改拉弗斯的翻译并誊写。① 读了关于奥拓·封·弗赖辛的手稿。封·罗德夫人和女儿②来访。与我的儿媳还有乌尔丽克③一起度过早晨和中午。驻卡尔斯巴德公使馆参赞孔塔④来访，讲述他那里的事。修订《论艺术和古代》的第 2 卷第 3 期第 7 印张。阅读萨尔托里乌斯关于国家形势的新书。⑤ 重读了《形态学》上期的一些内容。

---

① 指一篇作者未知、指导欧石南花繁殖的法语论文。耶拿大学的法语教授和教师路易·拉弗斯（Louis Daniel Marie Lavés）受卡尔·奥古斯特大公爵之命将其翻译成德语。

② 歌德在1820 年的《四季笔记》中写道："有些拜访令我高兴〈……〉（多罗西娅）罗德夫人（Rodde），本姓施勒策，我多年前在他父亲（哥廷根著名的历史学家奥古斯特·施勒策 August Schlötzer）那儿见过。她父亲严肃且情绪不好，然而她深受父亲宠爱，快乐地成长。"

③ 即歌德儿媳奥蒂莉的妹妹。

④ 1820 年在卡尔斯巴德疗养期间，歌德时常与驻卡尔斯巴德公使馆参赞孔塔（Carl Friedrich Anton v. Conta）见面，因此感兴趣"那里"的情况。

⑤ 哥廷根的历史和政治学家格奥尔格·萨尔托里乌斯（Georg Sartorius）在 1820 年 6 月 1 日随信寄去了自己的新书《关于德国面临的危险和幸运战胜危险的方法》（哥廷根，1820）。

384. 歌德致 J. H. 迈尔(亲笔落款)

1820 年 6 月 17 日　星期六

我亲爱的朋友,随信的附件①请您转交国王陛下并向他致以我的问候。这里面的怀疑和矛盾实在是有趣,谈到的内容也很适合消遣。

关于鲁克施图尔,②我跟您的观点完全一致。请您把这些论文寄回来,让我在合适的时候仔细研究。

您《伊利亚斯》③的第 1 页已经印出来了,看起来相当不错。

您安排一下,下周找个时间——25 日星期天也可以——来我这儿。我有一些东西要给您看,讨论并征询您的意见。

69 　在此致上最美好的祝福!

您最忠诚的

耶拿,1820 年 6 月 17 日　　　　　　　　　　　　　　G.

---

① 是《关于一个古代德国的洗礼杯》。该文集合了关于这个银杯来源的各种观点。歌德托迈尔将其送给世袭大公爵夫人玛利亚·帕芙洛娃。
② 1820 年 6 月 11 日,歌德将语文学家和教育家鲁克施图尔的文章寄给迈尔看,因为歌德不太清楚这些论文从内容上看是否适合发表在下一版《论艺术和古代》上。
③ 迈尔就米兰人帕佩罗－科戴斯(Papyrus－Kodex)为荷马的《伊利亚斯》所作插图写了评论《伊利亚斯片段》发表在《论艺术于古代》(第 2 卷第 3 期)上。

385. 歌德致 P. C. Chr. 松德斯豪森[①]
（亲笔修改的草稿）

1820 年 6 月 30 日　星期五

阁下：

　　请原谅，您的剧本没有添加评注就寄回给您了。请允许我这么直接！二十多年以来，我只为演出读过剧本，观察和考虑剧本该如何搬上我们舞台。这样的工作取得了一些成功，也有一些不成功，但毕竟我从中获益不少。

　　从不再负责这个令人感到亲切和重要的工作起，我就放弃了对各种剧本进行评论，因为这会让我重新回想起过去的工作。所以您的剧本我也寄回去，多少读了些，衷心希望演出成功。

---

① 指魏玛公国王储太傅松德斯豪森（Philipp Carl Christian v. Sondershausen）。

386. 歌德致 C. G. 卡鲁斯[①]
（亲笔修改和落款）

1820 年 7 月 1 日　星期六

　　亲爱的朋友,我拖了很久才为您的邮件[②]表示感谢。您对动物骨架的清晰描述已经在这部解剖学著作中得到了充分检验。〈表皮的〉外观让我们意识到它的存在后可以赞赏自然的完美,您如此生动地察觉并颇有艺术性地描制下来,让我非常惊喜。请允许我心怀感激地将您的两幅画摆在家里并对您大加赞赏,赞叹您周边有德累斯顿这样美丽的自然环境,而且您还能够在需要或想要的时候不时地欣赏离世的伟大先人的作品,比如勒伊斯达尔。[③]

　　自然界这篇论文我就像没读过一样饶有兴趣地又读了一遍。让我们继续保持一致的观点吧。

　　蚱蜢三对足之间三个完整椎骨的发现,令人非常高兴。内部观察虽已给予承认,然而三块椎骨让我们直观看到了所有形态的构造都是最完美的。至少我能够最大程度想象到脊髓(无论什么器官什么部位)上的潜在椎骨,它们只等待最小的激发,等待某个相邻身体部位的需要,就可以成为真正的椎骨。

　　菩提树根的事情[④]我也认为极为宝贵。是否有人至少部分地将这些珍宝保存起来? 它们值得单独为之设立收藏室。如果人们突然

---

① 指心理学家、画家卡尔·古斯塔夫·卡鲁斯(Carl Gustav Carus, 1789 - 1869)。
② 1820 年 6 月 2 日歌德从卡鲁斯那里收到《生物学和医疗学杂志》第 1 册、卡鲁斯自己的论文《自然界》、油画《晨光中的布洛克斯山顶》和《杉树林》。
③ 指的是德累斯顿美术馆的油画收藏。卡鲁斯住在德累斯顿因此方便去看。雅各布·范·勒伊斯达尔(Jakob van Ruysdael)是荷兰的风景画家,歌德曾在1816 年写过一篇关于他的文章《作为作家的勒伊斯达尔》。
④ 卡鲁斯给歌德讲过一个奇特现象:因为有人在埋有三个木棺的地方种了一棵菩提树,树根在寻找水分和养分的过程中渐渐向着三个木棺分成三个方向。由于木块和尸体的腐烂进一步为树根提供了养分,以至于树根纤维漫入木棺包裹住尸骨。这也体现了供养与破坏的永恒的交替。

看到这样的珍宝却不知道它们的价值，会有多么可惜！之前我也犯过这种错，这谁都怨不得。然而如果这样一个木棺按照描述很可能腐烂成块，而您能给我拿到有研究价值的一部分，那请您帮我这个忙。箱子可以通过邮车寄给我，您那边不用支付邮资。

　　大公爵陛下作为植物界真正和彻底的爱好者积极关注着这个领域，也跟我一样惊叹于这种具有无限可能的奇特构造。在所呈现出来的情景中，坚固的树桩直接分割成无限多的极为细微的纤维网！

　　还有很多话要说，但眼下的工作我也不想继续搁置。希望您关注随附的包裹，并偶尔写信给我讲些令人愉快的事情。我也不会拖延与艺术及科学方面朋友的通信。

71

您最恭顺的

耶拿，1820 年 7 月 1 日　　　　　　　　　　歌德

387. 歌德日记

1820 年 7 月 2 日　星期日

　　阅读布雷斯劳的亨舍尔①关于植物性别的论文,论文是昨天到的。又给他写回信。它缺少目录,因此开始为这本书撰写概要。公使馆参赞孔塔来访。苏奇科夫枢密来访。福格特枢密来访。探讨关于气象学的一些事。中午我独自一人。饭后见了公使馆参赞孔塔。去茨韦岑拜访财务处官员朗格以及他的锅具和炉管厂。夜里阅读亨舍尔的书。写信致奥古斯特·亨舍尔博士寄往布雷斯劳。

---

① 医生、植物学家奥古斯特·亨舍尔(August Wilhelm Henschel)的论文《关于植物的性别。F.J.舍尔福尔博士的历史附录》(布雷斯劳,1820)。

388. 歌德致 A. 亨舍尔（亲笔修改的草稿）

1820 年 7 月 2 日　星期日

真是命运的安排,您的书让我想到多年前,尊敬的舍尔福尔①向我透露他不承认植物有性别。当时我明白我们的研究状况,请求他不要表达这样自相矛盾的观点。然而我立即又意识到被我提升到某个高度的形变学,②这样就被赶超和有所进步了。在对这超前观点展望后,我表达了祝福并且很高兴有人率先对此进行公开阐述,也乐于看到有人为这个观点进行辩护。

从那时开始,这个事情一直盘旋在我的脑海中。我记录了一些支持它的论据。也很偶然,我未能把记下来的话刊印在《形态学》第 2 期。真抱歉,本来如果能自愿成为您观点的赞成者,肯定会令您很高兴。我很乐意支持您,因为这一切我都能在您的书里找到,而且总是毫不犹豫地给这样或那样棘手的问题找到发表的地方。

这种处理研究对象的方式非常超前。如果我们认真并负责任地进行下去,未来一段时间我们将看到研究结出硕果。

一旦有了难得的安静时光,我很乐意把您的书从头到尾通读一遍并就您的演讲做些评论。我现在看到如此奇怪的科学现象是我无意间促成的,所以您尽管相信,您的文章不会"大体上",而是每一页都令我感兴趣。趁着我们都在世,今后请您经常写信让我知道您的近况。

再补充一句:我夹在对这件事的评论上方的纸,题字叫做关于传粉。从这儿您也能看出是为了这个目的。

　　　　耶拿,1820 年 7 月 2 日

---

① 医学家、植物学家弗里德里希·舍尔福尔（Friedrich Schelver）1803 - 1806 年任耶拿的哲学和植物学教授,后来成为海德堡的医学教授。令他名声大噪的是,他曾试图使用神奇疗法使盲人变成千里眼。

② 按照日记所记载,歌德在 1820 年 6 月 29 日开始写论文《传粉、蒸发、结滴》,当年发表在《形态学》杂志上。

72

389. 歌德致 J. S. 格吕纳(亲笔落款)

1820 年 7 月 9 日　星期日

阁下：

我向您致以应有的谢意,感谢您寄来的矿石! 其中有几块是最美丽、最有启发性的矿石。从新得到的财富里,可以选一些送给没有这种矿石的朋友,免除他们的遗憾。问您索要更多的矿石显得有些过分,但是如果有特别奇特、夺目的石块,也请想到我,寄送的话烦请在包裹里夹一些纸和棉絮。

随信的书我刚回来时就在四处搜寻,然而这一刻才拿到。这本书我觉得很符合您的用意。当您在文件夹里为了了解埃格尔习俗整理您的材料和开立名目时,就更容易发现其中的相似点与不同。但凡论文有所进展,我还请您亲切地告知我论文的情况,最好是我能亲自到您这里来取。

致以最好的祝福,同时收到这封邮件时请您简单回复我。也许您也乐意将今年的疗养浴场客人名单寄一份过来。

您最恭顺的

耶拿,1820 年 7 月 9 日　　　　　约翰·沃尔夫冈·封·歌德

补充一下：5 月 28 日托付给埃格尔的黑希特先生的两盒矿石还没到。黑希特应该乐意帮忙因此写信并询问他转寄的贸易商。我希望了解邮件转运的路线。

390. 歌德致 C. E. 舒巴特（亲笔落款）

1820 年 7 月 9 日　星期日

我 6 月初刚从卡尔斯巴德回来就收到了您 5 月 10 日寄来的亲爱的邮件。我再次安顿下来已有一段时间了，填补性地完成了一些我不在的时候落下的工作，也努力开始重新处理各种官方和私人事务。这几夜，我的全部时间就用来拜读您好意寄来的著作。我有一种奇怪的感觉，因为当我研究双轴晶石时我觉察到自己有两种人格，我无法区分开哪个是我原本的性格，哪个是衍生出来的性格。前者就像我的作品，后者就像作品的阐释。

现在我只用几句话来感谢您：有时我很激动地在一些地方写下自己对别人鼓励的赞许。然而光赞许就有点过了，于是有些信一直搁置在我这里，因为我心思已经转移到很远的地方了。因此请您友好地接受我的赞许。因为不但大部分与我个人的观点完全一致，而且您指摘我的地方，没说几句话就跟我的观点一致了。

有时会有某些段落让我无法忍受。有这么一段您在末尾也改写了。这种情况下让自己或者别人都满意很难。仔细看来，您为了我而与同时代人的大多数[1]人进行争论，您也因此处境不利，用意再简单也会卷入复杂的境地，而其他人则只会说些讨人喜欢的话。

您对我虽有好感，但会渐渐清楚意识到：我为了生存要如何放弃生活；为了之后得以享受多年好光景，我要如何放弃当下；人又是乐意靠什么样的支持和赞许度日的。我有多么感谢您的努力，您自己也会越来越多感受到。

如果各个方向的同时代人包括死敌、有阴谋的人有意让我目前活跃的创作活动停下来，请您不要逃避。我自己没有什么损失，我的

---

① 歌德虽是德语区的"大作家"和"文化教父"，但在歌德看来自己还是有些反对者的，比如启蒙运动代表人物克里斯托夫·弗里德里希·尼克莱（Christoph Friedrich Nicolai）、加利布·黑尔维希·默克尔（Garlieb Helwig Merkel）、浪漫主义代表人物弗里德里希·施莱格尔（Friedrich Schlegel）。

年轻和未来的朋友也不会有所损失。我将收起愤怒的情绪,更加投入的进行工作。我到今天为止也已经习惯了努力工作,而不操心如何或在哪里发挥作用。

从中您很容易明白我趁着对第一部分热情未减,已经迫不及待地看到您的第二部分了。因为忘川的河水不断地冲击着我们。不论好的还是不好的情绪都不会像过去的时代那样长久不息。

后记

您将论文也寄给哈登贝格侯爵①了,我觉得这自然很有必要。我与这个重要的人物曾是大学同窗,现在双方都保持着友好的关系,也为他现在才庆祝的生日送上了祝福。② 不无可能的是,我会常常间接地向他说点您的好。我与内政部保持着密切的联系,这几天就会找到机会,饶有兴趣地谈到您。

我的几本《论艺术与古代》和自然科学方面的书应该到您手里了。请您好好看看,希望从中不会看到与您过去观念相违的东西。常写信! 时光飞逝!

您最忠诚的

耶拿,1820 年 7 月 9 日　　　　　　　　　　　　　　歌德

---

① 普鲁士王国首相。
② 歌德在 1820 年 3 月 26 日为哈登贝格侯爵(Carl August Fürst von Hardenberg)1820 年 5 月 31 的七十岁寿辰在侯爵肖像画下题了一首诗《致哈登贝格侯爵》。

391. 歌德致 S. 博伊塞雷（亲笔修改和落款）

1820 年 7 月 16 日　星期日

我们现在已经进入 7 月份下半月，所以要想在威斯巴登见到您我就得抓紧时间了。请允许我长话短说，因为一本**论艺术与古代**和一本**形态学**目前正在印刷。之前懒散到令人气愤的排字工人突然来催了，令人不满又不解。

首先我想谈一下法兰克福的纪念碑。① 因为如果我不过问这件事的话，就谦虚得没有礼貌了。请您告诉我：是怎么计划的？建在哪里？怎么建？

说到我的半身像，我承认我不再相信丹内克可以来。② 想到和说到这一点也有违我的意愿，因为——他比着我做过塑像的模型——我本来想象自己的塑像能与席勒的并列而放。谁又不是每天都要承认，过去的时间、境况、感情、工作已无法被唤回？

如果合适说句话，那么我请求迅速周到地考虑一下。长话短说，我提出以下建议供参考：柏林的**劳赫**享有实至名归的好声誉，与我比较近。虽然我们私下并不认识，但是他与我的家庭和家人有着联系。③ 让他在后面几个月里来我这里，比着我做出雕塑模型带走，估计跟他比较容易说定。虽然柏林现在有无数的石雕工作，但是我的半身塑像估计很快就会完工。如果您从法兰克福跟他建立联系，我可以自告奋勇友好地请他在这几个月里来我这里。如果没有陷入令您无所适从的停滞，那么我对此事还会像此前一样保持沉默。山鹬

① 指博伊塞雷创立的促进会想要在歌德的故乡设立歌德纪念碑。然而实施进展缓慢，因为就纪念碑大小及承办的艺术家尚未达成一致。

② 歌德纪念碑的建设最开始是委托给斯图加特的宫廷雕刻家约翰·丹内克。后来因为妻子的健康问题，丹内克的魏玛之行一推再推。最终在歌德的建议下，纪念碑的工作转给劳赫（Christian Daniel Rauch）。

③ 歌德是 1820 年 8 月 16 日在劳赫来耶拿时才认识了劳赫，歌德的儿子奥古斯特和儿媳奥蒂莉在 1819 年 5 月的柏林之行时，就已在柏林的雕刻家圈子里结识劳赫。

转瞬就飞走,好的枪手要迅速将它擒住。

77　　　非常感谢您给我寄来几本《艺术杂志》。您的书评令人称赞并且通过明确的区分讲清了古教堂纪念碑的外形。我之后将认真并饶有兴致地仔细阅读。

《艺术杂志》整体①做得相当好,它的成绩比人们能要求的还要好。很多东西都要依赖他人讲清楚,所以不平等就无法避免了。

科隆这个城市,从这个独特的角度看来既唯美又实用,令我们欣喜。这些艺术家共同的工作肯定会带来一个华丽的作品,我的杂志也为这作品留下了光荣的一角。②

希望您主要的工作能够在幸运的陪伴下完成。您在巴黎之行中我一直都会想着您。③ 请让我经常听到您的详细情况,因为我总忍不住会想到您在这部著作写作的时候克服和将要克服极大的困难。

我忙碌地在耶拿度过了孤单的五周。当您看到我工作成果的时候,愿您想到我。

虽然没有多少天了,我还是希望能够与您在莱茵河和美因河重温过去的活跃的时光。④ 您给我细致描述一下威斯巴登温泉现在是

① 这里指的是艺术家卡尔·朔恩出版的《艺术杂志》,1820 年起成为孔塔的《造型艺术晨刊》的副刊。
② 博伊塞雷作品的扉页花饰采用了申克尔(Carl Friedrich Schinkel)所画的施内尔(Ludwig Friedrich Schnell)和哈尔登旺(Christian Haldenwang)铜版雕刻的科隆大教堂。歌德在《论艺术与古代》第 2 卷第 3 期 170 页中也称赞了这个城市建筑。
③ 博伊塞雷正在编辑关于科隆大教堂的多卷册著作。1820 年 7 月 1 日他详细告诉歌德自己为了印刷前的最后准备打算去巴黎旅行。
④ 歌德说这句话是指他 1814 和 1815 年的两次在莱茵-美因地区(威斯巴登的含盐温泉)的疗养与艺术之旅。在那期间,歌德与博伊塞雷多次见面并了解了博伊塞雷的油画收藏。

什么状况？也别忘了给我讲讲格贝尔米勒的朋友们①现在的状况。我已经很久没有从他们那里听到消息了，减少与这么好的朋友的联系是我不情愿的。然而我得承认，自己的"超距作用"②并不强烈也不持久。布伦塔诺一家和瓜伊塔一家③的情况请您也给我讲讲。祝您生活美满，也常常想到我这个在安静小室总能听到大海呼啸的隐居士。我关于半身像的说法您不必完全采纳。我总是害怕给别人建议，因为谁也不知道一个想法的结果——即使开头很好，结果却急转直下。

您最忠诚的

耶拿，1820 年 7 月 16 日　　　约翰·沃尔夫冈·封·歌德

78

---

① 是指约翰·维勒默和玛丽安娜·维勒默夫妇，在美因河上游法兰克福附近的格贝尔米勒有一块租佃的田庄。

② "超距作用"是物理学史上出现的关于作用力及传递媒介的一种观点。这一观点认为，相隔一定距离的两个物体之间存在着直接、瞬时的相互作用，不需要任何媒质传递，也不需要任何传递时间。

③ 法兰克福商人和参议员弗兰茨·布伦塔诺（Franz Dominicus Josef Maria Brentano）及其夫人，以及与他们一个女儿贝蒂娜·布伦塔诺（Bettina）结婚的格奥尔格·瓜伊塔（Georg Friedrich v. Guaita）。

392. 歌德致 G.萨尔托里乌斯(亲笔落款)

1820 年 7 月 17 日　星期一

我最亲爱的朋友和先生,①当人们与世界尤其是政治世界的关系就像卡兰对亚历山大大帝及其军队一样,②那么一个老朋友拉拉我们的袖子提醒我们,并且不久后将这一切再次提起,就像目前的情况以及对下一期的预期一样,这一定是非常令人愉快的。我怀着兴趣和感激在耶拿隐遁期间阅读和研究了您的良心之作。③ 从中我看出,您力求将最好的东西奉献给最可爱的人类,并始终对这种成问题的局面存有期待。愿您能取得成功作为回报,即使这个成功还要等很久。

我两个最亲近的朋友幸运地离开了这个可憎的时代。④ 人类的道德秩序至今对我不薄,我希望今后它依然宠爱我。如果我的册子里不时有那么一本寄给您看,请您友好地收下,因为我希望给我的每个朋友一些专属于他的东西放进书中。

代我问候您亲爱的家人,教母和教子。⑤

弗罗曼一家的精彩讲述引起了我对哥廷根时光的回忆,那时我经常边思考边四处漫步。希望您美好的愿望可以实现。请您代我真

79

---

① 歌德与这位哥廷根的历史和政治学教授格奥尔格·萨尔托里乌斯(Georg Sartorius)自从 1800 年 9 月 24 日在耶拿的医学教授洛德(Justus Christian Loder)家中第一次见面后,一直保持着密切的私人和政治联系。

② 卡兰是印度的智者,他在公元前 326 年加入了亚历山大大帝的军队。

③ 指萨尔托里乌斯的论文《关于德国面临的危险和辛运战胜危险的方法》(哥廷根,1820)。第 383 封信同样提到该作。

④ 指的是席勒,1805 年 5 月 9 日逝世,"及时地"赶在 1806 年 10 月份的耶拿和奥尔施泰特战役带来萨克森-魏玛-埃森纳赫大公国危机之前。国务部长福格特于 1819 年 3 月 22 日去世,而就在四天后发生了耶拿大学生、学生社团成员卡尔·路德维希·桑德(Carl Ludwig Sand)刺杀剧作家科策比(August v. Kotzebue)事件。

⑤ 指萨尔托里乌斯的妻子卡洛琳(Caroline,原姓福格特即 Voigt)及儿子沃尔夫冈(Wolfgang)。歌德是后者的教父。

诚祝福我们忠诚的好朋友洛德，①从贝尔塔那里我有机会时常收到
消息，即便每每都是最好的消息。

　　　　　　　　　　　　　　　　　　　　您最忠诚的
　　耶拿，1820 年 7 月 17 日　　　　　　　　　歌德

---

① 歌德曾与耶拿医学教授洛德自 1778 年起多次进行解剖学研究。此处的"朋
　友"应该是洛德女儿或者第二任妻子。1784 年歌德在洛德的合作下发现了
　颌间骨。贝尔塔·封·洛德（Bertha）是洛德教授第一次婚姻中的第五个女儿。

393. 歌德致内斯·封·埃森贝克（亲笔落款）

1820 年 7 月 23 日　星期日

阁下：

　　您友好寄来的邮件①内容总是那么丰富，我每次想回复点什么都感觉很难。然而首先我将您寄来的东西最大化的予以享受和使用。您上次就给了我如此的"引诱"，因为只有在您可靠之手的牵引下我才敢于迈步走向黑夜。② 然而即使愿望再好我还是要返回，因为我对此无法胜任。当眼睛闭起，大脑不再统驭全身，我非常乐意进入一段自然睡眠。在我最为活跃的那些年，加斯纳和梅斯梅尔③曾经引起巨大轰动，并积极推广；当时我是拉瓦特尔④的朋友，他将这种自然奇迹赋予宗教意义。我不被之吸引，就像在河边漫步却没有兴致下水游泳。当我想到这些，有时觉得都很奇怪。这应该也是我的本性，不然不会一直持续到我年老以后。

　　既然我们现在能够在明媚的日光下分享一些对白日的兴致，就让我们在这一点上坚持走下去吧。如您能就花朵带给人类感官的印象⑤告诉我您的感觉我会非常高兴。如果不可言说的东西非要付诸表达，我们也不愿意让它这么精确。谦虚地说，我这个作家必须得承认自己的状态恰似清醒的睡眠，——我也没有说谎——很多事情看起来就像做梦一般。

---

① 埃森贝克寄来一篇"小论文"：《催眠的睡眠与做梦发展史——讲座》。
② 埃森贝克区分了自然和催眠睡眠，认为后者源于"更高的宇宙现象"。在描述了催眠睡眠的阶段后，他发现"人类原本都是发自自身地在深夜睡觉"，而不会像那些卑鄙的催眠者理由十足的说法所讲，人类是白天睡觉。歌德说这句话暗指歌德拿自己按照埃森贝克的理论所做的实验。
③ 天主教父加斯纳（Johann Joseph Gaßner）和维也纳的医生梅斯梅尔（Franz Anton Mesmer）。后者创立了催眠医疗术。
④ 苏黎世的作家和新教传道士拉瓦特尔（Johann Caspar Lavater）。歌德曾与他保持"深入而精彩的友谊"，然而由于拉瓦特尔极端的宗教鼓吹最终导致两人决裂。
⑤ 埃森贝克曾在 1820 年 6 月 28 日写信给歌德提出这个问题，并想要"向歌德提出一个不完整的关于花语的说法供检验"。

　　我觉得过去您在整个世界都沉默时公开赞许我的研究，①也大致如此。这些研究伴随我人生的一部分，于是我暗自赋予它们相应比例的价值。因此我绝对不会拒绝您将给予我的尊重——比如说您的手册，就是怀着好意与赞许提到我。② 希望您也接受我迫切的请求，虽然写献词但也少写为佳。您寄给我的杂志我并不很熟悉，我自己都不知为什么。人的思维方式非常不同，人们不论从自己还是别人那都无法得到充分的答复。

　　我还得提一下，我不得不——也就是有些不情愿地——建造了一个带有冷暖两个部分的植物玻璃温室。愿主保佑里面的某些植物日后发芽，令我们赏心悦目。

　　因为我自己就住在这个园子，并按照我的方式细心呵护这个新的住所，好心的园丁就给我带来了一些植物，摆满了我的全部窗台。这几天双色龙须海棠让我颇为惊喜。即使天气阴沉，它还是长起来了，花朵含苞待放，只等第一缕皇冠般的强烈晨光铺洒在花朵上，似乎想要昭示花苞与天上日月星辰的亲近。与此同时，我收到了您宝贵的来信，对您表达的观点不可能生出厌恶之情。

　　此外还要告诉您，我想要写成专著的对苔藓芽孢的研究③仍在

81

----

① 指歌德形态学方面的研究。
② 埃森贝克曾在 1820 年月 28 日给歌德的信里告知自己的《植物学手册》(纽伦堡，1820－1821)将在秋天发表，并且重复了自己想要把该书献给歌德的愿望。1820 年 11 月 4 日，埃森贝克将第 1 卷寄给歌德，书上印着献词："献给枢密先生歌德阁下。"
③ 生在热带的这种植物是景天科植物，歌德感兴趣并研究它数年之久，主要是因为它通过叶子上的芽孢体来繁殖的。叶子掉落，芽孢体继续长出新的苔藓。这个植物有非常强的繁殖能力，歌德认为它是"形变的最强者"。在 1830 年 4 月，歌德将这样的"神奇叶子"作为象征性礼物送给玛丽安娜·封·维勒默，并附上一首小诗。

继续。我儿子对此也很感兴趣，其他几个收到我寄去标本的朋友同样兴趣浓厚。这种植物在不变的环境下瞬间发生了变化，因为承受、忍让还有偶尔的傲慢，它独特地显示了植物的普适性。为什么我如此钟情于这种植物，恐怕没人比您更懂。

最后：您对亨舍尔关于植物性别的著作有何见解？舍尔福尔很久以前就告诉过我这个理论，我也不可能不对它感兴趣，因为它本质上是形变的天然产物。结滴和传粉①在我们这个领域非常重要，我甚至不敢将这些现象如此戏剧性地呈现出来。朋友们送给我欣赏的东西，我心怀感激地接受。

您最忠诚的

耶拿，1820 年 7 月 23 日　　　　　　　　　　　歌德

---

① 区分植物受精的液态和固态成分。早在 1803 至 1806 年在耶拿执教期间，歌德就与植物学教授舍尔福尔详细探讨了植物的性别，后来歌德对舍尔福尔的论文《植物性别学说批判》进行了批判性探讨。1820 年 7 月写给埃森贝克该封信的同时，歌德正专注撰写论文《传粉、蒸发、结滴》，试图将舍尔福尔认为植物的无性繁殖与自己的形变理论联系起来。

394. 歌德致 J. H. 迈尔

1820 年 8 月 4 日　星期五

　　亲爱的朋友,我热情地邀请您 6 号星期日来我这里。我有一些事情非常想跟您谈论。我对那有名的婚礼壁画①并不是很喜欢,画得不怎么成功,是因为画家的性格,虽然他是个好人。用来原谅他的道德空话不难找到。如果您能从艺术角度帮他一把,那就很好。然而这种情况跟其它很多情况一样,最好是说出实情,也就是告诉他人们是如何评论,甚至是负面评论的。请您也代我问候他。我很希望听到最新的火灾情况。② 从这层意义上说我热切地期待着您的到来。

　　耶拿,1820 年 8 月 4 日　　　　　　　　　　　　　　　　G.

　　向从前印刷师的认真精神致敬!

82

---

① 指 1605 年发现于罗马的,源于罗马皇帝奥古斯都时代的"阿尔多布兰迪尼的婚礼油画"。此壁画是以它的第一个主人命名的,是一副公元前 4 世纪希腊油画的复制品。歌德在 1797 年 10 月 17 日瑞士旅行期间通过一份迈尔 1796 年春在罗马所作的描摹画知道了这幅水彩画。歌德后来将迈尔的描摹画挂在魏玛家中。歌德 1819 年 6 月中旬曾托将要去意大利的黑森宫廷画家卡尔·拉伯(Carl Joseph Raabe)再拷贝一份这幅油画来,后来歌德 1820 年 7 月 27 日在耶拿收到,第二天就把一部分送给迈尔请他评价。迈尔在 1820 年 7 月 29 日就回信表达了非常负面的评论,认为这幅画作得非常粗糙,无论是形状、表现还是颜色都非常粗糙。歌德在本封信里也委婉地同意了这一观点。
② 迈尔在 1820 年 8 月 5 日的回复中写道:"美景宫火灾造成的损失我想已经非常夸张。昨天我看到人们在窗户的低洼处忙活,几个窗帘没了,还有几扇窗户也许是新装上的;我就看到这些。着火的是大公爵夫人起居和会客室。"

395. 歌德致 J. B. 维尔布兰特

1820 年 8 月 5 日 星期六

　　收到阁下友好寄来的内容丰富的邮包以来,我一直犹豫不决是该沉默还是该说一些可能令您不悦的事情。最终我还是觉得后者更好。我怀着感激之情回复您如下的话,也乐意承认,由于您的思考方式与我的颇多相似,所以我较长时间以来就关注着您的研究进程。①因为如果能在主要观念上达成一致,每个人都可以按照自己的方式来对理论进行应用。您的著作《自然界中的极性规律》我很早就收到了,②并带着兴致阅读,我觉得书中这令人愉快的讲授就像跟思想一致的人不断地谈话,可以直截了当地予以肯定或者保留自己进一步的思考。

　　然而在 296 页读到章节标题:"B)光与色谱"时,我就感到一个拒绝偏见、任何事情都要探寻本源的人,还未能避免各种卑劣的戏法和牛顿的光谱学说。③ 他的学说不光因为推导现象,而且因为在推导过程中现象变得交叉混乱,因此亟待解释。那一刻我希望——特别是您从 164 页起清晰易懂地讨论植物形变——您也看到过我做的颜色学研究。然后我又发现我的颜色学被引用,我杰出的朋友泽贝克,他的实验添加在对我颜色学的讨论后面,且被积极的评价和运用。④但是对我颜色学研究的目的和(就算目的未达)内容,却丝毫未有提

83

----

① 可能就是指吉森的解剖学家、生理学家维尔布兰特(Wilbrand)上一本著作的理论观点。

② 歌德在 1819 年 3 月 11 日收到。

③ 歌德在自然科学方面强烈反对物理学家牛顿认为白光折射产生光谱各色的观点。维尔布兰特观点与牛顿的(其实也是正确)观点相同:"如果观察光谱中颜色的相互关系,可以看到:光谱始于紫色,然后经过其它颜色逐渐过渡到红色。从一个颜色过渡到另一个颜色是逐渐的,因此看不到明确的界限。"

④ 1806 年 1 月起,歌德与物理学家、化学家泽贝克一起作了多个光学实验,泽贝克也是歌德的颜色理论不多的追随者之一。泽贝克 1812 年发现了特殊的光线折射,他称其为"内视颜色"。

及，让我很惊讶，简直接近绝望。就像当您走在同一条道路上，经过这么一块里程碑却假装这只是偶尔滚来的砂砾，那么有人走在常走的路上却无视这些标志，人们对他还能期待什么呢？

我在当时那一刻立即想到要把这些友善地写给您，我也是好意。希望眼下这些话让我至今保持沉默、忠实传译并对您始终如一的尊重和关注没有白费精力。您在信中清楚地表达了与我文章一致的观点，因此使我对您的尊重和关注又有所增加。致以真诚的祝福，希望继续听到您的消息。

耶拿，1820 年 8 月 5 日

396. 歌德致 Chr. L. F. 舒尔茨①
（亲笔修改和落款）

1820 年 8 月 12 日　星期六

亲爱的朋友，您亲切寄来的信件是 8 月 5 日写的，而我 12 号才收到。这封信 13 号从魏玛发出，我此前让信使从耶拿送到魏玛的，因为耶拿和柏林之间没有马车可以直接寄送快件。

希望您与您尊敬的同伴②顺利来到耶拿，我衷心欢迎两位的到来。我的情况您已经知道。您将看到我住在破败的植物园房间里，布置得不可能更糟了。我甚至不能提供给您一个桌子。请您到您熟悉的旅店住宿。我可以给劳赫先生提供一个通风而安静的工作室，正好我刚刚完成了紧急的工作，我们就可以好好利用几乎一整天的时间。

希望迟到的信件不会阻挡您的计划，这计划对我们所有人来说肯定非常有益。我从不怀疑您的关注和相伴。人们不需要总是把爱挂在嘴上。

因为您的信到了，箱子③于是现在也发出去了。马车夫跟上一封邮件一样帮我预垫了钱。如您能听到我们口头的评价结果，并且为我们指导该如何婉转地进行笔头表述，④这将非常好。

希望耶拿唯以尽如人意的邮寄状况（因为在魏玛我们却能很快收到柏林的来信）不会让您的计划有变！

请您再次代我问候劳赫。即使制模并没那么重要，我依然殷勤

---

① 枢密委员克里斯托夫·路德维希·弗里德里希·舒尔茨（Christoph Ludwig Friedrich Schultz, 1781 - 1834）。
② “同伴”是指雕刻家劳赫，他将在耶拿以歌德为模特做半身像模型。
③ 歌德 1820 年 7 月 30 日在给舒尔茨的信中说将要寄给舒尔茨装有画作的箱子，这些画作是黑森宫廷画师拉伯从罗马和那不勒斯寄给歌德的。1820 年 8 月 12 日这个箱子寄出。
④ 关于对拉伯的复制画的评价。参见第 394 封信及注释。

地接受他制作模型的好意。

　　我自己也在考虑用什么来迎接您。我关于内视颜色①的论文您来的时候已经可以印好。查看这些实验并修改报告将非常有意思。

　　祝好！

您最忠诚的
歌德

耶拿，1820 年 8 月 12 日

---

① 歌德通过泽贝克的双轴晶石发现了太阳光的双折射。这样产生的颜色叫做
内视颜色，因为它们在某些物体内部可以看到。

397. 歌德致卡尔·奥古斯特大公爵
（亲笔修改的草稿）

1820 年 8 月 13 日　星期日

陛下：

　　正如我们所希望和相信的,您顺利抵达了有益健康的温泉。希望您那里一切如愿!

　　在此请允许我寄给您如下物品:

　　1. 我关于云的小论文的结论。目的是对霍华德的学说进行限定,用五个星期来观察他的学说的应用情况,并借此解释一些普遍的现象。这些阐述相当有难度。最重要的是,虽然所有的云的特征在每天、每个地方都能看到,但是因为季节、气候和高度的不同,其表现和意义有所差异。如果秋天我有机会再花四个星期来关注一连串重要的气候现象,也许会得出与春天有趣的相似点。

　　2. 目前波塞尔特和克尔纳①按照陛下的旨意开始工作。他们首先了解过去曼海姆的那些前任做的工作,也已经写信给几个重要人物了,特别是向封·林德瑙先生问候。可以期待,当陛下您回来时,已经能够看到良好的开端。

　　3. 虽然观察磁针的磁偏角对气象学研究没有大的影响,然而至少这一观察本身被认为很重要。因此刚刚获批的第一个年度款项将用于磁偏计研究。已经有漂亮的货样,克尔纳也许可以发挥机械师的创意看看哪里需要改动。

　　4. 现在说一下自然科学:诺伊施塔特寄来的鸭子已经到了,到的时候正巧公爵的孩子们在我家里。奥古斯塔公主立即拥抱和亲吻了鸭子,如此温柔地对待它就像希望它能重新活过来一样。②

---

① 是指天文学教授、耶拿天文台主管约翰·波塞尔特(Johann Posselt)以及宫廷和大学机械师约翰·克尔纳。

② 卡尔·奥古斯特大公爵给歌德将一个被剥制的鸭子标本寄到耶拿,1820 年 8 月 5 日到达。当天晚上,奥古斯特大公爵的两个孙女十二岁的玛利亚·露易丝·亚历山德里娜和九岁的玛利亚·露易丝·奥古斯塔来拜访歌德。

5. 德雷斯顿的卡鲁斯枢密在我的请求下寄给我了一束伸到木棺里的菩提树根。① 然而正如我所预料的,最有意义的枝条由于没有得到重视而被弄坏了。不过现在这个树根依然有卷裹在里面的人骨,就像在一个鸟窝一样的地方可以看到人的一块下颌骨。

6. 现在从木棺的树根跳转到盛开的鲜花:阿黛尔·叔本华在她出发前已经开始复制泽格斯的花朵图,②现在从但泽回去后想要完成。我非常冒昧的要把这幅图从您的房间拿走,交托给这个具有天赋、令人慰藉的好孩子。

7. 科泽加滕教授称印度人奇特的笔画是纯正泰米尔人的。然而这个变戏法的人靠几个戏法而不是我们请他做的写字为生,也许他写下来的只是他小时候常见的字母或其他什么。③

8. 在茨韦岑的熔炉中新做了一个多样化熔化实验。五十种山上的岩石在火炉里反复灼烧,大多数石头都是惰性的。不多的几种是特例,它们或断裂成片或者烧成石渣。

9. 莱比锡的克拉鲁斯教授生动、浅显地描述了1819年7月8日的雷雨飓风。可以看到,德国各地有着多好、多有才智的观察者!

耶拿,1820年8月13日

① 关于菩提树根,参见第386封信及注释。
② 阿黛尔·叔本华(Adele Schopenhauer)是德国著名哲学家叔本华(Arthur Schopenhauer, 1788－1860)的妹妹、德国作家。歌德在1819年4月13日受奥古斯特大公爵所托拍到荷兰耶稣会士、花朵画家泽格斯(Seghers)的两幅画。1819年5月17日,歌德曾写信给负责处理拍卖的施洛瑟(Schlosser)律师,告知收到了油画。
③ 据歌德日记所记,1820年7月23日在多恩堡出现了一个印度要戏法的人。宫廷众人包括歌德和奥古斯特大公爵也都去看。这个戏法艺人被要求用铅笔展示一下写字技艺,之后歌德将这些字寄给了耶拿的东方学家科泽加滕品鉴。这个要戏法的人应该是一位泰米尔人。

398. 歌德日记

1820 年 8 月 18 日　星期五

　　将手边的东西准备好并寄出：写信致巴尔加斯·封·贝德玛伯爵寄往哥本哈根，并寄去证书。① 写信致歌德议员②并将账单寄往魏玛，然后见了柏林的朋友们。他们已经开始准备制作我的半身雕像并按照已有的模板制作了面部模型。我让他们看了维也纳会议的铜版画还有其它有趣的东西。饭后将手边的第三封邮件**致许特纳**发往汉堡，托梅利什转交。③ 柏林的朋友们来了。劳赫开始制作半身像。晚上年轻先生们④去看石膏裂缝。枢密委员舒尔茨与我去了沃尔尼茨。夜里我们一起待到 12 点，谈论身边的和遥远的事情。

87

---

① 这份证书用来请贝德玛公爵担任"矿物学会"荣誉副主席。
② 歌德儿子奥古斯特·歌德1816 年起在魏玛宫廷任议员。
③ 作家许特纳当时是卡尔·奥古斯特大公爵的伦敦代办，歌德 1820 年 8 月 18 日写信让他为魏玛的大公爵图书馆订购书籍。这封信由驻汉堡领事梅利什（Joseph Charles Mellish）送往英国。
④ 指雕刻家劳赫和蒂克以及建筑师申克尔。

399. 歌德致 E.V. 贝德玛伯爵
（亲笔补充和修改草稿）

1820 年 8 月 18 日　星期五

尊敬的阁下：

　　矿物学会怀着对阁下的信任授予您副主席的职位，希望您接纳！随信也寄去了为此而制作的证书。

　　我难忘的老朋友，萨克森王国矿务局局长封•特雷布拉，我跟他致力于普通矿山学地理的促进与发展，并特别推进我们矿物学会目标的实现。在他仙逝之后我最大的愿望就是看到一个年轻、积极、乐于奉献、学识渊博并有影响力的人继任他的职位。当然也希望选择的这个人能够令双方满意。

　　同时附上我们尊敬并值得钦佩的公爵的画像，并且想说，在造访矿物学会的时候，公爵陛下常常饶有兴致地观看这些我们因他而获得的邮寄收藏品。因此陛下托我附上一件小小的纪念物。① 希望我们不久就能收到您远程旅行一切顺利的消息，--同带来那些奇特地区自然现象的详情。

---

① 卡尔•奥古斯特大公应歌德之请，1820 年 7 月 29 日托歌德寄给贝德玛一枚刻有大公爵画像的金币。

400. 歌德致儿媳奥蒂莉(亲笔)

1820年8月18日　星期五

88　　　我们来不了了，①塑像开工了，陶土已经运来。你的邮包非常好，我在这里也有人帮忙。② 一切胜利在望。奥古斯特应该马上会过来。③ 我正焦急地等着他呢。

G.

---

① 奥蒂莉1820年8月18日曾写信邀请柏林来的朋友们和歌德回他们魏玛的家。

② 邮包里有"鹿肉、布丁、蟹子、鲱鱼和排骨"(据1820年8月18日奥蒂莉致歌德的信)。"有人帮忙"应该是指柏林来的客人帮助歌德搬运、拆包等。

③ 奥蒂莉在8月18日信中还说到，如果歌德不接着回魏玛，歌德的儿子奥古斯特将来耶拿看他。柏林来的朋友最终1820年8月21日启程去魏玛，歌德一天后出发。"他的到达令家人惊喜"。

401. 歌德致儿媳奥蒂莉（亲笔落款）

1820 年 8 月 19 日　星期六

　　亲爱的女儿，昨天我只简短地告诉你我们来不了。现在我要告诉你更多的内容。蒂克和劳赫是同时到的，每个人都搞了一堆黏土来为爸爸我雕刻肖像。这些黏土块虽然没有岩石结实，但是也够重的，很难运输。这让我们无法接受你的邀请。尽管两位艺术家做事都非常灵活利落，但还是没法预测这个工作会持续和拖延多久。无论如何，他们还是非常想在返回途中经过魏玛，去问候一下你。

　　他们中午在旅店吃饭，早上和晚上吃得都不多。所以你先暂时别为我操劳，下周三晚上之前不要寄什么东西来了，因为东西够我吃到那时候了。

　　舒尔茨和申克尔两个人都一样的亲切和可敬。申克尔还带来了他剧院建设的图纸，①在这儿也制作了部分平面图。看到这样的设计，你会感到惊讶。

　　最重要的是，能够看到两个艺术家针对同一个对象进行创作，实属少见。这样做的效果根本无法忽视。我希望你也喜欢这种方式。

　　祝你健康，问候瓦尔特，也不要忘记向乌尔丽克致以美好的祝愿。

　　奥古斯特来的话也会为这些事情感到高兴。

你最忠诚的

耶拿，1820 年 8 月 19 日　　　　　　　　　　　　　歌德

---

① 申克尔设计和建设柏林剧院，他在耶拿与歌德探讨建筑图纸。

402. 歌德致 Chr. L. F. 舒尔茨(亲笔落款)

1820 年 8 月 27 日　星期日

　　亲爱的朋友,连同其它各项,这件东西本来将过一段时间再寄给您。然而因为内附的信①我立即就把这些东西连同这页纸一同寄去了。

　　您能到来并给我带来消息和开展领导工作,为此我该多么感谢您,您自己也知道,所以我就点到为止吧。这样一次相聚会产生显而易见的效果。我甚至现在就想详细告诉您,您在这里对我有多大的促进,又有多少工作因此大大得以加速。请您全盘接受我的致谢,也代我问候您亲爱的家人和三位尊敬的艺术同仁。② 请您告诉我们亲爱的雕刻家们:考夫曼顺利完成了任务。他把箱子十分仔细地包好并在今天就把它寄出了。③

　　出于理应的礼貌,再加上自己担心如果不这样,会显得不善交际、不喜荣誉,我决定明天待在这里,亲自出席为我举办的生日庆典。这种事情我平时都是谨慎的态度,避免参加的。我这次想法的转变要"怪"您的来访。您的专注和那些年轻人的积极工作令我重新恢复生机。下一本《论艺术与古代》不久就将出刊。一等关于内视颜色的文章刊印出来,我就寄给您。您也想一下,我们该如何把这些言传身教给年轻人掌握。您看您那儿的菲舍尔教授④颜色论阐述多么可怕!

　　不多说了,以免误了邮寄。

您最忠诚的

耶拿,1820 年 8 月 27 日　　　　　　　　　　　歌德

---

① 一封舒尔茨妻子写给舒尔茨的迟到的信。

② 指舒尔茨的家人以及艺术家申克尔、蒂克和劳赫。三位艺术家 1820 年 8 月 16 日至 8 月 22 日期间由枢密委员舒尔茨陪同来到耶拿。蒂克和劳赫在此期间为快速制作歌德的半身像而工作。

③ 魏玛的宫廷雕刻师考夫曼(Kaufmann)往柏林寄去的邮件,里面是此前他曾许诺的蒂克和劳赫做的模型浇筑和特里贝尔的歌德半身像。

④ 歌德指的是数学家、物理学家恩斯特·戈特弗里德·菲舍尔的《机械自然学教程》(柏林,1805)。

　　这些年来我这里堆积了好多关于颜色论的细节片段。我之前草率地决定把它们尽快发表在最新一刊①的刊尾处。然而现在看来，我们比自己计划的还要超前：我手头上的关于内视颜色的描述已经完稿，这让我们的工作有了全新的着眼点。我要叫停印刷，把这些片段融入一个内在统一体，这在几年前我们的美学文献中被称为"有机组合的碎片"。②

　　因此，我急需要您的支持。您能否给我们讲一下您生理学颜色方面研究的主要观点？如您能简要、直观的阐述一下孔帕雷迪和普尔基涅的贡献，我将乐意将这部分也加进去。③ 我自己不得不放弃研究或——即使已经取得了研究成果——阐述这些内容。

　　菲舍尔教授的自然力学教科书令人诧异地将颜色学部分移除出去。这件事我还没能了解得更详细，但是这让我们有意思地看到这些先生们正明智地从该领域撤出——法国人逃走的时候称其为"逆行"。这位学者先生的撤退真是像舞蹈大师般自然娴熟，不得不让人佩服他的精明老道。④ 生理学颜色不仅是这一章更是整本书的结尾，所以我们多年以来想要扶正的东西在这里重新颠倒了。

---

① 指《自然科学概论，尤论形态学》。
② 德国戏剧家、诗人、小说家海因里希·封·克莱斯特（Heinrich von Kleist，1777－1811）于 1808 年刊登在与友人亚当·米勒一起出版的期刊《菲布斯——艺术期刊》中的个人作品《彭忒西利亚》片段的下方题字"悲剧《彭忒西利亚》有机组合的碎片"。
③ 歌德请舒尔茨参与《自然科学概论，尤论形态学》的写作。舒尔茨 1816 年写过一篇论文《关于生理的面部现象和颜色现象》，1817 年也写过一篇相关论文。另外歌德还请求舒尔茨为孔帕雷迪和普尔基涅的颜色学著作撰写引言。
④ 歌德在此颇为自信地批判所有自己颜色论的反对者，毕竟当时他的颜色理论开始有了几个支持者，如泽贝克和舒尔茨。歌德的这个比喻是基于他在远征法国时的所见所闻，也赋予了科学的争论一些火药味。

403. 歌德日记

1820 年 8 月 28 日　星期一

91 　　收到各种礼物：花、水果等等。公主们①来看我。封·齐格萨先生带来了哥达公爵在申格莱纳托付转交的一些东西。科学和艺术研究院的所有成员来访，还邀请来加布勒和施塔克教授。收到封·明肖先生的来信，还带有马丁·舍恩刻的铜版画。封·克内贝尔及儿子来了，尊敬的枢密官施塔克和苏奇科夫来接我②去玫瑰旅店用午餐。奥古斯特和乌尔丽克开饭前一刻到达。乌尔丽克与公主们一同进餐。之后回家。后又去图书馆，那里被装饰一新。③ 早上学生们带来了一首诗。晚上来到火焰台。④ 孩子们后来走了。

---

① 世袭大公爵卡尔·弗里德里希的两个孙女玛利亚和奥古斯塔。歌德与她们就像祖父与孙辈的关系。

② 加布勒（Gabler）是耶拿的神学家；卡尔·施塔克是耶拿的医学教授；封·明肖（v. Münchow）是柏林的天文学教授；封·克内贝尔少校是歌德朋友，他的儿子叫贝恩哈特（Bernhard）；约翰·施塔克是医学家、大公爵的贴身御医；苏奇科夫（Suckow）是医学教授及耶拿医学研究院的院长之一。

③ 也是为庆祝歌德寿辰而做的装饰。

④ 上午，部分大学生给歌德呈上一首诗以示敬意。晚上 9 点，另一部分大学生点燃一个火焰台为歌德带来惊喜。

404. 歌德致玛丽安娜·封·维勒默(亲笔)

1820年9月1日　星期五

今天我得夸赞自己的眼神敏锐了：翻开所有的礼盒我立即往最底下看去，看到了中间的珍宝。① 我心灵的眼睛没有看到镶边，而之后我的肉眼看到它后更为欣喜。匆匆先表示道谢。不久会继续写些什么。

最忠诚的

耶拿,1820年9月1日　　　　　　　　　歌德

---

① "中间的珍宝"是指歌德向玛丽安娜要来的一束发卷。它放在一个"护身符似的小装饰盒"里。玛丽安娜送去这个生日礼物作为"友谊与爱的标志"，也为了"用各种方式能够将遥远的人儿跟我们系在一起"。

405. 歌德致 S. 博伊塞雷（亲笔修改和落款）

1820 年 9 月 1 日　星期五

92 　　我非常高兴地收到了您宝贵的信件。学院为我友好地举办了生日庆典，庆典余音未消，我就收到了您的信。整个世界都欢欣雀跃并团结一致，在这一刻人们甚至忘了，我们生活的时代还普遍存在着不和谐、不信任。

　　很高兴收到您的消息，得知您圆满结束疗养后顺利回家。给我详细讲讲那些对我很重要和宝贵的工作吧。您和所有的朋友都要相信我的赞许和谢意出自真心，因此我也不再羞愧，大胆、愉快地参与进来。我可以高兴地回复您，8 月 15 日劳赫先生和几个朋友来到耶拿我这里，完成了我的半身像，制作得令我自己以及这里所有的朋友和资助人都很满意。这纯粹是他们自发地、善意地来到这里并从事艺术工作，对法兰克福崇高的艺术事业有重要意义，也极大降低了这个重要工作的难度。如果有人想从那里与艺术家建立联系，艺术家也很乐意接受工作并立即着手推进。① 这位艺术家的灵魂充满了年轻、鲜活的艺术家情怀。柏林现在也不缺原料以及负责前期工作的参与者。我再添一句：半身像做得非常棒，无论什么样的尺寸都显得很雄伟。

　　今天我别的不多说，只说一下：我也支持从多首诗歌中提取形形色色题材的做法。只使用赫尔曼和多萝西娅②的浮雕似乎更符合道义及爱国情怀。但我们也要考虑到雕刻工作的目的，如果走前面一条路会比较难以达到。所以我建议，找出几个有意义的题材给雕刻家看，让他们找出最合适雕刻的。令人尊敬的纪念碑协会当然一

93 直保留参与的权利。我之后的信再给您几条建议——只要心气足甚至会更早地寄给您，我这是为第三方而做。无论如何，我对任何艺

---

① 指法兰克福纪念碑协会为了转交歌德塑像雕刻的任务而与劳赫必要的联系。
② 指将要刻在纪念碑底座上歌德作品人物的浅浮雕。

题材都没有偏见，我脑海里浮现的只有意义和目的，即意义是否正确，目的是否达到等。

深深感谢和祝福！后面再寄给您一本《论艺术与古代》。

您最忠诚的

耶拿，1820 年 9 月 1 日　　　约翰·沃尔夫冈·封·歌德

406. 歌德致 Chr. L. F. 舒尔茨
（亲笔修改和落款）

1820 年 9 月 1 日　星期五

因为所有的事情都进展得非常顺利并按计划推进,我有以下几点供您知悉。要是事情当时就有所决断,我本来想在您到访的时候就告诉您的。

一年以来,在美因河畔的法兰克福一位有声望的富人组成的协会商量着想要为我竖立一座纪念碑,以一个巨大的半身雕像为主要部分。丹内克在法兰克福颇有知名度和认可度,因制作完成席勒雕像而声名鹊起。他接受了这一任务,也打算来我这里,然而由于他妻子的健康状况不容乐观,推迟了一个又一个月,最终不得不放弃这项任务并推荐了劳赫先生代替他的工作。

法兰克福的朋友已经通过我知晓这位杰出的艺术家最近来过我这里,并且出色地完成了他们所委托的任务的前期工作。亲爱的朋友,我告知这些是为了让您收到那里的提议时不要感到惊讶。请您像以往一样,明智而出色地领导这个项目,使其轻松推进。但如果那儿的人没有提起这件事,请您也不要透露半句。因为虽然事情如我所讲已经开始进行了,但是在征询较大团体的意见时总会有些结果不尽人意。如果您收到提议,请立即告诉我,并一并告知人们在那里作何回应。

在这个对我来说很重要的事情上,我不再羞愧,大胆、愉快地参与进来。我对任何艺术题材都没有偏见,我脑海里浮现的只有意义和用途,只有意义和目的,即意义是否正确,目的是否达到,等。

再好的话也不能多说了,以免误了邮寄。

您最忠诚的

耶拿,1820 年 9 月 1 日　　　约翰·沃尔夫冈·封·歌德

　　请您尽量不要让剧院墙上的刻字①雕成两行。难道不该放到一行里？考虑到整个建筑，雕成两行其实显得相当累赘。这种难以忍受的瑕疵让我的心灵之眼无法直视，即使在三十里外我都无法忍受。请原谅我的热心！

G.

---

① 指申克尔主持重建的柏林剧院，1821 年 5 月上演歌德 1786 年写成的诗剧
　《伊菲革涅亚》以宣布重新开放。

407. 歌德致 J. J. 封·维勒默和玛丽安娜·封·维勒默（亲笔落款）

1820 年 9 月 2 日　星期六

　　首先希望我亲爱的朋友们有兴趣倾听过去几个月的故事。① 4 月 23 日，星期日，我离开了耶拿。好天气伴随着我整个的旅程。我途经霍夫、文西德尔和亚历山大斯巴德，然后到达埃格尔；接着我去了马林巴德，然后第七天到达了卡尔斯巴德。这么多温泉的胜景和清新的空气似乎本身就起疗效了。这段路我也并非没有同伴：一个亲切的褐色的小伙伴陪着我，几乎是完美的。② 在卡尔斯巴德我度过了美好的 5 月，相当孤单，但也因此处理了许多事情。随后 6 月初我又来到这里，就一直待在这儿了。勤奋地工作并出版了一些东西。也许在一册最近要寄给你们的书里，有朋友们会喜欢的内容。③

　　从外地来了一些访客，过多地占用了我的时间。上一批是柏林几个有艺术天分的年轻人，几乎没打声招呼就来了。他们制作完成并带走了我半身塑像的两个模型。然后到了 28 号。这一天第一声的祝福让我耳中再次响起了美因河畔那悦耳的音乐，脑海中又想象着那所有的快乐。她联系起了东方和西方，没有哪个朋友圈会有此殊荣。④

　　大学里为我准备的庆典充满善意，令我无法拒绝。这一天有礼

---

① 歌德在波希米亚地区疗养五周后，又从 6 月初起在耶拿停留五个月，来集中修改自己颜色学和形态学的一些研究论文，并执行对科学院的监管职责。

② 这个"伙伴"指玛丽安娜·封·维勒默送给歌德作为新年礼物的褐色梳子，唯独缺玛丽安娜的一卷头发为这个梳子"赋予意义"。

③ 指《论艺术与古代》第 2 卷第 3 期(1820)。这册书中除了《民谣》《神秘的原始词汇》之外还包括 1816 年 3 月写的诗歌《一整年的春》，很有可能玛丽安娜写这首诗指的是自己。

④ 歌德 1820 年的生日让他回想起 1815 年 8 月 28 日在维勒默家美因河畔格贝尔米勒的夏屋为歌德举行的生日庆典。当时，房子的主人以一首悦耳的晨曲令歌德惊喜，这首曲子歌德在五年后依然想起。歌德无法忘记那数周。在那期间歌德与玛丽安娜·封·维勒默两情相悦，也为《西东合集》尤其是《苏莱卡篇》的创作擦出火花。

物、有筵席，还非常热闹。夜晚也不乏音乐和火焰。而现在，耶拿与我又陷入了沉寂。

在生日庆典上，我神奇而清晰的双眸一下子就捕捉到了那份通过繁复、执拗、滑稽的方式求来的礼物。这份可爱的礼物令我非常愉快。山川、河流、庭院、林荫道、一草一木都可以为此作证。我真要描述一下我在植物园开辟的那优美的住所——即使只是顺便谈到。在郊区的制高点，大厅一边是秀丽的缓坡，另一边是登山的道路。当然与我那些享有秀美风景和宽广视野的朋友相比，我这里的地盘还相当狭小。然而这正适合我要做的工作。

往外看，就能够欣赏到那令人愉快的景观；房间里，每日见到新送来的护身符礼物我都会感到鼓舞和振奋，礼物上的双 S 也令人赏心悦目。

96

作为一个住在这里的学者，我也有句话不能落下：法兰克福的珠宝商应该是听说过莱比锡那位如今全世界闻名的哈内曼医生，并且也学到了他理论的精髓。哈内曼医生说过：一种强效药剂的百万分之一部分就可起到完美的疗效，让每个人立刻重新回到健康的巅峰。那些首饰艺术家就是按照这一法则制作了位于盒子中央的珍宝。自从我亲身并一再体会到这个再小不过的礼物能有这么好的效果，我现在也比过去更为热切地相信这个传奇医生的学说。一个受世人如此攻击的学说却通过完全另外一个领域突出的案例被确立和合法化，这也够奇特的。希望目前身在莱比锡接受这种疗法的施瓦岑贝格侯爵，①身体能够恢复得跟我一样好。这样每个医生才都会享有名誉和报酬。

---

① 奥地利的卡尔·菲利普·封·施瓦岑贝格侯爵（Fürst Carl Philipp zu Schwarzenberg）自从 1817 年因一场中风瘫痪，1820 年春到莱比锡进行（奥地利禁止的）顺势疗法，然而当年 10 月 15 日在莱比锡死于第二次中风。

　　现在这封信写完了,新的一封就该已经开始写,希望能及时到达朋友们的手中,而不会像迄今为止难以忍受的通信中断①阻隔我们相互的联系。既然有段时间没有联系,就要有段时间多写点信。

你们最忠诚的

耶拿,1820 年 9 月 2 日　　　　　　　　　　　　　歌德

---

① 歌德上一次给维勒默夫妇写信是在半年之前。

408. 歌德致卡尔·奥古斯特大公爵（草稿）

1820 年 9 月 3 日　星期日

陛下：　　　　　　　　　　　　　　　　　　　　　　　　97

　　您的生日庆典非常令人愉快，①我为您庆生时的所感所想一如过去多年。希望我还能长久见证您的健康与出色工作，以我所剩的精力随时效忠于您崇高的理想。

　　　　耶拿, 1820 年 9 月 3 日

---

① 卡尔·奥古斯特大公 1820 年 9 月 3 日过六十三岁生日。

409. 歌德日记

1820 年 9 月 7 日　星期四

　　给韦勒博士口授了各类事务。在公主的花园里准备观看日食。陛下也来了。到外面花园里去。在房间外用餐。日食开始了，可以很清楚地看到。到天文台上去观察日食的消退。再次回到花园。陛下 6 点离开。7 点到 9 点在弗罗曼家，那里有一大伙人。

410. 歌德致卡尔·奥古斯特 大公爵（亲笔落款）

1820 年 9 月 10 日　星期日

陛下：

无论迄今为止为耶拿研究院的新塑像①揭幕举行的商谈，还是目前即将完工的塑像，都令人愉快，收到您送来所有的文件和论文我也同样欣喜。

我向陛下致谢，也想坦诚地说一下我特别关注的事：我们新上任的政府专员和执事是如此快速地了解了这个棘手的局面，并且通过持续的工作制定出这样一个新的法律规定。②

我怀着同样的兴趣查看这两位已经上任挺长时间的先生所作的解释，然后发现自己有理由赞成他们的陈述，尤其与我职责相关的部分。

他们明确地陈述了体现在章程草案里的思想。由此对博物馆和其他机构——目前还包括图书馆——的最高监管部门可能会改变其针对研究院的立场。因此现在没有别的办法，也就只能重复一下：

目前图书馆的使用只能按照研究院 1811 年自己制定的条例，条例制定人在上任的时候让图书管理员及其下属再三牢记条例。

其他科学机构的使用也是这个情况。它们其实是由各自的领导根据不同的原因、目的和机构属性供研究院所用，无法想象其他人施加影响或直接使用。天文台、化学实验室、植物园和兽医学校从本质上看都只能向其领导开放。

---

① 卡尔·奥古斯特大公爵在耶拿科学院的建议下，于 1817 年 12 月 12 日批文要求各专业院所和监督部门"就新建的塑像表达意见"。
② "政府专员"指的是法学家卡尔·封·孔塔。1819 年 12 月 20 日的"联邦议会决议"在各大学新设执事处作为国家层面的监督部门。大公爵让歌德担任耶拿大学执事，歌德予以拒绝，之后菲利普·封·莫茨 1819 年 12 月 7 日被大公爵任命该职。

98

　　然而博物馆却早就面向大众开放使用，为此还在皇宫里建了一个自己的讲堂。这些所有由博物馆书记员费尔伯负责管理的地方，教授们在提前预约后可以按照规定使用。

99　　动物学中心，还有较大的骨骼学中心都是这样。宫廷机械师克尔纳博士也被要求协助物理学家和化学家使用物理学中心，不论这些情况是出于何种目的，都要毫无异议地给予支持。还有一些其它的例子可以举出来，它们都说明：工作人员带着极大的积极性把支持和协助作为己任。

　　无论事情是何缘由，都要严格遵守这些各种情况下都必需的条例，因为多年的经验表明，毫无秩序地陷入这种状况会让社会机构承受损失，相关人员会非常不快，而上层领导同样会被牵扯进来。

　　我这个签字人稍显多余地再次把每个工作审视一番，无法想象这些工作除此以外还能作何设置。

　　致以敬意，并一生追随陛下。

您最恭顺的

耶拿，1820 年 9 月 10 日　　　约翰·沃尔夫冈·封·歌德

411. 歌德致 C. F. A. 封·孔塔(亲笔落款)

1820年9月11日　星期一

阁下：

您告诉我,您尊敬的朋友非常喜欢我新寄去的邮包,令我颇为开心。年轻的时候人们靠个人的奋进和激情的朗读获得令人喜悦的掌声,①年龄大了就渐渐远离那些易受感染的人。难以再听到活跃和令人愉快的回响。以后再有这样令人期待的消息也请您告诉我。

如果想到温和的讽刺诗②是实实在在的自相矛盾,就可以推测,古老原始的天性会冒出点头来。我们都知道,人很难通过艺术和教育驱走自己的天性。

随信附上除信封之外的最后两张纸。烦请把这个集子保留好直到寄出。其他送去的东西不必有这层顾虑。

对您寄来的关于政治方面的消息,我深表感谢——虽然已不是最新动态。这些杂志总有一些报纸没有的特殊之处,也经常有一般性的观察。可惜这一次的观察跟我们自己的思想和观点过于一致。

陛下如此信任这里的天气状况,也高度受到了老天的兑现,③这令我们大家都异常开心。日食开始时,虽然周边稍有点云,但是也很容易观察到,日环出现和日食消退都可以看到很完整的过程,日食开始和日环出现时大家在公主们的花园,那里准备了必备的观察用具。观看日食消退则是在天文台,有天文学家和机械师帮忙。希望这是一个幸运的预兆!

---

① 歌德指的是自己在第一段魏玛十年(1775－1786)期间在宫廷社交圈和他的朋友圈里时常举行的个人朗诵会。

② 与1796年开始与席勒共同创作的论战性《讽刺诗》不同,歌德将他1820年新发表的同类诗录称为《温和的讽刺诗》。讽刺的口吻似有缓和,实不尽然。

③ 卡尔·奥古斯特大公爵1820年9月7日"很幸运"也来到耶拿观看日食。

我、我的家人及我的小工作圈子向您致以真挚的问候！

我再加一句：邮件中并没看到博伊斯特伯爵的信。

您最忠顺的

耶拿,1820 年 9 月 11 日　　　约翰·沃尔夫冈·封·歌德

412. 歌德致 Chr. L. F. 舒尔茨（亲笔落款）

1820 年 9 月 13 日　星期三

亲爱的朋友,他们尽管取笑我对两个年轻人才——一个作家,一个批评家①——的喜爱吧! 这两个人我这次可以一并向您推荐。随信的附件我是从德累斯顿收到的,非常高兴这个年轻人像另一个但以理一样给我释梦。② 这让我有机会承认,对于新诗创作,我不仅是对其做出评价,而更是表达出是接受还是反对的态度,也就是使用原本女性才有的权力,正如您所见。特别是,当年轻而富于思考的人想法与我们接近,能够准确点出我们的感觉,却并不喜欢进一步详述。本月 25 号以后舒巴特将来拜访我,③我非常期待这次会面,一定会有什么值得告诉您的。希望我们能够顺利推进那些重要的好事,这是目前急需的。诚挚祝福!

您最忠诚的

耶拿,1820 年 9 月 13 日　　　　　　　　　　　　　G.

①"作家"是柯尼斯堡(Königsberg)的作家、后来的文学艺术史教授恩斯特·哈根(Ernst August Hagen),他 1820 年发表八行诗节的史诗《奥尔弗里德与里塞那》。歌德 1820 年 8 月 2 日收到这部作品和哈根的信。"批评家"是指语文学家卡尔·舒巴特(Carl Ernst Schubarth),他针对这部史诗写过评论《德国的吉尔·布拉斯》(《吉尔·布拉斯》是法国作家勒萨日(Alain-René Lesage)的著名流浪汉小说,发表于 1715 - 1735 年间),并寄给歌德。歌德将其与自己对《奥尔弗里德与里塞那》的书评一起出版在《论艺术与古代》中。

②但以理是《圣经·旧约》里的先知。按照圣经,但以理因为巴比伦对犹太人的囚禁被送到了巴比伦王尼布甲尼撒的王宫,作为国王的释梦人和顾问被授予高位。歌德将舒巴特对《奥尔弗里德与里塞那》的阐释比作先知但以理的释梦。

③舒巴特于 1820 年 9 月 24 日至 28 日与他的兄弟、化学家恩斯特·舒巴特一起来耶拿拜访歌德。歌德想要利用这次见面机会与舒巴特倾谈。这段时间,歌德亲自认识了舒巴特并且非常器重他。两人主要就《浮士德》和该著作的继续创作进行讨论。此外,舒巴特也成为歌德《论艺术与古代》的参与者。

413. 歌德致 C. F. A. 封·施赖伯斯
（亲笔修改的草稿）

1820 年 9 月 15 日　星期五

阁下：

　　我在离开卡尔斯巴德前的 5 月 26 日①寄给您一个小邮包作为问候。希望这个不值一提的小邮包得到您的喜欢。

　　大公爵陛下刚刚从特普利茨疗养归来,状态良好,他托我马上为您的流星石块及金属块②这本书致以真挚的谢意。因为大公爵陛下宽容的赏赐,目前这本书已经到我手里。精确的观察、详细的史料、精致的插图和视野宽广的前瞻,我甚至不知道还有什么会比这些更令人赞赏。

　　我们要非常感谢克拉德尼博士,现在他也该向您致以最大的谢意,因为您要为他的辛苦工作戴上桂冠。③ 我也乐意承认自己是书皮背页题词④所说的那类人。如果看不到自然,我们如何可以观察它? 与这本书相关,我也想说,这个重要的现象我始终觉得值得受到极大的关注,而我刚开始翻阅您的书籍时就感觉到了新的兴趣正被唤起,期待细细阅读时能够获得最大的教导和振奋。

　　愿阁下在您名流众多的大圈子里时常友好地提到我以及我们机构的情况。

　　还有一点我还要补充:卡尔·封·施特恩贝格伯爵通过从弗兰岑

---

① 歌德在 1820 年 5 月 28 日离开卡尔斯巴德。
② 施赖伯斯的论文《关于流星石块及金属块及其降落时的伴随现象的历史和知识论文集》(维也纳,1820)。
③ 克拉德尼(Chladni)已经就流星现象写过两篇基础性的论文,施赖伯斯在自己的著作中对其进行研究并进一步发展。
④ 题词其实放在了扉页的正面,是拉丁语原文引用自古罗马著名诗人昆图斯·贺拉斯·弗拉库斯(Horaz 或 Quintus Horatius Flaccus)代表作《诗艺》第 180‐181 行,意思是"通过耳朵记住的不如用可靠眼睛察觉能更快打动灵魂"。

布伦来的疗养客，友好地询问我求得植物化石更详细的愿望。对此我将即刻写信告知最急需的东西，也不会忘记，这些新的帮助也多亏阁下您热心的介绍。①

    耶拿,1820 年 9 月 15 日

---

① 通过施赖伯斯的介绍,歌德和施特恩贝格之间建立起通信,歌德曾请求施特恩贝格寄来比尔森附近的史前植物化石。

414. 歌德致 C. F. 封·赖因哈德

1820 年 9 月 15 日　星期五

尊敬的朋友,您宝贵的信件①是我在卡尔斯巴德停留的最美回忆,这几个月来我还一直在回味,因为人生的每一天都是对您丰富话语的注释。

103　这一次我听从建议,很早就去温泉疗养。因此这个夏天不仅相当过得去,甚至还很棒——如果没有无法避免的琐碎小事不时将我从平静中拉扯出来。这种平静随着年纪渐长恢复起来越来越慢。

此外我的工作也进展不错。今年已经是我努力将图书馆从死亡的沉睡中唤醒的第三年了。② 这个工作当然需要全然的改建才能完成。新建了一个植物温室,让那些南方的植物在这里过冬。这些南方的植物在这里,也免去了我们迁往南方神圣之地的劳苦。建造温室令我得以集中精力,身心感到舒适,我也开始整理一些刊物,③其中一本不久就会寄给您。

让我不时听到您的消息吧!我个人非常高兴,通过口授和印刷这些书籍能够回想起我不在身边的朋友们,并送给一些朋友,相信能让他们喜爱和享受。

在我的自然研究中首先寄给你第 3 册。这是我多年辛苦工作的心血,也希望我的付出让他人免受这等劳苦。然而人类很奇特,既然世俗已经让我们有足够的重担了,人类却还乐意用专断的错误观点④加重肩上的负担。

即使社会状况目前在哪里都不乐观,⑤我还是得承认我这附近和周边各方面状况都还不错。经常有人经过这里时来拜访我。很快

---

① 赖因哈德 1820 年 5 月 22 日写给歌德的信。
② 1817 年 10 月 7 日,歌德接受了领导耶拿大学图书馆改建和重组的任务。
③ 指《自然科学概论,尤论形态学》。
④ 歌德不放过任何机会批判牛顿(光学)学说及其追随者。
⑤ 歌德指的是"卡尔斯巴德决议"导致严重的国家干涉及其引起的紧张的内政局势。

就要放假了，德国的教师和学生就要四处漫游了，温泉旅游的时间也
要到了，来来往往，还有无数其他的旅行目的。到时候我就没有一天
不被别人来多次打扰了。我也乐于为此花上几个小时，这几个小时
也从不会徒劳无功。各色人物来到和走进我孤独的生活，让我了解
外面的世界，比起通过其他方式了解世界更为方便。

　　此外，我们公爵的家人，从祖父母到孙辈，生活很愉快，并友好信
任地把我视为家里一员。如果已经给我生了一个极其可爱的孙子的
我亲爱的儿媳目前没有生命垂危，①我本来对这些好已无话可说，也
像波利克拉特斯②一样让自己遭受一件祸事才能平息上天的嫉恨。

　　我们现在的一切都已经安排好：各种傲慢的自大都将安上自己
的"弱音器"，渐增的年纪自然会毫不犹豫甚至惬意地装上这个弱音
的机器，我们似乎以各种方式被保护起来。

　　关于要为我在法兰克福立的纪念碑，我也没什么可说。我相反
非常沉默并静观其变。因为这多过一个人所该经历的，所以这个人
就该表现出少有的谦虚，才能"活过"纪念碑的奠基。

　　我责怪我们的总理封·米勒先生卷入了法兰克福的社交，他不能
得空到博肯海姆去拜访您，这样也没有一个见证人能够告诉我有关
您逗留的情况并且让我确信您的身体状况了。

　　除了寄去刊物，还有一些此前未寄的东西。

您最忠诚和心怀感激的

耶拿，1820 年 9 月 15 日　　　　　　　　　　　　　G.

---

① 歌德的儿媳奥蒂莉在生第二个儿子沃尔夫冈·马克西米利安时遭遇难产。
② 波利克拉特斯是爱琴海萨摩斯岛的暴君，死于公元前 522 年。传说因为事事
　过于顺利，需要遭受祸事才能平息众神的嫉妒。

415. 歌德致子奥古斯特(草稿)

1820 年 9 月 18 日　星期一

105　　　对新的世界公民致以最大的欢迎。你们的苦难我默默陪你们承受,愿这快乐也由我们共享。对奥蒂莉转达最真挚的问候,她身体有任何情况都告诉我知晓。我并不担心我们的男孩。也祝你健康,如果你稍微休息过来了,就来看我。

耶拿,1820 年 9 月 18 日

416. 歌德致 C. F. 策尔特（亲笔修改和落款）

1820 年 9 月 20 日　星期三

嗯,这现在看起来像那么回事! 我不在场,你跟迷人的公爵夫人为健康干一杯香槟。① 现在我在酒杯中起伏的水面看到你,正准备喝下最糟糕的酒,这酒连"干杯"都不值得说。②

年轻的时候③我们也开过这样的玩笑,并没有恶意和陷阱,交情也毫发无损。我们不应怪罪那个商人干了这种事情,也不能怪罪自己。你通过行为证明了你身上还有一些青春气息,并且作为人和音乐家获得了很大好处。

你对旅行的描述将再次呈现于清爽的纸面上、用干净的手,像镜子映照般清晰地誊写出来,我们都心怀满意地期待吧。④

在此期间最好的"朝圣者"到我住的高处来看望我这个内陆人。⑤ 这四个柏林人知道不少也有些能力。这些令人感动的努力,其工作成果会是如何,现在还很难预测。

总的来说,这四位朋友,通过亲自到场讲述和实际的言行,将一个大城市的动荡生动、令人愉悦地带到了我这僻静的住处。时至今日我依然从中受益匪浅。

你像《奥德赛》中流浪汉般在大海那危险的黑色脊背上大胆驰骋

106

---

① 策尔特曾在 1820 年 7 月 29 至 8 月 1 日的信中给歌德写道:"昨天晚上到坎伯兰公爵夫人那里去,〈……〉正要起身时,公主又拿来一瓶新的香槟,快速跟我敬酒为你的健康祝福。说实话,这个香槟的美味确实名副其实。"
② 策尔特在 1820 年 8 月 18 日至 9 月 20 日的信中提到美味的咖啡还有葡萄酒和啤酒。歌德本人不喜欢啤酒和咖啡,相反偏爱葡萄酒和巧克力。
③ 策尔特(1758 - 1832)与歌德(1749 - 1832)年岁相近。
④ 歌德打算让人将策尔特的波罗的海游记工整地抄写和装订出来。
⑤ 歌德在生前就已经意识到自己未来会成为"民族偶像"。这里的拜访者是指申克尔、舒尔茨、蒂克和劳赫。歌德的"内陆人"是对比波罗的海旅行归来的策尔特说的。

之时，①我安静地待在家里，给你寄去一些面包干，但不是船上吃的那种。② 你可以在任意时间，在将要到来的漫长夜晚或者在某个日间抑或夜间时刻，只要合适，都可以靠这些东西提提神或学点东西，绝不会让你烦闷的。

这段时间以来我几乎没跟别人说过话，尤其是现在的谈话充其量就是各说各话而已。五个月以来，我的整个存在都是立于纸上。当你看到这些不断装订的海量的卷宗时会感惊讶的。我在家门外的公共机构所做的事情，也会得到聪明人的认同。

也是因为我孤单至极并养成了口授的习惯，才有了眼下这封信。这封信是在收到你的信的当天晚上写好的。为了让你这个在海浪中翻滚、闻着海腥气、渴望着海岸的人，在这个冬天能安详地回忆险恶的海洋来度过愉快的时光，我建议你买一本诗作来看：包含十个章节、超过六百个八行诗节的《奥尔弗里德与里塞那》，作者是柯尼斯堡的年轻人奥古斯特·哈根。

即使这道菜肴对于你的重口味和良好消化力来说，有时难免会清淡些，但你肯定会感受到这本小作给你吹来了波罗的海的味道而为之着迷。这是个奇怪的现象，也为我带来很多快乐。

如果这个世界令人愉悦的旋律无须经过弱音器的调节就能弹奏出来，我本来要在开头就告诉你这些的：我的儿媳又生了一个男孩，只是她体质柔弱在孕期受了很多苦。说实话我一直还在为她担心。别的我也不能多说，只能像伊斯兰教说的那样——听天

107

---

① "大海的脊背"在荷马的《奥德赛》中多次出现，而波涛汹涌的大海在荷马史诗中常被描述成"黑色的"。
② 歌德喻指几本《论艺术与古代》和《自然科学概论，尤论形态学》，虽然不是"容易消化的"，但是完全可以吃，甚至"令人振奋"。

由命吧。①

我们家里一切都好的话，希望能在 11 月初热情接待你的来访，这将令我们很高兴。到时我才能再次真正回到自己家。我不能、也不想请你到我现在这个地方来。还有六周，我还要做很多的事情，几乎看不到有空闲时间。柏林朋友们来的时候很巧，我正好所有的工作都告一段落。希望这封信足够表达对你的问候，并不久之后再"诱出"一封给我的信，通过硬石路面或者软沙路面送来，当然不要走起伏的沙路。②

你最忠诚的

耶拿,1820 年 9 月 20 日   G.

---

① 歌德在写《西东合集》时也研究了伊斯兰教颇多,在这里暗指无法改变的命运,伊斯兰教称为"Kismet"。

② 此处是歌德的语言游戏,应该是指希望信不是从由海路,而是由惯常的陆路寄来。

417. 歌德致 C. F. A. 封·孔塔（亲笔落款）

1820 年 9 月 25 日　星期一

阁下：

　　您上一封信让我再次受益匪浅。您试图打消我的疑虑。因为正是这个疑虑使我作了这些评注并写下这样令人厌烦的诗句。① 非常感谢您圈内的朋友们。

　　本来都是男人们促使我做出自己为自己作注的绝望决定。德国男人和女人或许都有一定的文化水准——相当高的水准。不过，女人有一个优势，就是她们不会被驱逐到外面，也不会受到外界的逼迫。如果她们满足于家里的小圈子，完全做本真的自己，这取决于她们自己。如果"理解"的含义是靠自己去阐明另外一个人说的话，那么在内心世界方面女人们总是占优势的。②

　　请您务必友好地收下我同时寄去的给那首诗作为衬托的原画。③

　　我现在得抓紧去参加一个不错的活动了。

您最忠顺的

耶拿，1820 年 9 月 25 日　　　　约翰·沃尔夫冈·封·歌德

---

① 孔塔在 1820 年 9 月 20 日的信中向歌德讲了收到的《论艺术与古代》在朋友圈内的热烈反响。"评注"和"诗句"是指歌德发表在寄去的《论艺术与古代》中的格言集《温和的讽刺诗》和自己对《神秘的原始词汇》的讲解。

② 孔塔在 1820 年 9 月 20 日写给歌德的信中关于歌德的朗诵会说道："不瞒您说，只有男人们不时需要讲解《原始词汇》。然而所有听我朗诵这优美诗歌的女人们却一下子全懂了，并希望听的时候不带讲解〈……〉她们非常投入和热情。"

③ 指歌德从美因茨收到的几幅相同的石版画和一首纪念诗，此前只寄给孔塔了这首纪念诗。

418. 歌德日记

1820 年 9 月 25 日　星期一至 9 月 26 日　星期二

〈**9 月 25 日**〉

　　继续写《泄密者是谁?》。① 舒巴特博士来了,我与他谈了一些普遍和特殊的问题。乘车出游,一直走到温采尔拉。一起吃饭,像此前一样谈话。将第 16 印张②拿来修改。寄出去手边这些东西：**致公使馆参赞孔塔先生**,并附上哥特式小教堂的画;科泽加滕的纪念册寄给陛下;写信**致枢密顾问迈尔**,对他的询问给以回复。舒巴特在这里午餐。详细谈论了多个重要话题,一直到晚上 6 点,他去弗罗曼家。我独自一人待着。给第 16 印张写评论,并准备下一次邮寄的东西。

---

① 参看第 381 封信及注释。
② 指《自然科学概论,尤论形态学》的第 16 印张。

〈**9 月 26 日**〉

　　与舒巴特乘车出游一段时间。拜访克内贝尔。去往温采尔拉方向。见了弗尔斯特上尉。舒巴特一起用餐，我们继续谈论文学、道德和神学话题，一直到傍晚。

419. 歌德致 C. F. 策尔特（亲笔落款）

1820 年 9 月 27 日　星期三

　　在此寄去说好的手稿，收到它你会很高兴。书写错误，特别是专有名词的错误，相信亲爱的读者们会纠正。我亲爱的好儿媳再次给我生了个孙子，听说是个结实的大胖小子。不过我几乎看不下去了，因为她差点付出生命的代价，元气大伤，我不相信一切会立即恢复安宁。

109

　　其他方面我和我的工作都很好，这工作我持续做了四个月了，从未离开这光芒。愿圣米迦勒①赐福给刚完成的书刊，②令其得到广泛传阅。

　　弗尔斯特上尉及太太刚刚来看过我。弗尔斯特太太③说自己是你忠实的学生，对你心怀感激。她看起来真是相当漂亮。

　　祝你健康！早日回信！

你最忠诚的

耶拿，1820 年 9 月 27 日　　　　　　　　　　G.

---

① 指 1820 年 9 月 29 日的大天使米迦勒纪念日。米迦勒在《圣经·旧约》中是守护以色列的天使，在《圣经·新约》中是与魔鬼作斗争者。
②《论艺术与古代》第 2 卷第 3 期（1820）及《自然科学概论，尤论形态学》第 1 卷第 3 期（1820）。
③ 作家弗里德里希·弗尔斯特（Friedrich Förster）与劳拉·巴泽多（Laura Basedows，原姓加迪克即 Gedicke）结婚。劳拉作为歌唱演员得到策尔特的支持，她非常崇拜歌德。

420. 歌德致 Chr. L. F. 舒尔茨(亲笔落款)

1820 年 10 月 1 日 星期日

恩斯特·舒巴特从 9 月 24 日到 28 日在我这里停留五天后,回到他的家乡。简要几句话讲一下这件事:

因为他已经跟我约好要来,我就打算让他待在我身边一段时间以便跟他谈个彻底,也就是探讨在哪些地方可以达成完全一致,哪些分歧可以调和,哪些特点又是专属其中一人的。单单他旅行的方式,①以及他因为家事不久就要回去,就让我的计划不能圆满进行。他的弟弟参加过法国的远征,目前正致力于农业研究,带着舒巴特乘坐自己的轻便马车来,因此我得很快同时"放"他俩走。

柔软和坚硬能够如此这般统一起来真是奇怪。他给我讲了他受教育的过程,真是佩服他熟知自己所有的老师,既有死板的老学究也有极端自由主义者。他能够从每个老师那里吸取适合自身发展的东西。同时他还谈到了布雷斯劳的局势。局势不好,也许目前每个大城市都是这样。但是对他来说有必要与人交往,因为如果不谈论自己感兴趣的事情,他就无话可说。

目前对他最好的应该是——他自己也很明白——有一个职位,让他从事自己了解和接受的专业,人文、美学、科研、宗教或教育,并能在智慧人士的指令下工作。他也因此可以看到,我们美好的想法是如何影响生活的,以及会遇到怎样的推力和阻力。我认为,这比只能自己来寻找和发现自己的一次旅行更为有益。也许这正巧也让他得以谋生。他外表斯文、讨人喜欢,也很善于表达。白净的脸上还戴着一副眼镜,看到他那么多别的优点,我也就不在意他戴眼镜这点了。因为我很不喜欢这种玻璃眼镜,人们还得到它后面去寻找天然的眼睛。

不过这一点很快就被我抛诸脑后了。这个青年的言辞一致也令

---

① 指舒巴特与弟弟一起来拜访歌德。

人惊讶。他把所有的力道聚集在一个中心点，然后发散到各个层面，对所有事物的观察、理解和评价都是从自己的观点出发。虽然这个人固守一个观点，但他的观点也并不狭隘。眼下有急事，对此我也不能再多说了。我们的年纪是二十四对七十二，我却愿意为了帮助这个年轻人立即去消除任何分歧，对我来说真是不寻常。就此先说这些吧。

　　亲爱的朋友，比起我在这里抽象地讲述，您与他相处不几天之后这一切就更为明了。

　　在信的末尾，我再次请您关注一下生理学颜色方面的研究。您也曾不无道理说过："现在该把这个问题修改成整个体系了。学说体系内各个部分应非常完整，相互之间在基本思想上牢固地联系在一起。"

　　您的研究构成这个体系的头和尾，为我要做的事情打下了基础，把我未完成的工作圆满完成。

　　生理学颜色研究通过内视颜色研究而成为完整①的体系。就像在垒上最后一块拱顶石后安上穹顶，建筑才得以完成。当然，因为没有人深入地关注过这个问题并支持我，我常常陷入犹豫和停顿，人生的交往也是这样。然而我们不想放弃信念，毕竟我们还有勇气。祝您健康！关于您宝贵信件中的其他内容，我不久还会写信。迈尔准备出发了。但愿我们大家的目标可以实现！

　　这样美好的天气使我为朋友们的出行感到高兴。迈尔现在也上路了。其实我很羡慕他能够亲自去柏林看看。② 再次祝您健康！也

---

① 指 1810 年出版的《颜色学》添加了关于生理学颜色一章，研究内视颜色，也就是折射介质内部的颜色现象。
② 迈尔 1820 年 10 月 3 日至 11 月 3 日在柏林停留，以研究那里的艺术珍品。

顺便代我向申克尔先生致谢!

　　　　　　　　　　　　　　　　　　　　　　　您最忠诚的

　　　耶拿,1820 年 10 月 1 日　　　　　　　　　　　G.

421. 歌德致 J. F. 罗赫利茨①（亲笔落款）

1820 年 10 月 3 日　星期二

我亲爱的朋友,您珍贵的邮包②对我来说可一点也不轻。因为它让我知道您还记着我,而且不仅只是在写信这一短暂的时刻,甚至在我们意愿相悖、成就各异的时候也是这样。我现在也要用相同的方式对待生活,动荡中安宁,安宁中动荡,即使整个世界历史不是像过去几次一样向我们袭来。③ 所以我总是安静地关注着早晚会到来的事情,怀着相同的信念并经历着相同的命运。

感谢您送来这娇小的剧本,正因为它您才会给我来信。本来好多年前就该上演的,在目前的状况下我把它交给早年的管理者,他们喜欢用这样的剧本,也会期待剧本的续篇。

附件寄给您的东西也请您关注!④

您最忠诚和心怀感激的

耶拿,1820 年 10 月 3 日　　约翰·沃尔夫冈·封·歌德

112

---

① 约翰·弗里德里希·罗赫利茨(Johann Friedrich Rochlitz, 1769 – 1842),莱比锡人,小说家、剧作家、作曲家、作词家。
② 罗赫利茨 1820 年 9 月 19 日寄去了自己的剧本《朋友们》,歌德把它转交给宫廷剧院经理办公室。
③ 很可能是指 1789 年的法国大革命、1813 – 1815 年的德国解放战争以及 1819 年的"卡尔斯巴德决议"。
④《论艺术与古代》第 2 卷第 3 期。

422. 歌德致 A. K. 封·普雷恩[①]
（亲笔修改和落款）

1820 年 10 月 3 日　星期二

阁下：

请您相信，您的每次来信都让我感受到您还惦念着我，这一点无须言表。很多事物从世间经过却不留结果，很多花朵从空中落下却未结果实。偶然事件、自己和别人的过错让我们失去了亲历人生路上美好事情的机会。如果过去一些本该余音未平的事情却声音渐消，那么即使已经结束了现有的合作，[②]今后继续维持精神层面的合作，会让我更为愉快。

我非常高兴地听到，远道而来的人描述着美好并值得称赞的罗斯托克的纪念碑以及它优美的环境，这令我们所有的人心生向往。世间的否定往往是因为人们最终自己也不知道该支持或责备什么，正是正直的姿态使我们信任自己在不同时候和特定条件下做出合乎逻辑的行为——正直的姿态如同铅锤给出尺寸和节奏一样赋予我们准则。[③]

请您原谅我这个隐居者（我是这么看自己的）所做的普遍性观察。我在耶拿附近新开辟的一个植物园里已经度过四个月了，虽然做着合乎年纪和心愿的工作，依然愉快地惦记着年轻的朋友们。这些年轻的朋友在日益快速的生活中坚守真实的想法，为现在和将来忠诚地忙碌。请您愉快地接受我在这般宁静中为公众奉献的成果。我一直记得我的朋友们，也希望每个人都能在这些书刊中找到涉及自己的一些内容。

您最忠诚和心怀感激的

耶拿，1820 年 10 月 3 日　　约翰·沃尔夫冈·封·歌德

---

423. 歌德致 Th. 泽贝克（亲笔修改的草稿）

1820 年 10 月 6 日　　星期五

　　我杰出而亲爱的朋友，非常高兴有机会再给您写信并询问您的
身体状况。柏林来的朋友及其他远道而来的朋友都肯定地告诉我，
您很健康并依然积极工作。希望这些能够得到您亲口确认。

114

　　然而现在我希望，您能在随信的论文中看出这段时间以来我时
常想到您，并心怀感激地努力把那归功于您的美妙发现①总结成基
本原理，予以阐释，并与其他的颜色学说和其他自然现象联系起来。

　　现在整个作品是成章节的，所以将单个章节一一修订，一些内容
详加说明，另一些内容补充进去。

　　有关双反射体的主要论点，我清晰地记得您有过详细论述，因此
我只大概地提一下。

　　希望您给我透露下您的想法，并且提示一下还有什么要做的，这
样如我再次做这个研究时能够像往常一样幸运地得到您的助力。最
主要的，我希望知道您目前研究方向转到了哪里，这样我无论如何可
以多少跟上您的步伐。

　　希望今后我们的友好关系日益更新！人活得越久，就越感觉过
去的人际关系多么值得珍惜。四位柏林的朋友在此期间来拜访我，
让我仿佛置身于热闹的、喧嚣的都城柏林。朋友迈尔将以我的名义
回访，您肯定会喜欢他。希望从他那里听到更多消息，了解到您和家
人各方面都很好。请您在您的朋友圈里代我送上最好的祝愿！

　　　　　耶拿，1820 年 10 月 6 日

---

① 泽贝克首先发现和描述了内视颜色。

424. 歌德致 G. W. F. 黑格尔①(亲笔落款)

1820 年 10 月 7 日 星期六

115 　阁下：

　　希望随附的刊物②能够及时送达，并特别希望关于内视颜色的那篇论文对您有一定的益处。在纽伦堡一起见证了这一美妙的发现，您同意做这一研究的庇佑者，并此后很明智地对我的研究予以肯定，以便追溯到这一现象的基本原理。随附的论文尽可能简短地讲述了我从开始特别是过去两年以来说过、试验过、重复过、思考过和总结过的内容；我如何既固守在领域里，又将这个领域拓展开来，如何从一些方面通过类比把一切整理成自己最为熟悉和直观的系统，就像把所有的观察结果摆在眼前，然后把实验按顺序一一讲解一样。

　　希望这一切能够得到您的些许赞同，毕竟很难把本该让眼睛看到的东西口述出来。请您像此前所做的那样，顺着我的方式继续研究自然界物体，积极地参与进来。这里讲的并不是要贯彻什么观点，而是要传授一些方法，每个人都可以像使用工具一样按照自己方式来使用它。

　　我高兴地从一些地方听说，您教育年轻人的付出结出了硕果。③在这个奇怪的时代，一个学说非常需要从中心散播出去，使得各处的人们在一生中无论是理论还是实践都将得到助益。人们当然不会阻止头脑空洞的人繁琐地讲述模糊的概念和夸夸其谈。然而聪明人会

116 因此不舒服，他们会意识到自己从年轻时起就陷入了错误的方法，然后就会退缩，独自一人，变得混乱或者玄乎其玄。

　　亲爱的朋友，愿您的功绩无论当今还是以后，在全世界都不断有

---

① 德国著名哲学家黑格尔(Georg Wilhelm Friedrich Hegel, 1770 - 1831)。
②《自然科学概论，尤论形态学》第 1 卷第 3 期。
③ 应该是指黑格尔的学生利奥波德·封·亨宁(Leopold v. Henning)将在 1822 年开课讲授歌德的颜色学。

良好的反响作为回报。

您最忠诚的

耶拿，1820 年 10 月 7 日　　　　　　　　　　歌德

425. 歌德日记

1820 年 10 月 8 日　星期日至 10 月 9 日　星期一

〈10 月 8 日〉

　　考虑下次要寄的东西。到植物园去补取几样东西。中午前后枢密官布卢门巴赫和家人来访。之后我的儿子来了，我与他谈话。晚上 6 点他乘马车离开。8 点左右陛下和施魏策尔枢密来到王宫。饭桌上还有布卢门巴赫、两位福格特、封·齐格萨。①

---

① 布卢门巴赫（Johann Friedrich Blumenbach）来自哥廷根，是医学教授、解剖学家和人类学家，他自 18 世纪 90 年代起与歌德保持着友好的交流，主要是讨论形变学问题。其他人包括，耶拿的数学和物理学教授约翰·福格特和儿子，植物学教授、植物园园长弗里德里希·福格特以及耶拿高级申诉法院院长封·齐格萨男爵（Freiherr Anton v. Ziegesar）。

〈**10 月 9 日**〉

　　枢密官布卢门巴赫和两位福格特到我这里。陛下来到植物园停留了很久。之后我们一起观看所有的博物馆，接下来用餐。餐后大家聊天。傍晚陛下回魏玛了。我一个人浏览《泄密者是谁?》。收到一份公使馆参赞孔塔的紧急公函。

426. 歌德致卡斯帕·封·施特恩 贝格伯爵①（亲笔落款）

1820年10月20日　星期五

117　尊敬的伯爵先生：

　　按照我的想法本应早就亲自来问候阁下，可惜因身体的病痛我要不停地寻求医治，只能停留在波希米亚边境②不再往前。眼下这封信我十分信赖地写给您，因为我从多方面得到确认，阁下将友好地满足我这个勤奋的地质学家的愿望。

　　我们一直积极地关注您关于纯植物的史前世界的文献研究。最近特别多的人在讨论切尔霍维茨和拉德尼茨之间那个更受关注的现象。③

　　能够从这个地方得到标本是我最直接的愿望，要是年轻的时候，为了亲临现场看到这样的矿藏，我会毫不犹豫地从马林巴德赶去那里。

　　然而我如今不敢这样做，所以只能期待阁下能用化石标本尽可能地弥补我的遗憾。

　　以前是封·施赖伯斯好心帮我完成这个愿望。不过曾有幸在卡尔斯巴德向阁下问候的枢密委员施魏策尔，帮我延续了这个好意。因此请允许我再次表达这一并不过分的要求：希望帮我弄到前面提到的出土物或者其他这类东西，可以是任意的形状或大小，只要能够对研究有益。邮车可以方便地将每个邮件给我送来。

① 从这封信开始，歌德开始与波希米亚的独立学者卡斯帕·封·施特恩贝格伯爵通信。刚开始都是零散地关于个别自然科学的问题。在1822年两人在马林巴德第一次真正认识之后，两人的关系进一步发展成亲密的友谊，在谈话和通信中有深入的思想交流，直至歌德离世。
② 歌德的疗养主要是在卡尔斯巴德和马林巴德。
③ 指波希米亚一个石炭地层中的植物化石。为了得到这个炭化的原始森林的有用标本，歌德在1820年5月10日曾写信给维也纳自然科学博物馆馆长封·施赖伯斯。这个石炭层位于拉德尼茨附近，是封·施特恩贝格伯爵的领地。

　　埃格尔的警事顾问格吕纳让我燃起希望,对卡默贝格山的研究 118
由于阁下的介绍将会有重要的发现。我也将自己的愿望和观点吐露
给了积极的格吕纳。明年春天如果有机会回到那些宝贵的研究地,
我非常期待知晓对此有什么研究发现。最期待的是,能够在去的路
上见到阁下!

　　希望我们那里①能有人寄来帮我找的东西,我将非常高兴。

　　阁下最忠顺的

仆人

　　耶拿,1820 年 10 月 20 日　　约翰·沃尔夫冈·封·歌德

---

① 指歌德常去游览以进行地质学观察的波希米亚地区,而封·施特恩贝格伯爵
　 来自该地区。

427. 歌德日记（亲笔）

1820 年 10 月 22 日　星期日

修订《漫游年代》。① 考虑下面几本刊物。赖西希教授②来告别。沃尔夫枢密顾问③来了，我与他聊天。中午前后与他乘车出游。我独自午餐，之后 3 点去博物馆找伦茨。④ 又去克内贝尔那里，后来我走了，把沃尔夫枢密留在那里。去弗罗曼家，见到弗罗曼姐妹。⑤ 去克内贝尔那里接走沃尔夫枢密。凯斯特纳教授⑥来访，他和科泽加滕晚间在我这里。

---

① 第一版《威廉·迈斯特的漫游年代》，歌德这几个月对其进行修订以供出版。1821 年 5 月出版了"第一部"，1829 年第二版。
② 语文教授卡尔·赖西希，1820 年从耶拿调到哈勒大学。
③ 著名的古典主义语文学家和近代的考古学奠基人弗里德里希·沃尔夫（1759-1824）。他在从斯图加特去柏林的路上于 1820 年 10 月 22 日至 26 日在耶拿拜访了歌德，"认为这个亲切的老人还相当的心情愉快、工作积极"。
④ 应该是去看矿石收藏，矿物学教授约翰·伦茨（Johann Georg Lenz）是馆长。
⑤ 耶拿的书商和出版商卡尔·弗罗曼的两个女儿阿尔维纳（Alwine）和敏欣·赫茨利布（Minchen Herzlieb）。后者是弗罗曼从孤儿院收养的。歌德在 1807 至 1808 年曾非常爱慕时年十八岁的敏欣·赫茨利布，这促使他创作了一系列十四行诗。
⑥ 耶拿的神学家凯斯特纳。他于 1819 年在耶拿出版新书《神圣爱宴——基督徒的秘密世界同盟》（参见第 331 封信及注释），此后歌德多次与他进行讨论。

428. 歌德致 J. F. 封·科塔（亲笔落款）

1820 年 10 月 23 日　星期一

阁下：

　　在我离开耶拿之前,致以当下的友好问候。在耶拿我待了半年,也做了不少工作。完成了两本刊物。① 已经开始编写新的一本《论艺术与古代》,今年可以慢慢继续,这样形态学的研究也可以跟上来。但是还有一个重要的工作,您如果乐意我们可以开展。

119

　　第一部《威廉·迈斯特的漫游年代》应该可以印刷了。此前要写入的故事现在写进去了,此前不完整的故事添加了新内容,现在成了一本可读性很强的小作。稿费我希望与我们迄今出版过的书一样计算,格式希望与《诗与真》保持相同。

　　您可以给弗罗曼先生做出必要的指示,② 印刷就立即开始了,希望印刷可以不间断地继续下去。

　　旅行途中的沃尔夫枢密先生来到我这里,给我讲了斯图加特很多亲切和美好的事情,让我更为遗憾不能分享在那里逗留可能带来的数倍好处。希望您和家人一切都好!

您最忠顺的

耶拿,1820 年 10 月 23 日　　　　约翰·沃尔夫冈·封·歌德

　　我还有一个请求,希望得到大概六本印在写字纸上的《西东合集》③和任意几本前三册的《莱茵和美因》。

　　我从莱比锡提取钱的事情,那儿应该有人告诉您了。几笔小额的垫款,我及时与他们结算好了。④

① 《论艺术与古代》第 2 卷第 3 期和《自然科学概论,尤论形态学》第 1 卷第 3 期。两本刊物都在 1820 年出版。
② 弗罗曼为科塔印刷了歌德的一些书刊。
③ 歌德后来收到这些书,带有 1820 年 11 月 4 日科塔书店开出的账单。
④ 1820 年 9 月 23 日歌德通过莱比锡的弗雷格银行公司（Frege und Comp.）提到 600 塔勒现金,1820 年 9 月 29 日签收。

429. 歌德日记

1820 年 10 月 28 日　星期六至 11 月 2 日　星期四

〈10 月 28 日〉

修订《论艺术与古代》第 3 印张。准备第 4 印张的手稿。去德贝赖纳家看关于闭合的电圈如何作用于磁铁的实验。非常高兴亲眼清楚地看到电流产生所必需的亲缘性和两极性。饭后继续清理第 4 印张手稿。处理魏玛来信。

〈……〉

〈11 月 2 日〉

　　签订好施塔克解剖学博物馆的事务。① 将必要的东西寄给施塔克和富克斯。起草和口授了信件内容等。德贝赖纳枢密来了，与我谈论关于磁铁电流的情况。从两方面都可以看出来，两种影响②相互交叉。把所有邮寄件转交解剖室主任施勒特处理。读了哈曼给康德的信，这真是奇妙的巧合。③ 中午独自一人。又整理出发的东西④并写好几封信。夜里阅读低地德语⑤的诗歌。

---

① 耶拿的医生、医学教授施塔克 1811 年逝世，其遗孀将他留下的大量宝贵的解剖学标本以 800 塔勒出售。歌德曾就此写信给卡尔·奥古斯特大公迫切请求买下这些藏品。按照歌德的日记，1820 年 10 月 31 日就购买这些藏品"达成一致并签订协议"。

② 应当是指电和磁两方面。

③ 柯尼斯堡的作家哈曼（Johann Georg Hamann）1759 年写给同样来自柯尼斯堡的著名哲学家康德的信。歌德在自己小论文《对引导和预见的虔诚思考》中引用这封信作为"后记"。

④ 歌德 1820 年 11 月 4 日在离开六个月后重新回到魏玛。

⑤ 主要在德国北部使用的方言。歌德 1820 年 10 月 30 日收到罗斯托克的"自然和民族作家"迪特里希·巴布斯特（Diederich Georg Babst）的一个小集子《细读低地德语诗歌》并"研究他们的特点"。

430. 歌德致 C. E. 舒巴特(亲笔落款)

1820 年 11 月 3 日　星期五

亲爱的朋友,您丰富的邮包令我非常愉快,我饶有兴趣地阅读了这一聚会的硕果。① 您所想的,我全都明白。

我非常满意您写的那几页,因此希望可以不加改动就把它们发表出来。如果您没有复件,我就寄给您一份,毕竟谁知道第二次是否能有这么深刻和清晰的表达呢。

您对献词和舞台序剧所陈述的观点无可挑剔。然而令我感动的是您对《浮士德》第二部的补正和两部分的分割。② 人们会逐渐接近观念,最终在其中发展自身,您的这个感觉是正确的。我自己的艺术处理就有自己的路要走,尘世间有一些辉煌的、真实的、精彩的错误,可怜人们会比充满邪恶的第一部③以更高贵、更有尊严和更高尚的方式迷失自我。

121　　我们的朋友浮士德也要屏住呼吸小心穿过这些错误境地。如果料想白日的世界就像是一篇讽刺杂文,孤身一人的青年时代我本也可以忍受的。

戏剧的结尾,您的感觉也很正确,靡菲斯特的打赌只能算赢了一半。如果一半的责任在浮士德身上,那么古老上帝的宽恕权力就会立即介入,作为整篇最欢快的结尾。

因为您,我的思维可以如此活跃,我甚至想为了您再多写点什么。别的不多说了,因为我正准备结束在耶拿的逗留,搬回魏玛的

---

① 语文学家、美学家舒巴特 1818 年 4 月起与歌德建立书信联系。1820 年 9 月 24 日至 28 日在耶拿拜访歌德。两人在见面期间谈论了《浮士德》的未完稿,舒巴特在 1820 年 10 月 7 日至 10 日的长达十三页的信中谈到了对《浮士德》构思和续写的想法,成为两人见面的"硕果"。十年后舒巴特还出版了自己的著作《关于歌德的〈浮士德〉——讲义》。

② 最晚在 18 世纪末 19 世纪初,歌德计划将《浮士德》分成两部分,并且在 1825 年又添加了《浮士德》第二部的补正。

③ 指《浮士德》第一部。

"冬日栖息地"，无论如何时间上有些紧迫。祝您健康，希望您记得我！向您的弟弟致以最好的祝福，期待不久来信！

致以愉快的问候！

耶拿，1820 年 11 月 3 日　　　　　　　　　　歌德

魏玛
1820 年 11 月 4 日至 1821 年 7 月 26 日

431. 歌德致 C. F. 策尔特

1820 年 11 月 9 日　星期四

　　小萝卜收到了,在冬日请客人吃饭的时候我们也会向你致谢。枢密顾问迈尔到了,他兴奋地向我夸赞柏林。因为他具有这个世界上最为乐观的天性,因此这样一个都城在他看来简直是壮丽。

　　我很满意劳赫制作的半身像。① 如果他事先不跟我们交流,直接用大理石制作然后先立起来,那么现在塑像内在的问题根本就无从谈起。

　　迈尔对阿尔贝蒂内利作品的复制画②给予了最佳的评价。一位1520 年离世的艺术家,竟能留下如此巧妙的作品。另外,从中可以看到,尊贵的柏林朋友们并不自诩精通圣经。人们经常可以看到 7月 2 日的圣母访亲节在日历中印成红色,却认为它的意思是圣母接受了以利沙伯的晋谒。其实事实相反,虔诚的、献身于美好愿望的马利亚翻山越岭去拜访一位女性朋友,③这是在《路加福音》的第一章详细描写的。如果参透所引用的章节并领会其意义,所画之作定会更有价值。

　　给你的信是 10 月 28 日写完的。10 月 27 日还从耶拿寄出一个小包裹,希望你收到了。11 月和 12 月的晚上我和迈尔将与你们一起度过。你要愿意来,非常欢迎。孩子们也要求我把你请来。

　　　　　　魏玛,1820 年 11 月 9 日　　　　　　　　　　　　　G.

---

① 策尔特在柏林劳赫的工作室观看了这个半身像并且认为"漂亮,令人满意,甚至还很优美"。
② 柏林画家伦格里希(Lengerich)模仿阿尔贝蒂内利(Albertinelli)1503 年的油画《圣母访问》。
③ 参见《圣经》的《路加福音》第 1 章 39 - 56 句。

432. 歌德致 C.L. 封·克内贝尔(亲笔落款)

1820 年 11 月 11 日　星期六

亲爱的朋友,你也许能想到,我们尊敬的大公爵夫人出的事故①让我多么悲伤,特别是我正打算安顿下来适应冬天,准备投入静心工作,这就让我更为悲伤。现在这样一个实际上大家都知道的祸事完全打破了家里的安宁,因为我一直想象着她的伤痛和令人担忧的后果。当时我刚收到她的懿旨要去拜谒她。虽然听到的消息还没那么糟糕,然而也只是说痛苦没有那么严重。详细情况估计有人给你说了,我也就不深入讲了。

枢密顾问迈尔回来了,对柏林之旅非常开心。他对艺术珍宝和艺术工作有无数的话要讲,我们也将公开谈论②其中一些内容。

我的家人健康而快乐,我的身体也很好。但是我非常想念耶拿的高山、峡谷和那里的朋友们。

我有个想法,想要学着叨扰人:出其不意地拜访你并住在你那里。在某个晴朗之日,你也不必确知。我在耶拿的花园房现在搬空了,而六个月没见到你们这样的遗憾没法在我那里得到圆满的填补。

祝你健康! 代我祝福你身边所有人,愿你想念我!

你最忠诚的

魏玛,1820 年 11 月 11 日　　　　　　　　　　歌德

---

① 大公爵夫人露易丝胳膊骨折。
② 关于这次柏林之旅的成果,迈尔写了数篇论文,悉数发表在《论艺术与古代》。

433. 歌德致 Chr. L. F. 舒尔茨 （亲笔修改和落款）

1820 年 11 月 19 日　星期日

虽然各个方面都有些紧迫——工作方面、出版印刷方面还有身体方面，但我毫不迟疑地向您，我亲爱的朋友，对上一封信致以谢意并转达忠诚的迈尔对您积极的问候！他明白您的话，出发之时自然也亲眼看到了危机的临近。愿一切在明智的领导下拥有最好的发展！

我们晚间的谈话只涉及柏林。昨天他把论文的概要口头讲给我听，我极为满意。我们达成了一致——您肯定也会同意——他要坦率地表达意见。这样我们就可以向上级机构指出，我们希望怎样修订公告。

124　此外我还请您代我向雕刻家朋友们致谢，感谢他们寄来的大理石空心雕像。这些作品超越了所有的期待，无论大自然爱好者还是门外汉都很喜爱。

同样的感谢请您带给建筑大臣申克尔先生！在此并不能说好意寄来的画①超出期待，毕竟他总是能超出我们的期待。然而从鉴赏力、创意和完成情况看，画作一直都非常令人喜爱。

劳赫制作的雕像也让我很欣喜。如果艺术家事先不跟我们交流，直接用大理石制作然后先立起来，那么它绝对会得到掌声。我非常清楚有些人在这其中将会看到什么问题，当然会根据其内在价值而掂量这个问题。

与这两个成功的作品一样用象征手法表现的众多作品中，我目前还找不到值得这样处理的。一旦有这样的作品出现，我就将其对外公开，并请人继续合作。

---

① 柏林的画家和建筑主管申克尔寄来了《科林斯城》的画稿。这幅画将用来装饰耶拿图书馆大厅。

　　昨天还谈到了关于有价值题材的学说能够促进艺术本身和确立艺术地位的问题，这也将成为迈尔的论文亮点。

　　自从第一次亲身去柏林，①我就希望再去柏林，认识一下那里的杰出人士、观赏那里美妙的艺术珍藏并瞻仰这个重要都城其他方面的伟大之处。这一愿望日益迫切，无需用言语明示。自从迈尔回来后，这一感觉变得愈发焦急。如果我有浮士德的魔法长袍，我都恨不能立即飞到您那里去。春天的时候，希望我能早点再去卡尔斯巴德一趟——如果只有这样我才能恢复精力来实现热切愿望的话。

　　万望您能转达我对部长阁下②的问候，并感谢他对我们朋友的好意和支持，并向他保证，我们两人肯定会珍惜赐予的信任，并在接下来的时间负责任地专心完成我们欣然接受的工作。希望我这些泛泛而谈的内容在特殊之处也能得以应用。

您最忠诚的

　　魏玛，1820 年 11 月 19 日　　　　　　　　　　　　歌德

125

---

① 歌德唯一一次去柏林是 1778 年陪同卡尔·奥古斯特大公爵去的。
② 普鲁士的国家部长卡尔·封·施泰因·楚·阿尔滕施泰因男爵。他提议邀请迈尔来柏林。

434. 歌德日记

1820 年 11 月 25 日　星期六

　　口授修订了迈尔的日记和关于《伊利亚特》主题①的文章。因为气象仪表的事与黑尔比希候补枢密见面。中午见了温泉监察员。傍晚见了枢密顾问迈尔和建筑总管库德雷,②讨论雅典和菲加利亚的大理石像。③ 读了《图提纳梅》④中的几篇故事。坎嫩吉赛尔从普伦茨劳来信,寄来关于我冬天去哈尔茨山旅行⑤的论文。思考《魔笛》。⑥

---

① 歌德这几周都在审阅自己过去关于荷马《伊利亚特》内容的手稿。1821 和 1822 年,手稿《伊利亚特》发表在《论艺术与古代》第 3 卷的第 2 册和第 3 册上。

② 克莱门斯·文策斯劳斯·库德雷(Clemens Wenzeslaus Coudray, 1775 – 1845),德国新古典主义建筑师,1816 年起任大公国建筑总管。

③ 迈尔在 1821 年的《论艺术与古代》发表过一篇关于菲加利亚(Phigalia)和雅典浮雕和雕像的论文。

④ 源于印度的东方童话集。

⑤ 普伦茨拉尔(Prenzlar)的高中校长坎嫩吉赛尔(Kannegießer)寄给歌德自己的论文《关于歌德冬天的哈尔茨山之旅》。

⑥ 莫扎特的歌剧《魔笛》多次在魏玛剧院上演。

435. 歌德致 C. L. 封·克内贝尔（亲笔落款）

1820 年 11 月 29 日　星期三

　　如果那个美丽雕像的石膏浇注①（为你生日准备的，我们殷勤的朋友们寄出去时有点早）顺利寄到你那了，我会很高兴。我得到了其中的两个（有六个），一个放在我们魏玛图书馆显眼的位置，另一个放在我家肖像画廊的显眼位置。它们看起来肯定特别让人喜欢。

　　按照寄件人的本意，这礼物你不需要付邮费，他已提前付了。希望你欢乐、平安地度过生日。如果你有什么好意的话想对蒂克说，我可以写在给他的信里，这几天就寄到柏林去。

　　除了晚上准时到达的迈尔，我其他人都没怎么见着。相反我与他人的通信则越发频繁，自己没有很多时间。我很乐意与人通信，因为这样可以理所当然地观察到亲爱祖国的各个角落在道德和审美方面的各种情况，这很有意思。对我们来说与政治相关的，也关系到你这位勤勉的读报人：第一枚康格里夫火箭从东北方正冲我们而来，够奇特的。我们也将看到，其他地方会有什么事发生。②

　　《论艺术和古代》的工作仍在紧张继续。为此迈尔已经开始"取出"他从俄斐③带回来的"存货"了。

　　如果你收到卢克莱修的试印纸张，把它借给我吧。我想亲眼看

①　歌德"挚友"克内贝尔的侧面石膏像。柏林的雕刻家蒂克在 1820 年 8 月在耶拿做了模型。
②　歌德用英国炮兵军官威廉·康格里夫（Sir William Congreve）和火箭来喻指柏林的普鲁士政府对萨克森-魏玛-埃森纳赫大公国的干涉。这一干涉和限制违反了 1816 年 5 月 5 日的《州议会宪法基本法》保证的出版自由。企业家、出版商贝尔图赫 1817 年成立的报纸《反对报或魏玛报》被"东北来的第一枚火箭"所扼杀：1820 年 11 月 26 日此第一份政治自由主义的德国日报被查禁，克内贝尔作为"勤勉的读报人"也受到影响。
③　"俄斐"（Ophir）是《旧约》中一个城邦，所罗门王派人从这里取走黄金和其他宝物。"俄斐"在这里指的是"国王城市"柏林。枢密顾问迈尔在那里待了四周后带回了很多的印象和记录。这些"存货"分数篇论文出版在下一卷《论艺术与古代》中。

一下形式和排版,然后立即寄还。因为我根本不出门,所以就靠整理我的矿物收藏品来解闷。如果你能亲眼看到这些藏品有多么棒,你也会这么做的。

　　我们尊敬的大公爵夫人的身体状况,我得说情况不错。我们忠诚的内廷总监封·施皮格尔也不幸摔倒在冰面,摔坏了本来就有病的身体的一侧。与此相反,我可以高兴地宣告,我亲爱的儿媳,她的身体已经非常顺利地恢复了,好过任何希望和可能,而且还溜冰、跳舞,情绪甚佳。

　　附件转给我们的伯恩哈德。我向大家致以最好的祝福!

你最忠诚的

魏玛,1820 年 11 月 29 日　　　　　　　　　　　　　　歌德

436. 歌德致内斯·封·埃森贝克 （亲笔修改和落款）

1820 年 12 月 3 日　星期日

　　我的好友，您亲切寄来的邮件将我从严酷的冬日冰雪带入了明　　127
媚的天堂，我年轻时的梦想在我面前美妙地展开，其中的许多已经实
现或正在发展。我简单看了几眼这本书就已经确信我会顺着您的描
述读下去。我很欣赏您能够持之以恒地保持对自然的观察研究，并
勤奋地对他人所做的研究进行梳理汇总。您想通过这本书，来纪念
我们的内心互动，并会让这层紧密关系变得更为坚固和活跃。请时
常来信告知关于您和您美好事业的消息。

　　在过去这段时间，我见识到了地磁与电流现象的亲缘性，这让我
倍感宽慰，因为我一直相信存在这种亲缘性，现在能够亲眼看到。可
以说，巨大的物理学链条现在没有欠缺的环节了。

　　愿您乐意收下随信寄去的刊物。其中部分研究尚不完整，除了
您没有别人可以更好地予以评价和补充。

　　如果在您身边有人可能对内视颜色，甚至对我的相关学说感兴
趣，对我将是巨大的收获。我还没有放弃在这个专业寻找精神同盟
的希望。只是我探索这个领域的方式与传统方式大相径庭。我过去
说过，那些对此方法并不排斥的人甚至很快就会倒戈，以致于我很难
找到长期志同道合之人。

　　在此期间，我将以此前的方式来继续我的刊物，因为无数的文章摆　　128
在我面前，而一会儿忙这事一会儿忙那事让我编辑的兴趣难免转移。

　　德·阿尔顿先生一封表示认同的信件令我很受鼓舞。我希望并期
待他继续骨学刊物的编辑工作。这肯定会使我燃起对以西结①之地

---

① 歌德提到德·阿尔顿的比较骨学研究时，使用了圣经中先知以西结唤醒遗骨的
　幻景，该景也象征着唤醒以色列人。在流亡巴比伦期间，以西结曾看到一个巨
　大的布满遗骸的地方。他听从上帝的圣谕，命令这些骨骼活过来。这些遗骨
　排在一起，腿靠着腿，突然腿上有了肌腱，然后有了肉，最后被皮肤包起来。

的兴趣,并使该领域的研究焕然一新。

　　植物学手稿我一拿到就带着浓厚的兴趣开始阅读,又看到了亲爱的首次发现。① 我对此还有些话说,也许会令某些被忽略的发现者宽慰和高兴。

　　向您和您的朋友永远致以最好的祝福!

你最忠诚的

魏玛,1820 年 12 月 3 日　　　　　　　　　　　　歌德

---

① 在《号召统一合作》(1822)中,歌德明确否定了一些研究者想要自私地把首次发现归于自己的企图。参见第 484 封信中对"蹩脚争论"的注释。

437. 歌德日记

1820 年 12 月 3 日　星期日至 12 月 4 日　星期一

〈12 月 3 日〉

　　和韦勒①谈论、记录和批准所有的事务。② 11 点见了公主们。三人共用午餐。③ 奥古斯特在宫廷里有工作。饭后为晚间做准备。6 点半喝茶聚会。封·匡特先生④和太太及几个朋友来了。在此之前把贝德玛伯爵寄来的蛋白石带给陛下。

---

① 耶拿的图书馆官员韦勒（Christian Ernst Friedrich Weller，1790－1854）博士，耶拿大学图书馆馆员。
② 耶拿的图书馆官员韦勒支持歌德的重新布置和装修耶拿大学图书馆。在此前一天晚上来魏玛谈论图书馆事务。
③ 歌德与儿媳奥蒂莉及儿媳的妹妹乌尔丽克。
④ 从意大利回来的艺术作家约翰·匡特（Johann Quandt）及太太。匡特在自己 1820 年 12 月 23 日的信件中记录道："歌德显得并不那么和蔼。"

〈12 月 4 日〉

　　解读了《伊利亚特》史诗的几个章节。读了沃尔夫的绪论。① 口授了《论分离和联结的兴趣》。② 读了施托伊贝的《漫游与命运》。③ 封•匡特来看劳赫做的半身像。封•阿尼姆先生④和卡塞尔的画家鲁尔⑤来访。三人共用午餐。我儿子有工作去宫廷了。饭后见了阿黛尔小姐。⑥ 与儿媳一直聊到晚上。晚间独自一人，阅读普卢塔赫的《盖乌斯•马略》。⑦

---

① 古典语文学家弗里德里希•沃尔夫在1795年发表了论文《荷马绪论》，探讨荷马史诗《伊利亚特》和《奥德赛》的作者身份问题。
② 应该是指歌德的论文《伊利亚特》的引言草稿。
③ 鞋匠、士兵、意大利语教师约翰•施托伊贝。
④ 浪漫主义作家封•阿尼姆（1781－1831）在途经魏玛时与画家鲁尔拜访歌德。1805年起，封•阿尼姆与另一位浪漫派作家克莱门斯•布伦塔诺都在海德堡居住。
⑤ 分别指浪漫主义作家阿希姆•封•阿尼姆（Archim v. Arnim, 1781－1831）和画家路德维希•西吉斯蒙德•鲁尔（Ludwig Sigismund Ruhl, 1794－1887）。
⑥ 阿黛尔•叔本华，哲学家叔本华的妹妹。
⑦ 按照日记记载，歌德在1820年11月15日重新开始阅读希腊哲学作家普卢塔赫的传记集《平行生活》。马略是罗马的军队将领和行政长官，文中提到的应是马略的传记。

438. 歌德致 S. 博伊塞雷（亲笔落款）

1820 年 12 月 9 日　星期六

　　您发自巴黎的宝贵信件让我期待着不久会进一步了解您的情　　129
况。我 11 月 24 日收到信以后,立即向斯图加特寄信问候那些家里
的朋友,他们应该已经顺利地结束工作,①并开心、健康地回到了家。
请您相信,我们始终关注着这部倾注了您多年的努力、坚持和精力完
成的著作,并祝您最终得偿所愿。祝您旅行顺利!

　　希望我也能亲眼看到您画作收藏的最终命运。迈尔刚刚从柏林
回来,带回了足够多的奇特珍品的消息。索利的收藏②也让他很吃
惊。他时间不多,尽可能仔细地观看了这些珍品。您也非常清楚,油
画没那么容易一眼就看完并给出评价。此外,建筑、雕刻和绘画在柏
林是最被看重的工作。劳赫给我寄来了一份我半身像的浇注品,非
常令人满意,特别是得知它是大理石像的前期成果。因为一切现在
看上去还太过严谨和鲜明的东西,通过对材料进行加工,就会得到缓
和,而丝毫不减弱其内涵意义。

　　请您不时也跟我说说我家乡那个项目的情况吧,③特别是这个
工作委托给哪位建筑家了。

　　《论艺术与古代》的第 3 卷第 1 期我已经进行到第 7 印张了。
《威廉·迈斯特的漫游年代》也开始印刷了。一个二十年之久的手稿
此前我丝毫未动,现在去修订完成它,真够奇特的。这部作品就像一　　130
个人归来,当然比现在的我和现在的时代都要更为年轻和可爱。

　　这个冬天我在极度的孤单中度过,因为我没有出门,就在这里见

---

① 博伊塞雷去巴黎解决自己关于科隆大教堂的著作的一些印刷技术问题。
② 英国商人、艺术赞助商爱德华·索利(Eduard Solly)的油画收藏,该收藏于
1821 年 11 月被普鲁士王国购入。
③ 博伊塞雷在 1820 年 11 月 24 日写信告诉歌德:"我兄弟写信说,我将会看到
法兰克福的(纪念碑)事宜有好的进展。"歌德借此话头有些自嘲地提出这个
请求。

了一些亲近的、志同道合的朋友和陌生人。目前我听到别人都说您的画作展览很成功，也听说我们贝尔特拉姆诙谐的玩笑。他是位真正的美术馆监察长官，虽然他的工作常常不讨人喜欢，却能够通过恰当的幽默和幸灾乐祸去弥补。

　　先写到这里吧，友好地祝福您！

您最忠诚的

魏玛，1820 年 12 月 9 日　　　　　　　　　　　　　歌德

439. 歌德致 J. J. 封·维勒默
（亲笔修改和落款）

1820 年 12 月 22 日　星期五

　　星期天晚上将从这里发出去的一个盒子，本来可以在路上与令人感激的十二瓶酒①擦肩而过。现在盒子没能遇上酒，这样我倒是可以作为对十二瓶礼物的回礼，附上感谢的话再寄出去。盒子里的东西是用纤柔的双手与爱心（充满爱意的）制作的，本来是给女性协会作小礼物用的，被我买了来。② 希望它被愉快地收下，按照所附的文字，至少用上一段时间。

　　现在首先要把您的书递交给相关机构。当然我还要补充说一下，我认为最好不要让这些机构受到其他人的影响。书是晚上较晚的时候才寄到我这里的，我一直读到深夜。它前后完全统一，这就足够了。这本书本身从任何理性的宗教观来看都是正确的，也是我们迟早都会皈依的伊斯兰教。③ 温顺又狂野的人们也是这样。④ 严肃或诙谐，恼怒或冷静都是同一种感受中的细微差别，没必要多说。然而既然您提到了某些欢乐枯竭的人生阶段，我也可以说，自从 1815 年 9 月 15 日⑤起我从外在感到很多快乐，从内心却没有感到什么幸福。因此在我个别的智慧信条⑥里，即使前面讲得相当愉快，最终

131

---

① 一个装有十二瓶珍贵红酒的包裹。维勒默定期寄给歌德作礼物。
② "纤柔的双手"应该是指奥蒂莉的手。盒子里的东西是一个彩色的空心玻璃珠，本来是魏玛女性协会抽签所用，但是被歌德买了下来。随附的字是一首四行的题诗。
③《西东合集》的《格言篇》里也有类似表述："如果伊斯兰教最终让我们看到神，/那么我们生存和死亡都在伊斯兰教中。"
④ 指在 1820 年的《论艺术与古代》第 2 卷第 3 期中发表的《温和的讽刺诗》第一部分。
⑤ 歌德亲笔加入了这个日期。这一天歌德最终离开格贝尔米勒（维勒默夫妇的田庄）。
⑥ 指《温和的讽刺诗》。

会突然转向这样的忠告作为结尾：快乐吧，如果不行那就知足。

前三个月我几乎都在自己家，没见几个朋友，不停地工作。现在新的刊物和集子已经在准备中了。您根据经验也知道，写作是一种无法治愈的病，因此倒不如沉湎于它。

枢密顾问迈尔在柏林逗留了将近两个月之后带来了很好的消息——他也肯定地说，受益很大。这些好消息支撑着我们度过漫漫冬夜，不过从今天起冬夜总算要变短了。① 愿我能与朋友们在美丽的河边庆祝最长的白天及随后的几天。②

今天就写这些。为了元旦晚会在忠实的朋友圈内顺利开幕，各种邮件将相继寄出。施洛瑟夫妇向我夸赞了音乐协会、会长和成员。③ 我由于出乎意料的巨大损失④为这两位亲爱的朋友真心感到悲伤，与此有关的事务会让他更为心痛。博伊塞雷从巴黎的来信让我深切感受到这个家庭的悲痛。请您向朋友们表达我关切，愿您乐意接受这次和以后的邮件。

在此止笔，永远祝福您！

　　　　魏玛，1820 年 12 月 22 日　　　　　　　　　　　　　G

---

① 原文为"verlängern"（变长），应是笔误。冬至日之后夜越来越短。
② "美丽的河边"指维勒默居住的"美因河边"。"最长的白天"指夏至。
③ 指约翰·舍尔布勒（Johann Schelble），于 1818 年建立了法兰克福希塞莲歌唱协会（Cäcilien-Gesangsverein），并任音乐总监。
④ 施洛瑟先生的弟媳在产褥期去世。

440. 歌德日记

1820 年 12 月 22 日   星期五

　　寄出手边的邮件：寄往哥本哈根的致瓦尔加斯·封·贝德玛伯 132
爵；寄往美因河畔法兰克福的致封·维勒默枢密；准备后面的邮件。
因为弗拉泽的《喜马拉雅山脉》写信给哈格枢密。① 思考了关于颜色
学的一些东西。打包寄给法兰克福的盒子并查看维勒默一家的地
址。枢密顾问迈尔来了，与我共同观赏喜马拉雅山的铜版画并与地
图进行比较。枢密顾问迈尔留下来吃饭，我们谈论了柏林的局势。
收到陛下寄来的邮件，里面是迪特马尔的《气候学》。② 晚间里默尔
教授、建筑总管库德雷和枢密顾问迈尔跟我在一起。我们听了十四
行诗和其他诗歌的朗诵。夜间继续读迪特马尔的《气候学》。

---

① 1820 年詹姆斯·弗拉泽(James Frazer)的《喜马拉雅山雪界之旅杂志》在伦敦
出版,刊中含有地图册和二十幅喜马拉雅山彩色插图的铜版画。魏玛的税务
官员哈格告知歌德未能订到该书。
② 卡尔·奥古斯特大公爵1820 年 12 月 19 日寄给歌德柏林的神学家、气象学家
迪特马尔(Sigismund Gottfried Dittmar)所作的《天气预测》。

441. 歌德致 J. J. 封·维勒默和玛丽安娜·封·维勒默(亲笔落款)

1820 年 12 月 23 日 星期六

寄去的东西①附上寥寥数语：希望它到达时，我的朋友们都身体健康并念及我。不久之后还有其他东西寄出，我也希望在新的一年能比过去一年更常收到朋友的消息。

那位出色的音乐大师②托人向我致意。我当然希望能够亲耳听到他的所有成果。毕竟高雅的品位能够在某类艺术中得到熏陶对一个城市来说是很好的事。这种好事我不到场参加，但是在精神上相随。

你们最忠诚的

魏玛，1820 年 12 月 23 日   G

---

① 据歌德 1820 年 12 月 23 日的日记，这一天寄给维勒默一本《论艺术与古代》和一盒圣诞礼物。

② 即第 439 封信中的"协会"创立者舍尔布勒。

442. 歌德致 J. E. 德·阿尔顿(亲笔落款)

1820 年 12 月 28 日　星期四

如果阁下对我的草稿和前期工作有些许满意,①您就会想到,您丰富的成果给我带来了多少享受和教导。现在就像早些年,一个很有才华的人鼓励我做好准备迎接这样的一些科研"礼物",它们将会接踵而至。在我的人生中,在我关注的自然科学中还有什么没被发现? 比如发现地磁和电流间我们猜想已久②的亲缘性让我们很振奋,它肯定了我们的观点和基本认识。我也有理由审视您送来的关于组织构造的恒定性和多样性的研究,这份较新的研究很让我们期待,它作为新的"创世"要素,激活了生命的因素,创造出更高等的构造。请您接受我对不久后收到您来信的感谢,让我继续关注您精彩的研究。

我寄去两份铜版画③的复印件给您,并在我的刊物中将提到它们,不过只是为了证明我们认真钻研过这些重要的研究对象。可惜我被一些偶然的、分散精力的事情耽搁了。那位年轻的画家,④如您所见,对工作相当有经验,却去世了,铜版画家利普斯也搬走了。我体会了并深切感受到您说的话:对那些与我们有思想碰触的同仁们的思念。在关于孵化小鸡的著作中您就幸运地与同仁合作过,⑤这

---

① 据日记记载,歌德在 1820 年 11 月 16 日收到解剖学家德·阿尔顿寄来的对歌德骨骼学研究的《随笔信》,让歌德"颇受鼓舞"。他立即写信给德·阿尔顿,主要谈论比较骨骼学和解剖学的问题。
② 原文使用"geahndete"(惩罚的),应是笔误。此处应为"geahnte"(猜想的)。
③ 两个圆盘铜版画分别刻有颌间骨和大象头骨。
④ 年轻和"灵巧的画家"约翰·魏茨(Johann Christian Waitz)1796 年去世,年仅三十岁。
⑤ 指在维尔茨堡的解剖学教授德林格(Ignaz Döllinger)的鼓励下,克里斯蒂安·潘德尔(Christian Pander)与德·阿尔顿合作出版了《关于小鸡在蛋里成长过程的论文集》,德·阿尔顿负责插图,潘德尔负责撰写。书中第一次描述了鸡蛋可以分成不同"胚层"。

份幸运在您重要的旅行途中一直陪伴您。请您让我再次表达衷心的
祝愿：愿您持久、重大的人生事业能够取得令您满意的回报，当然这
尤其在我们的祖国不一定得到那么合理的回报。

　　随信附上的铜版画是狮子、北极熊和狼的上下颌间骨，其中狼的
颌间骨雕刻的是侧面。每个都带着属于颌的旁边犬齿。大象头骨
（卡塞尔的那具）因为大象比较年幼，头骨缝还能看出个大概。从侧
面对头骨再进行同样细心的描画，会让大家的兴趣倍增，这样能清晰
地展现出整体轮廓。可惜这个没有被雕刻出来。

　　让我们愉快地迈入新的一年！

您最忠顺的

魏玛，1820 年 12 月 28 日　　约翰·沃尔夫冈·封·歌德

1821 年

443. 歌德致卡尔·奥古斯特大公爵

（亲笔修改的草稿）

1821 年 1 月 1 日　星期一

陛下：

　　请允许我荣幸地像往常这个日子一样，再次向您表达我不变的忠诚与追随，我也竭尽全力的在您的王国内外，只要体质和力量允许，继续为您效劳。愿陛下如长久以来那样赐予我恩惠和宠爱，这像资本生利一样从彼时起就给我带来了丰厚的收获。

　　魏玛，1821 年 1 月 1 日

135

444. 歌德致 J. F. 布卢门巴赫
（亲笔完成第一部分）

1821 年 1 月 1 日　星期一至 1 月 2 日　星期二

以我们宝贵的、真正的朋友——尊敬的大公爵之名。匆忙寄出。
魏玛，1821 年 1 月 1 日，夜。

约翰・沃尔夫冈・封・歌德

在元旦夜晚，陛下将赏赐给高级医务枢密布卢门巴赫的金色勋章寄给我，附了不多的几句话。我还会写信，眼下立即寄出。

魏玛，1821 年 1 月 2 日　　　约翰・沃尔夫冈・封・歌德

445. 歌德致 J. H. 迈尔（亲笔落款）

1821 年 1 月 3 日　星期三

亲爱的朋友，我很惦记您，您的身体不适①令我更为难过。请您
尽量保重身体，我也是。正好我在给魏格尔写信，那顺便请他加快寄
件过来。② 再寄去几页论文。在这糟糕的几天至少推进了一些好
事。我自己也是通过忙工作的方式来挨过一些糟糕的时间。

致以最好的祝福！

您最忠诚的

魏玛,1821 年 1 月 3 日　　　　　　　　　　　　　　　　G.

136

---

① 迈尔在当天给歌德的信中说自己患了严重的伤风感冒。
② 歌德 1821 年 1 月 3 日寄给莱比锡的拍卖人魏格尔（Johann August Gottlieb
Wcigcl）下一次铜版画拍卖的订单，请求尽快寄来，因为大公爵夫人露易丝希
望在玛丽亚公主过生日前收到几件铜版画。

446. 歌德致 C. F. A. 封·施赖伯斯
（亲笔修改和落款的草稿）

1821 年 1 月 7 日　星期日

阁下：

我还没来得及为您寄来的好书①致谢，卡斯帕·封·施特恩贝格伯爵有趣的邮件②就成为我新的任务。在您好意的推动下，《地下植物》第 1 册 6 月份就寄出来了，我却没能收到，直到现在才到我这儿。杂志还附带了很棒的标本，③它们保留着珍贵的图案，让我们亲眼见识到这种神奇的天然物体。

137　　　阁下您宝贵的著作也是一样。如果人们没有亲眼看到所谈论的物体，对它的价值就不会形成足够的概念。从天上降落的大块物体正如您所描述的，让我们产生了直观印象。您同时寄来了对事件事实的记载，我们就越来越多地可以感知自然，从最高、中间和底层的大气、到地下，然后进一步再到达岩石的地球内部，自然无处不在地发生结晶。

现在我把两部寄达的著作并排而放，看着两部书中难以参透的自然产物，这真是一个很奇特的感觉。无法忽视我们这北纬五十度附近生长着可食性植物，也无法想象矿物④会从晴空中突然集中降落在一个地方。我们都乐于看到，认真的观察者想把这些现象放在更广阔的框架内呈现给我们，让我们直观看到，即便是否认这些非凡现象的头脑也会变得开放。

----

① 施赖伯斯的论文《关于流星石块及金属块及其降落时的伴随现象的历史和知识论文集》（维也纳，1820）。参见第 413 封信及注释。
② 波希米亚的自然学者卡斯帕·封·施特恩贝格伯爵寄来《史前植物的地质学——植物学研究》及标本。
③ 植物化石的标本。
④ 歌德最初认为陨石是土壤沉积的结果。他后来同意了克拉德尼和施赖伯斯认为陨石来自宇宙的观点。

　　在我不多的收藏中，以下这些也仅是很小的部分：掉落在昂西塞姆的一小块、1819 年 10 月 13 日在格拉附近降落的很小几块、吉塞克骑士先生①送我的坠入爱尔兰利默里克的既漂亮、又有代表性的一块。我心怀感激，并认为您宝贵著作的铜版画和文章完全填补了空白。

　　1821 年 1 月 7 日寄出

---

① 这几块陨石都属于歌德的石头收藏。吉塞克，原名卡尔·路德维希·梅茨勒，在都柏林首先做演员，后来成为自然学者和矿物学教授。

447. 歌德致 H. 格拉弗①（亲笔落款）

1821 年 1 月 8 日　星期一

阁下：

　　请原谅我现在才回复您 11 月 8 日亲切寄来的信件。今年这第一个月我一直在"偿还旧债"。②

　　您想要的东西③今天用马车寄出。寄去的书您渴望要一本，这也算对我多年努力工作的可喜回报。

138

　　愿寄去的东西能立即发挥作用，也能够及时影响到真正感兴趣的人，这就是作家能随着饱含深意的作品一同寄去的唯一祝福。您关于图书馆的意义和用处所讲的几句短话，是给我最好的许诺，我因此也很乐意满足您的愿望。祝您健康，祝您的工作在整体上和细节上都顺利开展！祝福您和您尊贵的同事们！

您最忠顺的

魏玛，1821 年 1 月 8 日　　　　约翰·沃尔夫冈·封·歌德

---

① 海因里希·格拉弗（Heinrich Gräve，1772 - 1847）是德国法学家、历史学家和民俗学家。
② 指完成过去未完成的研究、论文等。
③ 格拉弗请求歌德向卡门茨（Camenz）新建的枢密图书馆捐赠一本自己的著作。

448. 歌德致勃兰登堡州波茨坦经济协会（亲笔修改的草稿）

1821 年 1 月 12 日　星期五

尊敬的勃兰登堡州波茨坦经济协会吸收我为荣誉会员是对我特别的厚爱。因为我看到您信任我即使致力于自己负责的美学和科研工作，同时也非常坚定地专注于社会实践，但愿所有精神和知识王国中，这样的高雅工作也会让日常生活在需要的地方受益。

如果持续观察真正的想法如何被直接、简单地应用——特别是如果有幸具有能力得以多年来坚持这种方式的话——就会渐渐有能力把纯粹、透彻的观点与古怪的观点区分开来。①

愿在这么好的状况下，在您高素质的国家里，您能够取得所愿的成果，以便用最好的成果，或者说全部的发现，促进各个事业蓬勃发展。

如果我发现有什么对您下一步工作有用的信息，我会立即告知您。

请您代我向贵协会致以真诚的感谢，愿我有幸得到各位友好的惦念。

魏玛，1821 年 1 月 12 日

---

① 这个协会的任务是要衔接起刚刚兴起的国家经济理论与社会实践，歌德对此表示赞许。

449．F.封·米勒总理，日记

1821 年 1 月 13 日　星期六至 1 月 15 日　星期一

〈1 月 13 日〉

在歌德那里待到 8 点。"我从来不能两人一起地做事，要么是专制要么是代理，拥有分摊的、每个人获得的权力才行。"歌德将这话应用到武尔皮乌斯和里默尔身上。① 耶拿图书馆的日志。

---

① 里默尔当时在魏玛临时做图书管理员。然而他和歌德的妻兄、法学家、作家武尔皮乌斯（Christian August Vulpius）之间发生了能力之争。歌德将这个争论类比罗马的两种执政方式——专政（单个人无限的权力）和联合执政（两个掌权者平分权力）。

〈1月15日〉

〈……〉

他再次感谢我成功地使里默尔得到了大公爵与大公爵夫人首饰盒里的东西，说现在是时候让里默尔感受到，应该放弃自己要求得到图书馆更多权力这一非分之想。人们对他几乎没有什么成果要求，他对此应当知足了。事情的本质决定了，只能由一个人来掌管图书馆的刊物。一个没有秘密，没有封闭房间的图书管理员并不是合适的图书管理人。两人一起管只会产生混乱。里默尔不适合目前的图书馆工作，也不能因不让他人插手而责怪武尔皮乌斯。我试图让他看到自身的傲慢，却无济于事。他也并不否认，而是总说不能被强求改变自己，里默尔应当学会适应。然而里默尔的行为和思想却没有分寸，"他是没有箍的桶"。

〈……〉

关于舒巴特的弟弟，歌德说，他是一个专注于农业的、可爱、愉快和聪明之人，比他的作家哥哥更为真实、感性和坚定。如果多少相信这种事情能够成功，歌德很乐意推荐他过来。他说，然而不需要往这边推荐人了，我们的状况现在大不如前。我们还谈到安东的被捕和罪行，谈到斯特凡蒂的财政亏损等。"到处都过分追求生活享受、奢华，到处都弥漫着所谓'一切都要敢做，一切都行得通'这样令人生疑的观点。缺少一个从上而下的稳定、持续的严格监管，也就是秘密的名誉上的警察。甚至舒曼的破产——现在就咱们两个人，你也不要听着不开心——如果没有上面那些人严重的漠然就不会发生。"他说我们现在还面临着一些将要爆发的事，然而他却不说是谁。他说，希望未来不要变成自己预言的样子。舒巴特和里默尔也许不大适合做教师，更适合做法国人所说的学者，也就是通过敏锐的研究去教导所有人而不是持久、一贯地教导个别人。

〈……〉

140

450. 歌德致 J. F. 布卢门巴赫（亲笔落款）

1821 年 1 月 15 日　星期一

141　　希望您在本月初能愉快地收到我寄去的邮包。然而眼下这封信寄去得有点太晚了，愿您考虑到新年来临之际旧债新账①积压到一起而原谅我！愿我们尊敬的朋友②永远健康、如意，这样他可以在自己广泛和令人愉快的交往圈中继续从事对许多人有益的工作，同时我们也希望自己一直在这个圈子内。

大家都很高兴收到各种各样的邮件。蓝色黄玉上清晰的结晶很值得关注，这样的标本经常随着卵石被山上流下的水冲走，很不容易能够这样完好地被我们所获。

那块蝉的化石③非常宝贵，因为它让艺术爱好者直观地看到这种被用金子仿制下来的小生物有多么漂亮和娇嫩，就像在一个希腊美女发间翩翩起舞。

同样完美的木材做成了器具装点着我们的博物馆。为进一步了解，我想问一下，是否有这种奇特古物的纹路走向或结构的图示？

请让赠送者放心，我们对宝贵的礼物同样心怀深深的谢意。也请他告知一下，各方又有什么宝物到了他那儿。

142　　现在也请允许我谈谈自己，并对别人也许不会相信我会做的事情做个保证：长时间未出版的书刊，得到专业人士④评阅后的赞许，这让我非常高兴。同样高兴的是，推迟出版的刊物也受到欢迎并一直发挥作用。影响深远的教导者的痕迹，无论教导者自己还是其他

---

① 指《论艺术与古代》《自然科学概论，尤论形态学》和《威廉·迈斯特的漫游年代》的相关工作。

② 应该是指卡尔·奥古斯特大公爵，此前他曾委托歌德送给布卢门巴赫一枚金色勋章。

③ 歌德从布卢门巴赫那里获得一些化石标本，收入耶拿的化石收藏中。

④ 延迟出版的《自然科学概论，尤论形态学》第 1 卷第 2 和 3 期受到布卢门巴赫作为专业人士的评阅。

聪明人都不会无视。愿接下去的几期同样能够引起广泛关注,并希望出于好意而添加的注释能够使文章更为可信,对不熟悉或没被研究到的地方做出补充说明,也对我有所启发!

最后我再补充一个令我们开心的消息:霍伊辛格博士①接受了耶拿的工作。我们不会忘记,为这个正派的人物不负所望做成的好事,我们多么感谢这位明智的推荐人,并期待再有事相求时,同样能取得完满的结果,得到有见地的指导。因此我借此也请求允许我有问题或消息时再来联系。

在所有这些事上,要把我们友善的大公爵的态度放在最前面,这是不言而喻的。我自认为自己非常幸运,可以与大公爵的家人一起表达愿望和期待:愿图片和文字足以引起强烈的思念,在合适的时候施展一些吸引力,又稍微带一点"强迫",让您再次亲自见面交流,巩固和发展长久之信任。

祝一切美好、顺利! 诚挚祝福!

　　　　　　　　　　　　　　　　您忠诚和心怀感激的
魏玛,1821 年 1 月 15 日　　　约翰·沃尔夫冈·封·歌德

---

① 医生、自然研究者卡尔·霍伊辛格(Carl Friedrich Heusinger)1821 年至 1824 年在耶拿执教。歌德从施魏策尔 1821 年 1 月 13 日的信件中得知这一消息。

451. 歌德日记

1821 年 1 月 15 日　星期一至 1 月 16 日　星期二

143　〈1 月 15 日〉

　　将手边这封信《致高级医务枢密布卢门巴赫》寄往哥廷根。公使馆参赞孔塔①来访。修订《威廉·迈斯特的漫游年代》,②开始阅读《学习年代》第二部。③ 中午跟儿子一起。饭后做接续的论文工作。枢密顾问迈尔、总理米勒来访。收到内斯·封·埃森贝克和弗尔斯特④来信,后者信中讨论了柏林博物馆。

---

① 魏玛官员卡尔·封·孔塔来拜访歌德。两人自 1820 年起因文学艺术和矿物学的共同兴趣关系更为密切。
② 修改《威廉·迈斯特的漫游年代》的长条校样和第一版最后几章,该书 1821 年出版。
③ 在进行《威廉·迈斯特的漫游年代》的出版工作时,歌德重新开始阅读自己 1795 - 1796 年出版的《威廉·迈斯特的学习年代》。
④ 内斯·封·埃森贝克是植物学家、自然哲学家。作家、历史学家弗尔斯特 (Friedrich Christoph Förster) 是歌德的儿子奥古斯特在耶拿读书时的大学学友。

〈1 月 16 日〉

继续读《威廉·迈斯特的学习年代》。读《英国诗人和苏格兰评论家》和拜伦的讽刺作品。中午跟儿子一起。后来继续阅读和思考。收到里德尔去世的消息。[1]

---

[1] 法学家科内利乌斯·里德尔（Cornelius Johann Rudolph Riedel），最早曾是王储卡尔·弗里德里希的老师，后来在魏玛作宫廷顾问，1821 年 1 月 16 日去世。

452. F. 封·米勒总理，日记

1821 年 1 月 22 日　星期一

　　我进门的时候，歌德正在装订修改稿。"不是《迈斯特的漫游年代》吗？"我问道〈……〉。"怎能不是？"歌德回答道。然后我立即明白了，没有表现出疑惑。这让我有机会进一步详谈《威廉·迈斯特》。在很多年之后歌德重新开始阅读这本书，跳过了第一部分。他说，在意大利之行以前，这本小说的大部分就已经完成。① 他认为整本小说都是象征性的，人物背后暗含着更普遍和高深的东西，这令他既高兴又备受安慰。这本书很长时间以来被认为有伤风化。德国人总是需要相当长的时间才能领会、拨正和思考离经叛道的作品。此前并不怎么喜欢歌德的普鲁士王后在她梅梅尔逃亡期间也慢慢对《威廉·迈斯特》产生兴趣并始终没有放弃阅读。② 她应该会发现，在感受到人真正的痛苦和喜悦、悲伤和快乐的地方，这部作品直击她的心灵，歌德补充道。歌德说，现在再读一遍，自己也想对自己说，卢多维科大师，你们这些刽子手是从哪里弄来的这些鬼东西？——就像曾经德·埃斯特红衣主教对阿里奥斯托③所说的那样。从威廉·迈斯特可以看出它是在怎样可怕的孤独中完成的，作品一直力求针对最普通的事务。威廉自然是"可怜虫"，然而只有在这样的角色中才能够清楚

144

----

① 歌德第一次在魏玛长居期间就已经开始创作《威廉·迈斯特》。1777 年 2 月16 日至 1785 年 11 月 11 日期间完成了第一版的小说，1911 年才以《威廉·迈斯特的戏剧使命》为名正式出版。

② 普鲁士的露易丝王后在 1806 年耶拿和奥尔施泰特（Auerstedt）战役后的1807 年与孩子逃往梅梅尔（Memel）和柯尼斯堡。在此期间她读了《威廉·迈斯特》，其中的诗歌《谁不是将眼泪和面包一并吃下？》让逃亡中的她很受安慰。

③ 卢多维科·阿里奥斯托（Ludovico Ariosto, 1474 - 1533）是意大利人文思想家、军官、朝臣、作家，代表作是传奇体叙事诗《疯狂的奥尔兰多》。他 1503 年起在伊波利托·德·埃斯特红衣主教处任职，却未受重用，期间创作了一系列作品。

地看到生活和无数不同的人生责任间的相互影响，而不是在已有定论的固定角色中。

〈……〉

对于他每天收到的外地消息，他说："是啊，德国到处有很多正派、能干和上进的人，他们能够领会并推进我之前简要提到的一些东西，尽管是他们的或是不同于我的理解。我常常看不到自己播下的种子，但是他们好的地方却继续繁盛并突破局限开辟了新路。"

453. 歌德日记

1821 年 1 月 23 日　星期二

　　修订《漫游年代》。在图书馆安排克劳伊特①的工作。读政论文章。为明天的寄件安排了一些事情。编排《史前植物》中封·施特恩贝格伯爵的标本。②从陛下那里得到洗礼杯。③ 四人共用午餐。继续读政治文章。参考对根特油画④的考察。晚间独自一人,读了封·施特恩贝格伯爵的《史前植物》。

---

① 歌德的秘书弗里德里希·克劳伊特(Friedrich Theodor David Kräuter)。
② 波希米亚的自然学者卡斯帕·封·施特恩贝格伯爵寄来《史前植物的地质植物学研究》和标本,1821 年 1 月 4 日到达。
③ 参见第 382 封信及注释。
④ 歌德想要了解 1821 年 1 月 20 日收到的油画的信息。该油画作者为弗兰德地区画家、安特卫普艺术学院院长马修·伊尼亚斯·范·布雷(Mathieu Ignace van Brée, 1773 - 1839),描画了比利时语文学家、历史学家尤斯图斯·利普修斯(Justus Lipsius)与画家鲁本斯(Rubens)在一起的情景。卡尔·奥古斯特大公爵在根特的一个艺术展上购进该作。

454. 歌德致 E. L. 格罗塞^{E①}（草稿）

1821 年 2 月 8 日　星期四

　　自从我离任魏玛剧院的院长，^②转而从事其他工作，^③我的时间 145
就不允许我读剧本了，更不用说评论剧本了。所以很抱歉，我辜负了
您的信任，将随附的手稿原封不动寄还给您。

　　我的年纪和身体状况也不允许我会见陌生人并友好地接待他
们。很抱歉，我得拒绝您的要求，只能用我好心的祝福伴随您的
旅程。

　　　　魏玛，1821 年 2 月 8 日

---

① 恩斯特·路德维希·格罗塞（Ernst Ludwig Grosse，1802 - 约 1832）。时年十九
　岁的作家恩斯特·格罗塞 1821 年 2 月 6 日写信给歌德并寄去自己作的悲剧
　《贝尔塔》，希望歌德评价一下该剧是否适合搬上舞台。

② 歌德于 1817 年 4 月 12 日离任做了二十五年之久的魏玛剧院院长一职。

③ 1817 年以后歌德的主要工作是重建耶拿大学图书馆、监管魏玛和耶拿直属
　的科学和艺术机构及出版他的两本刊物《论艺术与古代》和《自然科学概论，
　尤论形态学》。

455. 歌德日记

1821年2月9日　星期五

与约翰一起写作《漫游年代》的第13章。① 米勒教授②因为石版画来访,并带来两页的魏达城堡图。后来到花园。中午前后枢密顾问迈尔到来,我让他评价拉斐尔的铜版复制画。他于是留下来吃饭。继续早上的工作。晚上枢密顾问迈尔查看第12章。封·米勒总理来访并讲述市政厅楼顶上的戏法展览。

---

① 歌德将《威廉·迈斯特的漫游年代》第一版的第13章口授给书记员约翰(John)。
② 铜版雕刻家、魏玛自由绘画学校的教授约翰·米勒。

456. 歌德致卡尔·奥古斯特大公爵 （亲笔修改的草稿）

1821年2月13日　星期二

陛下：

衷心感谢您送来精美的铜版画，①我希望能够再保留它几天。它令我可以无比享受艺术并细细观赏。这样富有天资的人刚刚步入青春期，在这里表现②得无以复加。

附上几封来自米兰的信件。③ 从中可以看到，陛下您寄去的那本刊物④很受欢迎，它也完全达到了预期的效果。我也很高兴看到可以给这些有功于陛下和我们大家的人⑤一些他们期待的东西。然而并不总能很顺利地传送到这么遥远、这么陌生的国度。下一期刊物中我有机会再谈一下这部悲剧，并针对那些意大利和英国的批评者为作者辩护，⑥这也是作者应得的。

魏玛，1821年2月13日

---

① 1821年1月24日大公爵将卡塔内奥1820年12月12日的信和卡塔内奥从米兰寄来的意大利铜版画家朱塞佩·隆吉（Giuseppe Longhi）的铜版画一并寄给歌德。这是根据拉斐尔画作《圣母的婚礼》所作的著名的铜版画，也是隆吉创作的高峰。

② 原文使用"ausgedruckt"（被打印、被印刷），意思与语境不符，应该是"ausgedrückt"（表达、表现）的笔误。原文中类似笔误多次出现，在译文中不予赘述。

③ 附件中有意大利作家亚历山德罗·曼佐尼1821年1月23日的一封信、意大利和英国对他的历史悲剧《卡马尼奥拉伯爵》的评论以及卡塔内奥1821年1月24日的信。

④ 指1820年出版的《论艺术与古代》第2卷的第2和第3册。

⑤ 指曼佐尼。歌德在《论艺术与古代》第2卷第3期关于曼佐尼的《卡马尼奥拉伯爵》悲剧发表了一篇论文《亚历山德罗·曼佐尼创作的悲剧〈卡马尼奥拉伯爵〉，米兰1820》。

⑥ 同年《论艺术与古代》的第3卷第1期，歌德再作《前一册补记》反对曼佐尼的意大利批评者。第3卷第2期中，歌德的论文《再谈卡马尼奥拉伯爵》又将矛头指向英国的批评者。

457. 歌德致 C. L. 封·克内贝尔
（亲笔修改和落款）

1821 年 2 月 14 日　星期三

　　亲爱的朋友,我急切想要实现的愿望总算实现了,这个愿望我多年来也时常讲起:就是看到你翻译的卢克莱修出版。[①] 我要向戈申先生[②]致以深深的谢意,因为他在此事和其他相关事情上总是非常热心于帮助我们的创作,就像缪斯[③]一样。

　　我现在只期待,这一用意良好、经过深思熟虑的作品能为我们的观众所喜爱。

　　我尊贵的朋友,我以前就知道你打算在这一版附上前言。我觉得你应该再考虑一下该如何出版前言。我对此的看法用如下一个譬喻来表述,希望恰当。

147　　　如果我们打算向外地的赞助者和朋友推荐某一个重要的旅行者,总要先用与那些尊贵朋友相称的方式描述旅行者的好品质,之后无须赘述,而是让他们自己斟酌多大程度上能够接受我们的观点,怎样渐渐认同旅行者的品质。

　　如果这个建议能够应用到眼下的情况中,我希望能从你那里得到进一步的消息,毕竟你非常熟悉这位朋友。

你最忠诚的

魏玛,1821 年 2 月 14 日　　　　　　　　　　　　　　　歌德

---

① 克内贝尔翻译卢克莱修(Lucretius Carus,古罗马诗人、哲学家,约公元前 99 年-公元前 55 年)在 1816 年已有部分出版,最终分成两部附上拉丁语原文《提图斯·卢克莱修·卡鲁斯的〈物性论〉》于 1821 年在莱比锡出版,1831 年出版了修订版。哲学长诗《物性论》是系统阐述古希腊罗马的原子唯物论的著作。

② 莱比锡的出版商格奥尔格·戈申(Georg Joachim Göschen)。

③ "缪斯"是希腊神话里分管艺术各领域的九个女神。常常用来表示激发创作灵感的人或事物。

我思考了一下这种谈话的具体方法，希望最先注意以下两点：

赋予卢克莱修如此高尚而永久的文学地位的是他极为敏锐、感性的观察能力，这让他可以浓墨重彩地进行描述。此外，他还具有生动的想象力，可以跨越感性，直达所观察到事物的本质最深处以及最为隐秘的边角。我认为首先要通过指出最重要的细节来摆明这两点。

G.

后记

我刚刚收到了印刷样稿，真是精美。我打算让人把它们简单订起来，不然的话很难甚至根本不能把拉丁语原文和译文对比起来阅读，而比较查看又是必需的。

关于出书，你写给我的那些信，你不需要誊写。因为我会将它们组成一个文件夹，最后在需要的时候可以编辑。

魏玛，1821 年 2 月 14 日   G.

458. 歌德致 C. F. F. 封·纳格勒①

1821 年 2 月 17 日　星期六

148　　　　我稍带勉强地附上一幅小作亲笔画,因为我自己非常清楚这类事情自己做得并不完美。我这个业余画家不会有什么绘画方面的艺术成就,所以就随心而画的寄给你一幅。

　　　关于这件小物件还有一事要说:它放在阿玛利亚大公爵太夫人晚间聚会的资料当中,因此我个人觉得它很珍贵。在那里聚集了具有极高修养的人士,每个人都用自己的方式消遣并带给别人消遣。②

　　　有些人打牌,有些人弹奏音乐,而大公爵太夫人陛下、英国人戈雷和大女儿还有我则在讨论一些构思和草稿。克劳斯枢密偶尔会用他画家的眼光审视整个聚会并绘制些应景的作品,有几张还留了下来。就说这些吧,希望这多少掩盖了小作的缺点,愿它得到您些许的喜爱。

　　　　　　魏玛,1821 年 2 月 17 日　　　约翰·沃尔夫冈·封·歌德

---

① 卡尔·费迪南德·弗里德里希·封·纳格勒(Carl Ferdinand Friedrich von Nagler, 1770－1846),1804 年起是普鲁士的公使馆参赞,1821 年起任普鲁士邮政局长。

② 魏玛的大公爵太夫人安娜·阿玛利亚(Anna Amalia, 1739－1807)在自己的儿子卡尔·奥古斯特1775 年 9 月即位后,常常在周一定期举办聚会。在这个圈子里有文学作品朗诵和讨论,也有自然科学实验展示和绘画练习。参加者有贵族、宫廷官员、作家、艺术家等,包括歌德、赫尔德、维兰德以及歌德的艺术密友迈尔、宫廷总管封·艾因西德尔和封·泽肯多夫(Franz Carl Leopold v. Seckendorff)、歌德"挚友"克内贝尔少校等。聚会也邀请过克里斯蒂安·楚·施托尔贝格伯爵和弗里德里希·楚·施托尔贝格伯爵兄弟、歌德过去的绘画老师亚当·厄泽尔(Adam Friedrich Oeser)和青年时朋友、作家约翰·默克(Johann Heinrich Merck)。

459. 歌德致 C. F. 策尔特（亲笔落款）

1821 年 2 月 18 日　星期日

　　我非常感谢多年的好朋友马克思·雅各比"诱来"你给我写的一封短信，①信里你总算用了《罗密欧与朱丽叶》的颂歌②来问候我。

　　自从我的孩子拜访了你们，艺术家和艺术爱好者又进行了回访，还有以谨慎的态度从事研究的迈尔去了柏林等这些事情③发生以来，我就与柏林保持着奇特的联系。④ 我难以理解，你们生活这样匆忙，又享受艺术、各处奔波，是如何同时照顾好生活的？ 因此我可以原谅你们对于来自远方的问候反应有时不是那么迅速。

　　也请原谅我这个隐居者有这样的想象和观察。我这整个冬天大门不出二门不迈，身心都很舒适，这次也没有因为身体的毛病浪费哪一天。

　　我想可以在复活节给朋友们送上新的一期《论艺术与古代》以及一卷威廉·迈斯特的漫游年代。⑤

　　作家平时令人忧虑的生活中最为愉快的事情是作家面对朋友们

---

① 策尔特在 1821 年 1 月 14 至 23 日写给歌德的信，由马克思·雅各比（Max Jacobi），即歌德青年时期的朋友弗里德里希·雅各比的一个儿子从柏林返回途中于魏玛当面交给歌德。策尔特在信中提到了雅各比："杜塞尔多夫未来的高级医学顾问雅各比请求让自己将这封信交给你，也许是时候两人接触一下了。"

② 策尔特在 1821 年 1 月 14 至 23 日写给歌德的信中高度赞扬了莎士比亚的戏剧《罗密欧与朱丽叶》。该剧由约翰·海因里希·福斯父子于 1820 年前后翻译成德语，当时正在柏林上演，策尔特称其"毫不败兴"。

③ 分别指 1819 年 5 月初歌德的儿子奥古斯特与妻子奥蒂莉去柏林逗留四周，1820 年 8 月 16 至 8 月 22 日枢密委员舒尔茨、建筑师申克尔和雕刻家蒂克、劳赫去耶拿拜访歌德，1820 年 10 月迈尔去柏林研究艺术珍宝。

④ 歌德居住在小城市魏玛，而工作时退居到耶拿。普鲁士都城柏林的人们在众多聚会和文化生活分散精力的同时可以做好每日的工作，一直令歌德很惊讶。

⑤《论艺术与古代》第 3 卷第 1 期于 1821 年 3 月 28 日完成出版。《漫游年代》共 18 章的第一版 1821 年 5 月 8 日完成出版。

既可以缄口不言也可以与朋友们谈天说地。

音乐家也是相同境况。但他的行为须区别于某些朋友——这些朋友既不让柔弱的玛格达莱纳的悔罪也不让对普遍世界天才的呼声，①给其静默的缺席者带来好处。

尽管有这种情况，最后一册《形变学》我还是打算不再藏着掖着了，而是把它寄给你，希望它能带给你一点快乐。

最后我还要说一下，乌尔丽克小姐抱怨说好久没有从你那里收到任何问候了。另外，我的孩子和孙子也都平安健康并衷心问候你！

你最忠诚的

魏玛，1821 年 2 月 18 日　　　　　　　　　　　　G.

----

① 歌德在此暗指歌德的节日戏剧《潘多拉》中《艾培美莱雅了不起的信仰表白》的配乐，以及 1820 年 10 月 26 日向策尔特要来的赞美诗《求造物主圣神降临》。艾培美莱雅"惊恐的呼喊"以"玛格达莱纳柔和的悔罪声"结尾（"爱与悔恨将我推向火焰/那火焰因爱得炽热蹿了起来"），让人想到《圣经·路加福音》中耶稣关于"有罪的妇人"玛格达莱纳的话"所以我告诉你，她许多的罪都赦免了，因为她的爱多"。"对普遍的世界天才的呼声"是指赞美诗《求造物主圣神降临》原本的标题，后来歌德将它命名为"对普遍的世界天才的呼声"。

460. 歌德致 F. W. 里默尔(草稿)

1821年2月18日　星期日

　　尊敬的教授先生,希望您关注随附的小说故事,①并给我指点一下有些地方怎样改才有利于表现和朗诵。我将不胜感激,不久后的晚间聊天也将因此让人更有兴致。②

　　致以最好的祝福!

　　　　魏玛,1821 年 2 月 18 日

150

---

① 指《威廉•迈斯特的漫游年代》第一版第 12 章。
② 里默尔在 1821 年 2 月 19 日就来拜访歌德,谈论歌德寄去的文章。

461. 歌德日记

1821 年 2 月 20 日　星期二

修订《漫游年代》第 14 章。为寄信做了一些准备。读了克内贝尔关于翻译卢克莱修的来信。① 第 10 修订印张。小提琴家亚历山大·布歇②来访。三人共用午餐。饭后与奥蒂莉一起。晚间建筑总管库德雷到来,跟我约好时间讨论城门海关楼。③ 后来总理封·米勒来访。夜间读卢克莱修。

---

① 参见第 457、462、463 封信及注释。
② 布歇于 1821 年 2 月底在魏玛的音乐会上演奏。
③ 1821 年 1 月初至 4 月歌德多次与建筑设计师库德雷见面谈论埃尔福特门海关楼的建设图纸。

462. F. 封·米勒总理，日记

1821年2月20日　星期二

〈……〉在库德雷走了以后我们谈论克内贝尔的卢克莱修。歌德说自己为了让克内贝尔放弃计划中的攻击性前言表述，写信提出了善意的观点，并试图稳住克内贝尔，让他更加正面和具有创造性。然而克内贝尔在第一封回信中就置之不理，根本没有愉快接受这一要求，因此前言能否达到预期目的很令人怀疑。[①]

歌德说，对卢克莱修的**宗教观**[②]丝毫不能苟同。他的**自然观**非常了不起，智慧而崇高，这值得称赞，而他对物质最终根基的考虑则不重要。当时人们脑中总是充满了对于死后状况的巨大畏惧，就像过于虔诚的天主教徒相信有炼狱一样。卢克莱修为这样的观点感到无比愤怒，却走向了极端，想要用他毁灭性观点全盘否定这种畏惧。整篇哲理诗让人感到有一个阴暗、愤怒的幽灵在游荡，这个幽灵想要摆脱同时代人的不幸。一直以来都有这种情况，斯宾诺莎还有其它异论者都是这样。如果整个人类没那么不幸，哲学家就不需要这么荒唐了。

歌德觉得说出那些费解言辞的卢克莱修就像弗里德里希二世一样。科林之战中，后者在精锐部队士兵犹豫是否攻打一个炮兵连时对士兵喊道："你们这些家伙想要永生吗？"[③]

当我称赞说前言的问题非常巧地促使歌德与克内贝尔通信时，歌德十分中肯地说道："嗯，做什么重要的事情不是因为机缘巧合？

151

---

① 关于歌德对克内贝尔的前言的建议，参见第457封信。
② 卢克莱修在《物性论》中继承了古代原子学说，特别是阐述并发展了伊壁鸠鲁（Epicurus，公元前342-公元前271）的哲学观点。认为物质的存在是永恒的，提出了"无物能生于无，无物能归于无"的唯物主义观点。他反对神创论，认为宇宙是无限的，有其自然发展的过程，人们只要懂得了自然现象发生的真正原因，宗教偏见便可消失。
③ 1756年爆发的"七年战争"中，普鲁士国王弗里德里希二世（1712-1786）在与奥地利的科林（Kolin）之战中战败。

机遇是真正的缪斯，它们将我们从空想中唤醒，为此需要感谢它们！"他还说，可惜克内贝尔没有收集卢克莱修作品，没有文献，因此他很难有正面的和建设性的观点。"而我收集了很多，好几叠纸的摘录和所有感兴趣的话题的笔记。"

463. 歌德致 C. L. 封·克内贝尔（亲笔落款）

1821年2月21日　星期三

为了向我们那值得称道的目标更进一步，我就前一封信中的一个细节再详细解释一下，我想说：观点可以是**生理学的**也可以是**病理学的**。自然学者从事前者的研究，医生从事后者的研究。卢克莱修无疑两种能力都具备。因此最好先点出卢克莱修在哪里认为自然是健康和丰富的，然后指出他在哪里认为自然是病态和有缺陷的。

伴随着观点的是**想象力**。想象力首先是**模仿的**，只是复制事物；之后又是**创造的**，即提出、解释、扩展和改变研究的事物。

此外，我们还可以认为有一种**放眼四周**的想象力，它在表述时可以放宽视野，捕捉相同与相似之处，来支撑所述观点。

从这里我们可以看到类比法理想的样子：它将思想与许多相关点联系起来，这样思想可以把属于同一整体、相互协调的全部事物整合起来。

这种方法直接产生出**譬喻**。譬喻越贴近它要阐明的对象就越有价值。最为出色的譬喻是能够完全涵盖对象，跟对象几乎完全一致的。

所有这些思维方式在卢克莱修那里都能找到很好的例子，我希望看到每一类别中都举出最出色的例子，这对你应该不难，毕竟你非常熟悉他。因为我正比较审阅原文和译文，在此期间我将随即请人记下我认为对这些点和后面几点重要的东西。

说到这里，第6卷中最重要的部分，即 95-599 行很值得关注。这部分编写完善，其中有些东西可以用上。卢克莱修自己也认为该部分很重要，甚至在该部分前他先写了呼唤缪斯的文字。

不要因为将作家等分成几部分来探讨而恼怒。我只能用这种方法才能将对作家一般性的赞赏提升为特别的赞赏。我们先把这些讲了，才能令这个杰出作家的其他功绩同样凸显出来。

152

153　　　现在印刷样稿已装订好放在我面前,看起来很不错,可以更方便舒适地对照阅读。我现在看来,对这样一部有些地方很费解的著作,你的译文清晰易懂、朗朗上口,且行文流畅。

你忠诚的

魏玛,1821 年 2 月 21 日　　　　　　　　　　　　　G.

464. 歌德致 G. H. L. 尼克洛维乌斯 （亲笔修改的草稿）

1821 年 2 月 23 日　星期五

　　尊敬的朋友,旅行经过我这儿的朋友带来了您的亲笔信,①令我非常开心,同时他们很快又离开了令我悲伤。我们还没来得及了解对方的声音、相貌、思想和彼此的兴趣。本来可以继续发展的联系就这么断了。

　　非常感谢您中肯的想法。请您相信,多次被迫切邀请去柏林,令我对柏林心生向往,这一向往因为孩子还有一些其他朋友去柏林而萌发已久,②因此也有一丝不适,这个感觉我既不知该如何回避也不知如何克服。最好的"治疗"办法也许是您和您尊贵的家人③在较好的时节愿意来我这里。

　　我热切地期待看到哈曼的作品。④ 从刊登在我们文学报纸上的才智专刊的那封信⑤中,我感觉自己弄清了一些过去无法解释的状况、个人情况和性格特点。因为我希望为这个重要的集子尽量出点力,所以问一下:是不是我把 1774 年给封・默泽部长的两封信誊写下

---

① 指马克思・雅各比和玛丽亚・施洛瑟于 1821 年 2 月 5 日和 6 日在魏玛拜访歌德,给歌德带去尼克洛维乌斯落款 1821 年 1 月 31 日的信。

② 很明显,尼克洛维乌斯上封信再次邀请歌德去柏林。歌德因为他的"孩子"奥古斯特和奥蒂莉及迈尔对柏林文化发展状况的讲述非常想去柏林。

③ 歌德反过来邀请尼克洛维乌斯、尼克洛维乌斯的妻子玛丽亚(Maria,是歌德唯一的外甥女,参见第 374 封信及注释)及四个儿子。尼克洛维乌斯随后于1821 年 10 月 13 日至 11 月 21 日在耶拿和魏玛拜访了歌德。

④ 七卷本的《哈曼论文》(柏林/莱比锡,1821－1843)。尼克洛维乌斯在歌德的建议下打算出版作家、哲学家哈曼(Johann Georg Hamann, 1730－1788)的著作,却未能成功。

⑤ 哈曼寄给德国著名哲学家康德(Immanuel Kant)的通信刊登在《耶拿文学汇报》1820 年 10 月份 63 期"才智专刊"上。参见第 429 封信及注释。

154   来给你了?①我记不得了。很有可能,因为它们真的很重要,跟我那些自传性的文章②一样,它们记述了当时的情况。

人们评价那位年轻的柯尼斯堡作家③品行良好,我匆匆看了一眼他很有见解的论文④之后就能想到这点。我很高兴能顺其自然地向这么好的亲戚和朋友圈⑤致以好意。或许可以讲讲这首诗的一些好处,下一册《论艺术与古代》我们将再次谈到它。

魏玛的艺术爱好者们同样希望能够使用马林堡的骑士宫,⑥在博伊塞雷的第1册⑦出版以后,他们有机会就目前大家怀着对历史尊重的态度讨论的德国建筑艺术遗产问题陈述自己的观点和见闻。

---

① 《歌德全集》魏玛版Ⅳ 34 的 352 页记载道:"在歌德手稿集里有一个信封上面写着'哈曼的两封重要信件,寄给达姆施塔特的封·默泽部长'(里默尔笔迹)。只有一封哈曼的信,标着'柯尼斯堡,1774 年 2 月 27 日',另一封是施万德的,标着'米陶,1772 年 11 月 26 日'"。

② 指《文学虚构与生活真实》中关于哈曼的章节Ⅱ 8、Ⅱ 10、Ⅲ 12 和 1806 年的《四季笔记》《意大利之旅》和《远征法兰西》。《远征法兰西》中歌德讲述了参观哈曼在明斯特的坟墓。

③ 指奥古斯特·哈根,他来自柯尼斯堡。

④ 尼克洛维乌斯随 1821 年 1 月 31 日的信寄给歌德一部哈根关于马林堡的小作,该书很可能是哈根后来博士论文的前期研究。

⑤ 歌德与尼克洛维乌斯一家既是朋友,又有亲戚关系。

⑥ 歌德等人打算把哈根的文章与迈尔和歌德持续推动的具有同样思想的《论艺术与古代》联系起来并进一步关注,还举办讨论活动。

⑦ 博伊塞雷的著作《科隆大教堂的外观、平面图和各个部分》(斯图加特,1821 - 1831)的第 1 册,歌德在 1823 年《论艺术与古代》的第 4 卷第 2 期中著文《德国建筑艺术》也谈到此书。

464ᵃ. 歌德日记

1821 年 2 月 27 日　星期二

　　起草了几封信。看了格茨有关魏玛的有趣和奇特人物的原版手稿。① 准备其他一些明天要寄出的邮件：给封·施泰因夫人的信还有给封·纳格勒枢密的小画作。四人共用午餐。后来温泉监察员许茨·封·贝儿卡②来了。晚间布歇夫妇举办音乐会。③ 我独自一人在家。许茨在音乐会后在我这里用餐，作为行家给我讲了一些音乐的好处。

---

① 魏玛的铜版雕刻家苔奥多·格茨（Theodor Goetz）1821 年印刷了他的《魏玛公国首都奇特、有趣、搞怪和滑稽人群像绘画和雕刻》。这个画集有十二幅魏玛市民的铜版画和漫画，于 1820 年初宣告即将展出。歌德作为"科学艺术监管"未能成功阻止其展出。
② 许茨同时也是管风琴和钢琴演奏家。他在与歌德多次互相拜访时，通过出色的管风琴和钢琴演奏，让歌德熟悉了巴赫的作品。
③ 布歇先生和妻子分别是小提琴演奏家和竖琴演奏家。

465. 歌德致夏洛特·封·施泰因①（亲笔修改和落款）

1821 年 2 月 28 日　星期三

155　　　尊敬的朋友,您把我的绘画转寄给封·纳格勒枢密,真是好心!②这个热情和出色的收藏者曾向在柏林逗留的我的孩子们请求得到这么一幅小画。因为这样的东西不够专业,只能称得上怡情,③所以我就推延了让愿望实现的时间——即使是从柏林回来的迈尔多次提出过这一愿望。我总算在这几天包好了寄往柏林的包裹,还附了这样一幅速写,估计现在已经到了。这个巧合也令我很愉快,因为是我的拖延让两次邮件④一并寄出。

听说您有一段时间身体不好,这令我难过不已。希望春天能够让我们大家舒适。我这个冬天将就着撑过来了,没有出门,生活也是千篇一律。但是我也不否认,自己希望季节转好我能够走出家门,然后马上再次拜会您。

愿您一直关心和记挂我! 请原谅这封信是出自别人的笔下。愿您喜欢附上的纸!⑤

魏玛	您最忠诚的
2 月 28 日	约翰·沃尔夫冈·封·歌德

---

① 夏洛特·阿尔贝蒂娜·欧内斯廷·封·施泰因男爵夫人（Charlotte Albertine Ernestine von Stein,原本姓封·沙特,1742－1827）是魏玛宫廷女官,是歌德和席勒的密友,对歌德有着很大的影响。歌德与封·施泰因男爵夫人1774 年在魏玛结识,开始了长期的友谊,1783 年歌德甚至主动承担对封·施泰因男爵夫人儿子教育的工作。

② 1821 年 2 月 27 日夏洛特·封·施泰因给歌德写道:"亲爱的枢密先生,我得向您道歉,未经允许就把您的画作寄了出去,我立即也感到心痛了。"这封信附在普鲁士驻法兰克福公使封·纳格勒的一封感谢信中一起寄给歌德。

③ 歌德作为绘画艺术的外行人称自己的"这几张纸""没什么艺术价值",说对它们没有提出较高的美学要求,而仅是"怡情",也就是说主观上令心情愉悦。所以歌德也比较勉强地把自己的画作委托给艺术收藏家封·纳格勒。

④ 指给夏洛特·封·施泰因与给封·纳格勒的包裹一起寄给前者。

⑤ 这封信除了信尾都是歌德的书记员约翰所写。"附上的纸"可能是"寄出去的画作的替代品"(参见本页注释 4)。

466. 歌德致 C.F. 封·赖因哈德（亲笔落款）

1821 年 3 月 5 日　星期一

　　我特别尊敬的朋友,我如以往一样很高兴收到您宝贵的信件。①它到得很及时,现在我刚完成一个还算喜欢但是非常费精力的工作,正希望重新恢复体力和精神。② 总之非常感谢您告诉我的各类消息以及您一直以来对我表示的鼓舞人心的关心。③

　　收到您的邮件后不久我就收到柏林的黑格尔教授令我期待的回应。这位思想特别敏锐和细致的学者很久以来在自然观上都跟我志同道合,特别是在颜色学方面。④

156

　　说到内视颜色的论文,⑤黑格尔提出了敏锐的见解,让我对自己的论文比先前更为明了。因为您持久地关注着我的论文,所以您肯定会喜欢信件重要部分的摘录。⑥ 在修订内视颜色一章时我也要顾及其他章节,难免比中间停笔时更多地想起您的关注,我也更为期待这种持续的关注。翻看所有文件档案时我重新燃起过去那种热情,而您一直对我的热情保持着友好的理解。⑦

　　新的一期《论艺术与古代》一半的稿子随信寄给您,愿您读得开心。

---

① 封·赖因哈德伯爵 1821 年 2 月 9 日写给歌德的信。

② 歌德在 1821 年 2 月中旬深入修改《威廉·迈斯特的漫游年代》第一版。

③ 封·赖因哈德伯爵在上一封信中对歌德身体欠佳表示关心。

④ 哲学家黑格尔同意歌德颜色学方面的观点,他特别支持歌德对牛顿的光和颜色学说的批判。黑格尔当时在柏林大学（今柏林洪堡大学）哲学系任教,他让自己的学生封·亨宁 1822 年起在柏林大学讲授“歌德《颜色论》”的大课。

⑤ 歌德的论文《内视颜色》1820 年发表在《自然科学概论,尤论形态学》第 1 卷第 3 期。

⑥ 1821 年 3 月 29 日歌德寄给封·赖因哈德伯爵黑格尔信件的部分章节,后来题名《最新的鼓励和关心》发表在《自然科学概论,尤论形态学》1821 年第 1 卷第 4 期。

⑦ 歌德通过耶拿教授泽贝克 1812 年的发现了解到内视颜色,一直到 1824 年通过一些实验对此进行研究。研究成果发表在数部论文中。

　　您怀念这样一位高贵的女性朋友,①我也深表遗憾。这是一个巨大的损失,随着年岁增长更难忘怀。请您将对这位朋友倾注的感情拿出一部分来关注我吧。我还没有走出皇后身故带来的悲痛。②这就像我们已经习惯和乐于每晚看到天空中一颗最亮的星星,现在却已然不见了。

　　正在我想结束这些伤痛的思考时,之前说过的令人愉悦的葡萄酒到了。这一时刻也成了一个快乐和苦痛不停更迭、交叉接续的人生景象。同时友谊与爱情、认可与崇拜、预防与补救给予所有情景以最美好的平衡。非常感谢! 一旦宝贵的礼物在我们这儿安置好了,我会好好享用,并祝朋友健康!

您最忠诚的

魏玛,1821 年 3 月 5 日　　　　　　　　　　　　　　　　　G.

---

① 封·赖因哈德伯爵在上一封信中表达了对两位多年好友去世的难过之情。歌德在这里讲到的是利珀(Lippe)侯国侯爵夫人保利娜·封·代特莫尔德(Pauline von Detmold),她于 1820 年 12 月 29 日去世。

② 指年轻的奥地利皇后玛丽亚·卢多维卡于1816 年 4 月 7 日去世。参见第 374 封信及注释。1816 年的《四季笔记》歌德就表达了对失去这个聪慧、迷人的皇后的惋惜:"相反奥地利皇后的去世将我置于一个永远走不出的悲痛心境。"

467. 歌德致 C. L. 封·克内贝尔（亲笔落款）

1821 年 3 月 7 日　星期三

我忙不迭地把这些稿子寄回给你并祝贺你译文看起来很好。这样继续吧，不需左顾右盼，因为你不在意读者的时候，才最受读者欢迎。说到书的体量，我觉得你的翻译也很出色。如果这样完成六卷册的话，①这种大开本也没有多少页纸。

157

继续努力吧，经常寄信给我。我身体还不错，也还可以每日完成我的工作量，以在复活节时完成一些任务。愿这段时间我们两个人都愉快！

你忠诚的

魏玛，1821 年 3 月 7 日　　　　　　　　　　　　　G.

---

① 卢克莱修的《物性论》分为六卷册。

468. 歌德日记

1821 年 3 月 25 日　星期日至 1821 年 3 月 27 日　星期二

〈3 月 25 日〉

　　收到许特纳因我迟迟未到的肖像画①和《纪念霍华德》所寄来的信。写了序言诗。② 作了《褐姑娘》③概要。处理手边需要寄出的邮件：**致公使馆参赞比希勒和六百份洗礼盆印刷稿**④寄往美因河畔法兰克福。来到花园。中午里默尔夫妇和宫廷御医雷拜因来访。晚间枢密顾问迈尔到来，与我深入讨论《漫游年代》的"纺纱厂"片段。⑤

---

① 伦敦的作家约翰·许特纳 1821 年 2 月 23 日写信给歌德，主要是因为预定的歌德肖像画被推迟寄送。歌德在 1820 年 10 月 21 日就写信感谢许特纳试印自己的肖像。

② 歌德将《自然科学概论，尤论形态学》第 1 卷第 3 期中刊登的《纪念霍华德》增加了三首序言诗、一篇开篇诗和一首结尾诗。他因为英国的自然科学家卢克·霍华德(Luke Howard)对云层构造的气象学研究写这些诗致敬霍华德。

③ 1821 年 1 月 27 日起歌德开始为《威廉·迈斯特的漫游年代》创作中篇小说《褐姑娘》。

④ 歌德在 1820 年 3 月 8 日收到一个洗礼盆的平版印刷件。他 1820 年 4 月 1 日写信给比希勒为自己和公爵继承人卡尔·弗里德里希的妻子玛丽亚·帕夫诺娃请求让古代德国历史学协会予以讲解，同时他寄了很多张过去，以便有可能收入协会的档案。

⑤ 出自《威廉·迈斯特的漫游年代》第 5 章。

〈**3 月 26 日**〉

创作《褐姑娘》。11 点年轻的宾客们来访。之后继续前面的工作。四人共用午餐。继续思考前面的工作。校订稿看完前十三章。① 晚间枢密顾问迈尔过来，之后我儿子也来了。谈论最近的革命报纸上的消息。②

---

① 《威廉•迈斯特的漫游年代》第一版的长条校样。
② 应该是指在那不勒斯和皮埃蒙特发生的革命事件。1820 年和 1821 年欧洲
　　大国召开会议，意图镇压这些起义。

158　〈3 月 27 日〉

　　修订《漫游年代》最后一章。① 铜版雕刻家施塔克从工业出版社过来，与我讨论德国地质地图②的问题。温泽尔曼与妻子来告别。③ 应他们要求写了信件：寄往德累斯顿**致温克勒枢密先生的信**。④ 四人共用午餐。饭后来到花园。武尔皮乌斯枢密从耶拿回来，讲述见闻。⑤ 晚间独自一人，考虑和准备明天要完成的工作。⑥ 看弗罗里普的⑦《新月刊和文学期刊》上关于魏玛的简讯。读了一些小诗。

---

① 《威廉·迈斯特的漫游年代》第一版第 18 章即 1829 年第二版的 Ⅲ 9。
② 歌德与铜版画家施塔克讨论克里斯蒂安·克费施泰因（Christian Keferstein）所著地理画册《德国——地质与地理状况》的着色问题，该画册 1821 至 1831 年在魏玛国立工业出版社印刷。
③ 魏玛的宫廷演员温泽尔曼（Carl August Wolfgang Unzelmann）1821 年迁居德累斯顿。这里"妻子"诗指其第二任妻子安东妮（Antonie）。
④ 写给德累斯顿剧院秘书温克勒（Carl Gottfried Winkler）的对温泽尔曼的推荐信。
⑤ 歌德的妻兄克里斯蒂安·武尔皮乌斯讲述耶拿大学图书馆改建的进展。
⑥ 习惯早起的歌德在第二天早上要完成的一些工作：续写《威廉·迈斯特的漫游年代》最后一章、各种信件。
⑦ 显然歌德从耶拿的医学教授和高级医务顾问路德维希·封·弗罗里普（Ludwig v. Froriep）那里借来了一期《新月刊和文学期刊》。

469. 歌德致 C.F. 封·赖因哈德（亲笔落款）

1821 年 3 月 29 日　星期四

当翻开精心编写的数百年前出版的书，我们常常会看到一些有韵律的颂词。当时的作者不敢单独面对读者，只能在有庇护和推荐的情况下才敢这么做。而近代的作者则敢于大胆和自信地站出来，任由别人正面或负面评判自己的作品。

我尊贵的好朋友，请您接受我此前说要寄给您的推荐信。① 这些有见解、正面又有些深奥、敏锐的话语一定会让您为我和这件事感到开心。

如果人们到了我这个年纪，在崇高的事业中却总是从糊涂的同时代人那里感受到令人不悦的障碍，就肯定非常高兴能够得到德高望重人士对此事的肯定。毕竟除此之外，对后世的呼吁总显得单调乏力。

当然关于眼睛主观成像之奇特的出现与重现，②我也能讲解一二。您看看，法兰克福的书商是否能给您弄到下面这本书：

普尔基涅的《主观视觉研究论丛》，1819 出版于布拉格。③

这位杰出的作者详细地讲述了各种生理学现象，并将它们从生理学引到精神领域，④这样经验最终成为超验。您提到过的现象兴许也可归于此类。

159

---

① 歌德随信寄去黑格尔 1821 年 2 月 20 日给歌德信件的摘录。黑格尔在信中给予歌德《论自然科学，特别是形变学》第 1 卷第 3 期的内视颜色论文"高度的满意和承认"，并指出了自己哲学研究目标与歌德自然科学研究的关联。黑格尔信件的部分章节后来题名《最新的鼓励和关心》发表在《自然科学概论，尤论形态学》1821 年第 1 卷第 4 期。

② 字谜画引起的主观颜色认知的现象。

③ 布雷斯劳的生理学、病理学教授普尔基涅（Johannes Evangelists Purkinje，1787－1869）的著作。歌德自 1820 年底深入研究该书，并发现"这本书很大程度上是依据自己的《颜色学》"所撰写，但"并没有明文的引用"。

④ 普尔基涅认为主观看到的颜色是由特别的光线射入或对眼睛压迫引起的。

　　下期的《论自然科学》我将刊登普尔基涅著作的摘要,穿插进自己的评论,并从多个视角论述与注释。

　　最近我在研究以前文献的时候,找到了您翻译成法语的《颜色学》片段,①令我很是欣喜并勾起了我的回忆。正是这样的见证特别令人欣喜和感动,它让我们确信,生活并非徒劳,也并不缺少杰出人物的关怀。

　　我还想说:我觉得您上一封信似乎被人打开过,②请您也看一下我给您的信是否也被拆开过。其实这些好奇的人看到我们的信也该感到羞愧,他们会看到,当目前这些狂热的行为早已销声匿迹并只能引起世界史研究的一定兴趣时,世界上除去这些野蛮、疯狂的行为,依然存在友谊、爱和一种还会长久存在的更高雅的兴趣。

您最忠诚的

　　魏玛,1821 年 3 月 29 日　　　　　　　　　　　　　　歌德

---

① 封·赖因哈德在1807 年将《颜色学》部分章节翻译成法语。

② 封·赖因哈德上一封1821 年 2 月 9 日的信有可能被打开过。即使是私人信件,外交官封·赖因哈德写给作家歌德的信还是被怀疑含有政治机密。

470. 歌德致 J. J. 封·维勒默和玛丽安娜· 封·维勒默（亲笔落款）

1821 年 4 月 2 日　星期一

　　当全世界的商品涌入法兰克福展会，①有人还敢往法兰克福寄去独一无二的别致礼物，这就像把水倒进美因河或者把猫头鹰带到雅典②一样，似乎多此一举了。然而此时有一家"西东工厂"开张，斗胆送去这个试样，愿你们喜欢，③也希望让亲朋好友们进一步了解。请在开包时小心，尽量不要晃动里面的东西，这点我们也小心地嘱咐了送件人。

　　此外还要告诉你们，这几天那对聪明、幽默的音乐优俪④来我这儿了，因为我不方便出门，他们就在我家里彩排了音乐会，⑤让我和朋友感到非常愉快并觉得很有意思。之后他们在座无虚席的音乐会中展示了自己的艺术才华并获得了全场的掌声，这在我们这儿真是少有的幸运。

　　深情忠诚和心怀感激的

　　　　魏玛，1821 年 4 月 2 日　　　　　　　　　　　G

---

① 自从 1240 年美因河畔法兰克福被授予会展特权后，每年春秋都会在此各举办一次大型贸易展会。

② 谚语"把猫头鹰带到雅典"指"多此一举""画蛇添足"的意思。古希腊神话中，智慧女神雅典娜和一只猫头鹰共同守护雅典城。

③ "西东工厂"的说法应是由歌德自己作品名《西东合集》引申而来。随信附上了哲学家叔本华妹妹、精通剪纸的阿黛尔·叔本华所作的"试样"《头巾、围巾和装饰》。阿黛尔是西方人，而头巾源于东方。

④ 据日记记载，小提琴家布歇 (Boucher) 夫妇在维勒默夫妇推荐下于 1821 年 2 月 20 日从法兰克福来到魏玛。

⑤ 据日记记载，1821 年 2 月 22 日"预演"在场者包括亨克尔女伯爵 (Gräfin Henkel)、封·波格施夫人 (von Pogwisch)，哲学家叔本华同为德国女作家的母亲约翰娜 (Johanna) 和妹妹阿黛尔。

471. 歌德致 A. K. 封·普雷恩（亲笔落款）

1821 年 4 月 4 日　星期三

阁下：

　　我没有告诉您如此珍贵的邮件已收到，①也没有对此表示出喜悦。您就算不认为我不怀感激，或许会认定我漫不经心。请接受我的致歉：实在是因为未完成的信件和作品从去年压到今年，新的工作也并未因此减少。事后人们就能意识到，年轻时犯下的错误有意或无意地被带入到老年，我就是这样：做的事情太多，许多杂事一桩接一桩，着实耗费不少精力。

161
　　然而我并未疏远异地的朋友，②每当出版书刊，我脑海里总想着这些朋友或其中某个人。希望这些书在复活节顺利到达他们那儿。愿我罗斯托克亲爱的朋友们在其中发现对自己有益的内容。

　　现在请让我谈一下令人无比愉悦的素描吧，它仿佛让我兴奋地来到了您身边。我也很高兴看到我们乐于奉献的英雄轮廓清晰地静立在那里。③ 近处的建筑都很端正大方，稀疏成行的树木和巨大的灌木丛让这既整齐又优雅的自然秩序跃然纸上。这幅画本身画得非常精确、用心、干净，不能想象还有比这更好的。请您代我向出色的艺术家④致谢！

　　我还要祝贺您幸运地得到了那幅精美的油画！我就亲自感受过，当人生中得到一个珍贵的艺术佳作时，自己每时每刻都会得到享受、欣喜和安慰，并促进自己不断去重温、学习和进步，所以看到尊敬

---

① 1821 年 1 月 18 日歌德收到标注日期为 1821 年 1 月 9 日的"封·普雷恩带有布吕歇尔素描画的邮件"，该画出自罗斯托克的学院派绘画大师安多夫之手。歌德显然没有立即确认收到。

② 指距离遥远的朋友奥古斯特·封·普雷恩、罗斯托克大学学监卡尔·博特（Carl Friderich v. Both）及其夫人鲁多芬（Rudophine）。

③ 指格布哈特·莱贝雷希特·封·布吕歇尔（Gebhard Leberecht v. Blücher, 1742 - 1819）的纪念碑。

④ 罗斯托克的学院派绘画大师安多夫（Andorff）。

的朋友能有同样的爱好，而这爱好使我们在任何时候都力所能及地去收集美好和心爱之物，这让我非常开心。

请您先行代我向博特学监先生表达对寄来物品①的感谢！关于"自然作家"，我希望不久后通过对几个作家进行比较来谈一些看法。②

最后再次祝愿纪念碑工程顺利竣工。③ 愿这春天周边草地上的新绿和花草再次给您带来更多的喜悦。

您最忠顺的

魏玛，1821年4月4日　　　约翰·沃尔夫冈·封·歌德

① 歌德 1820 年 10 月 30 日收到博特从罗斯托克寄来的巴布斯特的一个小集子《细读低地德语诗歌》。参见第 429 封信及注释。
② 指用方言写作的作家。歌德曾与博特就此交流观点，歌德非常支持和喜爱这类创作。
③ 参考歌德的意见在罗斯托克竖立的普鲁士元帅格布哈特·莱贝雷希特·封·布吕歇尔的纪念碑。它于 1819 年 8 月 26 日完工，上面刻有歌德写的铭文。

472. 歌德日记

1821 年 4 月 5 日　星期四

162　　　准备了几样要寄出的东西。① 起草了信件。四人共用午餐。曹佩尔的《德国理论和实用诗学的基本特征》②到了,接着拿它赏读。读到报纸上关于奥地利军队向那不勒斯推进的消息。③ 晚间迈尔枢密顾问来了,谈论瑞士的习俗和服饰。④ 后来继续细读曹佩尔的书。

----

① 歌德在第二天寄出以下邮件:寄往耶拿给财务官米勒 150 塔勒;寄给总理封·米勒《兰多尔特上尉的一生》;寄给枢密委员施蒂希林(Stichling)耶拿的账目摘要;寄给宫廷参事艾希施泰特手稿附上书评;给费贝尔(Färber)授权凭证;寄往皮尔森给曹佩尔(Zauper)的信;寄往美因河畔法兰克福给布伦塔诺夫人的信。
② 波希米亚修辞学教授约瑟夫·曹佩尔的论文《德国理论和实用诗学的基本特征——从歌德的著作来看》(维也纳,1821)。从 1821 年的《四季笔记》和《箴言与反思》中都可以看出歌德很赞赏这本书。
③ 歌德读日报上关于那不勒斯革命起义的消息。
④ 关于《威廉·迈斯特的漫游年代》中《褐姑娘》篇的地方色彩。

473. 歌德致 H. C. A. 艾希施泰特

1821年4月6日　星期五

阁下：

在春天最美好的日子，您让我回忆起我们勇敢地开始一项工作，①这项工作虽带有一定的偶然性，但因为有您的积极推动和不懈努力，至今仍在顺利地展开，这令我感受到很大的振奋。我极有兴致地看到在所有领域中都有许多出色的评论文章。②

我对寄来的手稿③也很感兴趣。我钦佩作者能够用自己的思想和品位捻出一条真正结实的主线，穿过迷宫，④并视此为己任。我饶有兴趣地细读了几遍该书评，也学到很多。因为一般这类著作里即使有很值得称道的内容，但会因为我不太喜欢某些部分⑤而令我兴趣寡然，所以我感谢这个评论家给我特别指出了好的地方。

如果阁下认为就这样将书评出版比较好，那我也没什么好提醒的了。米尔纳在读者中展示的形象是他宁愿被批评也不希望被无视。对他来说也许这样的一篇评论能给他最好的机会去抗议及反抗异议。这一点在《早报文学副刊》中很快就会见分晓。⑥

致以问候并希望常念到我！

您最忠顺的

魏玛，1821年4月6日　　　约翰·沃尔夫冈·封·歌德

---

① 艾希施泰特所主导的、得到歌德赞许的《耶拿文学汇报》于1804年创刊，是最主要的作品评论刊物。
②《耶拿文学汇报》涉猎专业范围广泛。
③ 指政府行政官、作家加利布·默克尔对阿道夫·米尔纳的悲剧《阿尔巴尼亚女人》的一份书评的手稿。
④ 借用了古希腊神话中阿里阿德涅线团的故事，克里特王弥诺斯的女儿阿里阿德涅用小线团帮助情人忒修斯逃出迷宫。比喻帮助某人摆脱麻烦、困境。
⑤ 歌德讨厌给读者带去负面的评论。
⑥ 寄去的书评印在《耶拿文学汇报》1821年4月的67-69期。

474. 歌德日记

1821 年 4 月 9 日　星期一

为居尔德纳普费尔的押金①构思报告。关于最高监视的账务,②部分自己思考,部分与我儿子讨论。给瓦尔特③过生日。来到花园。四人共用午餐。待在花园中,孩子们④也在花园玩。晚间枢密顾问迈尔来了,我们讨论了多罗的邮件,⑤谈到报道那不勒斯事件的报纸。

---

① 在耶拿大学图书馆重修期间,歌德想帮助图书管理员居尔德纳普费尔 (Georg Gottlieb Güldenapfel) 免除一份押金,因为这一押金按照图书馆重新改制后丧失了制度依据。歌德曾在 1821 年 4 月 8 日写给居尔德纳普费尔的信中写道:"关于您押金的报告我收到了,也在考虑,我一定会尽快与人讨论该事。"

② 指从卡尔·奥古斯特大公爵那里收取了 150 塔勒作为对公爵国直属科学机构的资助。

③ 歌德的孙子瓦尔特 1821 年 4 月 9 日三岁生日。

④ 指两个孙子沃尔夫冈·马克西米利安和瓦尔特·沃尔夫冈。

⑤ 歌德收到威廉·多罗寄来的两本书:《印度神话》(威斯巴登,1821) 和《日耳曼人和罗马人在莱茵河畔的烈士纪念堂和坟墓山》第 2 册。

475. 歌德致 G. W. F. 黑格尔（亲笔落款）

1821 年 4 月 13 日　星期五

阁下：

　　我急不可耐地想要告诉您，收到您的信件①我有多么高兴！我才疏学浅，您却如此真诚地进行综述并给予极为积极的赞许，是对我莫大的鼓励和支持。您的信来得正是时候，我受到最新修订的内视颜色论文的鼓舞，正在重新查看自己之前关于颜色学的文章，也忍不住想要认真修订其中某些内容以便发表。②

　　您宝贵的意见我会一直铭记于心。我们这个时代的人对同一话题常有不愉快的探讨，这偶尔让我动摇或退却，您的意见则会坚定我的信念。请您再次接受我的致谢，并允许我偶尔再给您寄邮件。既然您持如此的肯定态度来看待这种原始现象，并认为我本身与这些有魔力的物件有相似性，③所以请容许我先将这么一对标本④送到哲

164

---

① 黑格尔 1821 年 2 月 20 日（或 1821 年 2 月 24 日）的信。信中他积极评价了歌德关于内视颜色的论文。

② 一些关于颜色学的研究和论文得以发表，激励着歌德想要整理旧的文章继续发表，至 1823 年都刊登在了《自然科学概论，尤论形态学》。

③ 黑格尔在 1821 年 2 月 20 日写给歌德信中从认知理论范畴详细而激情洋溢地评价"您说的这基本现象所具有的简单性、抽象性"："我想向阁下您讲一下这样突出的基本现象对我们哲学家的意义，也就是——如果阁下允许的话——我们可以将这样的光学标本用于哲学研究！既然我们总算与您的意愿一致，将这最初灰白色、灰色或者全黑的绝对性按照兴趣和朝着光明的方向研究，那么我们就需要在窗台上给它留个位置以便让它完全照得到日光。我们的思想如果被放入彩色和迷幻的反向世界就会化为烟雾。阁下研究的这一基本现象对我们很有益。在因其简单而变得内化和容易理解，因直观而变得显明或容易把握的这种暮色中，黑白的、难懂和显明的两个世界相互问候。"

④ 指歌德后来在 6 月中旬寄给黑格尔的两个展示颜色学现象的标本。一个是透射出黄色光的奶色玻璃，一个是一块黑色绸缎，用来展示这种黑色经过光的照射会显出蓝色。

学家先生府上，相信哲学家先生会像对待它的兄弟姐妹①一样接受它。

魏玛　　　　　　　　　　　　　　　　　您最忠诚的
4 月 13 日　　　　　　　　　　　约翰·沃尔夫冈·封·歌德

〈题词〉

原始现象
与绝对精神
最是肝胆相照。②

魏玛，1821 年初夏

---

① 指歌德此前寄给黑格尔的光学观察标本。

② "原始现象（Urphänomen）"是歌德创造的一个概念，类似指一种原始的自然力量，人类的认识到原始现象为止，不能再到原始现象后面寻找原因。这是歌德自然观和世界观的一个基本概念。黑格尔哲学中的"绝对精神"是客观独立存在的某种宇宙精神，只以概念形式表现出来。绝对精神是先于自然界和人类社会永恒存在着的事实，是宇宙万物的内在本质和核心。"原始现象"和"绝对精神"两个概念分别是歌德和黑格尔世界观和哲学思想中的重要概念，在其探求万物本质的意义上有其相通性。因此，在此封信的《题词》中，两个概念也指代歌德和黑格尔本人。

476. 歌德致 J. J. 封·维勒默（亲笔落款）

1821年4月17日　星期二

这几天估计我所珍视的朋友们会收到我这里一个商人明德洛先生捎去的小木盒，希望你们乐意收下这份礼物。眼下这封邮件由一个叫弗罗曼的先生捎过去，他是耶拿书商和印刷厂主的儿子。这个能干的小伙子，见多识广，现在到法兰克福安德烈埃①那里学习。②考虑到这也是您的出版商，所以去深入认识一下那里的一位雇员并表示一些友好不是什么坏事。这件事上我相信自己有能力负责为他推荐。③

不久后您还会收到一幅画卷，④愿它能得到您的喜爱与珍藏。

165

您最忠诚的

魏玛，1821年4月17日　　　　　　　　　　　　歌德

---

① 印刷厂和出版社其实当时已不属于安德烈埃（Andreae）一家，而是被出版商罗提西（Johann Gottlob Rottig）接手。
② 指时年二十四岁的弗里德里希·弗罗曼（Friedrich Frommann），是耶拿书商和出版商弗罗曼的一个儿子，他1821年4月15日来与歌德辞别，准备到法兰克福的安德烈埃书店去。
③ 这封对弗里德里希·弗罗曼的推荐信，歌德将其与一封解释信一起于1821年4月17日寄往耶拿给其父亲。
④ 这个画卷是托马斯·赖特（Thomas Wright）按照英国画家乔治·道（George Dawe, 1781－1829）所作歌德肖像制作的铜版画。

477. 歌德致 J. W. 德贝赖纳(亲笔落款)

1821 年 4 月 18 日   星期三

阁下:

　　您从陛下那里收到几瓶耶拿一处温泉的水,现在也有人打算将这温泉引入新落成的医院里。陛下托我询问一下,阁下是否对此做过研究。希望您能给我一些相关信息,或许也可寄来试验的结果。①

　　从泽贝克博士先生那里我收到关于新发现的电和磁之间关系的好消息。② 如果您乐意再次重复这实验,我想让博物馆来承担必要仪器的费用,③这费用也不会太高。我也请您对此保密,因为泽贝克先生说自己不久后将发表相关论文,这样就不会有人抢先在他之前发表了。

　　致以最好的问候和祝愿!

您最忠顺的

魏玛,1821 年 4 月 18 日　　　　约翰·沃尔夫冈·封·歌德

---

① 歌德 1821 年 4 月 19 日的日记笔记中记载:"因为几瓶要品尝的水和电磁写信给德贝赖纳教授。""陛下"所要求的"本地疗养温泉水质化学检测结果",德贝赖纳在 1821 年 4 月 23 日就寄给大公爵,三天后又向大公爵递交了水质鉴定。

② 物理学家托马斯·泽贝克当时正在研究电流的磁力作用。

③ 指从德贝赖纳所领导的耶拿"化学物理所"的预算中出钱。

478. 歌德日记

1821 年 4 月 18 日　星期三

寄给大公爵陛下关于将要出版的石版画杂志的报告。在第一个附件中口授了前言的四个要点。① 施勒恩从耶拿赶来为津贴致谢。② 我口授了一篇关于大气陨石观测的论文。③ 给米勒教授签发下一册石版画杂志 50 塔勒的收据。④ 四人共用午餐。饭后准备一些事情。傍晚枢密顾问迈尔来了。收到维勒默夫妇和施洛瑟夫妇从法兰克福的寄来的东西。读了西班牙诗歌。⑤〈……〉

166

---

① 歌德 1821 年 4 月 19 日将该报告随信寄给卡尔·奥古斯特大公爵。1821 年 5 月第 1 册《奇异艺术对象的石版画》题名《魏玛绘画陈列馆》出版，歌德为此刊写了一篇解说性前言。

② 在耶拿天文台工作的天文学家施勒恩(Schrön)收到了一笔津贴。

③ 歌德称陨石为"大气陨石"，是因为他认为陨石并非从太空降落到地表，而是"在大气中由地表气体、水蒸气和灰尘形成"。

④ 铜版雕刻家约翰·米勒为 1821 年 5 月出版的《奇异艺术对象的石版画》投了几份论文。

⑤ 可能与弗里茨·施洛瑟十二种译文语言和方言的《歌德〈充满欢乐和悲痛〉的多语言试译》有关。歌德《充满欢乐和悲痛》是《艾格蒙特》第三幕中一首诗歌，贝多芬、舒伯特都曾为该诗谱曲。

479. 歌德致 F. W. 里默尔

1821 年 4 月 21 日　星期六

我亲爱的教授先生,您明天①是否愿意在午餐时跟我们一起享用节日的烤肉?如跟您亲爱的太太②商量好一起过来,我们将非常高兴。希望明天早上您能给我几页手稿,③以便一起邮寄出去。那些排字的先生们按照习惯,在一段时间停滞之后将干劲十足。

致以最美好祝福!

　　　　　　魏玛,1821 年 4 月 21 日　　　　　　　　　　　　歌德

---

① 复活节星期日(复活节第一天)。
② 卡洛琳·里默尔(Caroline Riemer,原本姓乌尔里希即 Ulrich)。
③《威廉·迈斯特的漫游年代》的印刷样稿,里默尔在复活节前星期四(亦名"濯足节")收到需要"复校"的该稿。

480. 歌德致 S. 博伊塞雷（亲笔修改和落款）

1821 年 4 月 23 日　星期一

我最尊贵的朋友，一收到您的来信，我就马上回复。因为信到达的时候我正想要给您写信交流。大公爵陛下想买一本完全着色的书，①所以我想问一下：这么一册大概需要多少钱？然后还有个问题：这里所说的"完全着色"是什么意思？因为其实只有不多书页需要上色，我认为其它书页除非上色极为细致，不然反倒会受到色彩的负面影响。然而，蓝色的天空肯定在灰褐色塔顶的间隙会看起来很好。这么棘手的工作您找谁做的？

施蒂格利茨的古代建筑学著作②我虽然有，但无须拜读，关于斯蒂芬大教堂的著作③也是。我认为您关于科隆大教堂的著作让我们如此有福，最终可以探知对这种方式的研究可以和应当提出什么目标，因此我也对自己发誓，一定要对这个著作的建筑原型本身及探讨得出的优劣点投以极大的关注。所以我也热切地期待您这救赎之作的问世。④

很高兴制作我的纪念碑的工作有所停滞，这样我就可以提出一个关键性的、有悖计划的问题：把献给我的纪念碑与听说将要建立的图书馆关联起来不是更好吗？

这件事我们谈到过，当时塑像的剖面图和平面图寄来的时候，我们被这个沉重塑像的巨大前期费用惊呆了。

我不想隐瞒：从一开始我就有这个顾虑，不喜欢那个偏僻潮湿

---

① 指博伊塞雷新出版的关于科隆大教堂的著作。
② 克里斯蒂安·施蒂格利茨(Christian Ludwig Stieglitz)的《古代德国建筑艺术》（莱比锡，1820）。歌德曾为收到该书在 1820 年 12 月 12 日给施蒂格利茨写信致谢。博伊塞雷对这本书有很大的意见。
③ 指维也纳的斯蒂芬大教堂，这本书是《奥地利帝国的建筑艺术丰碑和中世纪再现》第 3 册。
④ 歌德高度评价博伊塞雷这部唤起艺术期待的"救赎之作"，甚至因此"排除"了阅读其他类似研究的可能。

的地方。① 但是我选择沉默，不想影响别人美好的意愿。最近的事情先说这些吧，支持和反对的论据都要经过更细致的观察研究才能得出。如果有人要求，我非常想把在这里讨论的东西详细阐明，当然在此先点到为止。请您原谅！但是这事情很重要也很独特，而我正经历着别人不易经历的事情，所以我觉得自己还是能对这样的事情说几句话的。

　　我正要寄出这封信，在此之前再思量一下是否要这样做。我认为，我应该向您和您尊贵的朋友们坦诚，因为我预见到，一旦法兰克福的朋友提出他们的建议，我在这里讲的东西肯定也会被讨论到。至少对反对意见有个准备比较好。

168　　附寄的期刊希望您能关注。我特别希望下个月内收到那些硬币。②

　　向您的家人致以美好的问候！

您最忠诚的

魏玛，1821 年 4 月 23 日　　　　　　　　　　　　　　　　G.

---

① 歌德对为自己立雕像的项目持保留观点，特别是雕像有可能立在一个条状小岛上更令他不快。"偏僻潮湿的地方"就是指这个小岛。
② 博伊塞雷 1821 年 5 月 7 日回复："您的纪念币订单我已经传达给硬币商人宾德尔（Binder）。"这些 4 月份就预定的塔勒币，1821 年 11 月才寄出，歌德还是"接受"了。

481. 歌德致玛丽安娜·封·维勒默

1821 年 4 月 23 日　星期一

　　我就简短而真诚地说一下：一个未署日期的小信件①不久前收到了，我很喜欢。随信复制品②的原件我将接着送来。愿你们喜欢，并拿来装点你们春季将很快搬入的格贝尔米勒的家，愿复制品以相同的风格和尺寸与那些美好的诗节③相映成趣。

最忠诚的

歌德

　　魏玛,1821 年 4 月 23 日

---

① 玛丽安娜 1821 年 4 月中旬的来信。
② 指托马斯·赖特按照英国画家乔治·道所作歌德肖像制作的铜版画。
③ 诗歌《繁华的金色藤蔓》,歌德将其作为 1815 年 4 月 26 日信件的附件寄给玛丽安娜的丈夫雅各布·维勒默。

482. 歌德日记

1821 年 4 月 26 日　星期四至 4 月 27 日　星期五

〈4 月 26 日〉

　　寄出手边的邮件,此前在早上 8 点去美景宫观赏繁盛的报春花:〈……〉写信致德贝赖纳枢密,收到分别发自柏林和哈勒的泽贝克和施魏格尔关于电磁的论文和仪器。① 此外整理了一些资料。与米勒教授谈论"魏玛绘画陈列馆"这一题名。② 晚间来自哥达的神学大学生——克雷德纳兄弟③带来发自布雷斯劳的一个包裹:罗德的《史前植物》④和比兴的《异教古文物》。枢密顾问迈尔来访。里默尔教授来访。我们谈论了《漫游年代》的第 17 章。收到布吕尔伯爵来信,他请求为剧院开张写一部开场戏。

169

---

① 第 436、477 封信中歌德都谈到了电磁现象。
② 参见第 478 封信及注释。
③ Gebrüder Credner。
④ 约翰·罗德的《史前植物群》(布雷斯劳,1821)和约翰·比兴(Joh. Gottl. Büsching)的《西里西亚的异教古文物》第 2 册。

〈4 月 27 日〉

构思柏林那边的开场戏。起草写给布吕尔伯爵的信。对这个工作继续思考。做了些具体演出设计。来到花园。四人共用午餐。审阅开场戏。晚间封·艾因西德尔总管，还有枢密顾问迈尔、库德雷和雷拜因①来访。

---

① 宫廷总管弗里德里希·封·艾因西德尔枢密、建筑总管库德雷和宫廷御医雷拜因。

483. ^c歌德致 C. F. M. P. 封·布吕尔伯爵（亲笔落款）

1821 年 4 月 30 日　星期一

　　尊贵的先生和朋友，您宝贵的信件①几乎令我一时慌乱。收到它时我正在整个春季都开放的矿物收藏柜间观察史前世界的植物遗迹。从黑漆漆的炭②到柏林富丽堂皇的剧院③以及柏林那辉煌的成就与梦想，当然是很大的切换。为了在这样令人疑虑又惊讶的情况下提起勇气，人们习惯将自己与史前时代的重要人物相比较，所以我立即想到了辛辛纳图斯。④ 受到召唤的他毫不犹豫地从乡间的牧群重新投入繁杂的世界和战事。

　　您对我的尊敬和喜爱令我无法拒绝您的请求。我立即对这事进行思考，不久您就会收到我写的东西。⑤ 既然在您的剧院一切都有可能，所以请您原谅我提出几个不算太过分的要求：请您向施蒂希夫人致以最好的问候！我听说过，也能想象得出她那精湛的演技，让我不得不为她保留一个配得上她的角色。⑥

---

① 1821 年 4 月 24 日的信，请求歌德为"柏林剧院开张写一篇开场戏"。

② 歌德视这些炭为史前世界植物的化石遗迹。

③ 卡尔·申克尔设计建造的柏林新剧院于 1821 年完工。

④ 辛辛纳图斯（Lucius Quinctius Cincinnatus）是公元前 460 年的罗马传奇行政长官。公元前 458 年他从退隐后的务农工作中重新被召去，从战斗山地民族埃奎人手中解放出罗马军队并任罗马独裁官，然而却在十六天后重新归田。在古希腊罗马时代他就已被视为古罗马"精神"的象征：生活简单、知足，但随时准备去完成人民的使命。歌德借此暗指自己的生活境况：摆脱了"繁杂的世界和战事"而沉迷于"观察史前世界的植物遗迹"的他作为"祖国"的人文、艺术权威再次被赋予官方的重任。

⑤ 按照日记记载，歌德在 1821 年 4 月 27 日至 5 月 12 日每天都有对开场戏的构思和记录。该剧 1821 年 5 月 21 日在柏林演出。歌德在 1821 年的《四季笔记》中记载："这个开场戏不得不几乎即兴创作而成"，还"是好机会""向尊贵的柏林表示我对那里重要事件的关注"。

⑥ 按照日记记载，原稿口授信件中应该还有一段关于女演员奥古斯特·施蒂希以及开场戏中给她的"戏剧艺术"代表一角。

这次就说这些。不过不久我就会寄去概述和演出的开头部分。　170
感谢您一直给予的信任，愿我们继续友好合作！

您最忠诚的

魏玛，1821 年 4 月 30 日　　　约翰·沃尔夫冈·封·歌德

484. 歌德致内斯·封·埃森贝克
（亲笔修改的草稿，未寄出）①

1821 年 5 月初

阁下：

　　本来好久之前我就该回信致谢，然而我却总觉得将并不愉快的东西寄到远方也是令人疑虑的。然而为了维持我们良好的关系我得坦诚对您说，看到"昏暗"被译成"sodirdus"令我心痛，②而且您整个有关颜色学的报告我也毫不喜欢。③ 您提到我却不使用我的东西，您不住地讨论法国人的颜色论，④讲的内容却与其没什么相关。很抱歉，不久我得公开发表相关看法。

　　我根本无法理解我们最新的这些自然学者。神圣的科学对他们来说不是共有的精神财富。每个人只想强调小泉水，以为能以此扩

---

① 这封草稿是对波恩的植物学教授内斯·封·埃森贝克在 1821 年 1 月 7 日和 1 月 28 日两封来信的回信。然而歌德对于把"不愉快"的内容——对埃森贝克"颜色学"的某些科学论点进行的公开批评——"寄到远方"还是有所顾虑，因此也没有把信寄出。歌德 1821 年 7 月 21 日寄给埃森贝克的下一封信开头也提到这件事。歌德习惯避免在科学的争议问题上进行直接攻击，因为他自认为"一直以来不相信各种论证"。

② "昏暗"在歌德的颜色学里指明与暗通过不透明的介质相互作用产生的效果，是颜色产生的重要因素。埃森贝克却将"昏暗"翻译成贬义的拉丁语词"sordidus"（"肮脏""低级"之意），所以歌德确实"心痛"。如果按照歌德的颜色学观点，拉丁语词"turbidus"（"不透明""暗淡"之意）也许更为合适。

③ 1820 年 11 月 4 日内斯·封·埃森贝克寄给歌德他致敬歌德的《植物学手册》（第 2 卷，纽伦堡，1820 - 1821）。歌德高兴地收下并积极评价这本书。然而在"颜色学报告"《植物的颜色》中，埃森贝克却与歌德的颜色学理论背道而驰："绿色"在他这里作为"植物的基色"位于棱镜折射出光谱七色的正中（在歌德的颜色学体系中，绿色是一种非基色的混合色）。

④ 指法国物理学家艾蒂安-路易·马吕斯（Etienne Louis Malus）、让-巴蒂斯特·毕奥（Jean Baptiste Biot）和多米尼克·让·阿拉戈（Dominique Jean Arago）。对他们的颜色理论歌德曾给予激烈的批评。

充大洋，所以也就有了那些对于孰先孰后的蹩脚争论，①似乎知识不完整和不成体系的我们无须一直从古人和时人、伟人和普通人学习。

　　请您原谅我这些不好听的知心话。如果不是因为骨学圆盘铜版画②需要写信联系您，我可能还要继续犹豫是否提出意见。其中一个颌间骨的铜版画随时可以发出。请您告诉我需要印多少份，我寄给您。我们有一个杰出的铜版雕刻家，也很会保存铜版。除大象头骨的前后两面外，侧面也要复制。侧面有极为精细的花纹，我也打算将它寄给您。如果德·阿尔顿先生想要将其做成石刻并寄给我一个试样，我就随后按照您需求的数量寄给您我的石版的印刷件和一封几句话的信。因此我希望越早收到消息越好。愿您愉快地想到我！祝您健康、万事如意！

171

----

① 歌德多次批评科学研究和技术创作中对"独创性"的诉求，并一再强调包括天才都要依赖先人和同时代人的思想财富，受其影响和丰富。歌德认为"对于孰先孰后的蹩脚争论"根本不成立。在去世前四周，歌德曾再次强调了向"古人和时人、伟大和普通人物"学习借鉴对自己创作的重要性。

② 两个铜版画分别刻有颌间骨和大象头骨，歌德在 1820 年 12 月 28 日寄给波恩的解剖学家德·阿尔顿。埃森贝克 1821 年 1 月 28 日写信给歌德希望得到两个铜版画的印刷画。

485. 歌德日记

1821 年 5 月 11 日　星期五

起草写给布吕尔伯爵的信。① 口授该信和开场戏②的结尾。准备明天的邮件。来到花园。结束了开场戏的口授。细看和思考昨天收到的地质学地图③。四人共用午餐。饭后朱莉·封·埃格洛夫斯泰因④男爵夫人来访，我与她观赏新到的铜版画⑤和赫拉克勒斯神庙图片。⑥ 公使馆参赞孔塔因为小纪念章⑦来访。晚间枢密顾问迈尔到来。之后我独自一人，考虑下一步的工作。

---

① 在这封信中歌德拒绝了去柏林的邀请，阿黛尔·叔本华在自己1821 年 5 月 11 日的日记中对此有详细评述。
② 指柏林新剧院总经理布吕尔伯爵请求歌德为剧院开张所写的开场戏。
③ 克里斯蒂安·克费施泰因(Christian Keferstein)绘制的萨克森各侯国的地质地图。该地图 1821 年出版，歌德也参与了地图配色工作。
④ 朱莉·封·埃格洛夫斯泰因(Julie von Egloffstein, 1792－1869)，德国女画家，以肖像画见长，是魏玛宫廷最美丽和最具天赋的女性之一。歌德对她的创作给予很大的鼓励。
⑤ 来自一次莱比锡的拍卖会。
⑥ 画家卡尔·拉伯1821 年 4 月 28 日从罗马将庞贝城和赫拉克勒斯神庙墙画的铜版雕刻附上一封说明信寄给歌德，拉伯受卡尔·奥古斯特大公爵之托依照铜版雕刻制作彩色复制画。歌德与迈尔在当时和随后几天深入"比较拉伯的绘画和赫拉克勒斯神庙的铜版画"。
⑦ 卡尔·奥古斯特委托按照1816 年巴黎的贝特朗·让·安德里厄(Bertr. Andrieu)所作纪念币制作的新纪念章。

486. ^C歌德致 A. 封·洪堡①

1821 年 5 月 16 日　星期三至 5 月 17 日　星期四

非常高兴收到尊敬的、真正的朋友托布雷特先生转达的问候和转交的邮件。② 我心急地毫不犹豫从书卷正中将书打开，然后跟随您投入到那最为野性的地带。那里巨大的河流奔流不息，不光各自流淌，还要合而为一，这一点长久未曾被发现。您看，我立即投入您的研究之中。如果不这么开始的话，如何才能对您的研究有些许把握？

现在我可以最诚实地说，自己一直关注着您，并时刻对您保持着崇高的期待和真诚的祝福。

我还要补充一点：在过去一切美好的回忆中，与您和您的兄长在一起的时光③极为闪亮。毕竟我的一生中能有几次令人充满期待和全心投入并卓有成效地继续和取得辉煌成就的开端！

我内心很是愉悦，也感谢您给我机会表达喜悦之情。于是我也禁不住多说点我自己的事。这个冬天我坚持孤身一人并按规定饮食，因此感觉身体比多年来任何时候都更为舒适，也利用这段时间做了各类事情，使我在今年能再次真正以作者的身份登场。④ 如果不

172

---

① 亚历山大·封·洪堡（Alexander von Humboldt, 1769－1859）是德国自然科学家、自然地理学家，近代气候学、植物地理学、地球物理学的创始人之一。他涉猎科目很广，特别是生物学与地质学。他生于德国柏林，亦逝于德国柏林，是世界第一个大学地理系——柏林洪堡大学地理系的第一任系主任。他的哥哥是柏林洪堡大学创立者威廉·封·洪堡。

② 亚历山大·封·洪堡 1821 年 4 月 16 日曾写信给歌德并随信寄去自己的《新大陆热带地区旅行记》第 2 卷及几份地图。这本科学旅行著作致敬歌德的第 1 卷 1807 年特别题名《对植物地理学及热带国家自然风貌的思考》出版。

③ 18 世纪 90 年代中期因为威廉·封·洪堡参与月刊《季节女神》的出版，歌德与洪堡兄弟两人在耶拿保持着密切联系。

④ 指歌德又开始了搁置已久的文学写作。1821 年 5 月，歌德出版了《威廉·迈斯特的漫游年代》第一版和新的一期《论艺术与古代》。

嫌麻烦,那么这窝新孵的小鸟①里也应该给您带去家里一些。

很久没有听到您兄长亲自传来的消息,但是通过朋友得知,他打算满足我长久以来一个迫切的愿望,也就是制作一幅地球上语言分布的直观图。他过去曾友好地在我类似的活动中支持我,②对此我还没好好地感谢他。我时常被各种杂事牵扯,好的工作并不能总是做到底,因此我衷心感谢他这位真正并适合自己的朋友带来令人欣喜的研究成果。

真诚地祝福您,并请转达真切的问候!

魏玛,1821 年 5 月 16 日   歌德

173   〈附言〉

一年前我提过依照大公爵图书馆和博物馆珍藏的奇珍异宝所作的石版印刷刊物,现在它的第 1 期题名《魏玛绘画陈列馆》③出版了。包含如下四幅画:

1. 卡斯滕斯所作《空中行走的苏格拉底》;

2. A.范·戴克所作《克拉耶尔肖像画》;

3. 写实的《莱奥纳多·达·芬奇研究》;

---

① 比喻自己新出的书。

② 亚历山大·封·洪堡的哥哥威廉·封·洪堡(Wilhelm von Humboldt,1767 - 1835),是柏林洪堡大学的创始者,也是著名的教育改革者、语言学者及外交官,是比较语言学的创始人之一。1812 年 6 月,威廉·封·洪堡曾与歌德在卡尔斯巴德探讨语言地图的计划。1812 年 11 月 15 日,洪堡寄给歌德此前歌德要的语言分布"概览",歌德 1813 年 2 月 8 日收到,回信表示"如此快速和完整地"收到并"真心感谢"。歌德基于洪堡的"前期工作"并由"洪堡参与修改、限定和阐释"的所计划的"南北半球语言地图"最终未能实施。

③ 参见第 478 封信及注释。

4. 都城神庙侧影,与另外一章背景尺寸相同的一纸文章。

价格是三个萨克森塔勒。①

米勒教授代售。

　　魏玛,1821 年 5 月 17 日

---

① 当时各邦国币制尚未统一。

487. 歌德日记

1821 年 5 月 18 日　星期五

〈……〉

枢密顾问迈尔评论赫拉克勒斯神庙墙画,①之后留下来吃饭。协商新的石版印刷刊物。枢密顾问迈尔为此从图书馆找了不同的绘画。饭后里默尔教授带来耶拿的消息,晚间待在这里。总理封·米勒也来了,商谈法兰克福纪念碑事宜。

① 参见第 485 封信及注释。

488. F. 封·米勒总理，日记

1821 年 5 月 18 日　星期五

〈……〉

歌德拒绝看施魏策尔收集的拿破仑讽刺漫画："我不能容许自己获得如此令人反感的印象，①因为我这个年纪人的情绪受到打击后不能像你们年轻人那样迅速复原；因此我只能处身于安静、友好的氛围中。"

之后我们谈论他写给柏林的《开场戏》（然而因手抄本不够整洁他不愿给我看）和一个布拉格自然学者普尔基涅的不轨行为——他用歌德颜色学理论说教，却丝毫没有提到歌德，②因此歌德在《形态学》中批评普尔基涅的著作时打趣地自己引用自己："如果不愿默默忍受这类剽窃的话，那就别想再活下去。"

〈……〉

174

---

① 歌德原则上对讽刺式的表达手法持保留意见，这一点在他对《狄德罗小试绘画》的评语中得到明确体现："漫画最终暴露出丑陋嘴脸和完全的不和谐，每个艺术家都要小心提防。"歌德一生崇拜"万有统治者""无与伦比超人类的天才"拿破仑，他认为拿破仑身上体现出某种"超自然"，因此这样揭露其"丑陋嘴脸"想必对歌德确实难以接受。
② 捷克的生理学家和自然学者约翰·普尔基涅在自己1819年于布拉格出版的书《主观视觉研究论丛》中支持歌德的颜色学理论，却未明确提到歌德。歌德在《形态学》第 2 卷第 2 期（1824）中对《主观视觉研究论丛》的书评中予以抨击。参见第 469 封信及注释。

489. 歌德致 F. 封·米勒总理（亲笔落款）

1821 年 5 月 19 日　星期六

阁下：

　　您如往常一样友好地呼唤，将我从罪恶的沉睡中唤醒，①于是我大胆地决定今天一早即兴写出随信的文章。② 如果您整体上对其表示赞同，我们也许可以再次讨论③以斟酌细节，然后誊写一份寄给封·旺根海姆先生。④

　　致以最美好的问候！感谢您友好的关注和鼓舞！

您最忠顺的

魏玛,1821 年 5 月 19 日　　　　　　　　　　　　　歌德

---

① 指的是此前一天即 1821 年 5 月 18 日的谈话，应该是令歌德备受鼓舞。

② 前一天晚上与总理封·米勒的谈话促使歌德1821 年 5 月 21 日完成论文《对家乡将为诗人歌德建立纪念碑的思考》。在该文中，歌德批评了计划的"家乡行动"，表达了对这个纪念碑迄今的"巨大建筑计划"及其民族局限性的忧虑及保留意见。这个 1819 年由博伊塞雷发起、法兰克福的朋友和崇拜者资助的纪念碑项目几经周折，一直未能完成。

③ 据 1821 年 5 月 20 日的日记记载，该文在 1821 年 5 月 21 日即"再次口授"，1821 年 5 月 24 日寄给了博伊塞雷。

④ 给联邦议会公使卡尔·奥古斯特·封·旺根海姆男爵（Karl August Freiherr von Wangenheim, 1773-1850）附上评语的短函，信中总理封·米勒称歌德的论文《对家乡将为诗人歌德建立纪念碑的思考》为"魏玛的集体表决"。

490. 歌德致 C. F. A. 封·施赖伯斯 （亲笔修改的草稿）

1821 年 5 月 19 日   星期六

阁下：

我一收到邮件就想告诉您，小包裹顺利到达，羊毛量具①也立即交给陛下，他再转交给经济学家。我们杰出的、一直活跃的公爵让我转达问候和谢意，陛下表达了如下愿望：

他在世袭公爵卡尔王储殿下②的收藏中看到过亚历山大城的一个很好的规划图，希望得到这幅图的副本。他也认为，这份副本可以通过格林纳伯爵先生③带来，因此也热烈欢迎他来。陛下让我把这些传达给阁下您。

请您同时允许我为这么好的矿石④致以真挚的谢意。对于一个爱好者来说，没有什么比能填补自己藏品的空白更令人愉快了。

同时我想请您关注一本我们这里工业出版社正在印制的有趣的书：《全德地质状况》。⑤ 该书由哈勒的克费施泰因博士出版，内有全

175

---

① 卡尔·奥古斯特大公爵曾经向施赖伯斯要来过一个这种维也纳生产的器具："这就是所谓的'羊毛量具'。在这个机器上的显微镜下绷紧羊毛纤维，可以按照某种标准测量和评价羊毛的品质和成色"。歌德或许受大公爵委托，传达到维也纳，说是渴望"所谓的云的量具"，来"测量云的遥远"而不是羊毛纤维的"成色"。这里可以应是有意的文字游戏，德语的"云（Wolke）"和"羊毛（Wolle）"，"遥远（Ferne）"和"成色（Feine）"单词相似。歌德在 1821 年作为广泛研究云层的自然学者和作家想必比羊毛纤维更关心云的特点。歌德1821 年 5 月 19 日的书信草稿中正确书写这"羊毛量具"几个字，他 1821 年 5月 10 日的日记也正确书写着"从施赖伯斯那里收到羊毛量具。"

② 奥地利王子。

③ 菲利普·封·格林纳-潘沙尔伯爵（Philipp Ferdinand Wilhelm Graf v. Grünn-Pinchard, 1762 - 1854），奥地利骑兵队上将、玛丽娅·特蕾莎勋章骑士。

④ 歌德为了自己的矿石收藏室在 1821 年 2 月 23 日写信向施赖伯斯要来的石头："一块巴西的黄玉〈……〉和一块所谓的捷克绿陨——绿色的波希米亚黑曜岩"。

⑤ 第 506 封信和注释对该书有更详细介绍。

德地图和多个不同地区的特别地图,配文讲解岩石的层序。他自己走过诸多的地方才可以获取这样的概况,也像布赫①一样为我们省去奔走诸多小路之苦。同时,研究所得的剖面图配以讲解附在书中。

我非常高兴得以重温我曾经敲击石块、费力携带石块走过的那些路。如今能得以总览自己一生为之操劳的点点滴滴,是多么令人愉悦!我也相信,这部作品即使作为尝试性的工作也已成功,会接连带来一些单个的报告和更为精确的界定。至少我个人感觉备受鼓舞,甚至想要将经年累积的旅途中记下的观察结果按照这部书的研究路径进行整理和阐明。

魏玛,1821 年 5 月 19 日

---

① 指发表过多部科研论文和重要旅行著作的同时代地理学家利奥波德·封·布赫(1774－1853)。

491. 歌德致 J. D. 格里斯①（亲笔落款）

1821年5月20日　星期日

阁下：

　　再一次深深感谢您翻译卡尔德隆的宝贵剧本②给我带来的阅读享受。虽然我们往往感觉最后看到的才是最好的,然而即便如此,这个剧本依然是这位出色人士的最佳创作之一。③ 他所有的成就,还有对一个重要题材最为高超的构思,历史向虚构的转换,对所有戏剧和舞台技巧的娴熟运用,大量的诗学譬喻,修辞上使用的辩证法,这一切在某些高潮部分结合使用,达到非常感人的效果,虽然该剧作总体上并非想要煽情。

　　我再次感谢您,还想说,作家需要具备很高的道德素养,因为人只能按照传统的、长久以来形成的道德学说为做好事而做好事,而不会想到回归自我。德国人在此经历了严格的考验,然而这种考验却来自许多的同仁、与他们合作产生的竞争以及各有所图的各色文学报刊。④请您继续努力,时不时用这种大师之作提高我们的内在品味。

　　顺致崇高敬意!

您最忠顺的

魏玛,1821年5月20日　　　　　　　　　　　歌德

① 约翰·迪特里希·格里斯(Johann Diederich Gries, 1775 - 1842)博士,德国浪漫主义时期翻译家、诗人、法学家、社交名流,与歌德和席勒等名人都有交往。
② 唐佩德罗·卡尔德隆·德·拉·巴尔卡(Don Pedro Calderón de la Barca, 1600 - 1681)是西班牙作家、诗人、戏剧家、军事家,代表作为《人生如梦》。其戏剧《空气的女儿》在1821年由耶拿的法学家和宫廷枢密约翰·格里斯翻译出版。本文"宝贵剧本"就是指该戏剧。
③ 歌德在1822年的《论艺术与古代》(第3卷第3期)中专门为这部"卡尔德隆最辉煌的著作"写了一篇书评,书评结尾他还公开对自己很器重的该作译者格里斯给予高度评价,并向格里斯致谢。
④ 格里斯5月1日写信给歌德时抱怨自己作为译者的文学工作并未受到公众的承认。

492.　歌德致 S. 博伊塞雷（亲笔修改和落款）

1821 年 5 月 24 日　星期四

177　　　　预料到的并向您预示过的争议①果真发生了，出现了令人不快的各类讨论，旅途中的一位联邦议会公使②也出其不意地被卷了进来。一切发生之时我却不在。这一纷争即使没有恶化，但也已够烦乱，所以我此前告知您我希望所有说过的话尽快予以更正，同时不放弃对该事施加影响。

　　　　因此我写了随信的建议，阁下您应该不会不喜欢它，因为您本身也不会赞同那过于庞大的建筑计划。

　　　　据我所知，我手头的建议已经得到了数位人士的支持。因此我请您审阅这个建议，若您同意而且您的距离和其它情况允许的话，也请您参与进来。

　　　　因为陛下将画夹留给我们的世袭大公爵夫人，③我有幸看到这部按照范·艾克的画所作的无与伦比的石版画作④并在家里欣赏了几天。《论艺术与古代》的第 3 卷第 2 期将用来向这石版画以及其它杰出的石版画致敬。

　　　　关于订购大教堂著作⑤我回复如下：如今的情况下，⑥大公爵想订一本售价 60 古尔登的版本。然而他还希望有展示窗户绘画的

---

① 关于在法兰克福竖立歌德纪念碑这一项目的争议。
② 途径哥达的卡尔·奥古斯特·封·旺根海姆男爵，参见第 489 封信及注释。
③ 符腾堡国王威廉一世托认识歌德的封·温普芬上校男爵将几幅"石版画样"带给魏玛的卡尔·奥古斯特大公爵儿媳玛丽亚·帕夫诺娃。
④ 博伊塞雷的古代德国和荷兰油画收藏中一幅荷兰画家范·艾克（Jan Van Eyck）的画作，这里是依照这幅画所作的石版画。
⑤ 博伊塞雷兄弟出版的关于科隆大教堂的著作《科隆大教堂的外观、平面图和各个部分》（斯图加特，1821 - 1831）。歌德在 1823/1824 年在《论艺术与古代》中有两篇文章讨论这部"非常珍贵的著作"。
⑥ 歌德曾经在 1821 年 4 月 23 日受卡尔·奥古斯特大公爵之托"询问大教堂著作着色版本的价格"，博伊塞雷在 1821 年 5 月 7 日回信时尚未能算清书价。

插图。

出售的钱币①请为我保留并让封·科塔补上小额垫款。②也许钱币商有商品目录给我们看。

希望这封信及时到达您那里并合您心意。

178

您最忠诚的

魏玛，1821 年 5 月 24 日   G.

---

① 刻有"智利暴乱者"图的塔勒币。
② 5 古尔登 30 克朗。

493. 歌德致 C. F. 封·赖因哈德
（亲笔修改和落款）

1821 年 5 月 25 日　星期五

您 4 月 29 日①带来的亲切和珍贵的消息现在我才回信感谢，且寥寥数语，并急着将《论艺术与古代》最近的校样一并附上，一本《漫游者》之后接着送去，②希望您能真心关注。这一次复活节后第三个周日真像幽灵一样紧逼着我。③ 虽然我人已年迈，但还总是毫无节制地操劳，就像个充满欲望的妇人，忘记了生育的苦痛，重新迷醉于寻欢作乐却不计后果，我们这些作家也是这样。一本新的《论艺术与古代》又在刊印了，同时还有一本关于形态学的。第欧根尼还有什么其它办法可以实现自己在这个变幻世界的存在呢？④

您原谅我将您拉到我们神奇的圈子里来，这让我完全释怀。可惜我未能全盘引用谈过的那一段话，因为我担心由于无意间的泄密令朋友颜面尽失。希望您今后若是偶然读到自己的观点和文字，不会怪罪我或者认为我剽窃。⑤

很遗憾我没能见到封·旺根海姆先生，他只走到哥达。请您向他

---

① 应该是 4 月 9 日，歌德记错日期。

② 《论艺术与古代》第 3 卷第 2 期（1821）和《威廉·迈斯特的漫游年代》第一版（1821）。

③ 估计是因为歌德打算在复活节前后出版完成最新的《论艺术与古代》和《威廉·迈斯特的漫游年代》。参见第 459 封信及注释。

④ 歌德多次自比公元前 4 世纪的犬儒主义哲学家第欧根尼（Diogenes），特别是他无欲求的理想和对"变幻世界"的完全"不关注"。

⑤ 歌德在为格奥尔格·丹尼尔·阿诺尔德（Georg Daniel Arnold）的喜剧《圣灵降临节的星期一》所写书评的补录中用上了封·赖因哈德 1820 年 5 月 22 日来信中谈到这个剧本的一段话。封·赖因哈德随后说自己通过这"非常愉快的惊喜"参与了这一册《论艺术与古代》的出版。关于"剽窃"，歌德曾在 1817 年论文《文学天空的流星》的《剽窃》一节给予定义和细致的评价："我们原谅可怜人使出这些伎俩，但〈……〉如果是有才华的人，就会引起我们〈……〉不快，因为他们想要用恶劣手段获取尊重，靠低起点获取高威望。"

转达我最好的问候。

　　最后还要告诉您：那美味的葡萄酒有一桶被装入瓶中，立即为
您的健康而干杯，还向教父①致敬轻抿了一口。他跟他哥哥一样茁
壮成长。

　　这次先写这些吧，不久再寄去《漫游者》，并请您可以继续赏读。　179
希望您能寄给我庆祝您天赐王子的洗礼仪式②的流程单，报纸只能
报道大概的情况，我希望至少在脑子里细细想象当时的情景。

您最忠诚的

　　　　魏玛，1821 年 5 月 25 日　　　　　　　　　　　　　　G.

---

① 歌德第二个孙子沃尔夫冈也是封·赖因哈德的教子。
② 1820 年 9 月 29 日出生的"神奇婴孩"、波旁王朝后代海因里希·卡尔·费迪南
　德。这个"众望所归的天赐男孩"是 1820 年 2 月 13 日被刺杀的德·贝里公爵
　之子，关于这个孩子和他出生的历史命运含义，封·赖因哈德1820 年 10 月 2
　日写给歌德的信和歌德 1820 年 10 月 25 日回信有所记载。

494. 歌德致 J. G. 伦茨

1821 年 6 月 1 日　星期五

阁下：

　　您在此将收到刻着人名的两枚勋章。① 东西包装得很好，这样阁下您只需要写信并转寄出去，而不用拆开包裹再重新给它装个信封。希望能收到好的回应。还有，它们放在红色的小盒子里，上面刻着名字。

　　同时我还要告诉您，有人向我出售一组漂亮的黑柱石水晶。② 这些水晶我不舍得放过，因为它们外在特征极为鲜明。如果您喜欢这些，我乐意为收藏室买下它们。这是侧面图：

180　　　　四面都是条纹柱，尖顶四面分别立于侧面之上，一面大过一面。值得注意的是，尖顶的这些面也有着明显的条纹。这些水晶全都美妙如初并保存完好。

　　致以美好祝福！

　　　　　　魏玛，1821 年 6 月 1 日　　　　　　　　　　　　　　　　G.

---

① 颁发给两个匈牙利人：斯洛伐克格尔尼茨的药剂师加博拉（Gabora）和斯洛伐克普拉肯多夫的校长瓦尔纳（Wahlner）。伦茨建议用这两块奖章表彰这两个人，也借此感谢两人对伦茨所领导、享有威望的耶拿"公爵矿物协会"的"重要馈赠"。

② 虽然要价不菲，歌德最终还是从矿物学家封·奥德莱本男爵（Freiherr von Odeleben）手里买进了这一组水晶，以让伦茨"宝贵的收藏得以扩增"。

495. 歌德日记

1821 年 6 月 8 日　星期五

为大公爵夫人亚历山德拉①写好题词留念册。将扇子送给世袭大公爵。把政治消息报刊还给孔塔。②读贝尔纳迪努斯·泰莱西乌斯。③四人共用午餐。总理封·米勒来访。丢失的首饰盒④找到了。晚间跟我儿子一起。〈……〉

---

① 歌德为俄国的亚历山德拉·费奥多罗芙娜大公爵夫人(Alexandra Feodorowna von Rußland,原本为普鲁士的夏洛特公主,后来的沙皇尼古拉二世的妻子)写好了题词留念册。亚历山德拉·费奥多罗芙娜公爵夫人和丈夫在1821 年 6 月 3 日与卡尔·奥古斯特大公爵及世袭大公爵夫妇拜访歌德。歌德为亚历山德拉作诗《致大公爵夫人亚历山德拉》,并在 1821 年 6 月 8 日把它写进题词留念册。

② 参见第 411 封信。

③ 指意大利数学家、自然科学家、自然哲学家贝尔纳迪努斯·泰莱西乌斯(Bernadinus Telesius)的著作《颜色的产生》。他在论文中从热和冷两种原理(力量)中推导出各种颜色。歌德在《颜色学》的历史部分有一小章专门论述泰莱西乌斯,然而 1811 年 1 月份才得到这部著作,《颜色学》补录对此有所记录。

④ 具体情况不详。

496. F. 封·米勒总理，日记

1821 年 6 月 8 日　星期五

晚上 6 点左右见到他，他正一个人，当我给他说到罗特写的默克尔人生概要①并从中推荐性地朗读了几段话时，我们两人立即陷入了糟糕的争论。

因为作者罗特在提到默克尔的异教朋友克诺夫②时决然站在了自然宗教和天启宗教的对立面，歌德对此极为不赞成。"这个人真是胡闹，没有诚实说出真话，"他大声说道。"这就是见鬼的演讲艺术，将一切都包上外衣，想要游移于一切之上却不说出正确和真实的话。基督教怎么就胜过一切其它宗教了？它怎么就统治世界了？它又凭什么统治世界？就好像它吸收了自然宗教的真谛。哪里有对立？界限总是相互交错的。"

181　　〈……〉

谈话说到了勒尔和理性主义。歌德严厉批评观众更喜欢一个叫舒尔策的人的废话和一个叫克劳泽的人的空话而不是勒尔的实话与给人启蒙的结论。这与每个人被好听的话诱使着追求感性有关，但没有人想变得理性或使其行为完全理性。

当我抱怨说勒尔想象力不足，更多令情感得到满足时，歌德激动地说道：这与勒尔独特的个性不一致，如果给他头上滴上一滴的想象力，就像法兰西国王被涂上圣雷米吉乌斯神奇小瓶的圣油，③他就不是他了。他逃不出人类用来思考的有机体构造方式。单个人不能

---

① 指卡尔·约翰·弗里德里希·封罗特的书《沃尔夫冈·保罗·默克尔生平记事》（纽伦堡，1821）。保罗·沃尔夫冈·默克尔（Paul Wolfgang Merkel，1756 - 1820)是商人，也是纽伦堡在巴伐利亚 1819 年第二届州议会的第一位议员。

② 指纽伦堡的抗罗宗教的神职人员克诺夫，他 1784 年起住在维也纳。

③ 圣雷米吉乌斯是指法国兰斯的大主教，特别致力于"基督化法兰克人"和"使雅利安人皈依"。歌德在此暗指一个施洗奇迹的故事：法兰克人的国王克劳德维希在信奉基督教的妻子的请求下，曾夸口说如果基督徒的神赐予他胜利，他就将皈依基督教。他最终在公元 496 年的圣诞节由雷米吉乌斯施洗。当时圣油没有了，雷米吉乌斯就祈祷，于是一只鸽子叼来一个圣油容器。

被自然塑造成完善的整体，人类这一物种的性格才是一个整体，不能将不同人的性格分裂开看。**头发深褐色皮肤黝黑的人当然不可能是头发淡黄的**，不然他也不是独特个体了。

歌德说，所有非理性主义的神职人员，要么骗了自己要么骗了别人。

我不认同"骗"这个词，他却贸然使用这个词，且使用了词的本意。我恼怒地发现，他使用的概念和习语都尖锐而清晰，我没能力跟他争辩。

〈……〉我们接着重新谈到哲学话题，谈到公爵母亲①的美好时代和歌德与维兰德和赫尔德②的关系。

关于他与近三年都未见面的赫尔德之间紧张关系的原因，他郑重地握着我的手告诉我这个秘密。〈……〉他说，赫尔德本人因为长期体弱多病本该有很多事情被原谅，可惜他把年少时就如影随形的敏感和尖刻的评价带到了晚年。"坏习气在年轻时甚至被看作是有趣的，在中年时期也还能将就，到了老年则变得令人难以忍受了。"越喜欢赫尔德，就越要离他远点，这样才不会打击到他。歌德说，维兰

182

---

① 指公爵母亲安娜•阿玛利亚。1756 年安娜•阿玛利亚嫁给萨克森-魏玛-埃森纳赫公爵恩斯特•奥古斯特（Ernst August）成为该公国的公爵夫人，在 1758 年恩斯特•奥古斯特逝世后，她成为摄政王，协助年幼的儿子卡尔•奥古斯特直到1775 年。安娜•阿玛利亚本身热爱艺术，长于作曲，因此在其摄政期间，魏玛宫廷经常举办各类文化艺术活动、聚会。

② 两人都曾是歌德的榜样，影响和支持着歌德的发展。克里斯托夫•马丁•维兰德（Christoph Martin Wieland, 1733 - 1813），德国作家、翻译家和出版人，是德国启蒙运动的代表人物。约翰•戈特弗里德•封•赫尔德（Johann Gottfried von Herder, 1744 - 1803），德国作家、翻译家、神学家，也是德国启蒙运动的代表作家和思想家。歌德、赫尔德、维兰德和席勒并称德国古典主义的"魏玛四星辰"。

德的坏毛病则完全不同,有时真的还挺可爱的。艾因西德尔①偶尔能有很棒的观点,曾经在歌德批评维兰德评价专断的时候说了一句很中肯的话:"如果不太见得到维兰德,我们就会生他的气;如果天天见到他,我们才能在他身上找到和谐,并惊讶于从他那里所听所学到的事物的广泛。"

歌德还说伯蒂格②才是那些大人物中最邪恶的,是他挑起这些乱子。公爵母亲在所有这类事上都态度温和,和善地劝解针锋相对的人,对歌德本人从未有任何微词。她是一个最为亲切、卓越,但又捉摸不透的人。"目前,"他补充说道,"再次借用将我们比作相邻而长的树的常用比喻,如果那些不愉快阻挠我扩张,那他就把我往高处推。我忠于自己,按照自己的方式生活。我们每个人都需要一个自己的、封闭的圈子。在大城市,比如柏林,我们已找到这种圈子。在这里我们的交际圈却相互交叉。"

"我过去一直是这样,以后只要活着也将保持这样,此外我还渴望星辰。我已选定了几个,我想在上面继续我的乐趣。"

这些话深深触动了我,它们于我就像一束令人平静的阳光。不,显然谁能这样谈论人类的最高使命,他的胸中定有对至圣的信念。

---

① 指弗里德里希·封·艾因西德尔。他过去是安娜·阿玛利亚公爵夫人的侍从,他在结束了后来的政府工作后重新回到宫廷工作,1802 年成为宫廷总管。歌德年轻时在魏玛的数年间就认识了艾因西德尔,两人一直关系密切,彼此无需拘礼。

② 指语文学家、考古学家卡尔·伯蒂格。他曾是维兰德和贝尔图赫的朋友,参与出版期刊《季节女神》和《神殿入口》,他还是歌德"诗韵及考古问题的顾问"。"然而后来他因泄露秘密失去了歌德、席勒和赫尔德原有的好感,成为歌德挖苦的主要对象。"

497. 歌德致 C. L. 封·克内贝尔（亲笔落款）

1821 年 6 月 13 日　星期三

尊敬和宝贵的朋友，看到你现在完成的这两卷书①我非常高兴！真是平生少有。想到你顽强的工作，有什么不会成为记忆，又有怎样的一系列时代就此开启！愿现在和今后你坚定的努力得到应有的回报！

如果你昨天晚上跟我们一起的话，你会非常开心。②建筑总管库德雷拿到偶然放在桌上的你这册书，声情并茂地朗读，随着朗读他发现诗歌的思想与自己越加契合，而且你表述的清晰及诗歌的自然美令他很是振奋，于是朗读得更为精彩。你若是愿意送他一版没有拉丁文的译本，③这肯定会带来很大成果，因为他乐于也擅长在聚会中朗诵。

我的《漫游者》④不久就会送到你处。装订工人耽误了我一段时间，不然早就寄给你了。

几位贵客⑤都走了，所以我们家非常寂静。我快要摆脱长久以来乐意待在家里的习惯了，因此就更不能疏远自己的圈子。我的孩子们很好的照顾令我一直保持最舒适的状态，同时也把我拴在了这里。不过我现在也想多少活动活动，首先去拜访一下你。

183

---

① 指克内贝尔翻译卢克莱修《物性论》的两卷译文（莱比锡，1821）。参见第 457 封信及注释。歌德 1821 年 6 月 9 日收到克内贝尔寄来的一套译文。

② 在此前一天晚上建筑总管库德雷在歌德家朗读并夸赞克内贝尔翻译的卢克莱修。

③ 歌德指的是没有拉丁语原文的译本。歌德收到的版本是包含吉尔伯特·韦克菲尔德出版的拉丁语原文的。

④ 指 1821 年出版的《威廉·迈斯特的漫游年代》第一版。

⑤ 指俄罗斯的尼古拉大公（后来的沙皇尼古拉二世）、妻子亚历山德拉·费奥多罗芙娜公爵夫人，还有世袭大公爵夫妇卡尔·弗里德里希和玛丽亚·帕夫诺娃以及卡尔·奥古斯特大公爵，他们在 1821 年 6 月 3 日拜访了歌德。

　　代我问候你亲爱的家人,①也请不要忘记见到格里斯博士时,代我多多感谢他的《空气的女儿》。② 我认为这是卡尔德隆最为美妙的一个剧本,视它为其后期代表作。我非常感谢译者能这样忠实和地道地翻译。以后若是见到卡尔德隆,我肯定要在他那里对译本大加赞美。

184　　因请总理封·米勒先生帮忙把这封信带给你,③所以我得尽快结束这封信,顺致美好祝愿!

你最忠诚的

魏玛,1821 年 6 月 13 日　　　　　　　　　　　　　　　　歌德

---

① 指克内贝尔年轻的妻子露易丝·多萝西娅(Louise Drothea,原姓鲁多夫即Rudorff)、他较晚出生的亲生儿子伯恩哈德·卡尔·马克西米利安(Bernhard Carl Maximilian)、养子卡尔·威廉(Carl Wilhelm,他的妻子过去与卡尔·奥古斯特大公偷情产下的儿子)。

② 格里斯 1821 年翻译的卡尔德隆戏剧《空气的女儿》,该译本于 1821 年 5 月 19日登记在歌德的新增书单上。1822 年歌德在《论艺术与古代》(第 3 卷第 3期)对该书进行评论。

③ 歌德没有寄出这封信,而是托总理封·米勒在耶拿将信转交给克内贝尔。

498. 歌德致 W. 封·洪堡

1821 年 6 月 18 日　星期一

　　我尊敬和宝贵的朋友，几周之前我从顺道经过的朋友①手里收到了您弟弟的信件和邮包。② 在回信致谢③时，我不禁告诉他，过去与您两位的关系④是我人生中极为闪亮的时光，总是浮现在我眼前。回想起当时每个人的目标和计划，而现在眼前看到通过巨大努力所获取的成就，这真是令人非常欣慰。如果再看到，即便后来事业日盛，却依旧毫不懈怠地完整制定坚定的计划以实现过去的愿望，那么回顾这种共同的人生经历，总是令人极为欣慰的。

　　非常感谢寄来的著作。⑤ 此前我跟里默尔就此讨论了数个小时，⑥两人都很开心也受益匪浅。这个朋友⑦目前的生活状况符合自己的愿望。他从学校的授课中解放出来，可以安心继续词典编纂工作，⑧这也需要专注力和持续性。

　　听说您进一步修订了语言地图。这个地图我过去也非常想看

---

① 指一位叫做布雷特（Bredt）的先生，他在去往哈勒的途中经过魏玛，将亚历山大·封·洪堡的信件和邮包转交歌德。

② 亚历山大·封·洪堡的著作《新大陆热带地区旅行记》（第 2 卷第 37 印张起）和附上的 1821 年 4 月 16 日的信。

③ 参见第 486 封信。

④ 18 世纪 90 年代中期因为威廉·封·洪堡参与月刊《季节女神》的出版，歌德与洪堡兄弟两人在耶拿保持着密切联系。

⑤ 歌德感谢语言学家威廉·封·洪堡寄来的语言地理学著作《借助巴斯克语考察对伊斯帕尼亚半岛原住民的研究》（柏林，1821；1821 年 6 月 5 日记入歌德新增书单）。

⑥ 很有可能两人谈话是在 1821 年 6 月 17 日。这一天里默尔来到歌德这里，日记中相关的记载是"谈论了各类话题"。

⑦ 即里默尔。他曾先后在威廉·封·洪堡家和歌德家做过家庭教师。参见第 353 封信及注释。

⑧ 指里默尔的《希腊语-德语小词典：J. G. 施耐德评论版希腊语-德语词典选录》。该书于 1802 年至 1804 年在耶拿和莱比锡分两卷出版。这本给初学者使用的"词典"令里默尔大获成功。

到,您的修订一定会让我非常满意。我从未放弃对世界和人类的持续探索、收集和写作。现在我可以拿这一领域其它杰出工作者成果更为纯正地为我所用了。

185　　我们久未联系,①所以此信我不想耽搁。在此致以最友好的问候!

　　　　魏玛,1821 年 6 月 18 日　　　　　　　　　　　　　G.

---

① 歌德与威廉·封·洪堡已五年未有通信。洪堡的上一封信标注日期是 1816 年
9 月 1 日。

499. 歌德致 J. F. 罗赫利茨（亲笔落款）

1821 年 6 月 21 日　星期四

如果"不信"①像《旧约》和《新约》所说是最大的罪，也就是罪中之罪的话，那么我亲爱的朋友，您就有许多罪要赎了，因为您对您最优秀的作品的上佳效果经常持有怀疑态度。② 相反，我可以保证您送给我的宝贵卷册，③我和我的老朋友、老熟人都非常愉快地拜读，并高兴地邀请新的朋友加入阅读，在赏读中度过了愉快的时光。

请您收下我的《漫游者》，这本书平实而明快。既然我们德国人无福在非常智慧的圈子里享受生活，而是目前作为单个人相互学习，倒不如将孤独时的成就④最终汇合在集体里，让我们感受到相互之间其实靠得很近，并且乐意相互扶持。愿您继续友善地想到我！

您最忠实的

魏玛，1821 年 6 月 21 日　　　　　　　　　　　　　　歌德

请允许我询问并提出请求：您的同乡彼得斯⑤那里有施特赖歇

---

① "若有疑心而吃的，就必有罪；因为他吃，不是出于信心；凡不出于信心的都是罪。"（罗马书 14 章 23 节）
② 歌德指的是约翰·弗里德里希·罗赫利茨在1821 年 6 月 2 日上一封信中关于寄去的几卷书的话："阁下，我在此寄去我'挑选'的第一批书及其它。我这样做其实只为了让自己满意，因为我知道书中没有什么能入您的眼。〈……〉不管我写的东西对您来说像个样子或者不像样"。
③ 《弗里德里希·罗赫利茨论文精选》（齐利晓，1821－1822）的前三卷。
④ 歌德从年轻时就喜欢孤独，将其视为文学创作的前提。孤独是为了"创作心神的凝聚"，这样才能有新的灵感。
⑤ 指莱比锡的音乐商卡尔·弗里德里希·彼得斯（Carl Friedrich Peters），歌德后来从他那里买了一架三角钢琴。

尔的三角钢琴,①桃心花木的通用币 245 塔勒,胡桃木的 200 塔勒。②
您肯定认识此人也知道这个钢琴。可否请您现场去看看和试试,之
后告诉我您的意见,这样我就可以在该商品被全面推介之前就做出
决定。劳您费心! 到时我们一家人将为此经常想起您。

186

① 指音乐家、钢琴制造商约翰·施特赖歇尔(Johann Andreas Streicher)所制音
乐会用钢琴。歌德通过罗赫利茨介绍 1821 年 7 月 14 日从音乐商彼得斯那
里购进该钢琴。这架钢琴立在歌德在魏玛弗劳恩普兰广场旁房子的"朱诺
室"(得名于该房间的朱诺·卢多维西雕像,这里常用来会见朋友、举行音乐沙
龙),音乐家门德尔松、管弦乐队指挥胡梅尔都曾使用这架钢琴演奏。
② 货币单位"塔勒通用币"的德语原文为"Taler Conventionsgeld",为当时在萨
克森、不伦瑞克、奥格斯堡、不来梅等地使用的货币。

500. 歌德致 C.L. 封·克内贝尔（亲笔落款）

1821 年 6 月 22 日　星期五

请原谅《漫游者》到得比较晚，请你愉快地收下它。这本书成书我用了许多年，愿它给你带来一些欢乐的阅读时光。

今年这个糟糕的夏天也不会让你在乡间的逗留多么舒服。到处都能听到人们对这个夏天的抱怨，无论是维尔黑尔姆斯塔尔①还是马林巴德。我也不敢走出家门，本来我早就去拜访你了，哪怕只是短暂的拜访。

祝你阖家安康！

你最忠诚的

魏玛，1821 年 6 月 22 日　　　　　　　　　　G.

---

① 维尔黑尔姆斯塔尔（Wilhelmsthal）指位于埃森纳赫附近的公爵夏宫，卡尔·奥古斯特公爵1790－1800年间将其改造成一个"古典行宫"，将其视为狩猎地，公爵夫人露易丝将其作为避暑行宫。马林巴德是 1818 年开放的波希米亚北部地区的疗养地。歌德在 1820 年从埃格尔山第一次看到这个地方，并在随后三年将这里选作自己的疗养地。在 1822 年 6 月 19 日至 7 月 24 日第二次在此逗留期间，歌德狂热地爱上乌尔丽克·封·莱韦措（Ulrike von Levetzow，1804－1899），却未获芳心。

501. 歌德致 J. J. 封·维勒默和玛丽安娜· 封·维勒默(亲笔落款)

1821 年 6 月 22 日　星期五

非常感谢你们的《生活观》和《经验》,①我也寄给你们忠实的《漫游者》,②值得一看。愿你们喜欢并关注它。

同时还要告诉你们,这几天一对艺术家夫妇③将从这里启程去慕尼黑,几周后到达法兰克福。丈夫是一个正直、稳重的小提琴家,妻子是嗓音优美的歌唱演员。他给《西东合集》谱曲,④他妻子非常生动地演唱。愿这些曲子得到你们的喜爱,也愿我继续被你们想起——我相信你们会挂念我,这也令我极为愉快。

你们最忠诚的

魏玛,1821 年 6 月 22 日　　　　　　　　　　　　G

---

① 约翰·雅各布·维勒默将1821 年最新出版的文集《生活观——给年轻人书》和《经验、观点与劝告》分别在 1820 年 12 月中旬和 1821 年 5 月 22 日寄给歌德。

② 指 1821 年出版的《威廉·迈斯特的漫游年代》第一版。玛丽安娜·封·维勒默在1821 年 6 月底回信中表示在格贝尔米勒收到了"亲切的《漫游者》"。

③ 歌德告知魏玛宫廷乐队的小提琴家弗兰茨·埃贝魏因及妻子、歌唱家里吉纳·埃贝魏因(原姓哈斯勒)将要造访法兰克福。

④ 埃贝魏因为《西东合集》特别是《苏莱卡篇》中一系列诗歌谱曲,并从 1820 年起将这些曲目分多部在汉堡出版。

502. 歌德致大公爵夫人露易丝

1821 年 6 月 24 日　星期日

陛下：

187

　　您那最友善的信件①令我非常愉快，因为可以说从那次不幸事件②以来，我最为真切的愿望就是看到陛下终生尊贵的手有令人喜爱的改善迹象，无论在任何情况下这都令我非常喜悦。

　　看到这喜人的迹象我才感到欣慰，衷心希望陛下痊愈，③能够重获自由并自如地活动。

　　这次糟糕的天气让我很不舒服，虽然城市居民或许能忍受得了，但是住在庄园的喜悦肯定很是被破坏了。为了雨天能有些许的消遣，我冒昧给陛下呈上为柏林剧院开张写的开场戏，④愿它给陛下和您的朋友带来一些乐趣。

　　　　魏玛，1821 年 6 月 24 日

---

① 指大公爵夫人露易丝 1821 年 6 月 17 日发自维尔黑尔姆斯塔尔的夏宫的信。信中她感谢歌德寄来长篇小说《威廉·迈斯特的漫游年代》（第一版）。歌德此前在 1821 年 6 月 8 日将这本书寄给大公爵夫人。

② 大公爵夫人在 1820 年 11 月初滑冰时摔断了手臂。

③ 大公爵夫人的手臂骨折确实完全好了。

④ 参见第 483 封信及注释。

503. 歌德致 C. F. 策尔特（亲笔落款）

1821 年 6 月 30 日　星期六

我最亲爱的朋友！因为在通知①之后你却置身事外保持沉默，那就只能怪罪大城市的朋友联系不甚亲密。所以你也不会被责怪，相反罗尔青先生还将代我向你问候。②

这几天枢密委员舒尔茨将要来访，③我希望从他那里听到一些柏林的消息。

你最忠实的

魏玛，1821 年 6 月 30 日　　　　　　　　　　　　歌德

---

① 歌德在 1821 年 5 月 13 日写给策尔特一条简短消息，然而没有收到回信。策尔特在 1821 年 7 月 8 日的回信中承认"没写回信"并将原因归于长久、严寒的冬天，此外他还忙于整理"因为搬家"而混乱的物品。
② 指魏玛剧院的歌唱家、演员约翰·弗里德里希·罗尔青（Johann Friedrich Lortzing）。他 1821 年 7 月初准备启程去柏林演出时，歌德将致策尔特的这封信托他转交，1821 年 7 月 6 日策尔特从他手里收到歌德的信。
③ 枢密委员舒尔茨与时年十一岁的女儿欧仁妮于 1821 年 7 月 1 日至 7 月 8 日在魏玛拜访歌德。

504. 歌德致 J. J. 封·维勒默（亲笔落款）

1821 年 7 月 11 日　星期三

　　亲爱的朋友,我在给寄去的邮件打包时又犯了个错误,令我不　188
快。混淆了《漫游年代》的版本让您没有机会看到好的样子。因为文
学报的领导在印好后立即寄给我了一份第 107 页,以方便我寄给您
也借此证明我们持续的友好关系。这页纸本该与那一册书一起寄
出,却不知放在哪里了。① 邮寄正常的话,现在您肯定已经收到那册
书了。这样对待您的论文,您肯定不会感到不开心。至少我感觉自
己对这位并不认识的人比较友好。②

　　我希望您很喜欢读我的《漫游者》,毕竟正是因此我们相互施加
影响,以能更为深入和用心地关注别人的工作和成就。通过自己的
工作,我们相信自己能做成一些事;通过观察别人做事,我们渐渐领
悟到:整个人类的能力还不足以靠一己之力来取得进步和提升。

　　现在我要准备去往波希米亚了,③为什么不是莱茵河和美因河!
医生都是古怪之人,我们也是。在我出发前,我会再写信告诉您希望
从您那里得到的消息。这次您可不要让我在波希米亚原始的森林里
听不到讯息。如果天气不改观,我也没什么欢乐,身体也得不到康
复。我那些在那里待了四个星期的朋友④过得很不舒服。真是所有
的人都有不满,我也不能免俗。

---

① 指从《耶拿文学汇报》6 月号的摘录,其中有关于维勒默两本最新书籍的公告
　兼书评。寄给歌德的摘录“不知放在哪里了”,所以维勒默没能如预想地随歌
　德 1821 年 6 月 22 日信件收到对自己著作的正面书评,而是在《耶拿文学汇
　报》出版之后。
② “这位并不认识的人”是指在耶拿的《耶拿文学汇报》出版人、宫廷枢密艾希施
　泰特。1821 年 7 月 12 日歌德写信给他:“谨向阁下为温和且赞赏的书评致
　谢! 长久的朋友(维勒默)会因此很高兴,这令我也很愉快。”
③ 1821 年 7 月 26 日歌德从魏玛启程,于 7 月 29 日到达马林巴德。
④ 歌德在 1821 年 7 月 10 日的日记中记载:“宫廷御医雷拜因从马林巴德来,带
　来了消息、问候和矿石。”

　　愿您和亲爱的玛丽安娜一切顺利,在美好的时光里真心念到我!

　　　　　　　　　　　　　　　　　　　　您最忠诚的

　　魏玛,1821 年 7 月 11 日　　　　　　　　　　　　　　G

505. 歌德致玛丽安娜·封·维勒默
　　　（亲笔补充和落款）

1821 年 7 月 12 日　　星期四

　　最亲爱的玛丽安娜，①这一次世界道德秩序再次显示了与其神189
圣本质相符的公正和美好②：您会知道，这个技艺精湛的女孩叫什
么，她能剪出多么美的包头巾、披巾和配饰。我要提醒您一下，她的
生日是 6 月 12 日，③不知您在生日再次到来时是否乐意一起为她制
造惊喜？说来说去，这一切都是美好的愿望。打包时的失误明显是
不可控的因素导致的。④

　　另外，为了让您更喜欢这个好孩子，⑤我再寄去另外一个小作
品，⑥同时建议您，如果奥尔弗里德和里塞那在您那里还不为很多人
熟悉的话，请您"邀请"这一对优雅的夫妇过去，希望能在不久到来的
干燥、晴朗的夏日晚间消遣赏读。

　　我非常敬重您对音乐的虔诚，⑦也承认，仔细看来，作曲常常能
带来误解。人们很少能够透过作曲看到作家，听到曲子只能认识到
作曲家的艺术特点和风格。⑧ 然而我认为这也有宝贵之处，因为作

---

① 这个称谓是歌德在书记员约翰留出的空白处亲笔填上的。
② 歌德很喜欢使用这个说法来表达将人类生活置于平衡的神圣力量。
③ 原文在此处应有笔误。从上下文和实际情况来说，阿黛尔·叔本华的生日是
　　在 7 月 12 日。
④ 歌德在寄出《威廉·迈斯特的漫游年代》时，给"两个女性朋友"的那两本书"因
　　为奇怪的偶然而被搞错"。玛丽安娜·封·维勒默 1821 年 6 月 12 日收到了送
　　给阿黛尔·叔本华作生日礼物并写有题词的那一册。
⑤ 指哲学家叔本华的妹妹阿黛尔·叔本华。
⑥ "另外一个小作品"很可能是阿黛尔·叔本华按照史诗《奥尔弗里德和里塞那》
　　所作的剪纸。这是 1820 年出版的发生在波罗的海的浪漫故事，以八行诗写
　　成，作者是来自柯尼斯堡、为歌德所称道的恩斯特·奥古斯特·哈根。
⑦ 玛丽安娜·封·维勒默在上封信中关于贝多芬为歌德《艾格蒙特》所谱的曲子
　　写道："它极为美妙。"
⑧ 歌德认为大多数谱曲都不符合被谱曲作家的风格特点。

家在曲子中一再看到自己——被缩紧或拉伸,很少还是纯粹的自己。贝多芬在这方面就成就了奇迹。穿插简短的吟诵展示艾格蒙特的音乐,这样音乐可以作为清唱剧演出——您应该也听说过——这真是非常卓越的创作。①

我写信而不亲自来访,去波希米亚而不去美因河畔,我自己也觉得很奇怪。愿我的朋友您可以理解我的感觉。

您最真诚的

魏玛,1821 年 7 月 12 日 　　　　　　　　　　　 G

190 〈附文:〉

谁想这样的?谁这么做的?
让结局这么有趣?
这才是真正的小说,
它自身上演了小说故事。
(1821 年 6 月 12 日,魏玛)②

---

① 歌德在此指的是"红衣主教会议高级成员、迈宁根的弗里德里希·莫森盖尔尝试将贝多芬作的《艾格蒙特》用吟诵来改编成剧院版"。参见第 334、335 封信及注释。

② 这首小诗歌德写在绿色纸片上寄给玛丽安娜·封·维勒默,歌德在此重新提到了寄错的《威廉·迈斯特的漫游年代》和因此产生的"愉快的误解"。玛丽安娜后来将这张绿色纸片贴在送给自己的一册 1821 年《漫游年代》里。

506. 歌德致 Chr. 克费施泰因
（亲自修改草稿）

1821 年 7 月 12 日   星期四

阁下：

非常感谢您想到让我的作品加入您宝贵的期刊。① 在考虑怎么给您的地质地图着色时，我把校样来回看了很多遍，也看到了您巨大的努力和您的功绩。现在地图清晰明了，整册书前后连贯地呈现在我面前，所以我很高兴经历了令人期待的这个礼物的创作。五十年来我甚至走过一些您所描述的地方，有些地方我本身也非常了解。您的作品让我回忆起自己过去就知晓的信息，也与我过去的经历毫不矛盾，更确切地说，零散的细节被串成整体。这个整体一眼看上去非常系统、连贯。② 我可以知道自己哪里，无论是在真实的旅途中还是在回忆中。

如果您把这么值得称道的著作看作是进一步详探的前期工作，而这些工作需要更为细致和逐个地进行，您就对自己和所有同事提出了要求，让每个人持续关注，关注自己身边的区域，让每个人从现在起以整体为参考对身边区域进行考察和研究。

地图被配上剖面图来显明信息，颜色也都用得很清晰，这是至关

191

---

① 矿物学家、地理学家克里斯蒂安·克费施泰因在 7 月份出版了他的期刊《德国——地质与地理状况》第 1 册（魏玛，1821）。这本书对德国整体的地理地质状况做了详细总览，并有一章彩色地质地图支撑讲解。这本书是"怀着尊敬和感谢献给枢密委员歌德阁下"的，特别感谢制作地图时"一个颜色学大家的帮助"。为这个地图着色时，歌德为不同的地质构造配上特定（部分在地理地图中沿用至今）的颜色，这种配色符合歌德《颜色学·教学部分》的《颜色的感官道德影响》一章提出的原则。歌德在 1822 年刊印的通告《地球的构造》中解释并高度评价了克费施泰因的地图册，其中谈到为不同的地质构造配色时，歌德表示"乐意用自己的颜色学'信念'提供帮助"。

② 歌德在 1821 年 5 月 19 日写给封·施赖伯斯和 1822 年 2 月 18 日写给植物学家古斯塔夫·许布勒（Gustav Schübler）的信中也谈到了克费施泰因概述德国地质状况的"功绩"。

重要的两点。因此,可以说我们非常幸运。如果所有册子都像眼前的这样,那么读者也会很满意。

我正打算再去一趟波希米亚,所以很乐意在那里做件事情。祝您平安! 祝您的事业顺利!

魏玛,1821 年 7 月 12 日

507. 歌德致内斯·封·埃森贝克（亲笔落款）

1821年7月21日　星期六

在启程去波希米亚疗养温泉之前我又从头到尾看了一下未写信函的清单,在几乎最开头就看到了阁下您的大名。我并不感到不好意思,却有些心痛,因为我得回忆起我迄今不回信的缘由。

多封已经口授的信件搁置下来,①因为我不知道怎么说才恰当,该说些什么。简单而坦白地讲,您"植物的颜色"这一部分②令我比较伤心。

就说这些吧,我再补充一下真切的愿望:希望我在晚年有幸建立的友谊不会因此被破坏。然而我不得不在我下一期科学杂志中直白地给予解释。③可惜漫长的人生也让我知道,多年以后这种不快才能消除,我才能忘得一干二净。

祝您一切顺利!

希望您愉快地接受意见!

　　　　　　魏玛,1821年7月21日　　　　　　　　　　　　G.

---

① 歌德5月初的草稿写有"因为我得回忆起我迄今不回信的缘由。多封已经口授的信件搁置下来",在寄出时他有意地删掉这一部分。参见第484封信及注释。

② 指内斯·封·埃森贝克《植物学手册》第1卷(纽伦堡,1820)第88－102页的第77段。关于内斯·封·埃森贝克与歌德相悖的颜色学论点,参见第484封信及注释。

③ 在系列文集《自然科学概论,尤论形态学》第1卷第4期(1822)的第243－252页,歌德探讨了自己颜色论的"敌手",但没有提到内斯·封·埃森贝克的名字。内斯·封·埃森贝克因为歌德的批评深受打击,立即在1821年7月27日回信申明绝非有意伤害歌德的感情。他愿意修订书中任何令歌德"心痛"、产生误解的章节,并在书中"印上声明"弥补自己的"过失"。虽然没有歌德的回信留下来,但内斯·封·埃森贝克的申明应该对歌德有所宽慰。至少在1821年11月底时,"不快"已经消除了,两人重新建立起良好的关系。

508. 歌德致 J. H. 福斯(小)
(亲笔修改的草稿)

1821 年 7 月 22 日　星期日

192　　亲爱的朋友，您亲切寄来的邮件①来的正是时候，我正好将它带上去波希米亚温泉的旅途，②这一路上它应该是最令我愉快的同伴。

　　感激是我最喜欢的感受，我乐意怀有、保持并享受这种感谢，因此我的心头时常涌上对您的父亲③和您的感激之情。越是承认古代作家④带来的教化的价值，人们就越多认识到，整个一生都要正确理解这些教化并充分利用它。如果自认为可以顺带获得这么重要的认识，就会无功而返。我们该多么敬仰翻译家啊，他作为中介者将珍宝带到我们身边，我们对原作就不会像看到异域的稀罕物那样惊叹不已，而是在平日就可以享用，如同家常菜一般。

　　这一点我比任何人都愿意承认，因为我事情繁多，做事需要直奔核心，所以由衷乐意看到核心内容像味道纯正、鲜美的大餐一样端给我。您一家人翻译的作家不老也不新，⑤这一点我本没有必要说，不过既然我认为此前您的成果很宝贵，我也非常期待应允的莎士比亚译本。⑥

---

① 歌德收到了几本福斯一家翻译的原文为拉丁语和希腊语的书。其中有两卷翻译罗马帝国诗人、翻译家、批评家贺拉斯的译文(1820)、三卷翻译古罗马诗人维吉尔的译文第二版(1821)和翻译古希腊喜剧作家阿里斯托芬(Aristophanes)的译文 1－3 卷(1821)。
② 歌德 1821 年 7 月 29 日至 9 月 13 日去马林巴德和埃格尔疗养。
③ 指古希腊罗马时期作家(荷马、维吉尔等)的德语译者、作家约翰·海因里希·福斯(大)。
④ 指雅典的喜剧作家阿里斯托芬、古希腊作家荷马、古罗马诗人贺拉斯。福斯翻译过这些人，歌德也对他们进行过研究。
⑤ 歌德在此指的是古希腊作家荷马，歌德非常欣赏和崇拜他所作的史诗。
⑥ 即 1818－1829 福斯和儿子们翻译的莎士比亚(九卷册)。他们告诉歌德要送给他这一版的第 4 卷。第 1 至 3 卷 1818－1819 年在莱比锡由 F. A. Brockhaus 出版社(也是后来布罗克豪斯百科全书的出版社)出版，第 4 至 9 卷 1822－1829 年在斯图加特由 J. B. Metzler 书店出版。

两位杰出的翻译家克内贝尔和格里斯①能够享有您的友爱和赞许，也令我很高兴。有许多见不得别人好的人，乐意把能力全用来伤害、惹恼他人，这样他们至少可以毁掉一个勤奋、有天赋的人的一天，但是这样一天一天下去就成了一生。

愿我继续像以往一样得到您亲爱的家人②极其宝贵的关注。

魏玛，1821 年 7 月 22 日

193

---

① 格里斯翻译了卡尔德隆的《空气的女儿》，克内贝尔翻译了卢克莱修的《物性论》，两部译作都深得歌德好评。福斯也在 1821 年 5 月 10 日的信中夸赞克内贝尔翻译的卢克莱修："谢天谢地，亲爱的克内贝尔翻译的卢克莱修出版了。他曾打趣地说，担心我或者我这样的人会自负地攻击他。但如果有人这么做，我就会像真正的骑士为他而战。只要我还能动弹，谁都不能动他一根毫毛。"歌德 1822 年在《论艺术与古代》第 3 卷第 3 期中发表一篇对该译文的评论。

② 福斯的家人包括约翰·海因里希·福斯（大）、他的母亲玛丽·埃内斯坦（Marie Christiane Ernestine，原本姓博伊即 Boie）、他的兄弟威廉·路德维希（Wilhelm Ferdinand Ludwig）和亚伯拉罕·索弗斯（Abraham Sophus）。

509. 歌德日记

1821 年 7 月 21 日　星期六至 7 月 22 日　星期日

〈7 月 21 日〉

　　口授明天要发出的信。德累斯顿的卡鲁斯博士①来访，与我谈论了颅骨以及它由六块椎骨组成的构造。国务委员封·弗里奇为卷宗当中爱尔福特手稿而来。②两人共用午餐。傍晚去美景宫。游览了棕榈屋和周边，③之后去了橙子暖房，④然后回家。总理封·米勒、库德雷和迈尔来了，约好来下周一的一个音乐会。⑤

---

① 医学家、解剖学家、画家卡尔·古斯塔夫·卡鲁斯博士在这一天拜访了歌德。见面时他给歌德讲了自己对骨架的基本组成部分研究的新成果。歌德在 1822 年的《形态学》第 1 卷第 4 期发表了一则关于卡鲁斯论文《背甲和骨架的基本组成》的通告。

② 指的是国务委员、枢密委员卡尔·弗里奇男爵（Carl Wilhelm Freiherr von Fritsch）。"爱尔福特手稿"的信息不详。

③ 美景宫中有异域风情的植物和苗圃。

④ 为不能抵御严冬的桶养植物过冬而建的暖房。该暖房也因主要培育橙子而得名。

⑤ 可能是用歌德在魏玛弗劳恩普兰广场旁房子里新买的施特赖歇尔三角钢琴演奏的私人音乐会。这场音乐会可能是在 1821 年 7 月 23 日举行，当时宫廷乐师约翰·哈泽、建筑总管库德雷、歌德的艺术知音迈尔、总理封·米勒还有朱莉·封·埃格洛夫斯泰因伯爵夫人来歌德家做客。

〈7 月 22 日〉

寄出手边的邮件：寄给柏林的致封·比洛伯爵、寄往柏林的致国务委员克尔纳、寄往海德堡的致福斯教授先生、寄往波恩的致内斯·封·埃森贝克主席先生①、寄往柯尼斯堡的致布尔达赫教授先生②、寄往海德堡的致莱昂哈德枢密先生③、寄往莱比锡的致弗雷格议员先生④、寄往美因河畔法兰克福的致施洛瑟博士先生⑤和寄往耶拿的致宫廷枢密艾希施泰特先生。⑥ 从莱比锡的赫尔曼教授那里收到欧里庇得斯的《法厄同》。封·克内贝尔少校和韦勒博士从耶拿过来。完成了与蒂施拜因合著的书。封·克内贝尔、迈尔枢密和韦勒博士一起留下吃饭。傍晚克内贝尔回去，我跟我儿子乘马车去美景宫，建筑总管库德雷⑦骑马陪同。晚间迈尔枢密在我这，为我们不在期间就绘画学校做一些商定。

① 参见歌德1821 年 7 月 21 日寄给内斯·封·埃森贝克的信及1821 年 5 月初未寄出的草稿。

② 歌德向医生、大学教师卡尔·布尔达赫（Karl Friedrich Burdach）表达了自己对于《柯尼斯堡解剖学院报道之四：头部形态学补录》（1821）的失望，因为该文并未提及歌德在《形态学》第 1 卷第 2 期中《研究对象说明》一文。

③ 哈瑙的地理和矿物学家卡尔·封·莱昂哈德（Carl Cäsar Ritter von Leonhard）1821 年 3 月 5 日就把自己《矿物学手册》的校样寄给歌德，并告知将会寄来两卷新的《矿物学小册子》。歌德在 1821 年 7 月 19 日回信为迟迟未回复致歉，谈到缺乏时间和自己即将去波希米亚的温泉疗养。

④ 歌德向银行家弗雷格（Christian Gottlob Frege）签收送来的 300 塔勒。

⑤ 歌德寄给法学家、总督学约翰·施洛瑟后者想要的浪漫主义画家约翰·奥弗贝克（Johann Friedrich Overbeck）的两幅画，并为自己家人请求施洛瑟寄来洋蓟。

⑥ 歌德寄给《耶拿文学汇报》的编辑海因里希·艾希施泰特他想要的"指示"，将助理津贴转给候选人米勒。

⑦ 歌德寄给他刚刚与画家蒂施拜因（Johann Heinrich Wilhem Tischbein，1751—1829）合作完成的著作。

510. 歌德致 S. 博伊塞雷（亲笔落款）

1821 年 7 月 23 日　星期一

194　　　我正打算启程去波希米亚，①确切说是去马林巴德。给您写上寥寥数语致以问候。现在迈尔和里默尔②也读过您的著作③了，他们对它深表赞赏。我们打算为您的描述作一简练摘要，④也借此表达对您伟大而重要的工作的关注。因此请您一旦将引言、图表解说、引语凑齐了就都寄给我。

　　　非常感谢您乐意收下我的《漫游者》。⑤ 您肯定会在书中发现一些过去我们共同旅行⑥的痕迹。这本书虽不只是由一部分⑦组成的，

---

① 1821 年 7 月 26 日歌德启程去马林巴德、弗兰岑斯巴德（Franzensbad）和埃格尔度过为期七周的温泉之旅。

② 艺术史学家约翰·迈尔和古语文学家弗里德里希·里默尔都是歌德多年的好友及科研伙伴。

③ 博伊塞雷关于科隆大教堂的著作《科隆大教堂的外观、平面图和各个部分》（斯图加特，1821）。博伊塞雷 1821 年 6 月 30 日给歌德写信告知将寄出该著，并请歌德发表意见。

④ 为了确保自己的著作可以受到欢迎，博伊塞雷 1821 年 7 月 5 日写信请求"魏玛的朋友们详查并指出怎样避免对作品的异议带来不好的影响。"歌德接受请求，同意与魏玛的艺术同仁讨论该著一些部分。这一书评 1823 和 1824 年才相继出版在《论艺术与古代》第 4 卷第 1 期和第 5 卷第 1 期上。所谓的"魏玛的艺术同仁"迈尔和歌德常署名德语"魏玛的艺术同仁"的缩写"W. K. F."向年轻艺术家展开有奖征答活动和发表反浪漫主义的艺术批判文章。

⑤《威廉·迈斯特的漫游年代》。博伊塞雷在 1821 年 7 月 5 日的信中谈到阅读这本书："在此期间我与威廉·迈斯特一起漫游，欣赏了大千世界及新鲜、幽雅、奇妙、自然、明朗又严肃的描写。"

⑥ 博伊塞雷与歌德 1811 年在魏玛初次结识之后，1814 和 1815 年曾共同旅行。博伊塞雷在 1821 年 7 月 5 日的信中谈到，《威廉·迈斯特的漫游年代》让自己回想起与歌德的相识。

⑦ 歌德最早在 1796 年 7 月 12 日写给席勒的信中提到想要续写《威廉·迈斯特的漫游年代》。1807 年 5 月 17 日至 1810 年 10 月份期间歌德续写了信件部分，至 1812 年又添加了一些中篇小说，这些 1809 至 1819 年间提前在科塔出版的《女士口袋书》中发表。《威廉·迈斯特的漫游年代》第一版最终在 1820 年 9 月 29 日至 1821 年 5 月 8 日进行编辑，最终分 18 章作为"第一部"印刷出版。

但是您会看到这本书由一个思想贯穿始终。您说画家①最费力却不讨好，这话值得赞赏，下一部中我们将重新谈到画家，当然他身边没有很多人。②

关于法兰克福塑像的事情，③我只能再重复一遍：如果把您最先想到的、单纯和善意计划建造的雕像搬到法兰克福图书馆一带，④我将不胜荣幸和欣喜。也许您可以顺利地说服亲爱的朋友们，这总归比将房子从拿撒勒搬到安科纳地区容易。⑤ 如果人们决定如此，就可以期待魏玛的赞助人和朋友会愉快地参与进来。

目前宫廷和市里都很冷清,8月底大家才可以聚起来。

祝您平安！也许您能写点什么给我寄到马林巴德来，这样我们可以精神相随。

您最忠诚的

魏玛,1821 年 7 月 23 日　　　　　　　　　　　　　　G.

---

① 博伊塞雷在 1821 年 7 月 5 日的信中说:"(《威廉·迈斯特》中)我们发现艺术手法有很多杰出和巧妙之处，很方便阅读和翻译。我们只是遗憾，画家相比建筑艺术家和雕塑家很是吃亏，因为画家从事着最为丰富和困难的行业，特别需要得到教导和鼓励。"

② 指的是歌德计划的《威廉·迈斯特的漫游时代》第二部。该计划却因读者的不赞成和批判著作的讽刺文章最终未能实现。1825 年歌德修改了全书草稿，1829 年在科塔出版社出版。第二部中，歌德也致敬画家行会，当然与 1821 年"第一部"的格局不同，"第一部"中威廉·迈斯特看到教育省的画廊，从那里与一个画家一起启程去往迷娘的家乡马焦雷湖。

③ 指计划在法兰克福为歌德立的雕像。

④ 1821 年 4 月 23 日，歌德在一封写给博伊塞雷的信中表达了愿望，希望雕像立在正在建设中的法兰克福图书馆附近。

⑤ 歌德在此借用了耶稣家房子(公元 13 世纪十字军东征期间被"天使")搬到劳莱特的中世纪传说。

511. 歌德致夏洛特·封·施泰因①
（亲笔落款）

1821 年 7 月 25 日   星期三

195   尊敬的、亲爱的朋友，当漫游者再次远行，愿您愉快地收留它的图片和譬喻。

        魏玛，1821 年 7 月 25 日   歌德

---

① 歌德在启程去疗养之前寄出这封告别信，同时给"亲爱的朋友"寄去"漫游者"
（歌德自比）刚出版的《威廉·迈斯特的漫游年代》第一部。

马林巴德/埃格尔疗养之旅

1821 年 7 月 26 日至 9 月 15 日

512. J. S. 格吕纳^①

1821 年 7 月 28 日　星期六

〈……〉

在上次见面时,我发现自己无法理解他的颜色学,而且因为实验需要昂贵的仪器,因此有许多地方不明白,他说:您不是唯一不理解的人;这一学说有众多反对者。^② 这些仪器花费了我两千多古尔登。^③ 我自我安慰道,也许五十年之后会有人拿起我的书说:他也勇敢探索过这一领域!如果愿意细看并深入钻研,那么他会发现透过紧闭窗户上的小孔投射到玻璃棱柱上的阳光是可笑的,牛顿光学是站不住脚的。^④ 不过,有生之年我很高兴地看到柏林有人研究我的学说,^⑤为此我也寄去了我的仪器。您将会读到这一理论诞生的起因。我仍保留着那张在美因茨附近的帐篷中被雨淋湿的小纸片。自那时起我便认真地研究这一学说。^⑥ 我们的理解力还如此有限,不得不从经验中接受某些事物并作为认知的基础;正如我们对太阳的认识,对自己眼睛的认识,我们知道自己拥有太阳,我们注意到它的影响,但没有一个人能够说明这些作用如何产生以及太阳是由什么组成的。一切与此有关的所谓理论都是毫无根据的假设。

〈……〉

196

---

① 约瑟夫·塞巴斯蒂安·格吕纳(Joseph Sebastian Grüner, 1780 - 1864),法学家,海布(德国人称埃格尔兰 Egerland)乡土学者。

② 歌德所说的反对者是指不包括泽贝克(Thomas Johann Seebeck, 1770 - 1831)在内的拒绝其颜色学的同时代的物理学家,对他而言,这些反对者是牛顿的盲目跟随者,而不是真正有理有据、值得严肃对待的对手。

③ 古尔登(Gulden),德国古货币。

④ 歌德在此反对的是牛顿的棱镜分解太阳光实验。

⑤ 指物理学家、哲学家利奥波德·多罗特乌斯·封·亨宁(Leopold Dorotheus von Henning, 1791 - 1866),他于 1821 年与歌德取得联系并打算在柏林大学的公开讲座课上探讨歌德的颜色学。

⑥ 歌德有关颜色学的首次公开发表物是《光学论文集》(1791 年第一篇,1792 年第二篇)。1792 年秋天歌德随军出征法国,围困美因茨之战期间写下论文《一些普通的色彩原理》(标注时间"1793 年 7 月 21 日于马利恩邦附近营帐")。

513. 歌德致子奥古斯特（亲笔修改）

1821 年 8 月 22 日　星期三

马林巴德, 1821 年 8 月 22 日

从随信寄出的日记①你会了解到，我此次在这里再不会有什么体验了。如果前三个礼拜有这样的天气，②我定会更加认真、坚持地对待此次疗养；现在从头再来也绝不值得，并且我 26 日星期天将从这里出发前往埃格尔，如果阿约乐③还在弗兰岑布伦，④到了之后我会立即前去拜访。回信请寄给埃格尔的警事顾问格吕纳先生，他知道哪里可以找到我。

但是现在有以下几件事情要托付于你：请关心一下 9 月 3 日的艺术展，⑤枢密官迈尔先生一回来，你就立即与他和米勒教授⑥商谈。请负责将从意大利和英国寄来的画作⑦拆封陈列，请用你的智慧和能力辨别作品的意义。

---

① 歌德在波希米亚疗养期间写有旅行日记，并每次随信寄给儿子奥古斯特一部分。
② 歌德于 1821 年 7 月 29 日到达马林巴德，当地从 7 月 29 日到 8 月 19 日一直持续降雨，令歌德很扫兴，正如他在 1821 年 9 月 12 日给大公爵卡尔·奥古斯特的信中写道："直至 20 日才见晴空中的太阳。"
③ 阿约乐（Ajeule），指亨克尔-多纳斯马克伯爵夫人，奥蒂莉的祖母。
④ 弗兰岑布伦（Franzensbrunn），1793 年建成的位于埃格尔附近的疗养浴场，歌德在往返波希米亚的旅途中常在此停留。
⑤ 指每年于大公爵卡尔·奥古斯特（Großherzog Carl August, 1757 - 1828）生日当天开幕的魏玛艺术展。
⑥ 约翰·克里斯蒂安·恩斯特·米勒（Johann Christian Ernst Müller, 1766 - 1824），教授，油画和铜版画收藏室管理员。
⑦ 指与歌德相识于青年时期的魏玛画家露易丝·塞德勒（Louise Seidler, 1786 - 1866）临摹的拉斐尔（Raffael）和佩鲁吉诺（Perugino）的作品以及一幅诺伊登（Noeden）从伦敦寄来的帕特农神庙檐壁雕塑之一的复制品。露易丝·塞德勒临摹的是拉斐尔的金翅雀圣母（Madonna mit dem Stieglitz）、佩鲁吉诺的大天使迈克尔（Erzengel Michael）。大天使迈克尔的头部被视为青年拉斐尔的肖像。

　　在耶拿也有件事情要请你去做：将我的住处布置妥当，以备我随时入住。除了几张床之外并不缺他物，想一想厨房的事情怎么帮忙安排。我不想再见到去年那样的悲惨景象。我计划在耶拿待到 9月底，处理所有监管事务，会见几位教授，① 于第三季度末整理半年的账目，以便整个冬季能够专心工作。我会携带一些草稿和许多准备资料。② 可能会写成两本册子。③

　　就此搁笔！三个礼拜来的天气和路途让我疲惫不堪，一点都不愿去想下一趟行程。我在这里根本无事可做。问候你的妻子和孩子们，如果乌尔丽克④在，也代我问候她。我这儿恰巧也有一位举止优雅的女士叫乌尔丽克，所以我总是不由地以这样或那样的方式想起她。

　　很喜欢书信的摘录；一部分我已在这里回复，另一部分等我回去之后再回复，祝大家安康。

　　希望下一封或几封信从埃格尔寄出。

G.

① 歌德在此期间担任魏玛和耶拿的科学和艺术机构的总监，常与植物学教授弗里德里希·西格蒙德·福格特（Friedrich Siegmund Voigt，1781－1850）、天文台台长波塞尔特（Posselt）教授以及兽医学校的雷拜因（Wilhelm Rehbein，1776－1825）和伦纳（Theobald Renner，1779－1850）两位教授联系。
② 地质学方面，歌德正在撰写《马林巴德概论，尤论地质学》、《地球球体的形成》和《埃盖兰》，为自己收集的马林巴德岩石写注释。文学方面，他正在撰写组诗《温和的克塞尼恩》。
③ 可能指歌德的《论艺术和古代》和《自然科学概论》两本册子。
④ 乌尔丽克·封·波格维奇（Ulrike von Pogwisch），歌德儿媳奥蒂莉（Ottilie）的姐姐。

514. 歌德日记

1821 年 8 月 31 日　星期五

　　施塔德尔曼①用黏土复制希伯来碑文。② 我专心研究波希米亚历史和语言。整理了手头上到目前为止的草稿。天公不作美。看克费施泰因③的德国地质地图第二册。度过一个人的中午时光，午后格吕纳顾问和封·施泰因④先生来访。谈论已塑的布吕歇尔⑤雕像及其缓慢的雕塑工作。傍晚和格吕纳顾问共度。谈论出自阿尔特萨塔⑥的美丽树叶化石。谈论波希米亚社会，特别是学校，大学和课程。谈论这里的高级中学即将举行的特殊的考试。⑦

---

① 卡尔·威廉·施塔德尔曼（Carl Wilhelm Stadelmann，1782–1844），歌德的仆人。
② 歌德于 1821 年 8 月 30 日参观了埃格尔地区的一座犹太教会堂，其希伯来碑文引人注目。
③ 克里斯蒂安·克费施泰因（Christian Keferstein，1784–1866）。
④ 指生活在布雷斯劳的男爵戈特洛布·弗里德里希·康斯坦丁·封·施泰因（Gottlob Friedrich Konstantin von Stein，1772–1844），又叫弗里茨·封·施泰因（Fritz von Stein），夏洛特·封·施泰因（Charlotte von Stein，1742–1827）最小的儿子。
⑤ 格布哈特·莱贝雷希特·封·布吕歇尔（Gebhard Leberecht von Blücher，1742–1819），普鲁士陆军元帅，自 1818 年起获封为瓦尔施塔特（Wahlstatt）侯爵。弗里茨·封·施泰因从 1816 年 11 月起就与歌德或书面或当面讨论计划在布雷斯劳建立的布吕歇尔纪念碑，后来由雕刻家克里斯蒂安·丹尼尔·劳赫（Christian Daniel Rauch，1777–1857）接受了该委托，歌德曾对其设计多次发表观点，该纪念碑于 1827 年在布雷斯劳建成。
⑥ 阿尔特萨塔（Altsattel），波希米亚法尔肯瑙附近村庄。
⑦ 1821 年 9 月 1 日，歌德应埃格尔高级中学两名教授的邀请参与了一场公开的希腊语考试。

515. 歌德致子奥古斯特
（亲笔修改和落款）

1821 年 9 月 1 日　星期六

198　**1821 年 9 月 1 日　星期六**

此次随信所附的日记节选部分详细记录了我的近况，身体健康，享受着舒适而美好的陪伴。①

从哈滕贝格回来，我收到了你们寄来的生日祝福，②非常感谢；殿下③和封·施泰因先生④的生日祝福也同时寄到，令我十分开心。

今天，31 日，我收到了你于 26 日寄出的信。信中表格式的内容告诉我诸事皆备，只等我回；希望奥蒂莉用她娟秀的字迹帮我抄写《纪念霍华德》的译文⑤以及必要的附注和评论，并尽快寄来：因为我还想在这里多待一些时日，这里生活非常安静，我在整理手头所有的资料，在了解当地且能干的格吕纳顾问的帮助下，我对这片极具意义的地区有了进一步了解。在这期间我研究波希米亚历史，甚至还找

---

① 1821 年 8 月 27 日，歌德从马林巴德返程的途中，在埃格尔收到了法尔肯瑙附近的哈滕贝格城堡（Schloß Hartenberg）的主人、伯爵约瑟夫·奥尔施佩格（Joseph Auersperg, 1769－1829）的邀请，应此邀请，歌德和警事顾问格吕纳一同在城堡停留了三天。第二天奥尔施佩格伯爵为庆祝歌德七十二岁寿辰举办了大型庆祝活动，歌德获赠橡叶花环，当地诗人伊格纳茨·勒瑟尔（Ignaz Lößl, 1782－1849）朗诵了自己创作的诗歌向歌德致敬。晚上的大型焰火将庆祝活动推向高潮。

② 指歌德儿子奥古斯特和儿媳奥蒂莉于 1821 年 8 月 22 日寄出的生日祝福。

③ 殿下（Serenissimo），指大公爵卡尔·奥古斯特，他于 1821 年 8 月 26 日从魏玛寄出生日祝福。

④ 指男爵弗里茨·封·施泰因，他于 1821 年 8 月 28 日从弗兰岑布伦寄出生日祝福。

⑤ 歌德受英国气象学家卢克·霍华德（Luke Howard, 1772－1864）发表于1803 年的《云的种类》一文影响开始研究云，创作诗歌《纪念霍华德》献给他。这里指由索恩（Soane）和鲍尔林（Bowring）翻译的此诗的英文版，发表于《伦敦杂志》，译文很可能被留在魏玛，而歌德想将英译版本和自己原文进行对比。

来一本语法书。①

　　不时将有一些装有岩石的箱子寄到你那里；我收集来了一些漂亮的山脉岩石。② 也有一些好的脉石和金属矿物，一些保存得很好的阿尔特萨塔的树叶化石，以及一块美丽的石灰岩鱼化石，出自萨茨周边的瓦尔施。

　　此外还将有两箱十字泉矿泉水③寄到你那里，一箱不小心留在了弗兰岑布伦的，由那里寄出（要特别感谢主任林务官封·弗里奇先生④），另一箱直接从马林巴德寄出。

　　埃格尔跟我期待的完全一样。我还住在这间长形房间，⑤窗户朝向最热闹的饭馆，那里全天客来客往。虽是一家旅馆，但大部分时间都很安静，不安静的时候，楼上入住的学生让我想起古老的诗句：

　　这是重手重脚的来客！

　　上帝保佑！这是动物的步态！⑥

G.

---

① 这段时间歌德在阅读《波希米亚王国历史》（维亚纳，1821），找来卡尔·伊格纳兹·塔姆（Karl Ignaz Tham，1763－1816）的《供德国人使用的波希米亚语法》（布拉格，1821），还编制了一个捷克语德语词汇表。

② 歌德从 1820 年第一次到马林巴德便开始收集岩石样本，他将这些样本作为首批马林巴德岩石收藏系列留在埃格尔的"金色太阳"旅店。歌德对波希米亚地区岩石的研究详见他 1821 年的文章《马林巴德概论，尤论地质学》。

③ 指以马林巴德的十字泉（Kreuzbrunnen）命名的矿泉水，歌德觉得此水如"一种永葆青春的神水"。

④ 指弗里德里希·奥古斯特·封·弗里奇（Friedrich August von Fritsch，1768－1845），魏玛侍从官、行政官员，主任林务官。

⑤ 这里指"金色太阳"旅店里的一间房间，歌德多次在这里过夜。

⑥ 出自歌德的《最新的上帝启示》序言，由卡尔·弗里德里希·巴尔特博士注解。

〈附文〉

日记续篇

8月27日星期一 饭后5点从埃格尔出发,到达地势低的茨沃道①附近之前一路顺利,之后于6点半到达哈滕贝格。在这座环境优美的宫殿里受到伯爵热情的接待。聊了聊他的经济状况和城堡生活的预算。晚餐后的夜晚星光灿烂,焰火璀璨,映照着对面的小山丘和池塘,为明天送上美好的祝福。

8月28日星期二 准时起床。看了从博学的东道主的图书馆借来的波希米亚作家的作品。东道主带领我们参观了城堡内部,展示了他的矿物陈列室、图书收藏等等,三楼有一个四四方方的宽敞大厅,尽管那里现在是处理经济事务的地方,我却忍不住想起热爱舞蹈之人。

之后我们环绕这座坐落于孤立山崖上的城堡而行;时而顺谷而下,时而依山而上,直至穿过一个后门再次走进上方的庭院。

中午与城堡成员相聚(包括几位年长的女士和一个已有公职的儿子②)。聚会群集来自附近的重要人士,有大庄园主、国家公务员和牧师。宴席上装饰有鲜花和堆成金字塔状的糖果,一切(如昨天的焰火一样)皆为城堡自制。有精美的葡萄酒,最后大家喝着香槟,在焰火声中祝我身体健康,赠与我橡叶花环,并朗诵一首自己创作的诗歌送给我。晚上与伯爵家人一起度过。

200 我很乐意承认,在与伯爵的多次谈话中,他的仁爱和志趣、真诚

---

① 茨沃道(Zwotau),波希米亚法尔肯瑙附近的村庄,又写Zwodau、Zwota或Zwote。

② 指奥尔施佩格伯爵之子,约阿希姆·约瑟夫·封·奥尔施佩格(Joachim Joseph v. Auersperg, 1795–1875),几位年长的女士不详。

和信任令我感动，交谈中他毫无保留，不管是关于自己的经济状况，还是关于一般的国家事务，他对过去和现在都有周全的思考，他既相信命运又充满行动力，评价他人风趣而坦率，不一而足。这让我在很短的时间里接触并充分了解了很多事情。

〈……〉

516. J. S. 格吕纳

1821 年 9 月 1 日　星期六

〈……〉

傍晚就奥地利各省的相互关系及其管理,尤其是关于匈牙利进行了讨论。

歌德说:为使各个不同的民族之间保持和平,需要一个有才智、聪明且有力的政府;神圣同盟①也许能有所贡献。只不过很遗憾的是,匈牙利这个伟大的、被保佑的王国的精神文化和自然科学技术将停滞不前。

对此我说道:据说,由于贸易的缘故,匈牙利各城市期待改善,且同意国王的建议;高级贵族也展现出此倾向,正如俗话所讲,他们讨好宫廷,由此来获得高级荣誉职位和勋章;但是因为不少贵族属于农民阶层,位列州议会,所以高级贵族很容易暗中鼓动这些贵族乡绅反对任何革新,哪怕是好的有利的革新,这样早已不合时宜的宪法便不会有任何改变。

201　　歌德说:因为匈牙利的每一位国王都发誓维持宪法,②所以很可惜即使是好的有利的事物也无法通过暴力使他们接受。但是终会有对这个国家有利的事物通过暴力而实现的时候,就像在约瑟夫皇帝③统治下那样。

〈……〉

---

① 神圣同盟是 1815 年 9 月 26 日,由俄国沙皇亚历山大一世、奥地利皇帝弗朗茨一世和普鲁士国王弗里德里希·威廉三世在巴黎缔结的同盟,目的是共同维护欧洲当时的统治秩序,反对一切民族独立运动。

② 自 1699 年哈布斯堡王朝统治匈牙利以来,奥地利皇帝同时也是匈牙利国王。该宪法指由匈牙利帝国议会订立的宪法,彼时匈牙利还未与奥地利成为君合国。

③ 指以"约瑟夫主义"闻名的哈布斯堡王朝的皇帝约瑟夫二世,1765 至 1790 年在位。在位期间,为了实现哈布斯堡王朝的中央集权制,他实施了激进的农村、教育和教会改革。

517. 歌德日记（亲笔修改）

1821年9月4日　星期二

修改了要寄给曹佩尔的箴言，①同时修改了与儿子的通信。关于克费施泰因的文章②拟定框架并开始口授。收到封·施泰因先生的便条，告知下午来访。与格吕纳顾问谈论了即将到来的埃格尔年集和那些精美的商品以及货源地。外国人为商品缴纳关税，八天时间便可将其全部出售。封·施泰因先生和女儿来访，之后格吕纳先生到来；和他一起前往约瑟夫·加布勒·封阿德勒斯菲尔德骑士处，参观他继承自父亲、排列有序的自然博物标本收藏。夜间看了波希米亚语法书。

---

① 歌德在波希米亚疗养期间，波希米亚语文学家、比尔森教会中学的诗学和修辞学教授约瑟夫·斯坦尼斯劳斯·曹佩尔与之相识。1821年8月23日歌德收到了曹佩尔寄来的《伦理和美学箴言，多与歌德相关》（*Aphorismen moralischen und ästhetischen Gehalts*，*meist in Bezug auf Goethe*）。修改之后歌德以同样的风格于1821年9月7日回复了曹佩尔。
② 指歌德1822年发表于《自然科学概论》第1卷第4册的《地球球体的形成》一文。

518. 歌德致子奥古斯特(亲笔)

1821 年 9 月 12 日 星期三

1821 年 9 月 12 日

　　亲爱的儿子,当你收到这封信时,就不要再写信寄给我了;我也即将出发,①到达之后立即告诉你。我本打算在卡尔斯巴德拜访几日,不想 9 日星期天一场可怕的暴风雨袭击了泰普拉河河谷。傍晚 7 点,洪水一下子漫至卡尔斯巴德,水位不断上升直至午夜,凌晨 4 点才开始下降。大水造成了巨大的损失,商店被淹,房屋被毁,所有木桥也被冲毁。据说普皮舍大道的水位有 9 到 10 英尺高。我本希望再次探望老朋友,看看熟悉的地方,想到他们现在陷入如此惨境,你可以想到我有多么难受。我不忍亲眼目睹。希望你们都身体健康,精神焕发;不过疗养的结果仍令我十分开心。

　　代我问候大家,愿你们念及我。你和迈尔的信都收到了。

最忠诚的

埃格尔,1821 年 9 月 12 日　　　　　　　　　　　　G.

---

① 歌德原本计划在卡尔斯巴德继续疗养,却因为暴风雨及其巨大的影响而不得不中断,于 1821 年 9 月 13 日返程,9 月 15 日傍晚到达耶拿。

耶拿

1821 年 9 月 15 日至 11 月 4 日

519. 歌德日记(亲笔)

1821年9月17日　星期一

　　写了蒂施拜因的田园诗给科姆普特。① 书信拟稿。看了内登②翻译的《约瑟夫·鲍斯论莱昂纳多·达·芬奇在米兰的〈最后的晚餐〉》一文。看《德国文物》。③ 借来斯特兰斯基④的《波希米亚共和国》。研究学校教学楼的消防部署。决定让厨娘过来。中午独自一人。枢密官福格特和园艺师鲍曼启程前往柏林。⑤ 弗罗曼先生、科泽加滕教授来访。⑥ 读了瓦克巴特伯爵⑦和其他疯狂的作家写得有趣的故事。来自魏玛的大邮包。⑧ 看了维勒默夫妇令人愉快的来信。⑨ 安排了回信的顺序。很晚就寝。——致警事顾问格吕纳,⑩埃格尔。

---

① 蒂施拜因(Johann Heinrich Wilhem Tischbein,1751-1829),画家。科姆普特(Johann David Gottlob Compter ,1795-1838),歌德的书记员、秘书,口授信件的代笔者。《威廉·蒂施拜因的田园诗》发表于《论艺术与古代》第3卷第3册,是歌德为蒂施拜因的十七幅田园水彩画所作的诗歌和散文。

② 格奥尔格·海因里希·内登(Georg Heinrich Noehden,1770-1826),语文学家、艺术学者。

③ 德文为 Deutsche Denkmäler,指巴博(J. M. v. Babo,1756-1822)于1820年在海德堡出版的第1册。

④ 保卢斯·斯特兰斯基(Paulsus Strausky,1583-1647),波希米亚历史学家。

⑤ 此行目的是为耶拿植物研究所和博物馆去取一些植物。

⑥ 弗罗曼(Carl Friedrich Ernst Frommann,1765-1837),耶拿的出版商、书商;科泽加滕(Johann Gottfried Ludwig Kosegarten,1792-1860),东方学家,语言学家。

⑦ 奥古斯特·约瑟夫·路德维希·封·瓦克巴特(August Josef Ludwig von Wackerbarth,1770-1850),艺术史学者。

⑧ 寄来的是歌德不在魏玛的那六个星期里寄到魏玛去的图书、包裹和书信。

⑨ 歌德收到了维勒默夫妇的生日祝福信和生日礼物:玛丽安娜亲手绣制的一副裤背带。先生是约翰·雅各布·封·维勒默(Johann Jakob von Willemer,1760-1838),法兰克福银行家、作家,夫人玛丽安娜(Marianne von Willemer,1784-1860)是演员、女高音歌唱家和舞蹈家。

⑩ 歌德写信请格吕纳先生帮忙带来留在埃格尔旅馆的科菲尔施泰因地质地图。

520. 歌德致 P. A. 沃尔夫①

1821 年 9 月 23 日　星期日

我最尊敬的朋友，从波希米亚的疗养浴场回来收到您亲切的来信②令我特别开心，这个圈子③曾经并一直给我带来欢喜，我很高兴能够以〈任何〉一点令人喜欢的东西回报他们。请您在转交随信寄去的手抄副本时替我问候最尊贵的侯爵夫妇。感谢您赋予我的剧作新的生命；④因为这一奇迹更多的是表演艺术的成功；所以完全不必理会那些坏脾气的教育者；⑤真正的表演者遥遥领先，那些情绪不好的人一时难以追赶。

我想在我们扩建的剧院大厅里，在我们的上层包厢里看到您登台演出，⑥想在我常待的角落里欣赏您和您扮演的角色。祝您安康，愿您念我。

您最忠顺的

耶拿，1821 年 9 月 23 日　　　　　　　　　　　歌德

---

① 皮乌斯·亚历山大·沃尔夫（Pius Alexander Wolff，1782 - 1828），演员，作家，曾师从歌德学习表演。

② 指沃尔夫 1821 年 9 月 10 日的来信，受拉齐维尔侯爵（Fürst Anton Radziwill，1775 - 1833）之托，向歌德索取《浮士德》中的两个场景，即《两个小魔鬼和阿莫尔》《花园小屋》的手抄副本，用于谱曲。

③ 指拉齐维尔侯爵和侯爵夫人（Friederike Dorothea Luise Radziwill，1770 - 1836）。拉齐维尔侯爵具有音乐天赋，精通音律，自 1808 年起致力于为歌德的《浮士德》谱曲，乐曲于 1835 年发表。

④ 沃尔夫将歌德备受争议的戏剧《丝苕拉》搬上了柏林剧院的舞台。他将戏剧原先受到争议的三人婚姻的结局改成了丝苕拉和费迪南双双自杀。沃尔夫在给歌德的信中附有《丝苕拉》的演出单，并告知改变了结局的版本于上周首次上演，写信前一天再次上演，两次演出均有很大反响，赢得了热烈的掌声。

⑤ 这里可能是歌德戏称自己。

⑥ 这里指魏玛宫廷剧院的改造工程，由来自斯图加特的建筑师、画家图雷（Nikolaus Friedrich von Thouret，1767 - 1845）于夏季完成。

521. 歌德致 J. W. 德贝赖纳①（亲笔落款）

1821 年 9 月 24 日　星期一

阁下：

　　我从耶拿向您致以诚挚的祝福，寄去一块人称脉石的岩石，②请您费神研究一下它的成分。这种极其纯粹的石灰的特性值得关注，同样新奇的还有它与一种淡绿色的水晶岩石的内在关联，在一些样本上这种水晶岩石完全转变为绿石英。

　　就地质学而言，这种岩石意义重大。就矿物学而言，它也将会很重要。

　　期待下次进一步获悉阁下近来的研究并得到新的启示。③

您最忠顺的

耶拿，1821 年 9 月 24 日　　　　　　　　　　　　　歌德

---

① 约翰·沃尔夫冈·德贝赖纳（Johann Wolfgang Döbereiner，1780 – 1849），德国化学家、耶拿大学化学教授、化学研究院院长。
② 指歌德在波希米亚疗养时从埃格尔附近村庄哈劳斯带回的一种岩石，德贝赖纳研究发现其硅石灰成分。
③ 德贝赖纳是耶拿的化学和药学教授，歌德对他的化学研究特别感兴趣，密切跟踪他的研究、发表成果和发明。从两人的通信可以看出，这段时间德贝赖纳主要忙于电磁性和颜色学的研究。

522. 歌德致 J. 封·奥尔施佩格伯爵（草稿）

1821 年 9 月 26 日　星期三

尊敬的伯爵：

204

　　如果不是因为多年来因礼节性要求，我已习惯隐藏自己内心深处的感受，无论是愉快的还是痛苦的，那么在我待在您身边的短暂幸福时光中的某些时刻，阁下一定会察觉到我对您充满感动和感激的依恋，特别是当我们告别的时候。

　　现在从远方表达此情感，并非出于再三考虑和顾忌他人感受的缘故，而是当下立即做出的决定。

　　我们有很好的理由去劝告年轻人交朋友不要太心急，但是步入老年的自己虽在某些方面不如年轻人，却可以顺从内心的感受，立刻相信由感情所带来的判断。

　　所以请阁下相信，我特别珍视与您相识之幸运，把它视作当下珍贵的馈赠；即使不由地萌生要是跟一位如此尊贵的朋友已共度多年①该多好的想法，也总会有迟到的满足，就像看到傍晚的阳光，心怀感动的感激之情。我们曾拥有一些美好；所以我有一个振奋人心的想法：我们也会再经历世间最美好的事情。

　　不管您将去何处受更高的任命，愿阁下继续保留对我的美好印象，友好地记得我。从今天起，再次与您愉快相聚②自然是我最想要实现的愿望之一。我将心之所想诚实表达，期待您的友好回信，歌德敬上。

205

　　　　耶拿, 1821 年 9 月 26 日

---

① 1821 年 8 月歌德拜访奥尔施佩格伯爵时只停留了三天时间，这次拜访距离他们上一次见面（1810 年 7 月 19 日）已有十一年之久。歌德与奥尔施佩格伯爵相识已经多年，但迄今为止没有很紧密和频繁的联系。
② 1822 年 8 月 4 日至 5 日，歌德与奥尔施佩格伯爵再次相聚哈滕贝格城堡。

523. 歌德致卡斯帕·封·施特恩贝格
伯爵①（亲笔落款）

1821 年 9 月 26 日　星期三

高贵的伯爵，
尊敬的先生！

　　如果我此次波希米亚王国之行②一切顺利如愿的话，那么除了后续疗养，我不会担忧有如这封亲切的书信告知我的这样的悲惨结局。在马林巴德没有等到阁下，是极大的遗憾，哪怕是有一丝预感将我留住，我也不会如此难受。尊敬的先生，您是如此期待我们面对面相识，并真心为我感到遗憾。

　　非常感谢第二册书，③也为您失去艺术家④而惋惜，因为熟悉并爱上这些事物是很有意义的，也因为很难找替代者，即便您的大艺术圈里总会有后起之秀。

　　我也熟悉了布雷斯劳优秀的罗德的著作，并且很高兴以之作为我进入该领域的入门书籍。⑤ 尽管以前我从英勇的封·施洛特海姆⑥的努力中获得了知识，并且多年前已知道设法从伊尔默瑙附近的马尼巴赫和卡默贝格地区以及从哈勒附近的韦廷地区获得一些资源，

---

① 卡斯帕·封·施特恩贝格伯爵(Kaspar von Sternberg, 1761－1838)，波希米亚自然学者。
② 指歌德六个星期之久的马林巴德(1821 年 7 月 29 日至 8 月 25 日)和埃格尔(8 月 25 日至 9 月 13 日)疗养之行。
③ 指施特恩贝格伯爵的《史前植物的地质学——植物学研究》系列第 2 册，这一系列共有八册，于 1820 年至 1838 年期间出版。
④ 指施特恩贝格伯爵失去的绘图者。
⑤ 指普鲁士少将、天文学家、作家、教师约翰·菲利普·罗德(Johann Philipp Rohde, 1759－1834)的《史前植物群》第 1 册，1821 年 4 月歌德从罗德那里收到此书。此时歌德对史前植物群领域还相对不了解，所以罗德关于此领域的著作令他获益匪浅。
⑥ 指恩斯特·弗里德里希·封·施洛特海姆(Ernst Friedrich von Schlotheim, 1764－1832)，哥达的古生物学家，也从事史前植物的研究。

部分给了公共博物馆,部分留给我的特别博物馆,但是直到通过阁下对此的研究,我才对这一奇特现象有了更深入的了解,同时很高兴发现一些新的内容与我过去的地质学观点完全一致。

非常期待阁下即刻光临我的住处,您会被一系列石头吸引的。艾恩西德厄①附近的蛇纹岩断层很有名,但是能在马林巴德附近或者更确切的说是上方找到覆盖在松脂岩下的蛇纹岩,是由于一次最妙的偶然或者更多的是由于我的旅伴②的伟大行动。

我非常喜欢这种松脂岩的特性,其形状虽不清晰却能反复出现四棱锥方尖塔(为了避免金字塔这一说法),因为这让我觉得自己有关形态学的奇特想法是正确的。

但不管怎样,现在最重要的事情是,请阁下允许我于明年春天冒昧询问您夏季如何安排,这样我好安排时间在波希米亚与阁下相见。③

不说出我对卡尔斯巴德灾难④的深切关心,难以搁笔;我熟悉这个市民安居乐业的地方已有四十年;⑤尽管在刮南风或北风的令人担心的时候,这些成排的木板屋顶令我感受到无法扑灭的火灾威胁,⑥但

206

----

① 艾恩西德厄是马林巴德东北的一个地方。
② 指仆人卡尔·威廉·施塔德尔曼,他陪伴歌德在波希米亚疗养,并对此次发现有所贡献。
③ 歌德希望下一趟波希米亚疗养之行可以与施特恩贝格伯爵见面。两人终于在第二年,即 1822 年 7 月 11 日在马林巴德相见,并共度两个星期,期间几乎每天一起谈论自然科学问题,相互的交流令双方都获益良多。
④ 指 1821 年 9 月 9 日暴风雨在卡尔斯巴德引发的大水。
⑤ 歌德于 1785 年第一次到卡尔斯巴德,所以到 1821 年实际上是 36 年,近四十年时间。
⑥ 因为房屋的建筑特点,歌德在卡尔斯巴德更担心火灾的发生。事实上这里在 1759 年的确发生了一次很大的火灾。

从水文学角度来看,我很清楚地知道,泰普拉池塘①如达摩克利斯之剑一样威胁着安宁地生活于此的市民和疗养客。对于灾难,前人和后来者最多是饱含同情地相传,可是现在,就在我们生活的年代意外得知自己人身上,请允许我将善良的卡尔斯巴德人称为自己人,发生不幸,是多么令人心绪难以平复。

请阁下原谅我絮叨!并不是在耶拿的孤独让我如此爱说话,而是我顺便让自己享受仿佛当面给阁下写信(或更多是口授)的感觉。还要请您原谅此信借由他人之手所写,他笔迹比我的清晰,速度比我快,没有他我几乎无法与外界通信。

充满敬仰的

最忠顺的

耶拿,1821 年 9 月 26 日　　　　约翰·沃尔夫冈·封·歌德

---

① 这里指泰普拉修道院的池塘,1821 年 9 月 9 日,由于极强降雨,这些池塘水位上涨,成为造成洪水的原因之一。

524. 歌德致 J. S. 格吕纳（亲笔落款）

1821 年 9 月 30 日　星期日

　　我最尊贵的朋友，随信寄去 26 日信中提到的小箱子①和关于岩石学的文章，文章有一些补充，希望您喜欢。因为如我必然察觉到的一样，我们的通信往来偶尔有时间差，但都能可靠地寄到，所以请让我们继续保持这样的交流。

　　故此立即报告一下，您之前对那篇有关埃格尔风俗文章②的补充非常有意义和价值。我也思考过这件事情，并相信已经找出其最优秀之处。请您不要错过细枝末节，因为在表现人物性格时最细小的刻画恰恰常是最重要的。请您继续进行此项工作，想着我们高贵的巴尔班，③把要写的内容好好整理和归类。请您友好地想念我，有机会请代我问候奥尔施佩格伯爵先生。我在 26 日致伯爵的信中表达了我最诚挚的心意。非常感谢您让我与伯爵先生相识并成为朋友，不管是在家还是在命运召唤他去的地方，愿伯爵先生永远顺心如意。

您最忠诚的

耶拿，1821 年 9 月 30 日　　　　　　　　　　歌德

---

① 歌德在 1821 年 9 月 25、26 日寄给格吕纳的信中列出了这个"小箱子"里的东西：拉斯·卡萨斯（Marin Augustin Las Cases, 1766-1842)的《历史地图集》，英国画家乔治·道（George Dawe, 1781-1829）所画的一幅歌德肖像，两本歌德的《意大利之旅》以及气象学图表。
② 格吕纳计划撰写一篇有关埃格尔风俗习惯的文章，他在 1821 年 9 月 20 日的信中告诉歌德要补充奇特怪异的坐月子风俗。
③ 博胡斯洛·巴尔班（Bohuslaw Balbin, 1621-1688)，波希米亚历史学家，1687 年发表《波希米亚历史缩影》一书。

525. 歌德日记

1821 年 10 月 2 日　星期二

208　　对形态学和自然科学进行总体修改。① 同时对个别几个地方做了详细解释。读了维曼翻译的德·奥比松·德·瓦赞的《地质学教科书》。② 中午独自一人。午饭前居尔德纳普费尔教授③来访。午饭后读了罗马人的凯旋,也包括普卢塔赫书中的埃米利乌斯·保卢斯战胜珀尔修斯后的凯旋。④再看德·瓦赞的书。口授博物学手册内容。韦勒博士⑤来访,共进晚餐。——给克劳伊特⑥寄去安杰洛·马约⑦的四开

---

① 歌德再次对《自然科学概论》第 1 卷第 4 册(1822 年出版)的草稿进行修改。

② 让·弗朗索瓦·德·奥比松·德·瓦赞(Jean Françóis d'Aubuisson de Voissins, 1769 - 1841),法国地质学家,大学期间师从亚伯拉罕·戈特洛布·维尔纳(Abraham Gottlob Werner, 1749 - 1817)学习地质学和岩石学。1803 年发表关于玄武岩的论文,1819 年在巴黎出版《地质学教科书》。该书的德文版于 1821 年在德累斯顿出版。因为该书的论点证实了歌德自己的水成论观点,所以他在 1822 年出版的《自然科学概论》第 1 卷第 4 册中通告了该书德文版,并附有一篇简短的正面评论。

③ 格奥尔格·戈特利布·居尔德纳普费尔(Georg Gottlob Güldenapfel, 1776 - 1826),语文学家、耶拿哲学教授,自 1810 年起担任耶拿大学图书馆管理员。

④ 1821 年 10 月 2 日,歌德从耶拿大学图书馆借来古希腊历史学家、传记作家普卢塔赫(Plutarch)的《希腊罗马名人传》的希腊语原文和德语译文,开始研究其中的埃米利乌斯·保卢斯传记。卢基乌斯·埃米利乌斯·保卢斯(Lucius Aemilius Paulus Macedonicus,约公元前 228 年-前 160 年),古罗马国务活动家和统帅,罗马共和国时期的一位杰出将领。歌德日记所提的胜利是指保卢斯在公元前 168 年的彼得那(Pydna)战役中击败马其顿国王珀尔修斯(Perseus)及其军队所取得的胜利。

⑤ 克里斯蒂安·恩斯特·弗里德里希·韦勒(Christian Ernst Friedrich Weller, 1790 - 1854),耶拿大学图书馆馆员,1832 年任普鲁士公使馆参赞。

⑥ 弗里德里希·苔奥多·大卫·克劳伊特(Friedrich Theodor David Kräuter, 1790 - 1856),自 1814 年起任歌德的助手和秘书,自 1816 年起任图书馆秘书,自 1817 年起管理歌德的图书馆。

⑦ 安杰洛·马约(Angelus Maius 或 Angelo Majo, 1782 - 1854),意大利语文学家,考古学家。

本《西塞罗》。回寄给孔塔先生①一部分《论艺术与古代》。② 写信给
哥廷根大学生爱克曼。③

---

① 卡尔·弗里德里希·安东·封·孔塔（Karl Friedrich Anton von Conta，1778 -
1850），公使馆参赞。
② 指 1822 年出版的《论艺术与古代》第 3 卷第 3 册的校样。
③ 约翰·彼得·爱克曼（Johann Peter Eckermann，1792 - 1854），1815 年在汉诺
威任档案馆管理员，1823 年应歌德之邀去魏玛后与其相识，之后便在那里长
住，直到歌德 1832 年 3 月去世。在此期间担任歌德的秘书。爱克曼于 1821
年八九月份给歌德寄来一部诗集，歌德写信表示感谢，并寄去他的《解释与请
求》一文，该文发表于 1821 年《论艺术与古代》第 3 卷第 2 册。歌德在这篇文
章中遗憾地表示：由于身体日渐虚弱，他无法再逐一回复众多的来信和咨
询。但是他把这些来信激发出的想法都放在《论艺术与古代》中了，请"尊贵
的通信者"留意。

526. 歌德致 J. P. 爱克曼

1821 年 10 月 2 日　星期二

解释与请求

　　多年来我是如此幸运,享有国人对我的美好信赖之情;所以我收到善意的、有天赋的、努力的年轻人或年长者越来越多的来信和咨询。① 过去只要有可能,来信我都会回复;但是现在来信日益增多,而我的身体日渐虚弱,无法再逐一回复了。但是这些问题和来信寓意美好,它们激发出我希望跟大家分享的想法和感受。因此我把这些想法和感受放在《论艺术与古代》册子里,恳请我不满的、尊贵的通信者关注。

　　致以最美好的祝福

　　　　　　耶拿,1821 年 10 月 2 日　　　约翰·沃尔夫冈·封·歌德

---

① 由于为期六周的波希米亚疗养之旅,大量信件堆积。歌德觉得自己难以逐一回复,所以打算在《论艺术与古代》中刊登一则启事,这封寄给爱克曼的信所附的便是此启事的内容。

527. 歌德致 F. W. 里默尔①（亲笔落款）

1821 年 10 月 7 日　星期日

您可以想到，我最尊贵的朋友，您至今未归②是多么令我担忧，因为关于您遇到的意外、滞留和困境，大家异口同声，让我不得不相信这是真的。愿一切顺利过去，没有令人不快的后果。您一定也深深地同情善良的卡尔斯巴德人，这是一场大的，或许可称之为毁灭性的灾难，这样的事件就像一场疾病阻碍了鲜活的生命力并令其最必要的功能长时间不能运转一样。

如果不久之后在这里见到您，③我会非常愉快，这样我们会开心起来，振作起来，并互相鼓励做些美好的事情。《论艺术与古代》的册子④已经按照计划开始；有关续篇的必要事宜我们再商谈。当然关于马林巴德山区我们只能谈论岩石，不过我也碰到了几个有意义的富含艺术气息的东西；⑤您也遭受了天气糟糕之苦，所以我也对您表示同情。

有关其它的自然科学研究我也开心地拿到了一些辅助资料。⑥

---

① 弗里德里希·威廉·里默尔（Friedrich Wilhelm Riemer，1774－1845），德国语文学家、作家。1801 至 1803 年担任威廉·封·洪堡的孩子的家庭教师，1803 年来到魏玛，担任歌德儿子的家庭教师至 1808 年。1806 年起多次陪伴歌德去卡尔斯巴德。1812 年至 1821 年在魏玛的威廉·恩斯特中学任教，1814 年起担任魏玛图书馆管理员，1827 年成为魏玛图书馆馆长。
② 由于卡尔斯巴德及其周边地区的洪水，歌德很担心前去卡尔斯巴德和特普利茨疗养而未归的里默尔。由于恶劣的天气、特普利茨的疗养以及奥古斯特生病，里默尔滞留在德累斯顿。
③ 里默尔教授疗养归来后第一次拜访歌德是在 1821 年 10 月 12 日，歌德在日记中有记载。
④ 指《论艺术与古代》第 3 卷第 3 册，于 1822 年出版。
⑤ 歌德在波希米亚"看到"的"艺术形象"有"最美的柜子，外面是 lavor commesso，里面是 inwendig tarsia"（1821 年 9 月 5 日致约翰·海因里希·迈尔）和一枚设计精美的西西里金币（1821 年 9 月 24 日致舒尔策）。
⑥ 指歌德《颜色学》的多彩插图，插图的印刷提高了对该书的需求。

时间流逝带来收获,也带给每个人意外之事,只要人们能懂得要一直抓牢并利用它。

赫尔曼的一个包含欧里庇得斯《法厄同》片段的项目①也让我特别开心;片段是该剧作的开头和结尾,不得不承认,很难猜出中间部分的内容;总体而言它令我想起《希波吕托斯》。②

重复一下,我真的会非常开心,如果在这里见到您,因为我还有一些事情要咨询和告诉您;如果您能提前告知,那更好;但是如果您也只能 11 点到达,那我还可以稍微招待您一下。

向您的家人致以最诚挚的问候和最美好的祝福。

那些玻璃杯③请在我回去之前帮我保管好。

您最忠诚的

耶拿,1821 年 10 月 7 日　　　　　　　　　　　歌德

① 根据日记记载,歌德于 1821 年 7 月 22 日收到莱比锡的赫尔曼教授的《法厄同片段》,受此启发,1821 年整个下半年都在忙于复原欧里庇得斯的悲剧《法厄同》。约翰·戈特弗里德·雅各布·赫尔曼（Johann Gottfried Jakob Hermann,1772‐1848）,莱比锡诗学和演讲术教授。
② 歌德将欧里庇得斯的《法厄同》片段与他流传下来的悲剧《希波吕托斯》进行比较。
③ 指三个有蛇图案的乳白色杯子,来自卡尔斯巴德专门从事玻璃杯生意的商人约翰·费舍尔,歌德在 1821 年 8 月 17 日写信给里默尔,请他帮忙从卡尔斯巴德带来。

528. 歌德日记

1821 年 10 月 12 日　星期五

　　研究马林巴德的岩石。① 里默尔教授来访。谈论他的两趟疗养之旅。② 建筑总监库德雷来访。两位告别。午饭前寄出两封信：给武尔皮乌斯顾问的信。③ 给克劳伊特秘书的信，事关气象表格铜板以及相关图纸。④ ——里默尔和库德雷两位返回，一起用餐。饭后和里默尔谈论下一批印刷品。⑤ 傍晚独自一人。读阿里斯托芬的《骑士》和《云》。⑥

---

① 指今年在马林巴德疗养期间收集并带回的岩石，歌德打算将它们归入他的马林巴德岩石收藏系列中。

② 里默尔本来只计划去卡尔斯巴德疗养，但之后也去了特普利茨。

③ 克里斯蒂安·奥古斯特·武尔皮乌斯（Christian August Vulpius，1762－1827），歌德妻子约翰娜·克里斯蒂安妮·苏菲·武尔皮乌斯的哥哥，法学家，作家。

④ 克劳伊特于 1821 年 10 月 4 日至 6 日期间寄来"要刻在铜上的由耶拿的施勒恩教授设计的两份用来记录气象观测结果的表格的图纸，并给出置办的建议"。海因里希·路德维希·弗里德里希·施勒恩（Heinrich Ludwig Friedrich Schrön，1799－1875），数学家，天文学家。

⑤ 指《论艺术与古代》第 3 卷第 3 册和《自然科学概论》第 1 卷第 4 册。

⑥ 歌德第一次阅读希腊喜剧作家阿里斯托芬的这两部作品是在 1779 年（《云》）和 1798 年（《骑士》）。

529. 歌德致 C. F. 策尔特①（亲笔落款）

1821 年 10 月 14 日　星期日

　　受到推荐的雷尔施塔布②仍逗留魏玛，为自己在海德堡的学术生涯做准备。我的孩子们③热情地接待他，女士们在看业余爱好展览会时发现他很热情，在对展品的理解上对她们很有帮助。他们昨天才给我带来样本，④可是内格利先生没有出版印刷艺术，对于形象和个性肖像并没有展示出多大的意义。

　　对于你良好的愿望我有所耳闻，埃贝魏因⑤愿做相关工作。但是如果我在不损害节奏性的情况下，在合唱曲写诗是一种傲慢⑥中，再次违背你的修改，你或许会原谅我的。当诗人得知人们对待他就像对待两千五百年前的那位老先生⑦一样时，他的心情非常愉快。

　　你对开场戏⑧的溢美之词令我很开心；跟我已经听到的和正在

----

① 卡尔·弗里德里希·策尔特（Carl Friedrich Zelter, 1758 - 1832），音乐家，作曲家，自 1800 年起领导柏林合唱协会。

② 指海因里希·弗里德里希·路德维希·雷尔施塔尔（Heinrich Friedrich Ludwig Rellstab, 1799 - 1860），柏林作家，音乐批评家。

③ 指歌德儿子奥古斯特和儿媳奥蒂莉。

④ 指由苏黎世的汉斯·格奥尔格·内格利1821 年于柏林出版的卡尔·弗里德里希·策尔特的《新歌谣集》版本的样本。该版本以作者肖像作为插图。策尔特对他的"歌曲"这一"失败的版本"存在"敏感"的反应，详见他于 1821 年 11 月 11 日在魏玛和歌德共同撰写的给内格利的申诉书。汉斯·格奥尔格·内格利（Hans Georg Nägeli, 1773 - 1836），瑞士出版商，苏黎世图书和乐谱商人。

⑤ 弗兰茨·卡尔·阿道尔伯特·埃贝魏因（Franz Carl Adalbert Eberwein, 1786 - 1868），作曲家，魏玛宫廷乐队的钢琴和小提琴演奏者，自 1818 年起担任魏玛公爵乐队总指挥。有关埃贝魏因为歌德作品谱曲见第 441 篇的注释。

⑥ 德语为 Dichten ist ein Übermut，是歌德《西东合集》中《歌手篇》的诗歌《拙劣与能干》（Derb und Tüchtig）的首行，这首诗创作于 1814 年 7 月 26 日。

⑦ 指古希腊诗人荷马。

⑧ 指歌德创作的 1821 年 5 月《柏林剧院开幕式的序言》（Prolog zur Eröffnung des Berliner Theaters im Mai 1821），歌德是应柏林话剧院布吕尔伯爵的邀请而创作的这部戏（见第 483 篇及注释）。

听说的一样。很令我心生安慰的是，生活在宁静至极的地方，远离充满喧嚣活力的生活，自己能够创作出在那最重要的时刻合适的令人愉快的作品。我希望人们逐渐学会尊重即兴诗歌，那些无知者想象着，诗歌是独立的，对即兴诗歌还总是吹毛求疵。

想象诗歌是独立的无知者对即兴诗歌还总是吹毛求疵。不久你会在这些温和的讽刺诗①中发现这一首：

> 若想证明你是诗人，
>
> 不必赞美英雄或牧人；
>
> 这儿是罗德斯！跳舞吧，小家伙！②
>
> 即兴创作一首！

我最尊贵的朋友，此刻，10月14日，我将这首诗于耶拿发表，就在这个多年前一切归于沉寂的地方；③与当年不同，今天星期天，外面十分安静，如果不是教父和其他见证人被送至这里参加国家庆典（Staatstaufe），人们可能会认为这些地方都空无一人。这段时间，古老的菩提树仍枝繁叶茂，它们曾安静地目睹当年的混战和大火，我还会偶尔慢慢地从我极不起眼的小屋走去植物园，在那里我必然会想念你美丽的女学生；④请随时代我向她问好。

布歇和夫人⑤保持很好的状态，这令我很开心；因为在勤奋和练

---

① 参见对411篇的注释。

② 影射伊索寓言《说大话的人》，一名运动员宣称自己在罗德斯岛曾创下跳远记录，于是有人要求他就在此时此刻当着大家的面再现当时的记录："这儿是罗德斯，就在这儿跳吧"。

③ 影射1806年10月14日的耶拿-奥尔施泰特战役。

④ 指师从策尔特学习歌唱的劳拉·弗尔斯特，原本姓格迪克（Laura Förster, geb. Gedike, 1799－1863/64）。

⑤ 1821年2月，法国演员、小提琴演奏家亚历山大·让·布歇（Alexandre Jean Boucher, 1770－1861）偕同妻子、竖琴演奏者塞莱斯特（Céleste）前来拜访歌德。

习的背后是他们的天性。我很赞同你对人类声音的观点。在卡尔斯巴德听卡特拉尼①的演唱时，我本能地赋诗一首：

212
> 在这房间如身处高高的大厅，
>
> 永远也听不倦，
>
> 第一次了解
>
> 人为何拥有耳朵。

方便时请你以自己喜爱的方式言简意赅地告知柏林新剧院内部设施所遭受的真正的控诉；②以便我了解这件自己也有份参与的事情的状况。

下回给你寄去一本《漫游年代》。③ 如果你遇到一位来自布雷斯劳的卡尔·恩斯特·舒巴特，那么请代我热情接待他；他著文论述过我的《浮士德》，现在出版：《对荷马及其时代的看法》；④这是我十分喜欢的一本小册子，因为它把我们置于很好的幽默之中。对此那些潜在的分裂分子将会不满，因为该书体现的是和解和统一的思想。

你最忠诚的

耶拿，1821 年 10 月 14 日　　　　　　　　　　　　G.

---

① 指著名的意大利歌唱家安杰莉卡·卡特拉尼（Angelica Catalani, 1780 - 1849），1816 年 7 月歌德第一次听策尔特说起她，1818 年常去听她在卡尔斯巴德的音乐会，并被介绍与之相识。
② 策尔特在 1821 年 10 月 21 至 22 日的来信中回复了此内容。
③《威廉·迈斯特的漫游年代》第一版于 1821 年 6 月出版。
④ 有关卡尔·恩斯特·舒巴特和这里提及的作品参见第430 和第557 篇的注释。

530. 歌德致 J. G. 诺伊堡①
（亲笔修改的草稿）

1821 年 10 月 15 日　星期一

阁下：

　　此次来信问候，关心您和您家人②的健康，是因为报纸刊登的一个特别的自然现象。据说在奥登林山有一位女士，她的额头上不断出现角状生长物；甚至到了我们这里的人③也确信这是真的，他们说自己在法兰克福见到过这种生长物，据他们所言，此类生长物与狍子的角相似。他们还说，如果一旦脱落一个角，就会再长出一个新的来。

　　这一特别的消息引起了我们的自然学者，特别是大公爵先生的注意，所以他委托我进一步了解情况。

　　现在除了向阁下以及尊敬的法兰克福自然学研究协会④求助，我不知道更好的办法，我的请求是：给我们提供一份更详细的、学术性的有关此现象的简讯；同时告诉我：如果有这样一个从皮肤上脱落的生长物，是否能够通过您以合理的价格得到它？⑤ 事件的重要性、我自身的求知欲以及大公爵的委托，特别是阁下您定会理解我的这一愿望以及由此带来的麻烦。

　　我借此机会极力推荐自己，很乐意为您效劳以示报答，请向您尊

213

---

① 约翰·格奥尔格·诺伊堡(Johann Georg Neuburg, 1757 - 1830)，医学博士，医生，美因河畔法兰克福森肯贝格学院院长。

② 这里的家人指诺伊堡的女儿。

③ 指魏玛内廷总监施皮格尔的弟弟。大公爵卡尔·奥古斯特于1821 年 10 月 8 日写信告诉歌德："年轻的施皮格尔，我们内廷总监的弟弟，不久前亲眼见到'那位长着角的女士'。"

④ 即美因河畔法兰克福森肯贝格学院。

⑤ 歌德得到了一个脱落下来的角的样本，但并不是奥登林山这位女士额头上脱落的，而是之前诺伊堡许诺的来自米歇尔施塔特的寡妇施蒂本霍芬的"角状皮脂囊肿"。

贵的家人，请允许我将他们也称为我的家人，向他们致以诚挚的问候和祝福。

耶拿，1821 年 10 月 15 日

531. 歌德致 C. F. 策尔特①（亲笔落款）

1821 年 10 月 19 日　星期五

《漫游年代》已经出版了；我希望，在更细致的研究下它会获得成功；因为我可以自豪地说，其中没有一行文字不是付诸情感和思想的。真正的读者定会领悟到这些字里行间的情感和思考。

希望你偶尔可以讲讲你所在之处极其丰富的活动，就像敬酒一样，与我分享柏林生活乐趣的点滴情况。②

与黑格尔教授的学生亨宁博士谈话，黑格尔教授赞同我的颜色学学说，与我交流了一些很有见解的观点，亨宁也为这一学说而兴奋不已，将做一些有益此学说的工作；如果我在这一领域也能成功，那就足够美妙了。③

著文论述过我的作品的恩斯特·卡尔·舒巴特目前在柏林；他若到访，请代我友好地招待他。他出版了一本小册子：《对荷马及其时代的看法》；④你若见到这本书，可以读一下。它体现的是调解、统一、和解的思想，它对于我们治愈遭猛兽袭击而留下的伤口很有裨益。

我还在耶拿，再将几本手册交付印刷。东西太多，如果都想编辑出版，需要好几个月时间，而且如果排字工人不提醒，我就不会趁早着手准备。

向艺术友人们致以最衷心的问候。

你最忠诚的

耶拿，1821 年 10 月 19 日　　　　　　　　　　　　G.

---

① 卡尔·弗里德里希·策尔特（Carl Friedrich Zelter, 1758 – 1832），音乐家，作曲家，自 1800 年起领导柏林合唱协会。
② 歌德对普鲁士首都柏林的观点参见第 370 篇注释。
③ 参见第 424 和第 560 篇及注释。
④ 有关该著作参见第 557 篇注释。

532. 歌德致 J. H. 迈尔①

1821 年 10 月 21 日　星期日

　　最亲爱的朋友,万分感谢转寄信件;②附上来自卡塞尔的信,请您打开箱子③告诉我里面有什么。因为不久我就过去,④所以没有必要再往这里寄送了,也不值得。

　　我的身体状况也与刚来这里时不同;自然必须要量力而行。写作和印刷的工作一直进行着;这一次两本手册⑤里均包含相当精彩的内容,会有好的销量。开箱之后请您以我的名义回信给卡塞尔。我们要谨慎对待小伙子押沙龙,⑥下回相约见面时,要谈一谈什么样的态度是最合适最有益的。

　　请您一如既往地支持施韦尔特戈伯特和他的朋友,⑦给予友好的建议;真的会是很棒的事情;我会在《论艺术与古代》下一册中刊登一则令人愉快的通告,为每一幅作品题名并配诗。

215　　我慢慢开始收拾行李,打起精神,因为不久就要搬回去了。请友

---

① 约翰·海因里希·迈尔(Johann Heinrich Meyer, 1759 – 1832),画家,作家,1792 年至魏玛任职,1795 年成为魏玛自由美术学院教授,1807 年起任院长。

② 指卡塞尔的建筑绘图师尤利乌斯·欧根·鲁尔(Julius Eugenius Ruhl, 1796 – 1871),于 1821 年 9 月 17 日寄给歌德的信,迈尔在 10 月 20 日随信转寄。

③ 鲁尔信中所说的箱子里有一幅阿西其教堂水彩画。

④ 歌德于 1821 年 11 月 4 日从耶拿返回魏玛。

⑤《论艺术与古代》第 3 卷第 2 和第 3 册。

⑥ 押沙龙,《圣经》中人物,是大卫王的第三个儿子,也是他最爱的儿子。这里可能是指鲁尔寄来的水彩画的主题。

⑦ 指有天赋的画家和铜版雕刻家卡尔·奥古斯特·施韦尔特戈伯特(Carl August Schwerdtgeburth, 1785 – 1878),从 1805 年起在魏玛工作,在自由美术学院任教,在歌德的推动下于 1822 年被任命为宫廷铜版雕刻家。他的朋友们可能是指 C. H. 霍尔德曼和 C. W. 利伯。1821 年施韦尔特戈伯特出版了六幅根据歌德手绘所制的蚀刻版画,由 C. H. 霍尔德曼和 C. W. 利伯蚀刻,歌德撰写了诗歌《我的手绘图》和一份通告(1822 年《论艺术与古代》第 3 卷第 3 册)。

好地念及我，代我向宫廷致以最诚挚的问候。为了健康，愿您不受外界打扰，安静休养。

　　耶拿，1821 年 10 月 21 日　　　　　　　　　　　　　G.

533. 歌德致 F. W. 里默尔（亲笔落款）

1821 年 10 月 28 日　星期日

您的修改令人喜爱，但遗憾地只能发表在第 3 印张；①当地邮件发送部门的一个疏忽导致了延误。这里寄去第 4 印张，希望能在星期二由早早过来的孩子们带给我，或者星期三傍晚由信使带来。

在随信寄去的这张纸上您会看到，您参与我的自然诗必是令我最开心的；②这几节诗蕴含着，或是显示着现代哲学的最奥妙之处。

我自己几乎认为，也许唯有诗歌艺术能够成功地在一定程度上表达出在散文中通常显得荒诞的秘密，因为它们只能用违背常识的矛盾来表达。

可惜在这类事情上光有意愿并不对完成有很大的促进作用，经过长时间的准备，最终意外地、自然地显现出来的是天赋和当下的灵感。

我还要告诉您，有一位英国人用最温和的方式为荷马史诗的统一性辩护；③在分离四散的时代之后，大一统的时期好像终于出现了。

舒巴特很优秀，这位英国人也研究同一领域，只是没有那么彻底。但是他们都令人万分高兴；对于诗人而言，即使他保持沉默，质疑的声音始终是令他不愉快和反感的。

我还遇到一些其他的好事；希望不久用它们来点缀我的魏玛之行。

---

① 指对《论艺术与古代》第 3 卷第 2 册手稿的修改。

② 有关这一在里默尔的建议下诞生的自然诗集详见第 540 篇注释。

③ 歌德在 1821《四季笔记》中记载："一篇英语的有关荷马的文章发表得很及时，该文也尝试说明那些诗歌（……）的统一和不可分割。"这篇文章指的是英国诗人托马斯·坎贝尔（Thomas Campbell）的《关于诗歌的讲座》，尤指第三讲：希腊诗歌，当时人们对荷马史诗的作者身份有争议，坎贝尔在该讲中有力地捍卫了《荷马史诗》的统一性和同质性。

祝您安好，问候您亲爱的家人，由衷地送上我的友善和关爱之心。

您最忠诚的

耶拿，1821 年 10 月 28 日　　　　　　G.

534. 歌德日记

1821 年 10 月 29 日　星期一

　　〈……〉——装订工人林克与我讨论一本古老的待修复的书。奥扎恩博士带来他的博士论文。① 明天要发送的不同邮件。为此几乎忙碌一整天。傍晚时分来自圣彼得堡的封·祖科弗斯基先生和封·斯特鲁韦先生②一道来访；他们是由布吕尔伯爵和封·博伊塞雷引荐的。之后阅读三王传说。③ 思考隐藏在童话方式背后的真实。

---

① 指耶拿化学和物理学研究者戈特弗里德·威廉·奥扎恩（Gottfried Wilhelm Osann, 1796/97 - 1866）的 1821 年 9 月 12 日完成的论文 *Dissertatio philosophia de natura affinitatis chemicae* 〈……〉。
② 有关客人的到访参见第 540 篇及其注释。
③ 指约翰·封·希尔德斯海姆的《东方三博士的传说》。

535. 歌德致玛丽安娜·封·维勒默

1821 年 10 月 31 日　星期三

> 真真呈现一些美好，
> 经由这轻柔的画笔；
> 然细细观之
> 尤念树林和磨坊。①

耶拿，1821 年 10 月 31 日　　　　　　　　　　　　G

---

① 这首短诗是 1821 年 10 月施韦尔特戈伯特出版的六幅根据歌德手绘所制的蚀刻版画的配诗。"树林和磨坊"影射维勒默的避暑别墅格贝尔米勒（Gerbermühle），该别墅在美因河畔法兰克福附近的村庄上拉德附近，歌德于 1815 年 8 月至 9 月在此度过五个星期，这段时间对两人之间的爱情有着决定性的影响。

536. 歌德致 J. A. G. 魏格尔(亲笔)

1821 年 10 月 31 日　星期三

217　　阁下：

　　很久未有机会向您问好；①此次来信有一事相求,请您在蒂尼乌斯拍卖会②上为这里的学术图书馆③购买此处列出的图书。我觉得有些价格定得太高了,但是我相信您的见识和判断。钱会在收到账单后汇过去。

　　春季时您告诉我会有一份铜版画目录；④如果这一拍卖推迟了,请告知。感谢您迄今为止对我的友好和关心,向您致以诚挚的问候。

您最忠顺的

耶拿,1821 年 10 月 31 日　　　约翰·沃尔夫冈·封·歌德

---

① 歌德上一次写信给莱比锡拍卖商魏格尔是在 1821 年 5 月 27 日,距这封信已有五个月之久。

② 指神父约翰·乔治·蒂尼乌斯(Johann Georg Tinius, 1764 - 1846)的藏书拍卖。蒂尼乌斯爱好藏书,为此爱好两次杀人越货,被判死刑,后被赦免。

③ 指耶拿大学图书馆。

④ 魏格尔在 1821 年 5 月 8 日的来信中告知会有这份目录,1821 年 12 月 8 日为没有寄出这份目录而道歉。

魏玛

1821 年 11 月 4 日至 1822 年 6 月 16 日
(耶拿视察：1822 年 5 月 26 日至 6 月 7 日)

537. 歌德日记

1821 年 11 月 4 日　星期日

　　早起;再一次整理所有物品并打包。居尔德纳普费尔和韦勒来
访,商谈图书馆事宜。8 点起程。见到策尔特、策尔特女儿、门德尔
松和尼克洛维乌斯。① 在花园聊天。细看了奥古斯特的化石。② 共
进午餐。之后门德尔松弹奏钢琴。傍晚和策尔特一起,最后与大家
共进晚餐。

---

① 当天作曲家策尔特、其女多丽丝,策尔特的学生菲利克斯·门德尔松·巴托尔
　迪前来拜访歌德。之后柏林法学家格奥尔格·海因里希·路德维希·尼克洛维
　乌斯的三儿子海因里希也到来。十二岁的菲利克斯在给父母的信中将歌德形
　容为魏玛的太阳。
② 指奥古斯特整理的系列化石。

538. 歌德致 C. E. 舒巴特（亲笔落款）

1821 年 11 月 7 日　星期三

在这幸福的时刻我的另一个心愿也实现了，那就是您前往柏林，　218
来到这位杰出的先生的身边；现在一切都看您的智慧和幸运了。

首先我要送上祝福，祝您在住所基本建成后即刻成亲。① 您所
说的一切我字字认同，因为我也许可以说，如果我们脱离法律或与法
律擦边，再或者甚至也许是破坏法律和传统地（一路走来），却同时感
觉到有必要与自己、与他人以及与道德秩序②保持平衡的话，那么我
们必须努力克服不适感，而在法律范围内我们遭遇的每一件坏的、最
坏的事情，不管它是自然的还是市民性的，是身体上的还是经济上
的，都还不及此不适的千分之一。

您有关荷马的论著③我越看越喜爱。因为有一个分裂的时代，
又有一个再次统一的时代，而说到底是人造就了时代，所以我在那些
造就了统一时代的年轻人身上看到了本善的力量，这种力量认为和
解和统一是必要的本能。

去拜访策尔特吧；我想他会友好地接待您；这位杰出的先生会令
您惊奇，惊奇于他的艺术造诣和为人。

———

以上内容是在收到您的来信后即刻写下的；这张信纸本当由海
因里希·尼克洛维乌斯带去，但他还在这里，所以我还是把它邮寄。

您受到了枢密舒尔茨的热情接待，这一点我坚信不疑；很开心您　219
也见到了枢密沃尔夫先生，他也会用他的方式在很大程度上帮助您。
您要习惯被反驳和苛责，不要期待附和和同情，更不要期待掌声，这

① 舒巴特在 1821 年 10 月 13 日给歌德的信中讲述了他在柏林受到枢密舒尔茨
的接待，并告知了自己的结婚计划。
② 有关歌德多次使用的道德秩序（moralische Weltordnung）这一概念参见第 35
卷的第 172 篇及注释。
③ 更多有关舒巴特的论著的内容参见第 557 篇注释。

样与这位优秀先生的交往会令您获益良多；因为他通过看似否定一切的方式来肯定一切。请代我向他致以最美好的祝福。

　　现在我离开了耶拿，搬进了魏玛的冬日住所，希望自己在这里努力工作，也为您做一些令人欣喜的事情。

　　策尔特先生正在我这里，如果您找他，他很乐意友好地招待您。

　　祝您新生活愉快。

　　　　　　魏玛，1821 年 11 月 7 日　　　　　　　　　　　　G.

539. 歌德日记

1821 年 11 月 9 日　　星期五

修改《远征》。① 更仔细地浏览《法厄同》片段并整理。中午聚会。饭后闲聊。傍晚独自一人，因为大家都在叔本华家听音乐会。②夜晚阅读欧里庇得斯的《厄勒克特拉》。之后和家人一起用餐。

---

① 指歌德的自传性文集《远征法兰西》。
② 指在约翰娜·叔本华（Johanna Schopenhauer，1766－1839）家举办的家庭音乐会。约翰娜是哲学家阿图尔·叔本华（Arthur Schopenhauer，1788－1860）的母亲，于 1806 年搬至魏玛，经常举办艺术沙龙。约翰娜的女儿名叫阿黛尔（Adele Schopenhauer，1797－1849）。

540. 歌德致 S. 博伊塞雷（亲笔落款）

1821 年 11 月 18 日　星期日

之前告知要前来的俄国朋友①跟随东方三博士②的脚步来了；遗憾的是他不能像三博士一样在我身边久待。他到达魏玛之时，我还在耶拿，我们仁慈的世袭大公爵夫人③派了一辆四架马车送他过来，帮他实现了与我见面的愿望；他和俄罗斯代办封·斯特鲁韦先生一同到达，因为当时天色已晚，便没有通知正在忙于其他事情的我。等我静下来之后，才想起他是您所引荐的，只是还是拖了些时间才反应过来，所以我可以说，与他的告别令我很难过；一个小时之后两位就离开了，他们告辞之后我才想起来我本应该问些什么说些什么。我想给他写封信，寄去一些礼物，开启我们彼此时常联系的序幕，以我们的关系这很容易实现。

您可以想象，我真的常常想起您和您珍贵的收藏；④若是当时在魏玛，那我早已亲眼见到自己期盼已久的神圣克里斯托夫⑤了。

东方三博士，其传说和文本，⑥是我的至爱，也许是喜欢古老事物的倾向使我对之痴迷，但我想它一定也会令众人喜爱。如果可以

---

① 指来自圣彼得堡的作家封·祖科弗斯基（Wassily Aandrejewitsch v. Joukovsky），由布吕尔伯爵和封·博伊塞雷引荐，根据日记记载，歌德在 1821 年 10 月 29 日接待了他。

② 歌德在《论艺术与古代》（1820 年第 2 卷第 2 册和 1821 年第 3 卷第 1 册）中发表了《东方三博士》一文，复述了约翰内斯·封·希尔德斯海姆于 1370 年左右用拉丁语撰写的传说《东方三博士的故事》。在歌德的策动下，诗人古斯塔夫·施瓦布在借鉴德语和拉丁语两个版本的基础上用马丁·路德圣经翻译后形成的标准德语撰写了新的版本。歌德于 1821 年 10 月 29 日看了施瓦布版本的校样。

③ 指玛利亚·帕夫诺娃（Maria Paulowna，1786-1859）。

④ 指博伊塞雷的早期德国绘画收藏。

⑤ 指汉斯·梅姆林的绘画作品神圣克里斯托夫的复制品，博伊塞雷在 1821 年 10 月 6 日告知歌德此画的完成。

⑥ 指施瓦布的改写版本。

的话，我会借此机会在《论艺术与古代》中谈一谈关于传说的话题以及人类展开、发挥、创造和描写每一个简单传统的需求。但是这本小册子①还有很重要的一方面，它令人想起约翰·封·曼德维尔的旅行，他从 1332 年至 1366 年游历了南部和东部。② 跟我们的朋友一样，他将所见、所闻、所历和所想很好地交融在一起，即使读者从中只了解到当时那种状况下的黑暗和错误，但这已足够。通过准确和仔细的筛选，读者现在也获悉到许多有关地理、自然史、世界史和教会史的真实情况。

我还在耶拿，天公数月不作美，10 月的最后几天终于阳光明媚。对身体状况我应该知足了，只是我必须总是告诉自己，为了保持身体状况的稳定，必须执行最严格的饮食管理；轻率的或难以避免的逾越会中断美好的时光。

如果我说，您从前在最美时光③的好兆头下赠送给我的极好的本子①现在才发挥作用，有一个很理想的用处，您一定非常开心。

221

我的朋友里默尔学问很高，但他总是保持一贯的温和及忠实，他给我一个任务，让我将自己多年来为致敬崇高的能动自然而创作的所有诗歌编纂成册，以便了解已有内容，明确仍需开展的工作；一个

---

① 指在歌德的策动下，由施瓦布写就的《约翰·封·希尔德斯海姆的东方三博士传说》，歌德为此书题诗，并于 1822 年在《论艺术与古代》（第 3 卷第 3 册）以《再论东方三博士》为题做出了积极的评介。

② 指约翰·曼德维尔先生（Sir John de Mandeville）的精彩游记。

③ 指歌德和博伊塞雷在 1814 和 1815 年的一同旅行的时光。

④ 早在 1816 年 1 月歌德就收到了博伊塞雷的珍贵礼物，一本由镀金封皮包装的本子，本子所用的是一种特别名贵的巴塞尔的纸张。

我过去无法想象的很特别的汇编①便真的形成了。现在一切都被美好地书写进您的礼物里,写在极好的镀金的封面上,过去我常常忧伤地看着这封面,仿佛这干净的白纸将永远不会写上字一样。但是现在已经开始去填充它了,既如此,那我们期待更进一步。

您最忠诚的

魏玛,1821 年 11 月 18 日   G.

---

① 受里默尔的启发,歌德于 1821 年 10 月 29 日开始汇编他"与自然观和世界观
   有关的诗歌",有关这本自然诗集的更多内容参见第 542 篇的注释。能动自
   然(natura naturans)这一概念出自斯宾诺莎,意指具有创造力的自然,与之
   相对的概念是被动自然(natura naturata),即被创造的自然。

541. 歌德日记

1821 年 11 月 26 日　星期一至 27 日　星期二

26 日〈11 月〉

　　儿子前往下罗斯拉。忙于论艺术与古代，特别是柏林的适用于手工业者的辉煌作品。① 誊清给枢密舒尔茨的信。两人共进午餐。饭后给女伯爵朱莉·埃格洛夫斯泰因看她的画本。②晚间独自一人。欧里庇得斯。——写信给伦敦的内登博士，由哈格枢密转交。

---

① 歌德为了杂志《论艺术与古代》而研究《住房和艺术经济手册暨致农场主、手工业者、艺术家和艺术爱好者的使用条例汇编》，由约翰·克劳斯从英文和德文中汇编而成，1819 年于艾伦镇出版。

② 歌德将手绘图画本返还女伯爵朱莉·封·埃格洛夫斯泰因，画本中有他的题诗《此书已完结》(*Abgeschlossen sei das Buch*)。

27 日〈11 月〉

　　研究于柏林出版的手工业者条例。看相关文章并整理图表。在花园里。中午牧师长（Generalsuperintendent）勒尔①来访。稍后阿黛尔小姐②和总理米勒来访。读完《肯纳尔沃斯堡》③第二部分。

---

① 约翰·弗里德里希·勒尔（Johann Friedrich Röhr，1777－1848），神学家。
② 指阿黛尔·叔本华。
③ 指沃尔特·斯科特（Walther Scott，1771－1832）1821 年于伦敦出版的小说《肯纳尔沃斯堡》（*Kenilworth*）读本。

542. 歌德致 Chr. L. F. 舒尔茨

1821 年 11 月 28 日　星期三

　　策尔特和女儿以及一位很特别的小钢琴家①在这里的十四天让 [222] 我多次有身处柏林的感觉，几乎无法判断这一切究竟是自己见到的还是听到的；那些漂亮的素描画和草图非常有用，优秀的申克尔用它们填满了我忙碌的生活，也让我不时地享受到最新的建筑艺术的奇迹。②

　　写这封信本是因为随信所附的手册，③它可以被视为我的自白的一部分。如果年轻的艺术家们找到将其事业继续下去的理由，那么今后也许会随之产出一些成果。我心里有诸多关于艺术家和艺术爱好者的想法，说出来可能对他们都有益。有许多公开的秘密，这种感觉有少数人意识到了，但因为害怕伤害自己和他人，所以他们并不将内心的清楚想法表达出来。

　　我又编辑了一些内容①交付排字工人手中；但我并不能因此而期望随时整理好；素材还是一样的，可惜早先的处理不再令人满意；就像自然每天在改变我们一样，我们也不能允许直接用重复的内容。

　　今年夏天我忙于一件很愉快的事情；莱比锡的赫尔曼教授出版了欧里庇得斯的悲剧《法厄同》的片段，有开头和结尾，缺中间部分。现在大家都知晓这样一部剧的短小片段，有人促使我去尝试至少一定程度上复原此剧；设想非常宏大，迫使我们去思考；已完成的内容 [223] 还得进一步完善；不管结果如何，您一定会感到高兴。

----

① 1821 年 11 月 4 日柏林作曲家策尔特和女儿多丽丝以及十二岁的菲利克斯·门德尔松·巴托尔迪来魏玛拜访歌德，三人在此逗留了两个星期。
② 参见第 545 篇注释。
③ 指 1821 年 10 月由施韦尔特戈伯特出版的根据歌德手绘所制的蚀刻版画，歌德在 1821 年 9 月 24 日给枢密舒尔茨的信中就已谈到该手册并告知会寄给他。
① 指与《论艺术与古代》和《自然科学概论》相关的工作。

　　利用这次契机我也重读了欧里庇得斯,更加理解阿里斯托芬是怎样恨他,①整个希腊是怎样敬仰他;他也是那个时代的造物和宠儿,我们当然要向他深深鞠躬以示敬意。

　　随信另附几页,②涉及与英国重新建立的关系的内容;各民族之间相互认可还需要时间,即使实现,也是通过双方那些将你我更视为一个伟大整体的天才们。此类诗歌可能会归类于格言诗,我写过不少,比我自己知道的要多;一位朋友③让我把这些全部同时与自然科学有关的诗歌汇编起来,在这过程中已经发现有些内容之间存在着很好的呼应关系。如果生活,最简单的生活没有那么多条条框框,那么人们就可以去做更多的事情并为此感到雀跃。当然,现在大家对我的建议主要就是整理和归类,而事实上我却不能确切地回想起所有内容。

　　颜色学插图(Tafel)我保持原样交付印刷了,但我不会忘记标注:通过您和普尔基涅的著作,④生理学必定会呈现新的内容与形式。

　　既然我们已经谈过了这么多,那不妨再说一说优秀的舒巴特,您一定越来越喜爱他。我老年生活的奇特现象之一是有年轻人站起来,他们在意图分裂的、势不两立的批评者面前为不断追求统一与和解的诗人辩护。⑤ 伊利亚斯这部最杰出的作品是作为一个整体出现在

---

① 这里影射阿里斯托芬的喜剧《蛙》,阿里斯托芬在该剧中讽刺了古希腊三大悲剧作家埃斯库罗斯、索福克勒斯和欧里庇得斯。
② 随信所附的这几张纸上摘录了《自然科学概论》第 1 卷第 4 册第 321 至 329 页内容,其中包括歌德的诗歌《纪念霍华德》。
③ 指里默尔。
④ 参见第 469 篇注释。
⑤ 歌德对舒巴特在 1821 年发表的论文《对荷马及其时代的看法》很是肯定。该论文代表的观点参见第 557 篇注释。

我们面前的，我们有必要对它进行自由评论，并心怀感激之情将它作为一个整体来接受，如果这种必要性显现了，那么我用伊利亚斯节选①想要达到的目的不久就会变得清晰。我不能继续就这话题聊下去了，恳请您继续衷心地关心和关爱，就此搁笔。

224

您最忠诚的

魏玛，1821 年 11 月 28 日   歌德

---

① 歌德在这几个月中将《伊利亚斯节选》分成两部分发表在《论艺术与古代》上，分别在第 3 卷第 2 册的第 1 到 42 页和第 3 册的第 1 到 51 页。

543. 歌德致 C.L. 封·克内贝尔（亲笔落款）

1821 年 12 月 1 日　星期六

在喜庆日子的庆祝尾声中,希望您能收到这张忠诚老友的画像,①所以把它随信寄出,请相信,在过去的几天里,您的康复是令我最开心的事情。愿您保持健康,不被任何事情影响。

我必须诚实地坦白,非常想念我们一起在早晨坐车去兜风;优秀的迈尔身体不适,我的儿子很忙,里默尔也要抓紧时间。乌尔丽克小姐去了柏林,我的儿媳有她自己的圈子,于是我在这基督教的世界中孤独一人;有时我会带上孙子,②但是他不像伯恩哈德③那般文静和乖巧。

愿您在家人身边健康快乐地度过今年,让我们开心积极地迈入由诸神和恶魔恩赐的新的一年。

您最忠诚的

魏玛,1821 年 12 月 1 日　　　　　　　　　　　歌德

---

① 克内贝尔 11 月 30 日生日,歌德随这封信寄出一幅自己肖像的铜版画作为礼物。这幅肖像是英国画家乔治·道于 1819 年 5 月所画。

② 指 1818 年出生的瓦尔特·沃尔夫冈。

③ 封·克内贝尔少校八岁的小儿子。

544. 歌德致 C. Chr. L. 舍内①

1821 年 12 月 3 日　星期一

阁下：

　　请知晓，在我这里存放很久的手稿昨天随驿车发出了；关于这份 　225
手稿，我内心是矛盾的，因为我找到了所有的理由去肯定您的努力，
但让他人知道我的想法却是不可能的。我本应该坦率地将我的用意
写进去并与您的进行比较；但是因为迄今为止我一直隐藏自己的意
图，无法决定现在是否要透露，所以手稿一直搁置，甚至没有告知您
我已经收到。对我这个年纪而言，现在的状态太过忙碌，请您谅解，
感谢您对我作品的兴趣，请相信我对您的尊重。

您最忠顺的

魏玛，1821 年 12 月 3 日　　　约翰·沃尔夫冈·封·歌德

---

① 卡尔·克里斯蒂安·路德维希·舍内（Karl Christian Ludig Schöne，1779 －
1824），医生，诗人。

545. 歌德致 C. F. 申克尔^E
（亲笔修改的草稿）

〈1821 年 12 月 5 日　星期三〉

尊敬的阁下：

　　我好像一直忘记对您的友好来信和令人喜爱的重要邮包①表示感谢，但是我真的一直关注着您。通过策尔特我实现了拿到新剧院说明的愿望，通过您的文章这一说明变得更清晰明了。策尔特对您非常热心，我也不错过任何与他详细讨论新剧院的机会，并相信自己有能力对此发表必要的看法；但是在将文章给您过目并得到您的评论之前，我绝不会公开发表。非常感谢您愿意继续在耶拿图书馆的事情上支持和帮助我，②一旦我再次去处理相关事宜，我会立即告知您详细情形。

226　　非常期待封·波格维奇小姐归来，特别是因为我希望听到这个好孩子是多么喜欢您的作品。③ 从她最初的几封信里已经可以看到迹象了。我一直关注您，也希望您如此待我。愿我们彼此继续让这美好的情谊焕发生命。

---

① 柏林建筑家申克尔于 1821 年 10 月 11 日致信歌德："我很荣幸地在此向阁下呈上这本现已出版的手册，其中含有新剧院最初的图纸，阁下也已经收到最初的草图。"之后几年中歌德陆续收到更多册《申克尔建筑艺术设计图集》。
② 申克尔提供绘画和半身塑像，参与了耶拿大学图书馆大厅的设计。
③ 通过布吕尔伯爵的介绍，乌尔丽克 12 月初在柏林期间有机会去参观了申克尔设计的新剧院。

546ᶜ. 歌德致 J. H. W. 蒂施拜因

1821 年 12 月〈20 日　星期四〉

　　我最尊贵的朋友，从随信所附的现行印张您可以看到，今年夏天我常忙于您的作品。那是在马林巴德，当时我常常独自一人，不久前寄回给您的那些画图在脑海中盘旋。于是精神驱使我用散文为自己的诗歌注释，就像先前用诗歌为您的画图注释一样。但愿您喜欢这样的作品并相信我持之以恒的兴趣。

　　回来之后，还做了另外一件与您相关的事情。所有出自您手的画图虽然都保存在文件夹中，但却很散乱，所以我按照画纸尺寸进行了整理，现在面前摆放着三个夹子：蒂施拜因作品汇总，纪念自己和朋友们的回忆和激动心情。在最小的夹子里以棕色大四开的纸为底，保存着所有八开本、四开本和小开本的画图。第二个夹子稍大，第三个夹子里是更大的画图。

　　随信附上第一个夹子的目录，希望您对这样的摆放顺序和保存方式感到满意，并期待您再提供一些作品，当然这都由您友善的艺术家之心来决定；但我还有一个特别的愿望：第四组第一幅图是身着白色外套、舒展身体倚在方尖碑上的旅行者，您是否愿意分享一幅画笔粗略却饱满的副本？① 这里用的画图几乎不比一张纸牌大，只有用钢笔和画笔勾画的寥寥几笔，就算是最训练有素的欣赏者也很难看清；最合适的规格或许是横向小开本。请谅解我的这一要求！这样一幅画会是整个系列的点睛之笔。

　　愿您以后再分享一些作品，有要求时我也会立刻寄回给您，这样对往日时光的回顾便有了某种完整性，当我写作我的第二次逗留罗马时，②

227

① 指蒂施拜因最有名的作品《歌德在罗马平原上》稍大一些的草图，可惜歌德并没有收到。
② 歌德的《意大利之旅》在 1816 至 1817 年间出版了前两部分，从 1819 年开始他开始断断续续地创作第三部分《第二次在罗马的逗留》。这一部分于 1829 年才出版。

这一完整性会成为我们两人对往日时光的美好纪念。

　　请代我向您亲爱的家人致以最衷心的祝福和最美好的问候,请
友好地念及我。

您最忠诚的

魏玛,1821 年 12 月〈20 日〉　　　　　　　　　　　　　歌德

547. 歌德致 W. 封·洪堡（亲笔落款）

1821 年 12 月 24 日 星期一

尊敬的朋友，我不能再拖着不对您可爱的邮件①表达感谢之情；它令我和里默尔十分开心；②我们发现您卓越的作品体现的观点与我们的一致，解释清晰，意义深远，启发了言说者，即具有理性理解力的人，内心的重要想法，当然，这些想法还不能全盘得到称赞。请允许我强调以下内容：您十分称赞语言是辅助工具，由此让我们更深远地思考，当语言发展到某一点时，便不可改变，且无法摆脱其公认的缺陷；尽管如此，语言依旧能够表达、表现、确定和扩展人性从最内心的到最崇高的一切。

我最尊贵的朋友，您由此给了我一面明镜，透过它我在人生末年能够认识到自己作为诗人和作家已做之事和本该做之事。

就此搁笔，不再赘述。对您永远忠诚，请代我向您夫人③问好。

您最忠诚的

魏玛，1821 年 12 月 24 日

歌德

①　威廉·封·洪堡于1821 年 11 月 29 日随信给歌德寄来他的论文《依照语言发展的不同时期论语言的比较研究》的复印本，歌德于 12 月 7 日收到来信。

②　歌德在 1821 年 12 月 7 日的日记中写道："傍晚和里默尔教授一起〈……〉看了洪堡的语言学论文并评论。"

③　卡洛琳·封·洪堡，也是歌德好友。

548. 歌德日记

1821 年 12 月 24 日　星期一

　　手边要寄出的信：寄往柏林的国务大臣封·洪堡。——自然科学概论。整理手稿。① 封·施泰因，孙子；转交了父亲从布雷斯劳带来的各种东西。② 三人共进午餐。继续看汉斯·封·施魏尼的生平③。将近傍晚和封·施泰因先生一起；谈论普里博恩沙岩，之后谈论马斯洛闪电熔岩。④ 傍晚大家互赠圣诞节礼物；但我独自一人。之后和孩子们一起。再之后和儿子一起；谈论建筑业现状，特别聊到俄罗斯锅炉。⑤

---

① 歌德这几个月忙于编辑杂志《自然科学概论》第 1 卷第 4 册，该册于 1822 年 6 月出版。
② 夏洛特·封·施泰因最小的儿子弗里茨·封·施泰因这段时间生活在西里西亚，圣诞节期间携二儿子圭多前来魏玛。
③ 汉斯·封·施魏尼辛(Hans von Schweinichen, 1552－1616)，西里西亚骑士。
④ 当晚歌德和弗里茨·封·施泰因谈论地质现象：西里西亚普里博恩附近的一种特别的沙岩以及马斯洛的闪电熔岩。歌德在 1823 年 6 月 11 日给弗里茨的信中再次提及这一话题。
⑤ 具体信息不详。

1822 年

549. 歌德致大公爵卡尔·奥古斯特
（亲笔修改的草稿）

1822 年 1 月 1 日　星期二

殿下：

229

　　请允许我像多年来一样，在今天向您表达我的忠诚和感谢之情。但愿我像过去几天一样越来越少地听到您身体不适的消息，①这样阁下能够任由意愿成功而愉快地做些事情，并且快乐地享受许多已取得的工作成果，今后以仁慈、怜悯和宽容恩赐我有幸参与的机会。

　　希望随信寄去的手册②有一些内容可以令人感到愉快，也可以配得上这份赋予我很多的闲情逸致。

　　　　魏玛，1822 年 1 月 1 日

① 大公爵在 1821 年 12 月的下半月里生病了，之后相继有人给歌德带来消息，12 月 16 日耶拿哲学教授居尔德纳普费尔，12 月 25 日私人医生肯普弗（Karl Wilhelm Emil Kämpfer），12 月 26 日宫廷医生雷拜因。
② 指 1822 年出版的《论艺术与古代》的第 3 卷第 3 册。歌德于 1821 年 12 月 29 日从印刷厂拿到四本。

550. 歌德致大公爵夫人露易丝
（亲笔修改的草稿）

1822 年 1 月 1 日　星期二

殿下：

今日请允许我诚实地保证，当可以期待常常幸福地见到一位自己非常爱慕的人的时候，我迈入新年的心情就要比以往愉快许多。又收到了许多邮件，对我而言，只有您的邮件才算有真正的价值。随着时间的流逝，我越经常可以幸运地向阁下表示我坚不可摧的忠诚之心，它就一定越炽热，敦促我有新的行动。

230

魏玛，1822 年 1 月 1 日

551. 歌德日记

1822年1月1日　星期二

德·阿尔顿的《厚皮类动物骨骼》。① 里默尔教授来访，与他谈论三音步诗的优点。② 谈好明天的约定。此外没有接受个人的当面祝贺，除了图书馆工作人员，居尔德纳普费尔教授，韦勒博士和迈尔。③ 三人共进午餐。饭后和韦勒博士一起。看德林的席勒传记。④ 傍晚和米勒总理共度，之后和建筑总监库德雷一起。——给大公爵的信和最新一册《论艺术与古代》。给大公爵夫人的信。由韦勒博士将各种东西带去耶拿。

① 1822 年初歌德深入研究德·阿尔顿1821 年于波恩出版的骨学著作《厚皮类动物骨骼，图示，说明和比较》。爱德华·约瑟夫·威廉·德·阿尔顿（Eduard Joseph Wilhelm d'Alton，1772 - 1840)，解剖学家、铜版雕刻师、波恩考古学教授。

② 歌德从1821 年夏天开始致力于欧里庇得斯悲剧《法厄同》的复原工作，于是有了与古典语文学家里默尔的谈话。歌德在自己的诗歌创作中很少采用希腊悲剧中的三音步诗。

③ 指耶拿的图书馆管理员格奥尔格·戈特利希·居尔德纳普费尔和克里斯蒂安·恩斯特·弗里德里希·韦勒，迈尔可能是指1819 年 8 月作为助手录用的医学博士克里斯蒂安·路德维希·迈尔。

④ 约翰·迈克尔·海因里希·德林（Johann Michael Heinrich Döring，1789 - 1862)著有传记《席勒生平。部分公开和未公开的消息》，1822 年在魏玛出版。歌德于前一天从德林那里得到这本传记。

552. 歌德致大公爵卡尔·奥古斯特
（亲笔修改的草稿）

1822 年 1 月 3 日　星期四

殿下：

仁慈的鼓励①常给我带来最大的收获，这一次我已经忍不住产生了浓厚的兴趣要去看异域的造物。② 但因为迄今为止我在这近乎隐居的生活中平安地度过了冬季，所以我害怕任何例外，尤其是去往寒冷潮湿的地方。然而我必须习惯如此多的遗憾，习惯通过别人的讲述来了解原本很乐意亲自去享受的事物，并且其中最大的遗憾难道不是未能在殿下身边吗！

非常感谢公爵夫人封·德文希尔的细致讲述，这使我们了解到维吉尔史诗场景现在的样子，即便时间之手几乎已将当时的一切美好抹去。遗憾的是，那些优秀的铜版画是我们杰出的格梅林生前最后的作品。③

我马上去了解新发现的月亮上火山。刚刚让人将迈尔月球图上的所有地点都标注了名字，这样可以很快找出火山的地点。④

同时附上耶拿图书馆工作人员的日志以供您闲暇之时翻阅。居尔德纳普费尔和科姆普特从 11 月记到 11 月，韦勒博士从他就职的 1 月记到年底。如果这些日志显得很琐碎，那也是因为大家想要积极

231

---

① 指大公爵 1822 年 1 月 2 日送上的新年祝福。
② 由于天气寒冷，歌德没有去参观跑马场的"异域动物"。具体指什么动物，不详。
③ 1820 年公爵夫人伊丽莎白·封·德文希尔促使了维吉尔史诗《埃涅阿斯纪》的豪华精装版的出版，定居罗马的铜版雕刻家威廉·弗里德里希·格梅林（Wilhelm Friedrich Gmelin, 1760 - 1820）为该版本制作了铜版画插图。
④ 据日记记载，歌德于 1822 年 1 月 3 日向耶拿天文台台长、教授波塞尔特了解"月亮上的火山现象"。月球图可能是根据哥廷根数学家、天文学家约翰·托比亚斯·迈尔（Johann Tobias Mayer, 1752 - 1830）所绘的。

地投身此工作。① 科姆普特的气象观察记录已从较新的日志中移除，他已得知有用于填写的气象学图表样本。此外，在当前和先前的几卷中有些素材将来可用于修复史，易于抽取和编辑。总体而言，图书馆工作的进展是令人欣喜的，更开心的是它被很好地利用起来，那比平时更有生机；显而易见，与过去相比，公共图书馆更加必不可少，以前有很多大的私人图书馆，可是现在老旧的逐渐凋零，新的却未出现。再有两年时间，关键工作就完成了；请殿下仁慈，偶尔给予我们一些经济支持。

为了那段被锯断却又奇迹般复活的树干②我开动脑筋，把它放在雕塑家使用的转向架上，这样大家可以更好地观察这一奇异现象。

魏玛，1822 年 1 月 3 日

---

① 在 1817 年 10 月歌德接管耶拿图书馆事务之后，写日志，即记载每日所做工作，便成了图书馆管理员的义务。
② 指的是伊尔默瑙一颗受伤后复活的花楸树。歌德在 1822 年 2 月 4 日给大公爵卡尔·奥古斯特的信中讲述了此树的复活。

553. 歌德致内斯·封·埃森贝克(亲笔落款)

1822 年 1 月 6 日　星期日

232　尊敬的阁下:

这些白天极短的日子里,《德国悬钩子属植物》①令我非常开心;虽然观察如此细微的差别需要比我的眼睛更加训练有素的眼睛,对我而言龙胆属植物彼此的差异更加明显,但即便如此,喜爱变换形态的神灵非常值得尊敬,哪怕是体现在这最细微的差异表现上。

希望听到您的研究有丰硕的成果,致以最美的问候,请友好地念及我。

您最忠顺的

魏玛,1822 年 1 月 6 日　　　约翰·沃尔夫冈·封·歌德

---

① 波恩植物学教授埃森贝克在 1821 年 11 月 29 日致信歌德,同时寄来 1821 年发表的论文《德国树莓灌木丛》的第 1 册。

554. 歌德致 E.J. 德·阿尔顿

1822 年 1 月 7 日　星期一

尊敬的阁下：

　　请允许我用简短的几句话告诉您,我和这里的朋友们对您的邮包①感到多么惊喜。它来得正是时候,我立即研读,在接下来的形态学手册中可以心怀感激地详细地提到它。②

　　我会关心有关那幅英国肖像画副本③的事;在科尔贝先生到达之时您的愿望④能达成多少,时间会说明一切。眼下我非常忙碌,老年人超负荷工作很难恢复,不得不比年轻人付出更沉重的代价。请相信我对您的感谢、关心和钦佩之情,也请继续对我保持如此珍贵的关爱之情。

您最忠顺的

魏玛,1822 年 1 月 7 日　　　　约翰·沃尔夫冈·封·歌德

---

① 解剖学家德·阿尔顿在1821 年 12 月 19 日随信将自己作品《论骨骼》的前两册《树懒科动物》和《厚皮类动物》寄给了歌德。

② 1822 年 4 月底歌德在一篇书评中表达了自己对"这部优秀作品"的完全认可,同年刊登在《论形态学》第 1 卷第 4 册上。

③ 指英国铜版雕刻家托马斯·赖特的一幅肖像铜版画,根据英国肖像画大师乔治·道于1819 年 5 月在魏玛完成的一幅歌德油画像雕刻而成。德·阿尔顿在1821 年 12 月 19 日致歌德的信中请求获得该铜版画的副本,歌德在 1822 年 10 月 30 日寄出。

④ 德·阿尔顿向歌德透露了他的朋友、画家海因里希·克里斯托夫·科贝尔将前来魏玛,并说出了科贝尔想画一幅歌德肖像画的愿望。科贝尔于 1822 年 2 月底到达魏玛,5 月 2 日才得以开始画这幅肖像画。

555. 歌德致 C. G. 卡鲁斯(亲笔落款)

1822 年 1 月 13 日　星期日

233　阁下:

您极其短暂的到访①留下的是我对您的深深思念,这段时间以来我常在心里与您交谈,一直惦记着您的旅行,我相信会有值得期待的美好成果,并且很快就能看到,因为您定会立即对收集和购买来的物品进行整理。②

我们生活在一个独特的时代,真实的自然图景日益流传,然而奇怪的是,同行们把自己展现为对立者,只有少数人真正理解,要想成就大事,必须从属一个大的整体。

我很珍视您寄来的两份插图;我看到您用数字标注了头颅骨的六部分,并通过附加的字母表明它们之间的吻合。③

与这份简单的陈述相比,施皮克斯宏大的、失败的作品是多么可怕、多么令人伤心和困惑,该作品再次揭露了一个真理,那就是在阐释自己观点时,使用他人所学一定不如使用自己所学那样舒畅、成功和令人愉悦。④

现在我看着您的插图,相信在其中看到了与自己一致的观点,但还是希望您好意地给我寄来相关文字说明,以让我更确信自己的解

① 自 1818 年以来,德累斯顿医生、自然学者卡鲁斯与歌德在动物学问题上有深入的交流,1821 年 7 月 21 日,卡鲁斯前来拜访歌德,可惜仅逗留了一天时间。

② 1822 年 1 月 16 日歌德写信给朋友克内贝尔说:"枢密顾问卡鲁斯从热那亚回来了。"歌德猜测,对艺术史和自然史都很感兴趣的卡鲁斯从意大利带回了一些具有科学价值的发掘物。

③ 1821 年 12 月 28 日卡鲁斯随信给歌德寄来第八和第九张插图,由画家、铜版雕刻家赫尔曼雕刻而成。插图出自他正在准备中的作品《表皮结构与骨架的原始部分》,该书于 1828 年在莱比锡出版。

④ 歌德在此影射慕尼黑医生、自然学者约翰·巴蒂斯特·封·施皮克斯1815 年在慕尼黑出版的《头部骨骼结构、形状及特征〈……〉》一书,通过与卡鲁斯插图的比较,歌德不仅怀疑施皮克斯的阐释能力,还质疑他作品的科学地位。

释与您一致；形态学第 4 册正在印刷，我打算在其中记下此事，所以我想自己的表达最好能够与您完全一致。①

如果今后您想将有关表皮结构与骨架这部作品中的内容发布，让公众去了解，我很乐意为这样的公告留一个很好的位置。

关于德·阿尔顿的杰出作品我也得说两句，我正在看有关厚皮类动物的第 2 册。这样的努力自当引起惊叹和钦佩并激发我们内心的灵感。

最后我乐意坦白地告诉您，阅读您的有关风景画的文章②定会令我十分愉悦。风景画在我的铜版画集中占有很大比例，我对风景画的诸多了解会给予人启发，表现风景的绘画曾与表现历史的绘画比肩，之后与后者脱离，但仍一直保留诗意的风格，新的时期随着某种艺术风格的流行，它逐渐发展成为名副其实的风景画。③

您非常有资格谈论这些，您的作品④便是印证，它们每天都给我和我儿子带来快乐，他特别喜爱您的作品，我不得不将那幅旧货商店转赠给他。

234

① 歌德在卡鲁斯对头盖骨的解释中看到了自己有关形态学的观点得到了印证，故此请求卡鲁斯寄来文字描述以证实这一点。
② 卡鲁斯在研究风景画的意义、重要性和发展方向等并著文，他在 1821 年 12 月 28 日的信中询问歌德是否可以寄来几页手稿。
③ 歌德在此通过表明自己的兴趣来鼓励卡鲁斯把研究风景画的文章寄来。18 世纪的艺术理论将艺术作品根据其对象进行划分和排序，首先是历史画，其次是静物画，第三才是风景画。直至通过浪漫派的风景画，这一类别的地位才有所上升。歌德最喜欢的风景画画家是自 1613 年活跃于罗马的克劳德·洛林（Claude Lorrain，1600－1682），在他的艺术收藏中，有四十幅洛林画作或临摹画。歌德有关风景画的著述仅有片段《风景画》，其中回顾了风景画从古典时期到洛林时代的发展。歌德去世后这篇文章由约翰·海因里希·迈尔进行补充并发表于 1832 年的《论艺术与古代》第 6 卷第 3 册。
④ 歌德有三幅卡鲁斯所绘的风景图。

　　如果偶尔寄来这样的邮包，我们会特别开心，会即刻寄还；邮费
我来承担。

致以诚挚的关心

魏玛，1822 年 1 月 13 日　　　约翰·沃尔夫冈·封·歌德

556. 歌德致 S. 博伊塞雷（亲笔落款）

1822 年 1 月 15 日　星期二

收到您这封我已企盼很久的可爱来信，很是开心，我即刻回复。首先，我接受您送来的硬币，封·科塔先生会帮忙支付款项。

随信附上《论艺术与古代》中的几页内容。① 希望能帮助您了解这本被出版商推迟出版的册子。

非常开心，我可以做的大大小小的事情您都满意并参与；在现在隐居般的生活方式下，兴奋的是思索着与那些经受过考验的老朋友如何共同去思考和发挥作用。

当然，以我的草图为蓝本的铜版画也值得您用朋友和恩人的眼光去欣赏；您的心愿②与我的意图一致，我也打算将这些画与别的自白联系起来，期待这一处理方法越来越地道且令人喜爱。

您与您漂亮庄园的共同拥有者③分开了的事情起初令我有些难过；因为是他介绍我们认识，所以知道你们共有一个庄园一直是让我很开心的事情。不过既然你们双方在此事情上都没有不愉快，那这世俗之事就让它顺其自然地发展吧。

不再多言，推荐下一册《论艺术与古代》。

您最忠诚的

魏玛，1822 年 1 月 15 日　　　　　　G.

① 指《论艺术与古代》第 3 卷第 3 册的第 137 至第 141 页，内容是一篇书评，评论施瓦布写的有关东方三博士传说的书。
② 这里涉及的是 1822 年 1 月 5 日博伊塞雷对自己几幅风景画的看法，将画与歌德的意大利之旅联系起来。
③ 指卡尔·弗里德里希·封·赖因哈德伯爵，他于 1810 年介绍歌德和博伊塞雷兄弟认识。

————

我将他们永远驱逐，①
将众神革出教门，
毗湿奴、欲、梵天、湿婆
甚至猴神哈奴曼。②

如今我应置身尼罗河畔，
胡狼很是厉害，
哦！但愿我逃出了自己的牢笼
也摆脱了伊西斯和俄塞里斯。③

————

① 这首诗是应博伊塞雷的请求而作。博伊塞雷在看过温和的讽刺诗之后说：
"崇拜印度怪物，用催眠和其他蠢办法来驱逐，诗人在讽刺诗中发泄他对此现
象的怒火，这让我们看得很过瘾。人们也同样不当地颂扬埃及鬼怪，我很想
看到您也将他们革出教门。"
② 毗湿奴（Wischnu）、梵天（Brahma）和湿婆（Schiwa）是印度教的至高神。欲
（Kama），利（Artha）、法（Dharma）和解脱（Mokscha）是印度教徒的四大人生
目标。猴神哈奴曼（Affe Hannemann）是印度史诗《罗摩衍那》（Ramayana）
中的文学形象。
③ 古埃及死神以胡狼的形象示人；古埃及女神伊西斯（Isis）是冥界主宰俄塞里
斯（Osiris）的妹妹和妻子。

557. 歌德致 C. L. 封·克内贝尔

〈1822 年 1 月 16 日　星期三〉

　　你对我有关卢克莱修的准备性工作表示肯定，这让我很开心，也很受鼓舞，因为你如此深入了解此事，还有谁比你更感受深触而有资格评判呢。[①] 实施所预告的计划需要激励，我自己对此都有一点畏惧；我计划今年夏天在他乡来做此事，在那里我的精神更加自由。但是我会做些准备工作，如果我们能够用大约两周时间从最基础的地方开始详细讨论此事，那最好不过了。我清楚自己的看法，知道自己想要什么，想往什么方向，但如果想要从人和罗马人，诗人和自然哲学这四个范畴来做此事，那么必须先确认一个重要的细节。不过我们不必给自己制造大麻烦，宁可拟一个提纲也不要退却。[②]

　　卢克莱修作品中对死后不朽的激烈反对遭到了最大攻击，将这一点看作是荒诞的表现，我们会有无限收获：不言自明，所有给他招来责备之处实际上是他所处世纪的罪责。

　　蒂施拜因开心地进行他的田园画创作，陆续寄来一幅又一幅作品。

　　请允许我推荐伊利亚斯节选；我于多年前完成以为已用。大家在争论，美学上伊利亚斯是否能够被视为一个整体，有多少人能够宣称他们能清楚地记得伊利亚斯的全部和细节。人类行为实实在在的基本特点因为令人振奋且有地域特色的比喻而变得生动，通过这些基本特点更有可能记得。有时我会再读，将来无论是老师还是学生都必须读一读，因为这一入门方式很具有完整性。再读其中任何一

236

----

① 克内贝尔翻译过古罗马诗人卢克莱修的说理诗《物性论》，1821 年以两卷本形式出版。1822 年歌德在杂志《论艺术与古代》第 3 卷第 3 册中著有书评《克内贝尔的卢克莱修翻译》。
② 歌德在评论克内贝尔的卢克莱修翻译时通告了一部大的关于卢克莱修的专题著作，其中会从不同的角度来介绍和讨论卢克莱修，从个人生活，作为公民的生活，到诗歌作品，再到哲学思想。这一计划最终并没有实现。

首诗歌都常令我激动，可以不受上下文的影响而马上理解。

237　　　说起另一学科，我跟你提过杰出的德·阿尔顿所著骨学的第2册吗？第 1 册内容涉及树懒科动物，第 2 册内容涉及厚皮类动物，即像猪类的动物、大象、犀牛、河马等，绘图体现极强的观察力和高超的技巧，评注提纲挈领。

　　有关这一研究对象，期待着来自另一个方面的明确的解释和促进。枢密顾问卡鲁斯从他的热那亚之旅返程了，期待他绝妙的**表皮结构和骨架**一书。我们将更加纯粹地看到和理解自然的规律性。

558. 歌德致 J.J. 封·维勒默（亲笔落款）

1822年1月17日　星期四

我衷心地恳请您，让您的人费心处理一下附件里提出的小买卖，①同时也要立即告诉您，您香甜可口的圣诞节邮包②顺利寄到了，老老少少都很高兴，特别是当我从窗户里把它们扔进在花园滑冰的孙子的怀里时。

现在我过着相当隐居般的生活，同时写写东西，把一些写好的交付印刷。③不久之后这应该会再次拉近我与已变得遥远的朋友之间的距离，我常常想念不在身边的朋友，跟他们的画像④打招呼。现在我也想了解，您是如何开始新的一年的，过去几个月您在忙些什么。会有某些小小的人儿⑤愿意花一个小时来写这样的一封短信，让我再次拥有美好的一天。

您最忠诚的

魏玛，1822年1月17日　　　约翰·沃尔夫冈·封·歌德

① 附件里提到的小买卖是指歌德用90古尔登向伯恩哈德·迪蒙先生订购了一张彩票，迪蒙先生是法兰克福彩票的头号收藏者。
② 指维勒默寄来的饼干和一包甜食。
③ 这段时间歌德主要是为自传性著作《远征法兰西》的印刷做好了准备工作。该书1822年先以《我的自传之第二部第五部分》为书名出版。
④ 指1819年歌德作为礼物收到的维勒默夫妇的肖像画。
⑤ 影射维勒默的妻子玛丽安娜的诗句，1814年12月12日写在歌德的宾客题词留言册中："我个子小小，/你唤我为亲爱的小小的人儿。/你若永远如此唤我，/我将永感幸福。"

559. 歌德致大公爵夫人露易丝(草稿)

1822 年 1 月 30 日　星期三

238　殿下：

　　您和仁慈的殿下给我的生活带来如此多的亮点,所以我特别开心地回顾往昔,心存感激地记得您一直以来的仁慈。①

　　愿我现在和未来享受到接近您与您共处的幸福,愿我和家人继续得到仁慈的恩宠。

　　转递祝福之人②对他最崇高的恩人满怀崇敬和热爱,愿他见到友善的目光,在这目光带来的阳光下他会茁壮成长。

　　向您和您的家人致以最诚挚的祝福,衷心祝您平安健康。

　　　　魏玛,1822 年 1 月 30 日

---

① 写这封信的契机是大公爵夫人的六十五周岁生日,歌德简单回顾了他与大公爵夫妇的美好关系。歌德与大公爵和大公爵夫人的认识分别是在 1774 年底和 1775 年 5 月。歌德与两位不仅因为宫廷事务,也因为对文化和自然科学的共同兴趣而常常联系,更是亲密的朋友。后期大公爵夫人更多地参与了歌德的诗歌创作和自然科学研究。

② 这封祝福信由歌德三岁的孙子瓦尔特·沃尔夫冈递送。

560. 歌德致 L. D. 封·亨宁

1822 年 1 月 30 日　星期三

　　我最尊贵的朋友，匆忙之中暂就您宝贵的来信做如此回复：我会努力满足您的愿望，促成您令我很是信任的计划。① 这里请您先收下我的颜色学图表，②仔细考虑如何把它作为您报告的基础。

　　也请您收下两份已制定多年的仪器要求的副本；③请就此与您的技术人员进行讨论并制定一个完整的方案。我也会做相同的工作，之后我们就此交流一下。不再多说，以便即刻发出这封信，让您看到我的信任和关注。

　　致以最美好的祝福

　　　　魏玛，1822 年 1 月 30 日　　　　　　　　　　歌德

---

① 指亨宁在 1822 年 1 月 19 日致歌德的信中提到的计划，于 1822 年夏天在柏林大学开设有关歌德颜色学的公开讲座。
② 指歌德 1822 年在《自然科学概论》第 1 卷第 4 册中公开发表的《颜色学一览表》(*Tabellarische Übersicht der Farbenlehre*)。
③ 为了在讲座中演示颜色实验，亨宁在 1822 年 1 月 19 日的信中请求歌德告知某些仪器的购置渠道。

561. 歌德日记

1822年2月1日　星期五

239　　　忙于整理殿下的宝石收藏。① 包装给封·施泰因先生告别时的所托之物。②米勒教授来访。三人共进午餐。谈论巴赫曼的获奖作品。③ 傍晚和建筑总监库德雷和里默尔教授一起。与两位一起过目宝石收藏。用水欧泊④做实验。封·施泰因先生告别。

〈……〉

---

① 受大公爵卡尔·奥古斯特委托,歌德于1822年1月17日购买了不伦瑞克岩石学家乌尔班·弗里德里希·本尼迪克特·布吕克曼(Urban Friedrich Benedikt Brückmann, 1728 - 1812)留下的宝石收藏,之后开始编录和整理。
② 指弗里茨·封·施泰因,歌德给弗里茨的是两封书信,致布雷斯劳的比兴(Büsching)教授和罗德(Rhode)教授。
③ 指耶拿哲学教授卡尔·弗里德里希·巴赫曼获得乌德勒支省艺术与科学协会奖项的《论物理学和心理学的亲缘关系》。
④ 指一种像玻璃的、乳白色不透明的蛋白石,可用于光散射实验。

562. 歌德致 C. F. 巴赫曼
（亲笔修改的草稿）

1822 年 2 月 2 日　星期六

阁下：

对您的获奖表示衷心的祝贺。这样的认可很光荣，也很重要，因为它让我们知道哪里有志同道合之人。

我立即愉快地阅读〈这〉历史性描述，启迪自己，唤醒自己，激活记忆和回忆。但是看到第三部分时，我发现一个之前就有所感觉的差异被明确地表达了出来。根据早已经受考验的生活准则，我停了下来：与我一致之处带给我开心的时刻；但倾听与我相左之处，要等待一个轻松的时刻，等待我自己能够客观思考的时候，并可能会从历史性的角度来倾听与我的信念相反的观点的时刻。人情练达之人应相信，没有人会被其反对者的理由说服。所有论点不过是最初紧紧抓住的主旨观点的变体，所以我们的祖先智慧地说道：不与否定你原则之人相争。

在此，带着单纯美好的心愿，继续保持友好关系，并向您致以崇高的敬意。 240

魏玛，1822 年 2 月 2 日

563. 歌德致 C. F. 策尔特(亲笔落款)

1822 年 2 月 5 日   星期二

匆忙写下此信,万分感谢你友好地款待那位可爱的孩子①,顺便托雷尔施塔布先生带去一本册子,②希望你会喜欢。想起我们最近的相处,③我仍激动不已;这样的日子带来很多收获。

这个冬天我在近乎绝对的孤独中度过,口授很多,记录下我几乎全部的生活;复活节的时候你应该会读到很多内容。④ 我不再喜欢单纯的聆听和口授,而是像弥达斯的理发师⑤一样,将我的秘密毫无保留地诉诸纸上。

热闹的狂欢节一定让你也不得喘息,但愿你能从中有些许享受。代我问候申克尔先生,感谢他愿意给好孩子⑥详细介绍剧院大楼,期待好孩子在下回一起用餐时原原本本地讲给我听。

---

① 指奥蒂莉,她自 1821 年 11 月 19 日起逗留柏林,策尔特在 1822 年 2 月 1 日致歌德的信中提到了奥蒂莉的陪伴。

② 雷尔施塔布(Heinrich Friedrich Ludwig Rellstab, 1799 – 1860),普鲁士军官,音乐家,作家,当天从魏玛前往柏林,歌德托他将这封信和《论艺术与古代》第 3 卷第 3 册带给策尔特。

③ 指策尔特 1821 年 11 月 4 日至 19 日的拜访。

④ 这里的"很多内容"是指《自然科学概论,尤论形态学》第 1 卷第 4 册和自传性著作《远征法兰西》的初刊本。整个冬天歌德都远离社交生活,只专注于写作和编辑工作。文章通常都不是歌德亲笔所写,而是口授给秘书约翰和克劳伊特。

⑤ 弥达斯是希腊神话中小亚细亚境内弗里吉亚的王。传说有一次,阿波罗与潘进行音乐比赛,裁判特摩罗斯判定阿波罗胜利,弥达斯却质疑这个裁定的公正性,为了惩罚,阿波罗将弥达斯的耳朵变成了驴的耳朵,弥达斯用高高的头饰来遮掩这对驴耳朵,只有理发师知道这一秘密。弥达斯命令理发师不得说出此秘密,于是理发师就在地上挖了个洞,对着洞口吐出秘密,再将洞口填平。结果这里长出一丛芦苇,风一吹就把弥达斯的秘密泄露给了所有人。于是,从这个传说故事中便衍生出了"弥达斯的理发师"这一典故。

⑥ 指奥蒂莉的姐姐乌尔丽克。第 545 篇中有提到乌尔丽克去参观申克尔设计的剧院。

　　代我问候小多丽丝，谢谢她对乌尔丽克的关心；也代我问候菲利克斯和他的父母。你们走后，我的钢琴便沉寂了；唯一一次打开它的尝试也几乎以失败告终。这段时间我听到很多有关音乐的谈论，却都令人很不愉快。

　　祝你在美好的柏林平安健康，记得念我，我在洒满阳光的小屋也常常想你。

你最忠诚的

魏玛，1822 年 2 月 5 日　　　　　　　　　　　　　　G.

564. 歌德日记

1822 年 2 月 13 日　星期三

241　　　寄出了手边的邮件:寄给弗罗曼先生的有已经校对过的印张 17 和 Aa①、《远征》新手稿的 172 至 192 页、《自然科学概论》印刷稿的 1 至 47 页(还有 331 页至最后)。给耶拿的布兰博士寄去三期《民族学档案》。就植物问题致费贝尔的信。——思考下一步工作。构想宝石收藏部分目录并完稿。三人共进午餐。花园时光。傍晚前后枢密顾问迈尔来访,共同欣赏卡鲁斯的绘画作品。稍后总理封·米勒来访。

---

① 分别指《远征法兰西》的印张 17 和《自然科学概论,尤论形态学》第 1 卷第 4 册的印张 Aa。

565. 歌德致 C. F. 策尔特（亲笔落款）

1822 年 3 月 13 日　星期三

　　首先祝贺合唱团的精彩表演！① 拉齐维尔侯爵让国王熟悉并享受他身边拥有的美好，这是多么棒的事情。② 其次非常感谢你充满爱意地招待那可爱的孩子；她平安到达，讲述了很多在柏林生活的点滴。她善良自然，看事情很清楚明白，于是那些事情也历历在目；不能说她在做评判，但是她很明白地在进行比较。我惊讶的是，她没有立即给你们写信，也许因为她从内心还觉得一直和你们在一起吧。代我向多丽丝致以最美好的问候，感谢她的热情关心、支持和陪伴。

　　不得不说，我对大公爵夫人的钦佩和崇拜之情与日俱增；她两次摔倒，每次都严重受伤，却一直保持自己的原有的样子，未成偏离其行事风格；同时她还忙着让喜爱跳舞和庆祝活动的年轻人活跃起来，她自己忍受着苦痛，却给其他人带来欢乐。③ 通常她每周都会来看我一次，每次我都会准备一些有趣的东西，令人欣喜和赞叹的是她能安静认真地参与各种事物。①

　　这个冬季我自己过得很安静，只是最后没能逃脱一次重感冒，我想随着非常美好的天气的到来，不久我的感冒就会痊愈了。

　　如果看到朋友泽贝克，请他原谅我没有给他写信。逐渐地我几

① 柏林作曲家策尔特在 1821 年以《新歌集》为名发表了十一首为诗歌所谱写的曲子，其中有十首诗歌出自歌德。歌德在《论艺术与古代》第 3 卷第 3 册中用很肯定的态度评介了此歌集，于这里再次向策尔特表示祝贺。

② 策尔特在 1822 年 3 月 1 日的信中告知歌德，普鲁士国王弗里德里希·威廉三世莅临了自己作品的演出："昨日国王愉快地听了我们合唱团的演唱，并一反以往习惯，从 9 点一直听到午夜。合唱团成员拉齐维尔侯爵邀请全体人员与他的府邸做客。"波森地方长官、音乐家、作曲家拉齐维尔侯爵（Anton-Heinrich Radziwill, 1775－1833）曾为 1819 年《浮士德》的首演作曲。

③ 此处影射维也纳宫廷的节庆文化，尤其是在冬天，因为 1 月 30 日是大公爵夫人的生日，2 月 15 日是世袭大公爵夫人的生日。

① 大公爵夫人常常来看歌德，听他陈述和讲解自己在科学和艺术史方面的研究成果。

乎无法再维持与远方的通信了,我必须要将精力全部放在每天要完成的工作上。如果想一想经过这漫长的一生已经建立了多少联系,那么我会告诉自己说足够了,可是像年轻的时候一样,我又不放弃建立新联系的机会,于是随着身体逐渐衰弱,每天必做之事便变得讨人厌。

我的家人都很健康幸福,孙子们非常乖巧,这些新生命还很小,哪怕是天性的不足都显得很可爱。

复活节后第三个星期日朋友们会收到我悄悄准备的各种礼物。希望每个人都喜欢他那一份。

反对者不会令我疯狂,在这世界上,尤其是在德国,谁不需要习惯这一点呢!在我看来,那些物理学上的反对者①就像在特利腾大公会议②上想要驳倒新教教徒的天主教神父。

舒巴特很奇特;很难预测他会取得怎样的成功。在文学尤其是包罗万象的德国文学目前的现状下,有思想的年轻人会快速形成清楚的认知,他们很快会发现,只作评论不会带来特别的满足感。他们觉得必须要创作,以让自己和他人都感到满意。但是并不是每一个都善于此,于是我看到这些最聪明的人与自身的矛盾。

非常喜欢那三幅铜版画,因为我很欣赏这位大师。③ 最大的那

243

---

① 这里的反对者主要是指自然科学领域中的反对者,歌德的颜色学理论否定了牛顿光学,这一点遭到了很多研究者的反对。

② 特利腾大公会议是教会第十九届大公会议,在意大利北部的小城特利腾举行,共经历了三个阶段。通过会议颁布的改革法令,革新了天主教教义,但同时却让天主教和新教之间的鸿沟更加不可逾越。

③ 这里的大师指意大利画家波利多达·卡尔达拉,原名卡拉瓦乔(Polidoro Caldara,又叫 Caravaggio,约 1495 - 1543),1822 年 2 月 1 日策尔特随信寄给歌德三幅根据卡拉瓦乔作品蚀刻的铜版画。

一幅用很奇特的方式刻画了沙漠之旅中的天赐甘露。[①] 当然画上看不见沙漠，有一片茂密的树林，旁边是一间乡村小屋，这让上天的恩赐显得没有必要。仔细观察发现艺术家反映的是人性的主题：辛勤拾取馈赠，这通过画面中间的一个形象便足以表现；画面左侧那些受到庇护之人正开心地装载，画面右侧是左侧的重复，没有新意，这里一位智者是主要角色，他似乎主导了这一切。从这一点来看，此画布局很妙，哪怕是最细微的地方也不可缺少。

第二幅稍小一些的画，人物众多，构图精妙，毫无疑问刻画的是抢劫萨宾妇女。[②] 第三幅画不知道该如何解释；一张空空的王座，一位身着长袍似乎在保卫它的老人，王座前被捆绑的战士不卑不亢；主旨很令人崇敬，只是构图不尽人意，比如两个俘虏共用一只胳膊，可以被看成是一位的左胳膊或者另一位的右胳膊。这样的不足竟然逃脱了如此优秀之人的眼睛；但是拉斐尔绝不会犯这样的错误。[③]

另外还要告诉你，在收到你的馈赠之前我还得到了另一份很棒的礼物。那是一尊六英寸高的青铜像；是一位军队里的朋友远征那

① 指圣经出埃及记场景，以色列人在荒漠流浪四十年，天赐甘露（Manna）拯救了他们。
② 抢劫萨宾妇女出自一个传说。萨宾人是生活在亚平宁半岛拉丁平原附近的一个部族，和拉丁人一起同为古罗马文明的创立者。相传罗马人建城以后性别比例严重失调，于是跟邻邦萨宾人商量联姻，遭到对方拒绝。于是罗马人邀请萨宾人参加自己的宴会，同时潜入萨宾城，劫夺了一批年轻美貌的萨宾妇女回来为妻。
③ 歌德不知道该将第三幅画如何归类，同时批判了这幅画构图上的不足之处，认为卡拉瓦乔在这一点上远不如另一位意大利画家拉斐尔，因为拉斐尔的作品构图清晰干净。

不勒斯时带回来的。① 它可能根据一尊远古雕像仿制而来；但这一仿制品也不会晚于安东尼乌斯时代。② 另外还有一些好东西，这自然非常美好，因为我一直以来都对这些东西有浓厚的兴趣。

244

现在还得再说回波多利达那幅稍大一些的画。在铜版雕刻和绘画方面非常优秀的朋友迈尔很好地进一步制作了这幅作品。③ 现在它的价值才完全体现了出来，因为所有褶皱都被抚平了，我也才发现自己之前的解释是错误的。依旧还是以色列人和天赐甘露；只是这位艺术家完全去掉了拾取这个细小情节，而只刻画了运走这一珍贵而重要的恩赐的画面；因为哪怕是画面中间那位跪地的人物都不是像我之前想得那样在拾取馈赠，而是努力用尽全力将容器从地面举起来。所有其他人物展现的都是这一尝试，只是在抬举容器的不同阶段而已，没有一个人物的身上体现不出这种努力，但这一切都极其令人中意和喜爱。

我注意到，这些绘画作品上的建筑物外观的褐色有层次感，并且幸运的是，在不同时期均有仿制品。当年我在意大利的时候，兰泽罗蒂官地区还或多或少能看到一些此类作品。④

---

① 魏玛少校封·施塔夫（Christian Friedrich August von Staff, 1775－1823）从那不勒斯带来一尊罗马酒神巴克斯的青铜雕像送给歌德，巴克斯之名来自希腊酒神狄奥尼索斯的绰号。

② 安东尼乌斯时代是指罗马皇帝安东尼乌斯·皮乌斯（Antoninus Pius, 86－161）和马尔库斯·奥勒留·安东尼乌斯（Marcus Aurelius Antoninus, 121－180）统治的时代。

③ 这幅画可能因为运输的关系而产生了褶皱，迈尔将画纸绷紧后粘贴在硬纸板上，从而成功修复了此画。

④ 歌德认为策尔特赠送的这几幅印画是壁画的复制品，这些壁画很可能是酪蛋白水彩画。两次去意大利期间歌德亲眼见到过还保存很好的文艺复兴时期的壁画。

　　为了不让你觉得我很奇怪，前面刚说不写任何信件，现在却寄去好几页纸，我要告诉你，十四天以来我被风湿痛折磨，导致我做不成任何事情，很闷闷不乐，所以想请来一位朋友陪我聊一聊；于是我便口授了这封信，顺便告诉你我已经好多了。

你最忠诚的

魏玛，1822 年 3 月 13 日　　　　　　　　　　　　　　G.

566. 歌德日记

1822 年 3 月 28 日　星期四至 30 日　星期六

245　**28 日〈3 月〉**

　　收到《美因茨》。① 研究封·施泰因先生②从布雷斯劳寄来的一块球状斑岩。为德国的吉尔·布拉斯撰写序言。③四人共进午餐。下午观赏威尼斯画派作品,特别是策尔特寄来的铜版画,并整理归类。傍晚和枢密顾问迈尔谈论艺术史和远征。④ ——致信爱尔福特的封·施塔夫少校。⑤

　　　　〈……〉

---

① 指《围攻美因茨》,1822 年春天出版。

② 指戈特洛布·弗里德里希·康斯坦丁·封·施泰因,昵称弗里茨。

③ 歌德为约翰·克里斯托夫·萨克塞(Johann Christoph Sachse, 1761－1822)的自传体小说撰写序言。这位手工业者一直流浪,直至 1800 年在歌德的支持下在魏玛的图书馆谋得一职。1821 年歌德读到了萨克塞根据日记所写成的自传,1822 年在《论艺术与古代》第 3 卷第 1 册中提及,附上亲自撰写的序言后送去出版。这部自传出版时仿照法国作家勒萨日的代表作《吉尔·布拉斯·德·桑蒂亚纳传》定名为《德国吉尔·布拉斯,歌德作序。图林根人约翰·克里斯托夫·萨克塞的生活、漫游和命运。自传。》。

④ 指《远征法兰西》。

⑤ 歌德致信封·施塔夫少校以感谢他赠送的酒神巴克斯青铜像。

30 日〈3 月〉

誊清序言①稿。手边要寄出的信件：给维塞尔赫夫特出版社的新手稿第 1 至 26 页以及校样 25。② 给布雷斯劳的男爵封·施泰因的信。③——封·埃施维格上校前来拜访并讲述他的旅行。④应策尔特请求，思考根据提齐安画作所蚀刻的铜版画的意义。⑤ 三人共进午餐。奥蒂莉留在得猩红热的孩子⑥身边照顾。饭后将铜版画整理归类。看蒙泰涅之旅。⑦ 晚上和儿子一起度过。

① 指 1822 年 3 月 28 日的日记中提及的萨克塞自传的序言。
② 歌德寄给耶拿出版商约翰·卡尔·维塞尔赫夫特（Johann Karl Wesselhöft，1767－1847）的是近期要出版作品的校样，即《远征法兰西》和杂志《自然科学概论，尤论形态学》第 1 卷第 4 册。
③ 歌德致信弗里茨，感谢他寄来的斑岩。
④ 威廉·路德维希·卡尔·封·埃施维格（Wilhelm Ludwig Karl von Eschwege，1777－1855），矿物学家、地质学者，葡萄牙和巴西采矿工程负责人，讲述的可能是他在拉丁美洲的旅行。
⑤ 提齐安（又译提香），原名提齐安诺·维伽略（Tizian，原名 Tiziano Vecellio，约 1477－1576），威尼斯派代表作家。
⑥ 可能是指瓦尔特。
⑦ 蒙泰涅（又译蒙田）（Michel Eyquem de Montaigne，1533－1592），法国作家。这里说的蒙泰涅之旅指 1774 年才出版的蒙泰涅作品《意大利游记》。

567. 歌德致 F. 封·施泰因
（亲笔修改的草稿）

1822 年 3 月 30 日　星期六

　　我最尊贵的朋友,您寄来的岩石令我十分欢喜,因为它让我那些奇怪的想法又变得直观了,但我愿意毫不犹豫地立即将它敬献出去,就像丢卡利翁一样蒙着头将它扔至身后,如果可以奢望,希望能从中长出一个您和您的朋友正在寻找和期盼的人①来。

　　在参与剧院管理工作的二十年②中,我没有认识这样的人,我们当年总是好几个人一起去做需要完成的事情。现在我们在美学和其他各方面的教育水平都很高,也许在美因河畔法兰克福、莱比锡、德累斯顿和柏林有符合您期待的人;但是他们通过多年的努力、行动和影响力才在当地被提拔到如今的位置。我想不出谁拥有自由之身,能够接受此任命,也一下子想不到可以去哪里寻找。

　　这或许是因为几年来我完全脱离了一切剧院事务的缘故。若要说有可能先在哪里找到一位的话,那可能是在柏林,您在那里也有一些我没有的人脉关系。

　　我急于写下这封信,是为不耽误您四处寻找合适人选,再次感谢您寄来的岩石,请友好地念及我。没能报答您对我的信任之情,真的非常遗憾。

　　　　魏玛,1822 年 3 月 30 日

---

① 戈特洛布·弗里德里希·康斯坦丁·封·施泰因在1822 年 3 月 17 日询问歌德,是否有合适的人选可以担任布雷斯劳的剧院经理一职,并寄来一块斑岩,预先表达自己的谢意。歌德虽然很想帮助他,但却无计可施,所以援引丢卡利翁的故事,表达自己愿意献出所得礼物而帮助他的心意。丢卡利翁是西方神话中的人物,宙斯用洪水惩罚人类时,他和妻子皮拉是仅有的两名幸存者,必须担负起创造新人类的使命。遵从忒弥斯女神神谕的指示,他们蒙着头,一边走一边将大地母亲的骨骼,即石头,扔到身后,在神的佑护下,丢卡利翁扔的石头变成了男人,皮拉扔的石头变成了女人,他们就这样从石头中创造出了新的人类。
② 歌德从 1791 年 1 月 17 日至 1817 年 4 月 12 日担任魏玛宫廷剧院总监一职。

568. 歌德致 K. P. J. 施普伦格尔①（草稿）

1822 年 4 月 10 日　星期三

阁下：

　　请收下 1821 年魏玛图书馆收录的植物学著作的目录；请阁下标注一下您希望收到的先后顺序，这样我们就可以开始安排，每次将一部分放在一个不太大的箱子里寄出，等寄回之后再寄出另一箱。②

　　能够在这件事情上为阁下效劳，我特别开心，图书馆馆员也会感激地接受一些特意为他们准备的报酬。③

　　顺致崇高的敬意！

　　　　　　魏玛，1822 年 4 月 10 日

---

① 库尔特·波利卡普·约阿希姆·施普伦格尔（Kurt Polykarp Joachim Sprengel，1766－1833），哈勒的植物学教授。
② 施普伦格尔于 1822 年 2 月 24 日拜访歌德，于 1822 年 3 月 18 日致信大公爵卡尔·奥古斯特征求从魏玛图书馆借出植物学著作的许可。1822 年 4 月 1 日施普伦格尔请求歌德给他寄一份魏玛图书馆一年来收藏的国外植物学著作的目录，歌德随这封信寄去目录，同时就如何出借图书提出了建议。
③ 施普伦格尔借书的事情给图书馆馆员带来了额外的工作量，为了补偿他们，歌德在此向施普伦格尔提了一个给予额外报酬的建议。

569. 歌德致大公爵卡尔·奥古斯特
（亲笔修改的草稿）

1822 年 4 月 12 日　星期五

殿下：

　　阅读您仁慈地转借给我的这本书让我收获许多快乐,现将它寄回;①这是我第一次读霍夫曼的作品,他用奇特的方式将最著名的酒馆、人们习以为常乃至平庸无奇的状态与令人难以置信难以想象的种种事件串联起来,不可否认,这种魅力令人无法抵挡。

　　这本小书现在获得的名声会给出版商带来利益;只是那些想要在其中挑刺的读者会非常失望。这位作者正处于作家生涯的发展期,很成功,他非常聪明,不会因鲁莽而给自己带来不利。②

　　　　　　　　魏玛,1822 年 4 月 12 日

---

① 1822 年 4 月 10 日大公爵卡尔·奥古斯特将霍夫曼(Ernst Theodor Amadeus
　 Hoffmann, 1776 - 1822)的小说《跳蚤师傅》寄给歌德,收到的第二天歌德立
　 即阅读了此书。
② 霍夫曼这本小说 1822 年 4 月由美因河畔法兰克福的弗里德里希·维尔曼斯
　 首次出版发行时有所删减。

570. 歌德致 F. W. 里默尔（亲笔落款）

1822 年 4 月 18 日　星期四

我最尊贵的朋友，随信寄去第 30 印张，通过与手稿的比较，现在可以清楚地看到总共将会有大约 32 印张；我很期待这部作品的完结，非常感谢您一直参与推进此事。①

形态学的新手稿②会在 27 日星期六寄出，还有一段时间；但有些内容我希望明天跟您详细讨论一下，主要是想请您留意关于魏玛植物种植的那篇文章，看看是否还需增添什么内容。

谢谢您的付出，请收下报酬，未支付的额外补贴有劳您明天亲自带走。③

魏玛，1822 年 4 月 18 日　　　　　　　　　　　G.

248

---

① 指歌德当天从耶拿的维塞尔赫夫特印刷厂收到的《远征法兰西》校样。
② 指下一期《自然科学概论，尤论形态学》（第 1 卷第 4 册）的文稿。
③ 此处是在谈里默尔因参与歌德科学和编辑工作而获得的报酬和额外补贴。

571. 歌德致 J. F. 封·科塔(亲笔落款)

1822 年 4 月 19 日　星期五

尊敬的阁下：

随信寄出我按照文件算出的账单，①希望与您的计算一致；再次感谢您一直以来的友善和信任。

同时告知您，我正忙于将自己所有已发表的和未发表的诗歌、文学和科学作品整理清楚，然后将它们全部交给我的儿子和一位博学的值得信任的朋友，由此可以清楚地看到那些内容丰富、个别地方还需斟酌的未发表之作，也从这个方面考虑托付好身后之事。若此事完成，我会告知您，也请求阁下给予英明的建议和友好的关注。②

其余不再赘述，祝您安康，也祝您的所有重要工作取得成功。

您最忠顺的

魏玛，1822 年 4 月 19 日　　　　　　　　　　　　　歌德

---

① 这份决算涉及《论艺术与古代》的第 3 卷第 2 册和第 3 册以及自传性著作《远征法兰西》。科塔在 1822 年 4 月 26 日的回信中确认了决算的正确性。
② 这一整理工作大概从 1822 年 4 月 1 日开始，歌德的儿子、里默尔和迈尔参与了此工作。经过长时间的稿酬谈判，这一"作者最后审定的版本"(Ausgabe letzter Hand)于 1827 至 1842 年期间由科塔出版，共计 60 卷，其中第 41 至 60 卷是之前未曾发表过的作品。

572. 歌德致 E. Chr. A. 封·格尔斯多夫（亲笔）

1822 年 4 月 20 日　星期六

阁下：

249

您让这美好的春日时光变得更加令人快乐,让我找到了少有的享受。

我必须遗憾地承认,由于生活琐事和文学工作,过去这段时间我没有再读自己早年十分敬仰的大师索福克勒斯的作品,已不知该如何再次走近他。但是现在您的译介一下子让我又可以毫无障碍地去理解和欣赏他,感觉既新鲜又熟悉,价值依旧,甚至更高。

因此衷心地感谢阁下给予的如此珍贵的启发,并祝福阁下:面对重要复杂的事务仍能愉快地回顾那些更加自由的时代,一直追求最崇高也最简单的艺术享受;您一直保持着这样的兴趣,所以现在能够给出最有力的佐证。①

只要还能有幸待在您的身边,愿您一直友好待我,也期盼您继续关爱我的家人。

致以真诚崇高的敬意

您完全最忠顺的

魏玛,1822 年 4 月 20 日　　　约翰·沃尔夫冈·封·歌德

---

① 魏玛国务委员封·格尔斯托夫于1822 年 4 月 16 日致信歌德,并随信寄来自己翻译的索福克勒斯悲剧《菲罗克忒忒斯》手稿复印版。

573. 歌德致 J. F. 罗赫利茨（亲笔落款）

1822 年 4 月 22 日   星期一

我最尊贵的朋友，您的来信和所寄之物令我十分开心。不用怀疑，那些发自内心、真诚有爱地工作并与他人分享的人一定也会被他人接纳。① 您的罗马历史时期一文促进了我的认识，之前因为克内贝尔的译介我了解了卢克莱修时代，这恰恰是您所观察时代的前一个时代；于是我尝试让自己真正顺着您的思路，按照您的观点往前回溯，这让我获益良多；②因为这就好像是一次面对面的交流。

我曾经读过您对莱比锡灾难日的精彩描写，③这次阅读让我再一次惊叹于命运的特殊安排，在我们都还没有意识到的时候，您这样一位有才气有思想的人感受到了天赋和训练带来的优势，拿起笔，刻画起当下令人难以忍受的事情。下回您会收到我对自己奇特随军经历的真实描写；④我也曾经不得不经历世界的这种痼疾（Erbkrankheit），当年我亲身经历了世界的那段历史，后来这痼疾传染到了我们的家园。

① 罗赫利茨于 1822 年 4 月 16 日致信歌德，并寄来《弗里德里希·罗赫利茨全集优秀作品选》的第 4 至第 6 卷。

② 《弗里德里希·罗赫利茨全集优秀作品选》第 4 卷中有一篇题为《布鲁特斯》的文章，讲述了罗马内战时的历史事件，这些事件发生在公元前 50 年左右，恰好紧随诗人和哲学家卢克莱修生活的年代（公元前 99 年至公元前 55 年）之后。歌德好友克内贝尔翻译的卢克莱修的说理诗《物性论》于 1821 年出版，歌德写有书评，也对卢克莱修和他生活的年代有所了解，所以歌德在这里将两者联系起来。

③ 《弗里德里希·罗赫利茨全集优秀作品选》第 6 卷中有一篇题为《危险时日》的文章，描写的是 1813 年 10 月的莱比锡大会战，即普鲁士、俄罗斯、奥地利等组成的盟军共同对阵法国拿破仑的决战。这篇文章首次发表于 1816 年罗赫利茨《新小说》第 2 卷。歌德在 1816 年 12 月 10 日就已致信罗赫利茨表达过自己对该文章的赞许："早已收到阁下的礼赠，在昏暗的时刻它该给我欢乐，那场战役中的可怕故事有一个重要的提示，那就是我们不应屈服于小的苦痛，因为人类可以战胜最大的苦痛，也常被从中拯救出来。"

④ 歌德于 1822 年 12 月 15 日随信给罗赫利茨寄去了自传《远征法兰西》和《围攻美因茨》。

　　很高兴地看到您领会了我在上一册《论艺术与古代》中幽默写就而成之处。作者的状态会立即完全展现在真正的读者面前，看到观念一致的友好的回应，我心怀感激。

　　您听过策尔特的曲子《深更夜》①吗？我越听越喜欢。非常欢迎您与我分享有关音乐的想法。

　　愿您的美好工作②取得全面的成功。

您忠诚和心怀感激的

魏玛，1822 年 4 月 22 日　　　　约翰·沃尔夫冈·封·歌德

① 指策尔特为歌德的诗《深更夜》所谱写的曲子，收录在策尔特 1821 年出版的《新歌集》中。
② 指罗赫利茨从 1821 年起分期进行的《弗里德里希·罗赫利茨全集优秀作品选》的出版工作。

574. 歌德日记(亲笔补充)

1822年4月27日　星期六

251　　　　研究原始公牛;形态学。① 继续形态学杂志工作。誊清一半手稿。阅读普拉滕伯爵的作品杂集。② 三人共进午餐;瓦尔特第一次下来,③看图画。傍晚枢密顾问迈尔来访。讨论普鲁士王室因可疑的宗教界和教育界人士而颁布的严酷法令。④ ——给维塞尔赫夫特寄去形态学校样1至19。

---

① 歌德在研究一块史前公牛的头骨,这块头骨发现于安哈尔特的弗罗瑟附近。他想在《自然科学概论,尤论形态学》第1卷第4册中报道此发现。

② 指奥古斯特·封·普拉滕-哈勒明德伯爵(August Graf von Platen-Hallermünde, 1796－1835)1822年出版的《作品杂集》。歌德和普拉滕于1821年10月17日相识于耶拿。

③ 三岁的孙子瓦尔特惠猩红热之后第一次离开自己的房间。

④ 该法令是为镇压教会和教育机构的革命颠覆活动。

575. 歌德致 J. B. 维尔布兰特

〈1822 年 4 月 28 日　星期日〉

阁下：

　　您这张设计绝妙、制作精细的大图给我带来了巨大的惊喜，虽然自从前亲眼见到它以来，我的确暗暗心存此愿，但这依旧远远超出我的期望，您将我的名字与如此优秀之人并列，这令我非常感动，真心地感谢，顺致我诚挚的敬意。

　　我用这幅展现了丰富经验和创意的作品装饰了墙壁，从那以来，不过短短几日，消息灵通的朋友们都兴奋地前来欣赏，我相信整个自然研究界都和我们一起为此感到兴奋。

　　也请您谢谢里特根博士的贡献；祝贺您二人，因为您二人在相遇时能够完全互相理解，在实施计划时又结交到了一位如此能干的艺术家。

　　先言尽至此，仔细研究之后我再公开表达有关想法。①

　　致以最美好的祝福。

---

① 1822 年 4 月 22 日歌德收到一幅自然历史地图，由自然学者维尔布兰特（Johann Bernhard Wilbrand，1779－1846）和医生里特根（Ferdinand August Ritgen，1787－1867）设计，平版画家佩林格（Joseph Päringer）制作。信中所说的"消息灵通的朋友"指艺术家、艺术史学家迈尔，总理封·米勒和古典语文学家里默尔，"能干的艺术家"指将维尔布兰特和里特根的设计制作成平版画的佩林格。

576. 歌德致 E. A. 哈根^E
（亲笔修改的草稿）

1822 年 5 月 7 日　星期二

252　　　即刻来信，望您知晓已收到寄来的悲剧剧本，只是随信未能如您所愿附上我对剧本的看法。①

二十多年来，我习惯将所有剧本，从最古老的到最新的，都置于与魏玛剧院的关联中去考虑，思考能够在多大程度上以不改编或改编的方式将它们搬上舞台；并且我们的演出要呈现出多样性。自从远离剧院，没有了任何实际演出目的，我就不再去看新的剧本了，因为如果不与直接的呈现相关联，我便不知道该如何去评判一个剧本。等孩子们和年轻的朋友们看完，请允许我将剧本寄回给您。如果这些热爱生活、喜爱舞台的孩子对剧本有任何肯定和建议，我会立即转告您。

期待看到您的小小诗作。②

魏玛，1822 年 5 月 7 日

---

① 恩斯特•奥古斯特•哈根（Ernst August Hagen，1797－1880），柯尼斯堡的年轻诗人，他于 1820 年发表的史诗《奥尔弗里德与里塞那》在《论艺术与古代》第 3 卷第 1 册和第 3 册两次得到积极的评价。1822 年 5 月 3 日随信给歌德寄来自己尝试创作的一部剧本，恳请歌德发表意见。
② 这是歌德对哈根 1822 年 5 月 3 日来信中另一个请求的回应，哈根在信中表示："我多么希望能够将我的小小诗歌作品寄给阁下。"

577. F. 封·米勒总理，日记

1822 年 5 月 15 日   星期三

8 点到 10 点和歌德在一起。因蒂姆①之事谈论宗教主题。关于基督教历史畅所欲言。"灵魂不朽的证据一定存在于每个人身体里，它不可能是被给予的。""自然界的一切都在变幻，但这些变幻之下栖息着永恒。"谈到了一切历史的模糊性，谈到有关那著名银质洗礼盆的七种都令人困惑的假说。② "想要让人们发怒，只需直截了当指出他们无耻的错误！没有诗学，世间的一切都苍白无力，诗学是童话。"

253

---

① 伊尔默瑙的著名执事蒂姆在布道台上攻击世俗世界和宗教界的当权者，导致政府制定了禁止成立宗教组织以外的宗教集会的法令。
② 歌德对当时正建立的历史学抱有怀疑的态度。1819 年魏玛宫廷获得一个中世纪的银质洗礼盆，德国古代史研究协会的专家组通过研究形成了一系列互相矛盾的假说，这让歌德对历史学更加不信任。

578. 歌德日记

1822 年 5 月 17 日　星期五至 18 日　星期六

17 日〈5 月〉

　　完成柏林开场戏①的副本。撰写曼特尼亚的胜利。② 12 点枢密顾问迈尔和科尔贝教授来访。饭后观察曼特尼亚的胜利。傍晚里默尔教授来访；和他讨论已有的想法。③

---

① 指歌德为 1821 年 5 月柏林剧院开幕式写的序言。
② 指歌德为下一期《论艺术与古代》在撰写一篇有关木版画《凯撒的胜利》的文章。《凯撒的胜利》是意大利文艺复兴画家安德烈亚·曼特尼亚（Andrea Mantegna，1431–1506）为贡扎加公爵在曼图亚的圣塞巴斯蒂安宫绘制的壁画。
③ 这里"已有的想法"指歌德对曼特尼亚的《凯撒的胜利》产生的最新的想法。

18 日〈5 月〉

　　继续整理和编辑有关曼特尼亚的胜利一文。四人共进午餐。饭后继续有关曼特尼亚的胜利的工作。韦勒博士来访。枢密顾问迈尔：谈论侍官瓦格纳的日记。① 看完戏剧之后，韦勒博士谈论了自己在耶拿和哥达的情况。

---

① 指公爵卡尔·奥古斯特的侍官约翰·康拉德·瓦格纳(Johann Conrad Wagner，1737—1802)于 1792 至 1794 年期间所记战争日记，歌德在撰写自传《远征法兰西》和《围攻美因茨》时有参考这一日记。

579. F. 封·米勒总理，日记

1822 年 5 月 22 日　星期三

〈……〉

不久一场有关希腊事件的争论开始了。

他反驳我道，战争只是加剧了土耳其基督教的没落，被毁灭的君士坦丁堡落入任何强权手中都存在该强权借此建立世界霸权的危险。[①]

可如果在那里建立一个不那么有力的国家或共和国，那么各个大国便会持续在那里努力扩大自己的影响，并会出现不幸的权力分散，就像现在的美因茨[②]一样。

254

〈……〉

爱尔福特的前候补官员封·亨宁告诉他，自己已开始在很大的大学教室开设关于颜色学的讲座，这让歌德很开心，他也曾为此事寄去自己的实验仪器。

我很惊讶的是，作为法律研究者的亨宁现在竟献身于颜色学这一科学研究，歌德简短地说道："正因为在法律研究中除了清楚地看到人类的糟糕状况之外一无所获，他才转向了自然研究。"

歌德非常感激大公爵今早的友好来访；大公爵肯定了许多有关耶拿博物馆的已成之事；赞同了其他一些计划中的事，提出了一些新的倡议，展现了他一直以来的仁慈、激励和内心的满足。歌德的评论很有见解（在蒂姆事件上），于是这位长期执政的王侯看到，很多东西会自我恢复，因此有必要为避开潜在的祸事而稍微强硬一些。

〈……〉

---

① 1821 年希腊人民发动起义，反对土耳其在地中海地区的统治，争取民族独立。希腊独立战争在 1829 年获得胜利。希腊的起义获得了欧洲同情希腊人士的支持。希腊人民于 1822 年 1 月 27 日在埃皮扎夫罗斯的国民大会上发布希腊独立宣言和宪法。

② 1819 年德国批准并执行卡尔斯巴德决议，目的在于反对和镇压德国的革命性颠覆活动。依照决议在美因茨设立了联邦中央机关，监督决议的执行情况。

580. 歌德致 C. G. 卡鲁斯（亲笔落款）

1822 年 6 月 8 日　星期六

阁下：

　　您收到我此次所寄之物是因为一位有才能的艺术家，他的方方面面都值得您去了解。他是波恩的科尔贝教授，曾久居巴黎，自魏玛艺术展以来与我保持联系。因为自身的才能，他有资格表达自己以及我们对您的风景画的喜欢。他将评价写成了一篇文章，将刊登于《论艺术与古代》，已经成稿。印刷推迟了，所以给您寄一份副本。

　　希望在去波希米亚之前将形态学第 4 册寄给您，衷心地感谢您愿意在其中刊登自己的新书预告，①为此刊增添色彩。

255

　　我还没读过波恩的骨学著作。② 如果人们在很多细微方面没能达成一致，那还能就此问题阐释出什么来呢。就我自己而言，有您的阐释已经足够。

　　我现在每天研读德·阿尔顿的树懒科和厚皮类动物，他在书中真的展示并阐释了很多内容。

　　愿您所做的一切都取得成功；您或许可以寄来定稿的插图和校样，③让我一睹为快。

　　致以最诚挚的祝福和真诚的关心

　　　　魏玛，1822 年 6 月 8 日　　　　约翰·沃尔夫冈·封·歌德

---

① 可能是指卡鲁斯当前正在准备的著作《表皮结构与骨架的原始部分》，该书于1828 年在莱比锡出版，卡鲁斯曾于 1821 年 12 月 28 日给歌德寄来其中的两张插图。
② 指伯恩考古学教授、解剖学家、铜版雕刻师德·阿尔顿的另一部作品《比较骨学》。
③ 歌德恳请卡鲁斯寄来《表皮结构与骨架的原始部分》一书中的更多内容。

581. 歌德致 F. 封·卢克
（亲笔修改的草稿）

1822年6月8日　星期六

　　您一直以来的友好关爱和热情关心①令我高兴和感动,非常感谢。

　　如果爱好和平,那么现在的消息一定让您有所安慰,特别是英国人声明要共同加强,而不是削弱土耳其帝国;这样我们可以让自己安心片刻。②

　　有关我的事情,私下里讲,为了不再承担法兰克福的国家赋税,五年前我已处理了那里的所有财产,放弃了公民权。当时还根本没有雕像基金会之说;但这一协会现在依然存在,并刚刚委托柏林的劳赫制作一座大理石雕像;如果他们把这座雕像放置于新建图书馆的某处,我会觉得非常荣幸。我们就都随朋友们去做吧,拭目以待接下来决定或发生的事情。③ 我最珍贵的朋友,这一切我只跟您说了,别人都不知晓,下面这件事情也是一样。

　　我和几位朋友达成一致,准备出一个完整的修订的全集版本,囊

256

---

① 歌德回信感谢普鲁士军官、作家弗里德里希·封·卢克(Friedrich von Luck, 1769-1844)的关心,他在1822年圣灵降临节期间来信详细问了歌德的身体状况。

② 卢克在给歌德的信中提到土耳其战争之事,于是歌德在此信中与他进行交流。尽管英国和欧洲大陆的公众支持希腊人民的起义,但是在外交范围内仍决定要支持土耳其。

③ 由歌德朋友博伊塞雷发起成立的基金会打算在歌德故乡法兰克福新建的图书馆前树立一座歌德雕像。卢克在来信中问起此事。因为在雕像规格以及委托艺术家事宜上存在不同意见,这一雕像计划进展缓慢。最终雕像制作委托了柏林的雕像家劳赫,博伊塞雷建议舍弃原先的宏伟雕像计划,改塑一座简单的大理石雕像。资助人西蒙·莫里茨·封·贝尔特拉姆(Simon Moritz von Bertram)去世之后,该计划停摆,直至1837年新的雕像基金会成立。1841年基金会委托慕尼黑雕塑家路德维希·封·施万塔勒(Ludwig von Schwanthaler, 1802-1848)重新制作,1844年雕像铸造完成。

括我所有著作、文字和其他未出版过的文学作品,我们做了一些安排,以确保这一工作不被干扰。非常感激朋友们为此所做的一切。请您暂且保守这个秘密。

出发去波希米亚①之前先简短地说这些,希望自己带着您的祝福平安到达那里。

珍重再见。

魏玛,1822 年 6 月 8 日

信收尾之后才发现恰恰忘了告知您最想了解的情况。现在告诉您:就我这个年纪和体格而言,我的身体状况还可以。孩子和两个孙子都健康快乐,暂时还没出现会有第三个孙儿②的迹象。其余各方面的情况也都让我必须心存感激地接受自己的现状。

您大概也拿到了我在这个冬天推动的成果;③看到它,请您友好地念及我。

① 歌德于 1822 年 6 月 16 日出发前往波希米亚疗养。
② 歌德的孙女阿尔玛于 1827 年出生,全名阿尔玛·塞蒂娜·亨丽埃特·科妮莉亚·封·歌德(Alma Sedina Henriette Cornelia von Goethe,1827—1844)。
③ 指 1822 年初出版的《论艺术与古代》第 3 卷第 3 册。

582. 歌德致 C. F. 封·赖因哈德(亲笔落款)

1822 年 6 月 10 日   星期一

257

尊敬的、亲爱的朋友,平常您的来信有多让我开心,此封来信①就有多让我难过。之前收到您 2 月 14 日的来信时,我正忙得不可开交。② 但是此信我常常拿出来再读,还有您那些内容丰富的纸张,它们总能激发我产生出新的想法。非常不愿意去想您正在忍受着病痛,因为就年纪和体格而言,我自己的身体状况还可以,还能完成应尽的义务,能做想做的事情。希望那位可爱的秘书③永远是您的左右手,也希望我在马林巴德能听到来自巴登④的有关您健康状况的消息;因为有驿车,世界并不那么遥远。

有一个小册子推荐给您,我正要将它打包,随下一辆驿车寄去;看到 1792 这个年份,您可能会露出怀疑的笑容,当年,您比我们多经历了许多充满惩戒的日子,而我们还可以拿自己的烦恼开开玩笑。当我在想象中再次回顾那段时间里的点点滴滴,却无法驱散三十年来阴魂不散的恶魔时,真的会常常觉得头晕目眩;它们就像可恶的弹洞,一次又一次出现在讨厌的纸片上方。最尊贵的朋友,我上百次地想起您,更确切地说是一直想着您,想着同一时间也在那里饱受痛苦历经磨难的您,尽管我此刻无法清楚地回忆起您当时的具体情形。⑤

---

① 歌德友人、法国外交官卡尔·弗里德里希·封·赖因哈德(Carl Friedrich Graf von Reinhard, 1761 - 1837)1822 年 6 月 4 日的信没有公开,但其中一定有关于他自己身体状况的不好消息。

② 当时歌德正忙于《远征法兰西》和《围攻美因茨》以及《自然科学概论,尤论形态学》的第 1 卷第 4 册有关工作。

③ 指赖因哈德的女儿苏菲·卡罗利妮(Sophie Caroline),因为痛风,赖因哈德无法自己书写,所以 1822 年 6 月 4 日寄给歌德的信是由女儿代笔的。

④ 赖因哈德告知歌德自己要去巴登休养。

⑤ "小册子"指 1822 年初出版的歌德自传《远征法兰西》和《围攻美因茨》。写作自传显然让歌德回忆起了当年随军的危险岁月。赖因哈德也牵涉在当年的战争中,他于 1792 年 4 月到 1793 年 2 月在伦敦任法国公使馆第一秘书。

　　出发前我还会给您寄一份形态学册子，它会让您产生兴趣，也会一定程度上让您回忆起我们以前共处的时光。① 对自然的思考可能会是最后一件我会持久地去做的事情，特别是由于人们越来越浓厚的兴趣以及自己与许多朋友建立的联系。

　　我的朋友和恩人②在柏林促成了以下之事，即根据我的心愿将大学教学楼的一间教室专门用于颜色学讲座；仪器几乎配置齐全，我也尽我所能地提供支持。来自黑格尔学派的一位年轻人全心全意地做着此事，让我很惊讶；因为为了赢得表面的荣耀，现在每个人都喜欢只是将已经做过的事情改头换面，而他却是真的有所作为。

　　在形态学领域，我也听到了一些令人欣喜的成果。③只需去促进和享受。国外也传来令我很中意的消息；法国人翻译了我的戏剧作品，我由衷钦佩其客观的立场和理解的深度。④ 当德国人在用一种

258

① "形态学册子"指《自然科学概论，尤论形态学》第1卷第4册。赖因哈德是一位对很多事物感兴趣的外交官、诗人，这本册子可能会令他回忆起1807年在卡尔斯巴德度过的夏天。从那个夏天开始，赖因哈德和歌德常在艺术和自然研究问题上进行交流。1807年赖因哈德就已将颜色学的部分章节翻译成法语。

② 指克里斯托夫·弗里德里希·路德维希·舒尔茨和卡尔·西格蒙德·弗兰茨·封·施泰因·楚·阿尔滕施泰因男爵（Karl Siegmund Franz Freiherr vom Stein zum Altenstein，1770－1840），在这两位朋友的推动下，在柏林大学设置了一间配有仪器的大教室给亨宁博士开设颜色学讲座。

③ 歌德与自然科学领域的领军人物保持着紧密的联系，比如哥廷根人类学家约翰·弗里德里希·布卢门巴赫（Johann Friedrich Blumenbach，1752－1840）、波恩植物学家内斯·封·埃森贝克（Nees von Esenbeck，1776－1858）柏林物理学家托马斯·泽贝克、德累斯顿解剖学家卡尔·古斯塔夫·卡鲁斯等，常与他们交流最新的研究成果。

④ 译者是法国作家弗雷德里克·阿尔伯特·施塔普菲尔（Frédéric Albert Stapfer，1802－1892），译作自1821年起分卷出版，1822年1月和3月歌德分别收到译作的第1和第2卷。

几乎变得无法理解的语言来交流思想和进行评价时,这位法国人运用了传统的表达方式,但是他巧妙地把这些表达变得像一面由多面平面镜组合而成的凹透镜一样,有力地作用于一个焦点。

在英国,有一位索恩先生对我的浮士德的理解令人惊叹,并且他将浮士德的特点与自己的语言特点以及民族要求很好地融合在一起;①我拥有旁边印有原文的第 1 印张。在我看来,与以前相比,各个民族正在学习更好地相互理解;误解似乎只存在于每个民族自己内部。

有关这些,您思考得比我多,我只有片面的理解;也许您友爱的私人秘书②愿意好心给我透露一些。

此外,最近发生的事件取消、干扰和决定了怎样的冲突、愿望、期待和赌注! 当英国人声明,现在还根本不是削弱土耳其帝国的时机,而是必须真正地去帮助其巩固时,他们是多么大胆。但仍然存在一个奇妙的情况,那就是,此次当权者的决定性的一致意见压制了绝大多数公众的意见。

259　　我最尊贵的朋友,您又一次抓到我在思考政治问题了,但还是为了您,因为我必须首先高兴地期待和平,这样您才有闲去照顾自己的身体。

就此搁笔,祝您安好!

您最忠诚的

魏玛,1822 年 6 月 10 日　　　　　　　　　　　　　　G.

---

① 英国作家格奥尔格·索恩(Georg Soane, 1790 - 1860)于 1820 年翻译了《浮士德》几篇节选并出版,歌德于 1822 年 6 月 8 日收到这部译作。
② 指赖因哈德的女儿。

583. 歌德致 J. D. 格里斯（亲笔落款）

1822 年 6 月 11 日　星期二

阁下：

　　您的新一卷卡尔德隆作品①再一次带给我几天快乐时光，在每一个安静的时刻都觉得回味无穷。这是一位让人每一次阅读都会惊叹的诗人，他就像只要去仔细观察就会令人惊叹的大自然。请接受我最诚挚的谢意，并请相信，此次疗养之旅②中我会时刻翻阅它；关于卡尔德隆和他的译者③的功劳我还有些话想说，只希望自己能够扼要且令人信服地表达出来。您传递的关于这两部作品的内容④对于我来说很有价值，启发我从多个角度去思考。

　　祝您安康，今后工作愉快。

您最恭顺的

魏玛，1822 年 6 月 11 日　　　约翰·沃尔夫冈·封·歌德

---

① 耶拿法学家约翰·迪特里希·格里斯（Johann Diederich Gries，1775 - 1842）于 1815 至 1826 年间翻译了西班牙作家、诗人唐佩德罗·卡尔德隆·德·拉巴尔卡（Don Pedro Calderón de la Barca，1600 - 1681）的系列剧作，1822 年 6 月 3 日将其中第 5 卷寄给了歌德。
② 指 1822 年 6 月 19 日至 7 月 24 日的波希米亚马林巴德疗养之旅。
③ 这里的译者指的就是格里斯。
④ 指格里斯在译作中为《精灵夫人》（*Dame Kobold*）和《萨拉梅亚的镇长》（*Richter von Zalamea*）两部作品所撰写的引言。

584. F. 封·米勒总理，日记

1822 年 6 月 11 日　星期二

〈……〉谈话很快便转到了霍华德这位贵格会①教徒身上，谈到他发表的关于伦敦气候的最新作品，②歌德很是称赞。歌德为形态学手册翻译了霍华德自己撰写的生平："他早就不像亨胡特兄弟会教派③的信徒那样胆小地发表自己的观点了"，他说，"而是轻松自由地表达；他是基督徒，一直是，他按照这一信仰生活和工作，把自己对未来和世界的希望与这一信仰紧密联系在一起，一切都如此合乎逻辑，如此清晰易懂，以至于大家在看他的作品时可能会希望自己能够拥有相同的信仰；事实上他所表达的内容的确存在很多正确之处。他希望各个民族把自己看成是牧区的一员，相互认可。"

"我"，歌德补充道："在最近给一位朋友的去信中写道：'各民族对彼此的看法可能是一致的，分歧存在于各自内部。'其他人喜欢用别的表达方式，我很喜欢这样去说。"〈……〉谈到沃尔特·斯科特时，歌德说道："一本很有影响力的书实际上根本不可能得到真实的评价。批评根本就是现代的一种恶习。这有什么意义呢？读者读一本书，让它影响自己，并沉溺于这一影响，这样便得到了对此书最正确的评价。"

我从韦廷带来的矿物引发了有关地质学的谈话。"自从学者们对这一物质的大多数观点变得如此荒诞时，我便不发表任何看法了；

260

① 贵格会兴起于 17 世纪的英国，特点是没有成文的信经、教义，最初也没有专职的牧师，无圣礼与节日，而是直接依靠圣灵的启示，指导信徒的宗教活动与社会生活，始终具有神秘主义的特色。
② 指霍华德于 1818 至 1820 年间发表的《伦敦的气候》，耶拿数学家约翰·弗里德里希·波塞尔特写有书评，发表于 1823 年《自然科学概论，尤论形态学》第 2 卷第 1 册。
③ 亨胡特兄弟会教派于 1727 年由虔诚的伯爵亲岑道夫（Nicolaus von Zinzendorff, 1700–1760)创建，该教派教徒的生活以勤劳、节制和虔诚为特点。

恒久对立，永远不认可他人通过辛苦的研究所得到的成果；每一个观点都要立即扼杀并单纯用一些概念去消解它。啊，那些人真是太愚蠢、卑劣了，采用的方式很荒诞；必须得活到像我这样的年纪，才能学会完全蔑视他们。"

〈……〉

我讲到了阿里斯托芬作品《蛙》里面的内容，批评其中夸张的犬儒主义。歌德说，人们对待他须像对待丑角一样，宽容地接受。迈尔出发去威斯巴登，歌德因不稳定的健康状况而痛苦。"可怕的是不得不为这样优秀能干的人忧心，埃斯佩兰萨只坐在骨灰坛的边缘①。"

〈……〉

261

---

① 埃斯佩兰萨寓意希望，却总是距死亡并不遥远。骨灰坛寓意死亡。

585. 歌德致 Chr. L. F 舒尔茨
（亲笔修改和落款）

1822 年 6 月 12 日   星期三

珍贵的、尊敬的朋友，好久没有给您写信了，但我心中一直想着您；最新一期形态学便是证明，它的发行推迟了很久，以致我甚至不清楚能不能随这封信一起寄给您。

首先非常感谢您对颜色学事业的推进！封·亨宁似乎适应得很好，他完全走在一条正确的道路上，如果您继续带领和引导他，他一定会实现目标。我曾用话语鼓励他，用仪器支持他，也将会继续思考还有什么能帮助他。但是您做得最好。如果您能帮他争取到旅费，在米迦勒节①假期中来看我，那么有很多事情会在短时间内处理好。

除了幸运为我带来的老朋友，我也在结识年轻的朋友，以便确保我的著作、文字、未发表的文学和科学研究作品在未来能够出版。如果您同意，我想把颜色学的汇编和资料交给封·亨宁，由他来编辑并整理成颜色学第 3 卷；为此亲自在场和面谈自然是有必要的。

在太多各种各样要求的工作中，我很难专注于同一件事情，所以我必须寻找合作者，②越早越好。

我将继续出版形态学和自然科学手册，但是不再像迄今为止那样合在一起，而是分开发行并减少印张数量。首先，我希望能够出版您那篇有关生理学颜色现象的文章；③我刚刚又通读了一遍，发现它正是我最期待的；我会把它一同带至马林巴德，在那里再仔细研读。

---

① 米迦勒节（Michaelisfest）在 9 月 29 日，封·亨宁在节日之后（1822 年 10 月 7 日和 8 日）拜访了歌德。

② 除了几位老朋友之外，歌德也寻找年轻人参与到他的项目中来。除了儿子奥古斯特外，自 1823 年年轻作家约翰·彼得·爱克曼（Johann Peter Eckermann）、耶拿古典语文学家卡尔·威廉·戈特林（Carl Wilhelm Göttling）也参与了进来。

③ 舒尔茨于 1822 年 8 月 16 日致信歌德表示同意发表，这篇探讨人类主观的颜色感知的文章发表于 1823 年《自然科学概论，尤论形态学》第 2 卷第 2 册。

　　是的，我又要去波希米亚了；去年这神圣的疗养浴场对我很有好处，帮助我平安度过了冬季；另外从道德意义上来说，我也有必要再去看看那里的人和那片地方，不与他们太过疏远。

　　现在继续向您汇报其他事。一篇附有注释的普尔基涅著作节选已在我这里一年了，在您的文章见刊后，便可以将它出版。我已经找人仿刻他的插图了，但因为有个特殊的情况，那就是我们优秀的铜版雕刻家施韦尔特戈伯特也似着魔般地对此感兴趣，所以他热心地承担了这份工作，将已完成的雕刻和原版放在一起，您会看出他的热心。我的愿望莫过于，有机会便表明我的信念；因为我们这个时代有在思想上孤立自己的倾向，这阻碍了一切美好事物的发展，人们只是嘴上说要普遍的思想自由；他们没有发觉，这种方式下他们是自己的敌人；如果口头的标榜变为行动，所有人都会感觉好一些。

　　您大概已经看到我的工作成果①了，那是我异想天开地去回忆92和93年的可怕境况所带来的成果，希望您没有不喜欢。我需要一份工作让我整个冬天忙碌起来；而第一部第4卷所要求的对我一生中纯洁而多情日子的描写②虽然已写出一半，却完成不了；于是我抓住最令人生厌的事情，通过温和的处理，它至少可以变成能够让人承受得起的事情。

　　此次先谈这些，致以最美好的问候和祝福，顺便告知您，下回将　　

① 指1822年春天出版的《远征法兰西》和《围攻美因茨》。
② 指《诗与真》的第四部分，描写的是狂飙突进时歌德在法兰克福的生活，从他与法兰克福银行家之女安娜·伊丽莎白·舍内曼（Anna Elisabeth Schönemann，1758 - 1817）（莉莉）的订婚到1775年搬至魏玛。这一部分的撰写开始于1813年，但是由于种种原因一直被中断，比如让步于《西东合集》、《威廉·迈斯特的漫游年代》《浮士德》第二部的创作，比如考虑到当时还在世的莉莉。

寄去那幅孱弱女士画像，①她真应该好好疗养。

最后，倘若方便告知，我急切地盼望在马林巴德听到有关您身体和工作的消息。

您最忠诚的

魏玛，1822 年 6 月 12 日　　　　　　　　　　　　　　　　G.

---

① 歌德要给大公爵的图书馆寄去一幅曼托瓦公国侯爵的女儿保拉·贡扎加（Paula Gonzaga，1464－1537）的画像，由舒尔茨在柏林负责此肖像画的修复工作。保拉年仅十四岁时便在双亲的安排下嫁给了奥地利的戈里齐亚伯爵，以加强贡扎加家族与讲德语的贵族之间的联系。

586. 歌德致 F. H. W. 克特①（亲笔落款）

1822 年 6 月 15 日　星期六

在即将出发前往马林巴德的当下，我收到了自然科学概论手册，给您寄一份，请原谅采用的不是英国的纸。② 衷心感谢您的参与，今后我仍然需要您的支持。如果您准备赠与我一些骨头化石，那现在正是最好的时机，因为我的儿子正在特意为此布置的花园房间里整理那些史前世界的见证物。③

但愿您喜欢这本手册中的〈一些内容〉，友好地从浮现在我眼前的所有内容中接受合您心意和想法的部分。请您念及我和那位可爱的朋友，④期待我们再一次见面。

您最忠诚的

魏玛，1822 年 6 月 15 日　　　　约翰·沃尔夫冈·封·歌德

---

① 弗里德里希·海因里希·威廉·克特（Friedrich Heinrich Wilhelm Körte，1776－1846），哈尔伯施塔特的教堂牧师，文史学家。
② 指《自然科学概论，尤论形态学》第 1 卷第 4 册，显然所用纸张不是很好，所以歌德请克特谅解。
③ 歌德对新发现的史前牛骨化石很感兴趣，与克特常就此进行交流。1822 年 4 月 21 日克特来信告知自己有新的发现，询问歌德是否需要。因为歌德的儿子正在忙于整理化石收藏，所以歌德觉得现在正是时机。克特于 1822 年 7 月 2 日随信寄来了承诺的化石。
④ 可能是指诗人约翰·威廉·路德维希·格莱姆（Johann Wilhelm Ludwig Gleim，1719－1803）的侄女苏菲·多萝西娅·格莱姆（Sophie Dorothea Gleim，1732－1810），1805 年歌德到访哈尔伯施塔特时与之相识。

587. 歌德致 K. J. H. 鲁克施
图尔 E^①（亲笔落款）

1822 年 6 月 15 日　星期六

264　　　　在正要出发去波希米亚疗养浴场的当下，我收到了您宝贵的邮件。^② 只能先读少数的几页，这已令我很开心；看到有思想的年轻人成长起来，与我有和谐一致的想法，还有什么比这更美好呢。今天只能说到这里了；等我从波希米亚回来再跟您详说。

　　　　我们优秀的枢密迈尔去了威斯巴登，所以现在他离您比您想得要近；我已立即将您的信寄过去了，也许您会收到从那里寄出的消息。

　　　　祝您安好，我相信，如果在已开辟的这条道路^③上继续前行，您的影响会给自己和他人都带来快乐和益处。

致以真诚的关心

魏玛，1822 年 6 月 15 日　　　约翰·沃尔夫冈·封·歌德

---

① 卡尔·约瑟夫·海因里希·鲁克施图尔（Karl Joseph Heinrich Ruckstuhl，1788 - 1831），科布伦茨中学教师。
② 鲁克施图尔于 1822 年 6 月 10 日随信寄来自己的一篇有关歌德《威廉·迈斯特的漫游年代》的文章。
③ 指鲁克施图尔反浪漫主义的语言学研究，歌德对此有积极的评价。

马林巴德/埃格尔疗养之旅

1822 年 6 月 16 日至 8 月 29 日

588. 歌德日记(6 月 16 日起亲笔)

1822 年 6 月 14 日　星期五至 6 月 19 日　星期三

14 日〈6 月〉

〈……〉继续为出发做准备。与总理封·米勒谈论肖像①的改动。弗罗曼先生告知他的妻子遭遇意外。四人共进午餐。画家科尔贝在肖像上做了几笔修改;将肖像送交大公爵。大公爵夫人殿下从多恩堡归来。傍晚里默尔教授来访,商定了一些事情,进行了内容丰富的谈话。

---

① 指克里斯托夫·海因里希·科尔贝从1822 年 5 月 2 日开始为歌德所绘的肖像。

15 日〈6 月〉　　

准备明天要寄出的信件。继续为出发做准备。招待大公爵夫人殿下。继续整理和打包。傍晚建筑总监库德雷和总理封·米勒来访。

16 日〈6 月〉

从魏玛出发	3 点 45 分
到达耶拿	7 点
停靠罗滕施泰因	9 点
到达卡拉	11 点
到达珀斯内克	下午 4 点

罗滕施泰因下雨,天空布满层层乌云。从图林根森林传来阵阵雷声。奥拉河谷下大雨。河谷水位上升,冲上来大量沙岩。两套地层之间有因过去多次涨潮带来的奇特碎石。

〈……〉

19 日〈6 月〉

〈……〉抄出了书写板上迄今为止的所有笔记，誊清了为伦茨写的诗。① 和警事顾问格吕纳聊天；聊到奇特的象牙化石，②这块化石具有猛犸象的特征。谈到格吕纳附有漂亮绘图的有关埃格尔人风俗习惯的作品。3 点左右出发。胡斯③早早来访。和他聊了很久，大多是历史话题。天空澄澈明净。在最美夕阳的映照下，凉爽北风的吹拂下，到达并入住。

① 歌德誊清了各种笔记，其中包括一首为耶拿矿物学协会会长、矿物学教授约翰·格奥尔格·伦茨(Johann Georg Lenz, 1748-1832)1822 年 10 月 25 日工作五十周年纪念日所作的诗。
② 这块象牙化石于四十年前出土于埃格尔附近的多利茨农庄。
③ 卡尔·胡斯(Carl Huß, 1761-1838)，埃格尔的死刑执行官。歌德自 1806 年第一次到埃格尔之后就常去看胡斯的武器、硬币、矿物和奇珍异宝收藏。

589. 歌德致子奥古斯特(亲笔)

1822年6月29日 星期六至7月2日 星期二

1822年6月29日,马林巴德

266　　　我到达这里已有十天,现在终于可以写些东西回复你的可爱来信①了。天气晴朗,适合疗养,尽管对耕地不利。大气现象相当奇特美好。昨天下午,天空乌云密布,但只有部分山区有降雨。因普遍干燥,十字泉的泉水特别浓烈纯净。前来疗养的客人不多,希望一天天多起来。像一年前一样,旅馆里的一切都很美好很理想。我住在三楼,在去年那间房间的上方,饭菜很可口,人们都很正派,相处起来很舒服。公共设施方面也有很多改变;便利的交通道路四通八达;因为炎热,旅馆前的开阔空间里没有摆放绿色植物,但却为以后考虑,布置得非常漂亮。我做了一些事情,各方面都有进展。

　　　我非常赞同弗兰肯豪森之行;②大家应该没有太多顾忌地选择进行一次疗养。新的事物会让精神焕发,饮用泉水和泡温泉会让身体恢复活力;但是她们俩还是得依靠自己。代我向大家问好。别忘记也给叔本华一家致以友好的祝福。我愉快地阅读了**加布里埃莱**;③感谢妈妈④写了这本小说,女儿⑤把书带给了我也值得表扬。小说很好,非常好。

　　　这里你可以看出,为了让心情平静,我得来到海拔2000英尺高的地方,安顿在教会地区,这对于集中注意力而言很有必要。散步时我在书写板上记了些内容,如果我把这些写到纸上,也定会告诉

---

① 奥古斯特于1822年6月23日给歌德来信,信上附有"近期来信目录"。
② 奥古斯特在之前的来信中告诉歌德,宫廷医生雷拜因建议他的妻子奥蒂莉去温泉浴场弗兰肯豪森疗养半个月,乌尔丽克因为身体原因也需要疗养,所以可能会同去。
③ 约翰·叔本华1819年发表的小说,歌德在《论艺术与古代》第4卷第1册(1825年)中评介了此小说。
④ 指约翰娜·叔本华。
⑤ 指阿黛尔·叔本华。

你们。

　　我的生活方式非常简单：早晨在床上饮水，隔两天泡一次温泉，傍晚在泉边饮水，中午和大家一起吃饭，日子就这样过去了。葡萄酒终于到了；斟了一杯又一杯，剩下的可能会留到明年。封·赫尔多夫①先生赠送给我六瓶维尔茨堡葡萄酒，也是等了一段时间才寄到这里。

---

① 卡尔·海因里希·安东·封·赫尔多夫（Carl Heinrich Anton von Helldorf，1767－1834），魏玛侍从总管，是歌德儿子奥古斯特的朋友。

267   **7月2日**

　　这段时间,警事顾问格吕纳给我带来了先前留在卡尔斯巴德的一部分酒,总之现在有足够的酒喝了。收到你 28 日的来信,得知你积极参加了庆祝和娱乐活动。① 祝大家一切都好!我无法忘记一次奇特的来访。游历世界的封·布赫先生自称超级火山研究专家,并特别圆滑地试着诱导我跟他谈话;但白费力气,于是我跟这位德国第一的地质学家没有说一句有关地质学的话。② 这次先说这些吧!我搬到二楼来了,房间如去年一样雅致而舒适。这里井然有序。旅馆客人不多,但天天都有几位前来。下雨之后天气就变冷了。云层的移动很值得观察。另外,我很努力地工作着。问候大家,请念及我,并不时来信说说你们的情况。

G.

　　请代我向女伯爵琳③致以最美好的问候

---

① 指宫廷为从圣彼得堡归来的世袭大公爵夫妇(Carl Friedrich von Sachsen-Weimar und Eisenach,1783 - 1853)和夫人(Maria Paulowna,1786 - 1859)举办的庆祝活动。

② 克里斯蒂安·利奥波德·封·布赫(Christian Leopold von Buch,1774 - 1835),地质学家。日记内容显示,布赫尝试让歌德与自己进行讨论,但显然歌德觉得他的尝试令人不舒服,所以拒绝与之讨论。

③ 卡洛琳·封·埃格洛夫斯泰因(Caroline von Egloffstein,1789 - 1868),自1815 年起为世袭大公爵夫人的侍女。

590. 歌德致 Chr. W. 施魏策尔(草稿)

1822 年 7 月 2 日　星期二

尊敬的阁下：

　　我开心地抓住了一个美好的机会，让您友好地想起我，并向远方仁慈的您致以最热情的问候。①

　　附页含有此事的缘由，我不在这里复述，稍后在提出我微不足道的建议时会提及。

　　这些诙谐表达如何与庆祝活动的严肃与尊严协调一致，这一点阁下在现场将会进一步做出评判。甜点部分可以添加一些内容，因为兴奋的大脑也乐意接受兴奋的事物。

　　不管怎样，任何准备都还有时间，因为我记得这一庆祝活动的举办时间是在几个月以后。② 不过我还是即刻寄出这封邮件，因为现在身体状况尚可，让我有这份自由。请念及我，并请在方便的时候代我向殿下致以忠诚的问候。

　　　　　　马林巴德，1822 年 7 月 2 日

　　我们最仁慈的殿下在即将出发时屈尊告知在下：他打算在即将到来的周年庆时通过一次庆祝活动向优秀的矿务监督伦茨表示敬意，同时赠送几份来自宫廷的大礼，礼品暂定如下：

　　1）金功勋章。

　　2）一百枚达克特金币。

　　由枢密施魏策尔先生组织的庆典将会是一场盛宴，饭后甜点环节摆放上类似火山的物品，敬献几句风趣的诗句。

　　我有如下一些微不足道的建议：

---

① 歌德随信给枢密施魏策尔(Christian Wilhelm Schweitzer，1781－1856)寄去了自己对伦茨工作五十周年纪念日庆祝活动的"微不足道的建议"。
② 庆祝活动于 1822 年 10 月 25 日在耶拿举行。

　　a) 中心主要装饰呈现维苏威火山正在倾注大量熔岩的样子;火山下方可以放置那枚**功勋章**。

　　b) 旁边是小小的利帕里群岛①之一,由海水包围;岛上或许可以放置那些<u>达克特金币</u>。

　　c) 岛屿的一部分摆放玄武岩,就像斯塔法岛②一样。下方可以放置随信附上的**诗歌**。③

————

269　　　魏玛的霍尔德曼④和他的同伴会将这一切做得相当恰到好处。图书馆里有需要的图像。不言而喻的是,所有东西都是卡纸制成且染色的,要避开烟、蒸汽以及焰火。

————

　　这些只是作为一个大概的设计。更细微之处受限和决定于具体情形。

　　　马林巴德,1822 年 7 月 2 日

————

① 利帕里群岛是第勒尼安海中的火山岛群,位于西西里岛北岸近海区。
② 斯塔法岛是位于苏格兰西海岸外的一个小岛,周边环绕着玄武岩石柱。这些岩石由火山活动所抬升,后经风化侵蚀而形成。
③ 据日记记载,《所有火山岩的显赫反对者》(Erlauchter Gegner aller Vulcanität)一诗写于 1822 年 6 月 18 日至 19 日间,献给坚定的水成论者伦茨的庆典活动。诗中用所谓的"奇怪的现代诗行"幽默地对庆典的火山式布置进行了评论。在 18 世纪的地质学中,有关地质现象的主要动力有火成论和水成论两种。火成论把"地下热火"看成地质现象的主要动力,地壳中因此而形成的岩石为火成岩;水成论则认为水是唯一的动力因素,地壳中因此而形成的岩石为水成岩。
④ 卡尔·威廉·霍尔德曼(Carl Wilhelm Holdermann, 1785 - 1852),演员,戏剧画家。

591. 歌德日记（亲笔）

1822 年 7 月 11 日　星期四/12 日　星期五

11 日〈7 月〉

　　施特恩贝格伯爵来访,送给我几块化石,之后阅读德拉斯克的波希米亚自然史。① 参加宴席。之后先后来访的有巴迪亚尼伯爵②、卢克斯堡伯爵③和施特恩贝格伯爵。独自一人继续研读胡司之战。④

---

① 指劳伦丘斯·阿尔布雷希·德拉斯克（Laurentius Albrecht Dlask，1782 - 1834）所著《试论波希米亚自然史》的第一部分,1822 年于布拉格出版。

② 文岑茨·封·巴迪亚尼（Vincenz von Bathiany，1772 - 1827）,奥地利政治家。

③ 弗里德里希·克里斯蒂安·约翰·封·卢克斯堡（Friedrich Christian Johann von Luxburg，1783 - 1856）,巴伐利亚大臣。

④ 神学家扎哈里亚斯·特奥巴尔德（Zacharias Theobald，1584 - 1627）的历史著作《胡司之战》。

12 日〈7 月〉

布置矿物标本收藏柜。研读德拉斯克的自然史。施特恩贝格伯爵来访。一起过目了一半的马林巴德收藏系列。用餐。

592. 歌德日记（亲笔）

1822年7月26日　星期五

　　夜里下了一会儿很大的雷阵雨，电闪雷鸣。早上10点，强烈的雷阵雨再次袭来，持续了数小时。两场雷阵雨都是从西边过来的。早早用餐。与格吕纳顾问一起乘车前往波克拉特的铁矿石矿井；我们去了厄尔贝格；走进了山谷，进入了粘土矿矿井，之后往上走，前往金斯贝格城堡。看到了重要的古塔。返程；最后基本上都是走公路。取出矿物标本、整理并谈论。——致信儿子，寄往魏玛。

593. J. S. 格吕纳

1822 年 7 月 27 日　星期六

270　　　〈……〉

　　像过去那几次一样，我向歌德递上自己早年创作的几首小诗，这些诗歌并不都适合公开，但却能让他大笑并惊呼：您的创意都是从哪里来的，这正适合我们的殿下。

　　我举例讲了其中一首诗灵感的来源。这首诗是关于拿破仑的。当时我正穿过巴黎的一座桥，那里在修补铁栏杆，我发现当所有工人一同弯腰时，夯具〈即打桩机〉升高，但是当所有人都站直时，它便降落，把桩夯入地中。于是我即兴作了下面这首诗：

　　　　　　"所有脑袋同时低垂，

　　　　　　它定急速升高，

　　　　　　脑袋和胸脯以钢铁武装，

　　　　　　目的唯有深深压低别人

　　　　　　然而这幸运只持续到，

　　　　　　人们不再给予它力量，

　　　　　　这会发生，

　　　　　　只要大家都站直，

　　　　　　不再像仆人般在它面前弯腰。"

　　创作这几行诗时，我想到了拿破仑的顽固、对公爵昂吉安的处决①以及君主们的爱尔福特会晤。② 会议召开时，我想，要是这些公国之前团结在一起，那么这个非常懂得运用**分而治之**③这一格言的小个子男人永远不可能变得如此强大。此外，没有人能够否认，他是

---

① 1804 年拿破仑将波旁王朝王子、逃亡巴登的公爵昂吉安（Louis Antoine Henri d' Enghien, 1772 - 1804）（又译当甘公爵）抓回法国并枪决。

② 1808 年 9 月 27 日至 10 月 14 日拿破仑召集了爱尔福特会议，会议上德国各公国为了各自的利益成为拿破仑的党羽。

③ Divide et impera! 为拉丁语，意思是分裂你的敌人，由此来实行统治。

一个伟大的人物，在人类历史上千年难得一遇。

　　对此歌德说道：您说的有道理。当拿破仑到达爱尔福特时，他希望我要写一个"布鲁特斯"悲剧。① 大公爵还因此派了一名驿使来找我。我没有写，因为对我而言这一主题太过棘手。

271

---

① 拿破仑与歌德在爱尔福特会议召开期间的 10 月 2 日见过面。

594. 歌德日记（亲笔）

1822 年 7 月 28 日　星期日 / 30 日　星期二

28 日〈7 月〉

　　就昨天所去的地点和有关注释①进行了口授,将岩石②进行了合理的归置摆放。阅读了波希米亚诗歌。③ 通过改编完成了《小花束》。④ 顾问格吕纳乘车前往弗兰岑布伦。独自一人用餐。把架子⑤托付给木匠。乘车前往卡默比尔。这是一座假火山吗? 关于这一疑问,我的答案摇摆不定。⑥ 看了几首小诗。⑦ 装着熔渣回家。顾问格吕纳带来了花岗岩和别的山岩,逗留至午夜。

　　　　〈……〉

---

① 歌德和格吕纳于 1822 年 7 月 27 日一同去了多利茨附近的石灰岩采石场,猛犸象牙化石的发掘地。
② 从多利茨附近的石灰岩采石场带回来的泥灰岩和石灰岩样本。
③ 施特恩贝格伯爵赠送给歌德的诗集《克拉洛特夫斯基的手稿》(德译: *Die Königinhofer Handschrift*),由文策尔·汉卡(Wenzel Hanka, 1791 – 1861)编辑、文策尔·斯沃博达(Wenzel Swoboda, 1791 – 1849)翻译,1819 年在布拉格出版。
④ 这首诗出自施特恩贝格伯爵送的《克拉洛特夫斯基的手稿》,与斯沃博达的译文相比,歌德改变了诗节的顺序。
⑤ 指歌德采购来的一张"长桌",专门用于摆放和归类每天搜集而来的岩石和矿物样本,第二天便架设完成,上面铺着蓝色的纸。
⑥ 卡默比尔即位于弗兰岑斯巴德和埃格尔之间的卡默贝格,对于这座玄武岩山顶的形成,歌德的观点有变化,甚至部分是完全相反的。
⑦ 可能是之前提及的波希米亚诗歌。

30 日〈7 月〉

写了几封信。① 摆好了桌子。② 清扫了房间。誊清了一些内容。警事顾问格吕纳和孩子们到来,带来新的东西。继续整理。③ 施特恩贝格伯爵来访。波尔④和伯齐利厄斯⑤教授来访。他们带来了一些东西,与他们聊天。谈到了巴西之旅⑥的麻烦。谈到了收获,返程,生病,疗养之行。伯齐利厄斯将等量的不同矿盐分别与水混合,做了几个有关单一形状晶体的实验。⑦ 与格吕纳一起用餐。之后前往卡默比尔。谈论了它与奥弗涅的关联。⑧ 两位教授前往弗兰岑布伦;傍晚和伯爵一起度过。伯爵此行的目的地是慕尼黑。拉巴诺夫的俄语书。⑨

① 主要是给大公爵夫妇以及儿子的信件。
② 指用来摆放岩石样本的桌子。这里应该是指把搜集来的岩石样本摆到桌子上去。
③ 指继续整理搜集来的岩石样本。
④ 约翰·巴普蒂斯特·埃曼努埃尔·波尔（Johann Baptist Emmanuel Pohl,1782－1834）,维也纳医生、自然学者。
⑤ 约翰·封·伯齐利厄斯（Johann von Berzelius, 1779－1848）,瑞典化学家。
⑥ 波尔教授于 1817 至 1820 年期间参加了穿越巴西的自然科学考察,此次考察获得奥地利皇帝弗朗茨二世的支持。
⑦ 根据格吕纳的记载,下午伯齐利厄斯用磷灰石做了几个实验。歌德这里可能说的就是这几个实验,但是没有具体说出矿物质的名字,所以几乎无法理解。
⑧ 伯齐利厄斯认为卡默贝格与法国奥弗涅的火山现象有某种相似性。卡默贝格有玄武岩,而在奥弗涅人们发现了柱状玄武岩。
⑨ 指俄语版《马太福音》。几次见面之后,1822 年 7 月俄国侯爵亚历山大·拉巴诺夫·德·罗斯托夫斯基（Alexander Labanoff de Rostoffsky）将此书赠送给歌德。

595. 歌德致大公爵卡尔·奥古斯特和大公爵夫人露易丝(亲笔修改的草稿)

1822 年 8 月 1 日　星期四

272　　殿下：

　　如果说在马林巴德的前两个星期没有发生特别有趣的事情,平淡过去了,那么之后的三个星期则充满了各种各样的好事,多到我将即刻返回埃格尔,至少去尝试着告知您一些,这是我应该履行的义务。请允许我暂时讲述以下事情。

　　尽管道路状况糟糕,但天公作美之时,我在修道院院长家和众人一起享用的午宴①令我很开心,宴会上很是受教。院长将法国弗雷西努斯和德·拉门内②的几篇布道演讲的译文送与我,这些演讲令我惊讶。演讲中有面向明确目标的强有力的步伐,就整体而言,考虑很周到、有概括性、有方法,就细节而言,机智大胆地运用了演说艺术,很难得地将这几点整合在一起。现在我理解了那极大的影响力以及由此引发的暴力所带来的反作用力。这些演讲的内容均忠于罗马教皇,其中找不到任何修道生活和教士精神的痕迹。

　　修道院院长让我看看人们在维也纳所做的类似努力,虽并不如这般有思想,但却足以产生影响,有关于此留待口头向您汇报。

---

① 1822 年 7 月 9 日在泰普拉普莱蒙特来修道院院长家中举办了一场宴会。修道院院长卡尔·卡斯帕·赖滕贝格(Carl Kaspar Reitenberger, 1779 - 1880)是马林巴德这一疗养地的创建者。

② 歌德这里提及的实际上是两位法国人:修道院院长丹尼斯·德·弗雷西努斯(Denis de Frayssinous, 1765 - 1841),修道院院长于格·费利西泰·罗伯特·德·拉门内(Hugues Félicité Robert de Lamennais, 1782 - 1854)。弗雷西努斯的布道演讲可能是指 1818 年于巴黎出版的《高卢教会的真正原理》(*Les vrais principes de l'Eglise gallicane*),拉门内的演讲是指 1814 年 3 卷本的《教会主教制度的传统》(*La tradition de l' Eglise sur l'institution des Evêques*)或是指 1817 - 1823 年出版的 4 卷本《论对宗教的冷漠》(*Essai sur l'indifférence en matiére de religion*)。演讲的译文不详。

　　另外，随信附上一张小卡片，①以便直观地展示，宗教是如何在海拔2 000英尺的地方找到安身立命之所的。

　　友好的俄罗斯侯爵拉巴诺夫·德·罗斯托夫②住在我的隔壁。这是一位充满活力的年轻人，皇帝的副官，从少年时代起便奔波于远征、旅行、使命和传递消息中，自然失去了与他年龄相符的健康。尽管来自骑兵队，但出于对海军的绝对偏爱他也曾出过海。他对航海所需的以及相关的一切都有浓厚的兴趣。他收藏了很多地图和航线图，利用疗养的这份悠闲整理了一份目录。他随身带来了所有写好的纸条，用小箱子装着，从中可以判断出他的收藏量之大。

　　我在他那里还看到了巴黎布雷盖出产的怀表和座钟，③它们看起来超越了这一行业迄今为止的所有工艺。

　　已经认识的几位很友好，很好相处。他们是卢克斯堡伯爵夫妇、封·菲尔克斯④夫妇、封·比洛⑤夫妇，封·比洛先生之前突然瘫痪，令人惋惜，但并非没有希望在马林泉边恢复过来。

　　就我自己而言，我可以很满足。泉水因气候持续干旱富含矿物质。总体上就像往常一样，我很喜欢这高高的地理位置。在这海拔

273

① 指一张泰普拉修道院的风景明信片，1820年根据德累斯顿铜版雕刻师约翰·弗里德里希·罗斯梅斯勒（Johann Friedrich Roßmäßler，1775－1858）的一幅铜版画印制。1822年6月29日歌德在给儿子奥古斯特去信时也寄了一张这样的明信片。
② 拉巴诺夫·德·罗斯托夫（Labanoff de Rostoff），侯爵，俄国军官，圣彼得堡的作家。
③ 亚拉伯罕·路易·布雷盖（Abraham Louis Bréguet，1747－1823），法国著名的精密仪器制造商，生产精密钟表、计步器和天文钟。
④ 费迪南德·封·菲尔克斯（Ferdinand von Firks），俄国男爵，携妻子和两个儿子在马林巴德疗养。
⑤ 弗里德里希·封·比洛（Friedrich von Bülow，1762－1827），萨克森省省长。

2 000 英尺的地方,气压明显降低。我也仔细观察了云层现象,仔细描述并记载下它们位于这一高度以及高于这一高度时的特征。①

　　本来可以讲述一些有关矿物学和地质学实地考察的情况,但重要的是必须先告诉您,施特恩贝格伯爵于 7 月 11 日到达了马林巴德,他的到来令我在那里的逗留变得不同。

　　或许可以说,自上次在卡尔斯巴德见到赖因哈德伯爵②之后,我再也没有如此开心过。

　　与这位老朋友相识多年,他关于人、世界和科学颇有见地,遇到他,尽可能充分地彼此分享,通过相互给予、接受彼此最大的优势而获得享受,这是多么重要的事情。当我期望说要是早一点认识他就好了的时候,他说:如果两位旅行者从世界上距离遥远的两个地方出发,努力向一个地方前进,并在该地相聚,去比较各自所学,亲切地交流自己的收获,那么这比他们共同踏上旅途并完成旅行更有益处。

　　他来自一个前景迸发、思想发展、研究诱人的时代,这一切正是我自己所拥护的。因此与他的亲近对我而言极其有价值,因为他们是新的一代人,出生在不同的环境中,接受了不一样的教育,有功亦有过,与长辈保持着距离,但是我们在一起相处了两个星期,谈到了各种各样的话题。在家里,在餐桌上,他也用讨人喜欢的方式表现出对他人的关心,现在我在埃格尔等候他,我提前出发,一方面是想让自己平静下来,另一方面是想为他准备一些自然史的资料,因为他只计划停留几天时间。他要和穿越巴西的旅行者波尔教授一同赶往慕尼黑,了解那里的自然科学和其他学科领域,因为他当前的主要事务

① 歌德将观察笔记发表在《自然科学概论》第 2 卷第 1 册(1823 年),第 62 至第 76 页。
② 歌德与赖因哈德初次见面是在 1807 年 5 月 29 日,在卡尔斯巴德。

好像是在布拉格建立博物馆，他很爱国，要将自己的重要收藏捐赠过去。

在某些事情上，通过他我获得了美好的证明和阐释；这段关系若能积极地维系下去，将为我们彼此都带来收获。

寄出此信之前，施特恩贝格伯爵和波尔博士以及有名的瑞典化学家伯齐利厄斯一起前来拜访；我们的谈话既生动又令人获益。他们从世界上最遥远的地方以及从自然科学最重要的领域里带来了各种各样的消息。伯爵慕尼黑之行的目的极其高贵，值得称赞，他们要尝试去促成的事情是，希望在归还掠夺珍宝一事上，来自巴伐利亚和奥地利的自然学者和收藏家就不同专业进行商谈并达成一致，以便取得的成果可以不重复地、一步一步地呈现在公众面前；这样资助者可以减少工作，节约成本，而公众也可以节省大量开支。祝愿这一考虑周详的计划顺利地进展。

最后，我还有一个客气而忠诚的请求：请殿下继续对我仁慈和怜悯，在您高贵的圈子里友好地念及我，在我此次返程后，优待并恩赐我与您分享各种信息的机会。

　　埃格尔，1822 年 8 月 1 日

596. 歌德致 C. F. 策尔特（大部分亲笔）

1822年8月8日　星期四

　　很开心在这陌生又虔诚的地方你又首先跟我讲了这些；不久这些内容便会整理清楚并出版。去年整个冬天我都在编辑你现在所看内容的原稿，复校其印刷稿，如果说在那期间我一直在想着你，那么你这可爱的几页纸便是很好的回报，因为我心存看到独具特色的亨胡特①的愿望，而它们完全满足了我这一心愿。如愿以偿！我已不再健壮，不应擅入这雪白色的大厅（据维尔纳②优秀的傻瓜十四行诗③所言，大厅在基督的血液中洗净）。

　　不久会寄去我最新出版物的整齐的样本；特别是形态学的出版物，整理成了两卷本的形式，这样看起来更有模有样。

　　我并不为你担忧：你天生会适应，这是一切的关键。如果人们理解自己的优势，就不会苛责任何流传下来的东西，而是将自己不感兴趣的东西先搁着，为了将来也许又去接受它的可能。有些人不理解这一点，对待作者就像对待小餐馆的厨师一样；那么他人也会随心所欲给他们提供些集市烤肠（似的内容）。

　　　　"孩子对特伦茨有不同理解
　　　　对格劳秀斯亦然。"④
　　　　孩童时的我不喜此言，
　　　　而今却不得不表示赞同。

　　现在我重读荷马，会觉得与十年前阅读时有所不同；如果人能活

---

①　亨胡特，又译黑伦胡特，是上劳西茨地区的福音教会兄弟会教区的创立地。
②　扎哈里亚斯·维尔纳（Zacharias Werner, 1768 - 1823），浪漫主义诗人，戏剧家，倾向天主教。
③　德文为 Narren-Sonet。
④　这一引用的出处不详。特伦茨（Publius Terentius Afer，约公元前190年-159年），罗马喜剧作家，他的作品常被选入歌德时代的学校教科书中。格劳秀斯（Hugo Grotius, 1583 - 1645），荷兰政治家、学者，近代国际法的奠基人。

到三百岁，那他总会一直有变化。要想确信这一点，我们只需回溯过去，从庞西特拉图父子①到我们的**沃尔夫**，人类拥有全然不同的面孔。

另外，我非常庆幸，他②（你提到的朋友）没有烧伤，已退烧并进食，因为我不想因这世界少了他而感到难过。如他一般的人再也不会出现了。愿上帝继续仁慈地关爱他！——可是这些相互矛盾的事物该如何整合在一起呢？

很开心你同意我对灰暗远征经历的处理。在这样的悲剧中演奏一段优美乐章总是很重要的。

现在说说最近的生活吧！——我于6月19日到达马林巴德，当时天气非常美好。漂亮的旅店，热情的店主，友好的社交圈子，俊俏的女孩，音乐爱好者，惬意的傍晚闲聊，可口的饭菜，新认识的重要朋友，找回的熟悉的轻松氛围，海拔2000英尺的地方，修道院的午宴等等，这一切让天气持续美好的三个星期过得非常充实和享受，并让人可以忍受之后糟糕的、变幻多端的天气。在5月和6月持续的干燥之后，老天终于赐给农民可喜的降雨。

我经历了一些事情，并把它们记录了下来，编辑和整理了一些带来的内容，以便回去时可以开始印刷，想再次以此来度过讨厌的冬天。

---

① 庞西特拉图（Peisistratos，约公元前600－前527），古希腊雅典僭主。庞西特拉图死后，其子希庇亚斯（Hippias）即位，与兄弟希帕克斯（Hipparchus）一起沿用了父亲的统治方式。在希帕克斯于公元前514年被暗杀身亡后，希庇亚斯的统治开始变得森严和压迫。

② 指弗里德里希·奥古斯特·沃尔夫（Friedrich August Wolf，1759－1824），古典语文学家。策尔特在1822年2月2日致歌德的信中提及沃尔夫家的一场大火，在4月9日的信中告知歌德沃尔夫生病了。

277　　　　（：之前没有秘书，现在我终于找到了一位很优秀的先生，所以接下来的内容由他来书写。：）

　　这些日子里最大的收获是见到了卡斯帕·施特恩贝格伯爵先生，我与他早有书信往来。他从年轻时起便献身于宗教事业，终于成了雷根斯堡的教士会成员；在热衷世界和国家事务的同时，他也对自然，尤其是植物世界产生了热爱，并为此做了许多事情。现在因工作职责所在，他从德国返回了自己的故乡波希米亚，有时生活在布拉格，有时生活在从兄长那里继承的庄园里。那里的大自然对他也起了些美好的帮助作用。他拥有几座重要的石炭矿厂，其巷道顶板岩石中保存有极其罕见的植物，它们的外形与最南部的植物外形类似，可能出自地球最古老的时代。他已出版了两本相关的册子，有机会的话我让一位大自然爱好者给你送过去。

　　也但愿这封信能顺利到达你的手中。我可能会从这里再寄一封信给你，回家之后也定会立即去信。

　　愿你一切都好！我的身体状况一切都还好。

你最忠诚的

埃格尔，1822 年 8 月 8 日　　　　　　　　　　　　　　G.

597. J. S. 格吕纳

1822 年 8 月 8 日　星期四

　　傍晚拜访歌德时，他又提起了自己最爱的研究对象，即颜色学。他讲到了自己坚持不懈地在颜色学研究上花费的精力和金钱，并相当冷静地说：他是这个世界上唯一的一位可以说自己拥有真理的人。

598. 歌德致 J. H. 迈尔(亲笔落款)

1822 年 8 月 9 日　星期五

278　　　我最尊贵的朋友,非常感谢立即告知您已平安归来的消息;愿矿泉带来的效果之后会发挥越来越好的作用!大家都说有效,希望如此。我可以对自己满意,但我总是希望和期待更大的成功;可是因为人实际上不会重返年轻,所以最终会丢失最美好之处:力量的自我恢复,这时人就知道谦虚。

　　非常感谢您把自己与封•沃尔措根夫人商谈①的情况告诉我;这件事和一些别的事情都可以再详谈。

　　蒂施拜因就像耶和华,不管是过去、现在还是未来,他一直都在。要是我们能和他结拜为兄弟的话,那会发生在三十五年之前。但是直到现在,不管大家如何试图与他结交,他都把人打发走;如果做一些事情去取悦他,那必须立刻接受他复杂的性格特征。可以的话,请您告诉他,一些美好的事情推迟了,得等我们思考清楚究竟该怎么做。哈克特曾这么说他:他就像一头必须顺着毛摸的倔驴。

　　祝您一切都好!今年我在这里不会停留很久,马上就回去。外面的世界最初看起来越美好越有趣,我们就会越快地发现自己处在进入种种新关系、纠缠进陌生兴趣的危险之中。

　　最后,请代我向尊敬的世袭大公爵夫妇致以最衷心的问候。愿世袭大公爵夫妇和您的家人生活愉快,身体健康。

279　　　请您按往常的方式处理展览事宜,友好地念及我。如果展品中有些优秀的作品,那便请您附上几行文字加以说明。

您最忠诚的

埃格尔,1822 年 8 月 9 日　　　　　　　　　　　G.

---

① 指商谈计划出版的歌德与席勒书信录,约翰•海因里希•迈尔受歌德的委托与封•席勒夫人以及封•沃尔措根夫人进行了谈话,告知歌德事情得到支持,具体事宜未来可以进一步商谈。

599. 歌德日记(亲笔)

1822 年 8 月 15 日　星期四/16 日　星期五

15 日〈8 月〉

拿破仑的生日。和费肯杰之子①一起穿过布兰德②前往位于王家森林的玻璃工厂。有十七名工人正在把三英尺高的柱状玻璃溶液吹制成一片片窗户用的镶嵌玻璃。玻璃和吹管快速冷却，呈现明显的内视特点；晴朗的天空很利于这些尝试。中午一家人愉快地一起用餐。看到了不透明的玻璃器皿；此外还有看到内视玻璃的可能。阅读了昆克尔撰写的玻璃生产工艺。③ 研究了汉鲍姆的拜罗伊特地图，该地图共有八页。晚上与当地几位德高望重者共度。

---

① 指雷德维茨药剂师、工厂主沃尔夫冈·卡斯帕·费肯杰（Wolfgang Kaspar Fikentscher，1770~1837）的儿子、化学家弗里德里希·克里斯蒂安·费肯杰（Friedrich Christian Fikentscher，1799~1864），歌德与他一起参观了一家位于上弗兰肯的玻璃工厂。

② 布兰德是雷德维茨附近的一个村庄。

③ 指约翰·昆克尔（Johann Kunckel，约 1654~1705）于 1679 年出版的《玻璃生产工艺》。歌德将阅读这本"重要且有用，但是很难懂的书"的收获写成了《约翰·昆克尔》一文，据日记记载，这篇文章于 1822 年 9 月 27 日完成。

16 日〈8 月〉

用烟火进行了多次实验。不透明的小玻璃显现出所有的颜色层次。在用于内视颜色实验的架子上安装了两面镜子。阐明了原理①的内在关联。阅读了昆克尔撰写的玻璃生产工艺。研究了早期的国家关系。

---

① 歌德在 1820 年已经以《内视颜色》为书名发表了自己基于对内视现象的研究
得出的原理。

600．J. S. 格吕纳

1822年8月21日　星期三

　　我进门时，歌德对我说，您来得正好，我们也必须给布拉格博物馆送去一些自己的收藏品，所以要将这些收藏品根据发现地点进行标注和编号。

　　我表示非常愿意参与此事。做这项工作期间，我们谈到了正确利用时间这一话题，对此歌德如此说道：

　　人们总是说，生命很短暂，只有知道合理利用时间，才能做出很多成绩。我从未抽过烟，下过棋，简而言之，没有做过任何可能会耽误时间的事情。对那些不知道可以如何度过或利用时间的人，我总是感到很惋惜。当然对我而言很有利的是，我的儿子管理整个家，他非常节约。我得背着他自己寄发信件，但可以专心于自己的工作。

280

601. 歌德日记(亲笔)

1822年8月22日　星期四

　　继续誊清各种内容。为布勒斯西科男爵①修复弗里德里希大帝的亲笔信。② 11点前去格吕纳那里。又购买了一块薄印花平布。整理来自卡尔斯巴德的矿物样本。欣赏好听的军乐。饭后继续誊稿。包裹的打包工作接近尾声。晚上与顾问格吕纳一起度过。

---

① 弗里德里希·莱贝雷希特·封·布勒斯西科(Friedrich Leberecht von Brösigke)。
② 具体参见第604篇及注释。

602. 歌德致 C. L. 封·克内贝尔（亲笔落款）

1822 年 8 月 23 日　星期五

埃格尔，1822 年 8 月 23 日

尊敬的、亲爱的朋友，我在这里就停留最后几天了，尽管如此，还是必须写信对你上个月月初的友好来信表示感谢。它让我精神抖擞，给了我继续生活和奋斗的勇气，我追随自己生活和奋斗的目标，已在外坚持到了第十个星期。一切都很圆满，我也抓住了一些美好的机会从大自然和人类身上取得了些许收获。

最美好的大概是与卡斯帕·封·施特恩贝格伯爵的见面了，这次见面我期待已久，之前却一直被推迟。如果我们这么多年都一直与彼此相伴相随地走着，并在喜爱的同一种氛围中成长起来，那么很自然的是，我们或多或少有相同的想法，并最终在所有要点上达成一致。但是如果我们找到一位优秀的先生，一位同样来自那个前景迸发、思想发展、研究诱人的时代的先生，并且该时代的一切正是我们自己所拥护的，那么这样的亲近极其有价值。我们在马林巴德相聚了两个星期，谈论了各类话题；之后我提前来到埃格尔，一方面是想让自己平静下来，另一方面是想为他准备一些自然史的资料。

他于 7 月 30 日来到埃格尔，一同到来的还有曾穿越巴西的波尔博士和特别优秀开朗的化学家伯齐利厄斯。波尔博士将陪同施特恩贝格伯爵去往此行的最终目的地慕尼黑，伯齐利厄斯则返回卡尔斯巴德。愉快的相聚让大家都获益匪浅，我们带着这份收获相互告别。

这段时间以来，我去法尔肯瑙游览了几趟，拜访了优秀的矿务局局长勒瑟尔，[①]在他那里我认识了一名自然诗人，他的身体因痛风而扭曲变形，但是拥有最瘦弱之人也会引以为傲的聪明大脑。之后，我前往哈滕贝格城堡拜访了奥尔施佩格伯爵，第二次目睹了这位先生的可敬风姿，他富有，已从各种事务中抽离，很有见识。出乎意料的

---

① 伊格纳茨·勒瑟尔（Ignaz Lößl，1782—1849）。

281

是,在他的山林地区里有一所布鲁塞尔花边织物学校;校长让我熟悉
了他们面临的挑战以及已经实现的花边编织技术;我带走了几个很
精美的试样。

在做所有这些事情时,警事顾问格吕纳的热情帮了我很大的忙。
他出生于埃格尔,工作为他带来在整个地区的影响力,而性格则为他
赢得人们的喜爱和信任。

我也与他一起去了一趟雷德维茨,[①]这座位于库尔姆巴赫和波
希米亚之间的不起眼的小城市现在隶属巴伐利亚,知道如何适应新
形势。某些生产过程中的最合理的行为,还有古老的、历经数百年考
验的中产阶级生活方式都令我非常开心,这种生活方式不需要警察,
它清晰地体现在优质的肉类、啤酒和面包上,特别是最美好的下午茶
时间上。我住在一个工厂老板的家里,他的工厂大量生产氯化汞(以
过量的氯气与汞反应)和酒石酸晶体等产品。师从特罗姆斯多夫[②]
学习了一年的儿子立即成功地为我制造了几十片薄玻璃板,在下方
铺上白色或黑色垫子时,这些玻璃板会呈现黄色或蓝色,通过这些玻
璃板,我的颜色学的简单信念就可以立即被传递到每一个自然爱好
者的手中。

因为东道主把上述制造带来的所有废料(作为芒硝等)都用于玻
璃生产,所以我们也参观了玻璃制造厂;在那里我亲眼目睹了陌生的
技术奇迹。许多年前我们在施蒂策尔巴赫见过小型玻璃制品的生
产;但在这里,他们是将三英尺高的柱状玻璃溶液吹制成窗户的镶嵌
玻璃,他们对待这高温、熔化且可弯曲的材料就像英国的骑马师对待

282

---

① 歌德前去雷德维茨拜访费肯杰一家,在那里待了六天(1822 年 8 月 13 日至
18 日)。
② 约翰·巴塞洛缪·特罗姆斯多夫(Johann Bartholomäus Trommsdorf,1770 -
1837),药剂师、化学家,爱尔福特教授。

自己的肢体一样。工人很有把握地进行着危险的生产，令人既害怕又惊叹。通过迅速冷却，我也在这里得到了一些内视玻璃。我给这位年轻人留下了一份清晰的仪器设计图，希望这件事通过他的努力会有很多收获。

其实人必须行万里路，以便展现自己的所学，同时习得新的知识；我在这里一天之中所收获的内容，在耶拿要苦苦钻研两年还未必成功。

总的来说，我充分利用了这十个星期的时间，几乎要喘不过气来；为了不遗忘任何内容，我把一切都仔细地记录在日记中，保存在文件卷册中，以便朋友们也能看到。

最尊贵的朋友，向你送上最美好的问候。此次返程途径耶拿时我不会停留，因此我更会尝试着去安排好，希望能够与你共度几个美好的秋日，一起谈论一些话题。衷心祝你安好！

283

你最忠诚的

G.

603. 歌德致卡斯帕·封·施特恩 贝格伯爵（亲笔落款）

1822 年 8 月 26 日　星期一

尊敬的先生、朋友，希望这封信在最好的时间给您带去问候，尤其希望用这短短几句话告诉您：直到与您告别，我才真正能够去感知和享受您的到来所给予的幸福；就让这次迟到的相聚继续发挥更令人高兴、更有力的作用吧。

首先，我跟随您的脚步踏上了愉快而充实的旅程，①联想起从前的岁月，回忆起自己从雷根斯堡到罗韦雷多②的一趟类似的旅行；在加尔达湖上时，觉得自己仿佛就在您身边，心生感激之情，且不得不承认，您愿走过并细致观察荒芜的山区中如此崎岖的路，是想要告诉大家，能够想象出如此变化多端景象的人便不必再踏上这艰辛的路途。

但是现在我最好按照时间顺序继续往下讲，以便让您清楚地了解：就在您离开的那天早晨，从哈勒前往上普法尔茨进行地质学考察的克费施泰因③抱着能见到您的希望到达此处；他知识渊博，热心，为实现自己的目标积极进取。

在埃格尔地区收集的岩石与矿物样本分属布拉格、泰普拉河和埃格尔三个地点，已将它们编号、分类并整洁妥当地摆放在大桌子上。

8 月 3 日，我和警事顾问格吕纳一起去法尔肯瑙拜访矿务局局长伊格纳茨·勒瑟尔，那里有一间漂亮的小小的矿物样本陈列室，样本是双份的，难能可贵的是，这位优秀的先生愿意分享其中的一部分。

284

---

① 歌德这几天在阅读封·施特恩贝格伯爵于1806 年发表的一篇内容详实的游记，该游记描述了伯爵 1804 年春天穿过蒂罗尔进入意大利的旅行。
② 意大利加尔达湖西北部城市。
③ 克里斯蒂安·克费施泰因（Christian Keferstein, 1784 - 1866），哈勒法学家、矿物学家、地质学家。

但愿他也会积极为布拉格博物馆出一份力。

　　我接触到了当地一位自然诗人的诗歌，诗人名为菲恩施泰因①，他的诗歌很值得称赞；在他自七岁起因痛风而扭曲的身体上长着一个很聪明的脑袋，一个就算是四肢健全之人也会为之骄傲的大脑。在世界的各个角落里奇妙地藏着各种优秀的人士。即使被最可怕的不幸压抑着，人的精神仍会一再捍卫自己的权利。

　　4日　星期天，大约中午的时候我们到达哈滕贝格，受到伯爵先生的热情接待；我们自然要很好地聊一聊这一年来发生的事情。戈森格吕恩②的布鲁塞尔花边织物学校的女老师也在场，很热情地给我讲述了这一特别精巧工艺品的制作方法。伯爵拥有漂亮的矿物样本；特别新的是闪锌矿，出自拉蒂博尔席茨③的现已关闭的一座矿山。出自布莱施塔特④新发现的露天矿脉中的矿石，绿色和白色的铅矿，以及约翰格奥尔根城⑤的红矿石都很漂亮。一天就这样在丰富的谈话中过去了。5日我们又返回了埃格尔。

　　6日　星期二，来自布拉格的音乐家托马舍克⑥来访，表演了我的几首轻快的歌曲。7号星期三，我们乘车前往申贝格，那里的卡珀伦贝格山呈现出有趣的现象，即花岗岩的组成部分大量并排出现。几天之后我们去拜访了当地的牧师，他分享给我们很多这样的矿石。警事顾问格吕纳会给博物馆寄去一些样本，其中有一块很漂亮的羽

---

① 安东·菲恩施泰因（Anton Fürnstein，1783-1841），波希米亚自然诗人。
② 波希米亚城市。
③ 波希米亚地名。
④ 波希米亚法尔瑙附近山城。
⑤ 萨克森厄尔士山脉山城。
⑥ 文策尔·约翰·托马舍克（Wenzel Johann Tomaschek，1774-1850），波希米亚音乐家、作曲家。

毛状的云母。

　　11 日　星期天,参观了瓦尔德萨森,①钦佩这空旷的小天地,也

285 为它感到遗憾。之后我便前往雷德维茨,这里以前隶属埃格尔,现在
归于巴伐利亚。费肯杰先生的工业生产令人佩服;他的儿子是一位
优秀的化学家,立刻帮我制造了完美的、不透明的小玻璃板。内视玻
璃的制作不是很顺利,但是他会继续尝试。玻璃被送往一家重要的
玻璃厂,这位细心的先生在那里定会成功。天气晴朗时,在黑色镜面
背景下,一些快速冷却的玻璃瓶和玻璃棒上有完美的现象。我迅速
做了一个配有两面黑色镜子的内视架子留给了这位年轻人。现在我
们必须努力尝试更快地去宣传这一理论。亨宁在柏林的尝试进展如
何,时间会告诉我们。期待听到您旅途中关切之事的进展。

　　尤其想了解您慕尼黑之行的美好目标中已完美达成了多少,如
果成功实现了,那么忙于此事的每一个人都可以省下很多精力,自然
爱好者们也可以省下一些钱,对真正的科学而言却可以有双倍的收
获。有些事情的发生不以我们的意志为转移,如果我们愿意去抉
择,将个体融入整体,将自己单薄的努力汇入众多人的行动中去,
那我们就能立即赢得五十年时间。然而或许不应该是这样。如果
不是每个人都想达成更多愿望,致力于形成自己的圈子,人类哪有
事情可做?

　　与随信所附目录对应的藏品 22 日已发出,寄至马林巴德督查格
拉德尔②处。所有观察报告没有随藏品寄出,但随后我会送来。如
果有幸能够参观您的博物馆,那么会产生一些令我们和别人都欣喜
的结果。这么多年我一直致力于了解伟大的波希米亚的方方面面,

---

① 上普法尔茨的西多会修道院、集镇。
② 约翰・温德林・格拉德尔(Johann Wendelin Gradl, 1788 - 1825)。

所以一个整体概览会带给我极大的精神享受。

我常常想起那些您已为之很棒地编写了目录的史前世界植物化石，尝试着用我的方式来把它们加入整体之中并编入可能之处。

　　刚刚当我正要结束此信并诚心诚意附上祝福语时，惊喜地看到波希米亚祖国博物馆协会寄给警事顾问格吕纳的邮件，我从中详细地了解到了协会的基本规章制度，在随信所附的那张纸上，我看到了有关迄今为止已成之事的消息，还看到自己的绵薄之力很荣幸地被提及，我也因此有资格成为捐赠者之一。但愿这个美好的协会友好且宽厚地接受我最近寄去的一批东西，我家里还保存着一些出自波希米亚的藏品，之后我一定会再寄去。

　　因此请您告诉我从魏玛发出的箱子可以寄往何处。或许可以寄往莱比锡或者德累斯顿，运费更合理。

　　警事顾问格吕纳也立即拿到了随信所附目录的副本，根据目录来安排他的邮件，避免寄去目录中已有的东西。

　　还收到一些非常漂亮的大块的富含铁赭石的木化石，出自波格拉德①附近的矿井，顾问格吕纳会寄去其中最好的样本。

　　在此期间，我观察了埃格尔河的发源地和进入波希米亚之前的河道，从自然风貌来看，这一地区真的可以被认为是属于波希米亚的。翁德拉河是王国范围内第一条汇入埃格尔河的支流，从这个角度来说也同样值得留意。

　　明天我就要出发了，信就写到这里，再次祝愿自己事事好运，尤其祝自己能有幸和尊敬的朋友您更加亲近。从现在开始，我会做记录，一些兴趣和关注若能对您有益，会即刻告诉您，也恳请您同样如此，并继续友好宽容待我。

286

287

① 波希米亚地名，位于埃格尔东南。

　　为了让这封信有诗意而明快起来,我附上有名的《小花束》,我从诗学批评的角度将它的六行诗节的形式进行了大胆的改编,我不想声称这首诗因此而变得更优美。

您忠实和亲近的

埃格尔,1822 年 8 月 26 日　　约翰·沃尔夫冈·封·歌德

604. 乌尔丽克·封·莱韦措，回忆

1822年7月24日　星期三至8月26日　星期一

〈……〉

这个夏天歌德也总是对我很友好，每有机会便表扬我；他常常跟我的祖母说，自己多么希望再有一个儿子，因为他一定要成为我的丈夫，完全按照他的想法来培养我，他对我有强烈的父亲般的爱。

〈告别时〉他又赠送给我一本书：《我的自传，第二部第五部分。又名我在远征中》。他在书中写到：

朋友的境况有多艰难，

这本书报道了。

现在他令人慰藉的渴望是：

在美好的年代不要将他遗忘。

马林巴德　1822年7月24日

这段时间也谈到了笔迹（Handschriften），歌德说他没有看到过弗里德里希大帝[①]的字。祖父便拿出了国王的一封信，[②]在这封信中，国王接受了他作为祖父教父的身份；因为信纸完全皱了，有被撕破的危险，歌德说他愿意把它弄平整理好；因为他离开时没有把信还给祖父，祖父就觉得自己大概拿不回这封信了；然而歌德从埃格尔就将信寄回给了祖父，他经常逗留埃格尔，住在一位熟人[③]家。歌德将这封信平铺在一张纸上，在纸的背面写道：

288

---

① 弗里德里希二世，普鲁士国王。
② 乌尔丽克的祖父弗里德里希·莱贝雷希特·封·布勒斯西科是弗里德里希二世的教子，国王这封给教子的信写于1765年4月18日，歌德表示愿意帮忙修复这封珍贵的亲笔信。
③ 指警事顾问格吕纳。

　　　　这张信纸,他的手曾经落于其上,
　　　　他伸向世界的手,
　　　　被虔诚且完好的修复,
　　　　献给他,这位伟大的逝者!

魏玛

1822 年 8 月 29 日至 12 月 31 日

605. 歌德致 L. D. 封·亨宁（亲笔落款）

1822 年 9 月 4 日　星期三

尊敬的阁下

您与我越来越近的消息①带给我许多快乐，满足了我最热切的愿望之一。我非常赞同您的导论，②它内容详尽，思考全面，结构清晰；舒尔茨先生的一封信也令我非常振奋，我已好久没有这位珍贵朋友的消息了。

请来信告知您计划何时来这里，③以便我在家等候您。我有一些可喜的东西给您看，特别是要分给您一些成功制成的不透明玻璃薄板，可借之来进一步宣传我们的理论。更多内容留待我们愉快见面时详谈。

致以最美好的祝福

您最忠顺的

魏玛，1822 年 9 月 4 日　　　约翰·沃尔夫冈·封·歌德

---

① 1822 年 8 月 28 日，亨宁从家乡哥达（与魏玛同在图林根）给歌德来信。
② 指亨宁在柏林开设的有关歌德颜色学讲座的引言，随 28 日的信一起寄给了歌德。
③ 亨宁于 9 月 15 日至 18 日以及 10 月 17 日两次来魏玛拜访歌德，与歌德就颜色学进行了深入的讨论，并一起用不同的光学仪器做产生内视颜色现象的实验。

606. 歌德致世袭大公爵夫人玛丽亚·帕夫诺娃（亲笔修改的草稿）

1822年9月6日　星期五

殿下：

　　请允许我对您给我带来极大快乐的秘密通知表达感谢之情。回想起当时的情景，我有一丝丝洋洋得意，当时一位谨慎的参与者向我阐述了做这类决定时会存在的各种顾虑，我最终激动地大声说道："有些事情也必须靠运气！"

　　现在我真的可以由衷地祝贺殿下幸运地找到这位先生。① 先前所有的提议、发起和打算都无法与这位先生身上明显的优点相提并论，他值得任何期待。头脑冷静，世界观自由清晰，教育全面，知识丰富，这一切透露出的是他美好的性情和一颗纯粹的心。如果文章中以分门别类极易理解的方式讲述的内容②现在通过忠实有爱的行为付诸实践，那么我不知道还有什么更值得期待，这最幸福的成功在您母爱的影响下还能缺什么呢？

　　我心中还涌现出许多与此相关的想法，其中没有什么不好的，都留待有幸当面说给您听。敬谢仁慈的您对我的信任。

　　　　魏玛，1822年9月6日

---

① 弗雷德里克·让·雅克·索雷（Frédéric Jean Jacques Soret，1795－1865），日内瓦神学家、自然学者、作家，1822年至1836年在魏玛担任世袭大公爵的儿子卡尔·亚历山大的老师。他于1822年7月28日到达魏玛，9月21日被介绍给歌德认识。
② 指索雷写的反映自己的教育基本准则的文章。

607. 歌德致 S. 博伊塞雷（亲笔落款）

1822 年 9 月 6 日　星期五

290　　　　收到您的来信时，与您一起为我庆祝生日的多丽丝·策尔特①也在，充满感激之情地说起您对她的热情接待。如自己所愿，我健康平安地回到了家中，在外这段时间，虽然很谨慎，我还是做了很多太过耗费精力和体力的工作。② 现在我开始重新适应冬天，并希望我们在圣诞节之前完成一些事情。

　　上一封寄给您的信③从埃格尔发出后，我很自责没有重复对您的邀请；随时热烈地欢迎您的到来。如果近期您有可能过来，请通知我，避免我在耶拿，那里的条件不够周到地接待和宴请朋友。

　　我收到了包装起来的保持完好的硬币，④那个高一点的价格也可以。⑤ 因为这位先生不允许讨价还价，所以恳请他即刻给出合理的价格。如果他还继续坚持第一次的弦外之音，那么不管价格高低我都接受。

　　您的有关科隆大教堂的手稿⑥我已经收到，不知道自己什么时候有空详细地去了解其中的内容；也许讨论起来会快速了解到。特

---

① 卡尔·弗里德里希·策尔特的女儿，从斯图加特回家的旅途中经过魏玛拜访歌德。
② 指的是歌德从 1822 年 6 月 16 日至 8 月 29 日期间在马林巴德、埃格尔、法兰肯瑙、瓦尔德萨森和雷德维茨的社会和科学研究活动，尤指编纂马林巴德矿物目录以及其他地质学工作。
③ 歌德上一封致博伊塞雷的信于 1822 年 8 月 6 日从埃格尔寄出。
④ 指歌德恩请博伊塞雷帮忙购买的硬币，用于完善大公爵的硬币陈列室的藏品。1822 年 8 月 6 日歌德汇给博伊塞雷 70 古尔登用于购买这些硬币。
⑤ 硬币商人克里斯蒂安·宾德尔（Christian Binder，1775－1840）提出的价格高于歌德给出的 70 古尔登，并表示不会降低他的要价，歌德最终同意了宾德尔的要价。
⑥ 指博伊塞雷的多卷本著作《科隆大教堂立面、平面及局部图》，1821 至 1831 年期间于斯图加特出版。

别高兴的是您提到要发展自己的技艺，①因为我不否认自己有时会为您的情况感到不安。

直到现在我们都还缺少内视玻璃薄板，一旦再次制作成功，我也会给您就此做出更详细的解释。下一次我会给您寄去非常漂亮的不透明的小玻璃板，它们明显且可爱地呈现出明与暗的对比。

我迄今为止犹如一根枯死的手杖②立在物理学圣坛上的颜色学开始发芽并长出枝桠；如果种植到好的土壤中，它也会生根。

291

大臣封·阿尔滕施泰因在柏林为颜色学研究和宣讲提供便利，他让人在大学教学楼腾出了一间教室并支付了仪器所需的费用。今年夏天，黑格尔的学生封·亨宁博士开设了有关颜色学的公开讲座。讲座的导论③已经出版，我下次寄给您看看，我认为它值得推荐，即便他并不是在有利于我的程度上写就而成。过去三十年中，我忍受着同时代人的卑鄙的对待，一直保持沉默，现在终于有这样一位青春洋溢且受过高等教育的年轻人，事实上我可以说自己值得通过他获得荣誉。年老时，人们期待的是有思想的、真心的赞同，早已受够含糊的附和之音。

我现在一直心存的愿望是维持与老朋友的友谊，结识年轻的朋友，请您相信，亲爱的、尊敬的您对我而言永远很重要。

请您和您亲爱的家人一如往昔般对待我和我的家人。

　　　　　　　　　　　　　　　　　　您最忠诚和心怀感激的

魏玛，1822 年 9 月 6 日　　　　　　　　　　　　　　G.

① 指博伊塞雷艺术收藏尚不明朗的未来。
② 这一比喻很可能是模仿旧约中的亚伦杖，亚伦的手杖发芽开花结果，赋予亚伦以色列民族领袖的合法地位。
③ 指封·亨宁所写的《有关歌德颜色学的公开讲座的导论》，1822 年在柏林出版。

608. 歌德致 F. W. 里默尔

1822 年 9 月 10 日　星期二

　　我最尊贵的朋友,随信寄去的文章①虽是旧文,但希望并不过时,请您看看,细想一下并告诉我您的评语。同时还期待您帮我想一个标题,先前我已找不到合适的题目,现在更不知道如何去找了。与亨宁文章②的比较是我觉得很特别的地方;这就像是将一朵绽放的花朵与娇嫩的胚叶进行对比。文章旁边的注出自席勒,③他曾试着将我的观点与康德哲学协调地联系起来。

　　致以最衷心的祝福

　　　　　魏玛,1822 年 9 月 10 日　　　　　　　　　　　　G.

---

① 指歌德于 1792 年写的《主客体中介实验》一文,1823 年发表在《自然科学概论》第 2 卷第 1 册。
② 指亨宁的《有关歌德颜色学的公开讲座的导论》一文。
③ 1798 年 1 月 10 日,歌德将此信中提到的文章寄给了席勒,席勒于 1 月 12 日便在旁边写好评价,并于 1 月 19 日寄回给歌德。

609. 歌德日记

1822 年 9 月 16 日　星期一

　　整理前面的几间房间。期待封·亨宁先生的到来，整理有色玻 292
璃。构思了几封信。包括给大公爵夫人的、给亨克尔伯爵夫人的以
及给封·波格维奇夫人①的信。四人共用午餐。饭后封·亨宁先生到
达。他带来了一些有色玻璃和别的东西。傍晚与里默尔教授共度。
我们共进晚餐；总理封·米勒先生到来，有声有色地讲述了自己的旅
行和途中见闻。——策尔特教授先生，有关他的亨胡特旅行日记的
来信，②口授了给他的回信，寄往柏林。

① 分别指大公爵卡尔·奥古斯特的夫人露易丝·奥古斯塔、奥蒂莉·封·亨克尔-
　多纳斯马克伯爵夫人和亨丽埃特·封·波格维奇男爵夫人。
② 策尔特于 1822 年 5 月 26 日至 6 月 26 日期间的来信讲述了他去亨胡特拜访
　作家、音乐家彼得·莫蒂默(Peter Mortimer, 1750－1828)的旅行。

610．L．封·亨宁致 F．弗尔斯特

1822 年 9 月 16 日　星期一

〈……〉受到〈歌德〉特别友好热情的招待〈……〉——接着我向他转达了朋友和爱慕者的问候；他认真关切地听我说话，我刚提及你的名字，①他便打断我，问道：这位尊贵的朋友和他美丽的妻子现在好吗？因我提起你们今秋未能实现的拜访此地的计划，他表示非常遗憾，并让我代他向你们转达最美好的问候。——他称赞你的才华，非常愉快地接受了我们的女神②对他再次表达的仰慕之情，对我们在柏林的想法和作为，他也借此机会加以肯定，这让我们不管在任何情况下都有充足的高兴的理由。聊天过程中，他特别开心地说道：现在，我看到你们年轻人把自己的事情做得很好，信心十足地继续前行吧；轮到你们继续我们开创的事业，并为之奋斗了；有时我觉得自己像科隆那位被神父们各种攻击的老罗伊希林；③他们虽然没有传唤我，却很想把我作为异教徒来起诉；你们现在所做的事情正是当年乌

293

---

① 柏林作家、亨宁的朋友弗里德里希·克里斯托夫·弗尔斯特（Friedrich Christoph Förster，1791－1868）曾携妻子拜访过歌德。

② 1819 年，弗尔斯特为歌德的七十岁寿辰创作了诗歌《缪斯和美惠三女神的深深祝福》，在舒尔茨为歌德举办的生日庆祝会上，弗尔斯特的妻子朗诵了这首诗。

③ 约翰内斯·罗伊希林（Johannes Reuchlin，1455－1522），人文主义者。歌德在这里是影射自己的处境与当年的罗伊希林一样受到不同意见者的攻击。1504 年改宗天主教的犹太人约翰内斯·普费弗科恩（Johannes Pfefferkorn，1469－1521）在改宗后成为激进的反犹主义者，于 1509 年上书神圣罗马皇帝马克西米利安一世，要求销毁包括《塔木德》在内的一切犹太典籍，用来强迫犹太人改宗。罗伊希林主张保留犹太文化，反对销毁犹太典籍，为此遭受来自普费弗科恩和不同意见者的猛烈攻击。尽管公众大多支持罗伊希林，但是 1513 年他还是不得不在罗马接受宗教审判。第五次拉特兰会议虽表示赞同罗伊希林的观点，即在《塔木德》中找不到任何反对天主教的内容，但是教皇利奥十世仍将罗伊希林的观点判为异教观点。

尔里希·胡腾①和弗兰茨·济金根②所做的〈……〉当然，不久之后，我们便谈起了颜色学和我的系列讲座〈……〉

---

① 乌尔里希·封·胡腾(Ulrich von Hutten，1488 – 1525)，人文主义者，诗人，出版人。
② 弗兰茨·封·济金根(Franz von Sickingen，1481 – 1523)，与胡腾同为 1522 年至 1523 年莱茵和施瓦本地区一次骑士起义的领袖。

611.　歌德致 J.J. 封·维勒默和玛丽安娜·封·维勒默（亲笔落款）

1822 年 9 月 18 日　星期三

　　您定会以自己习惯的美好方式友好地欢迎带去这封信的建筑总监库德雷先生,短暂的相处之后,您定会对他有很高的评价。他能讲述很多关于我的事情,因为他是常来做客的朋友之一,他们的陪伴驱散了我在傍晚时分惯有的孤独感。非常感谢您最近的来信,不久就会寄去我忠诚的回复;也请您不要让这位尊敬的先生空手而回。

您最忠诚的

魏玛,1822 年 9 月 18 日　　　　　　　　　　　　　　　G

612. 歌德致内斯·封·埃森贝克（亲笔落款）

1822年9月20日　星期五

尊敬的阁下

　　回到魏玛，看到您最近的邮件①很是愉快；在马林巴德，我很开心地与施特恩贝格伯爵在同一个屋檐下共度了十四天，之后伯齐利厄斯和波尔先生陪伴他到达埃格尔，我也再次见到他。现在我在您丰富的邮件中看到了您和这位尊敬的先生以往的通信，信中可以看到他终身秉持的值得尊敬的态度，对待他人与对待自己一样充满善意。他从巴伐利亚返回自己的庄园后，给我寄来一封信，信中可以看出，他巴伐利亚之行的美好目的：推进奥地利和巴伐利亚自然学者共同研究带去的珍宝，在一定程度上实现了，并做出会给我们带来很多益处的约定。

294

　　非常感谢您在与他的通信中还关切地提到我！但对此我也可以说，我特别深入地研究过您的报告，绝对可以像您一样去思考。现在我集中全部的注意力在思考一个问题，即特别的个性化的方向在何种程度上让观察者和思考者分别产生不同的观点和结论，而他们都在钻研同一个领域并且会立即互相吸引和排斥。

　　坦率地说，您在第42和43页结尾部分②有些胆怯地引入的部分很合我意。我在其中看到了自己常常寻而未得的比喻；③我只希望自己能够成功地一步步地将这最可爱的想法（思想）表达出来，以此公开我的同感。

　　我日益喜爱哥廷根的恩斯特·迈尔①博士；回到魏玛时，我收到了他一封有趣的来信，这封信让我更加深刻地理解了他发表在《哥廷

---

① 指埃森贝克1822年7月14日的信和附件。
② 指的是前文提及的埃森贝克与施特恩贝格伯爵的书信往来。
③ 埃森贝克在信中指出，人类精神的发展和成熟与植物界的繁殖过程类似。
① 恩斯特·海因里希·弗里德里希·迈尔（Ernst Heinrich Friedrich Meyer，1791 - 1858），1822年在哥廷根大学教授植物学。

根学报》的书评①的思想。年老之人的幸福是，与自己想出什么来相比，有更大的兴趣在别人的想法中找共鸣；随着年岁的增长，我们内心对历史的偏爱也与日俱增。②

　　我也非常喜爱德·阿尔顿先生有关食肉动物的手册，③在前几本的基础上，这本手册让我愉快地想起自己从前的努力。阿尔顿先生的来信中提到正计划着一次旅行；④请您告诉我，他是否还在家，是否能收到邮件；另外，我也恳请您一有他回来的消息尽快告诉我。

　　德累斯顿的卡鲁斯博士的作品《表皮结构与骨架的原始部分》非常值得期待；他是个很特别的人，孜孜不倦地研究抽象的生物体，同时作为田园画家又能达到很高的造诣。温柔敏感的心灵受到很多恩赐。

　　耶拿的霍伊辛格教授的《组织学》第 1 册是个美好的尝试，从中我们可以看到他今后会取得的成就。

　　随信附上利奥波德·封·亨宁的《有关歌德颜色学的公开讲座的导论》，我很开心在这一领域也找到了合作者和后继者。

　　但愿这篇导论同样说出了您的想法和感受！

您最忠诚的

魏玛，1822 年 9 月 20 日　　　　　　　　　　　　歌德

---

① 埃森贝克于 1820 年至 1821 年间在纽伦堡出版了两卷本的《植物学手册》，恩斯特·迈尔写有书评，于 1822 年发表在第 84 期《哥廷根学报》上。

② 有关这一主题参见第 35 卷第 96 篇和第 331 篇及注释。

③ 德·阿尔顿于 1822 年 9 月 3 日将这本有关食肉动物的手册寄给歌德，歌德对德·阿尔顿的解剖学研究有浓厚的兴趣，参见第 442 篇和第 554 篇及注释。

④ 埃森贝克于 1822 年 10 月 2 日给歌德的回信中告知，德·阿尔顿仍逗留莱顿，在那里的博物馆中画画。

613. 歌德致 J. F. 罗赫利茨（亲笔落款）

1822年9月20日　星期五

阁下

您的珍贵来信①满足了我的希望和心愿，因为我自己不再特别灵活，所以最开心的事情莫过于思想和观念我都熟知的朋友们的亲密分享，讲讲自己的旅游见闻、评判和感受，所以也很高兴地看到您告诉我维也纳足够多的好与值得称赞之处以及那里的情形。

我今年也再次去了波希米亚，见到了老朋友和倾心之人，②认识了新朋友，在那里我觉得特别惬意；我也参与了正在进行中的布拉格博物馆建设工作，计划明年继续这一早就习惯的生活方式。

因此您以下几句话让我很难过："此外，这一民族，我指的其中大多数人，生活富裕（波希米亚除外，它不愿意改善现状，也几乎不值得拥有更好的生活）"。我很清楚，那里并非一切都如它应有的样子；但是我还是觉得您的话语太过冷酷，太过从首都的角度来看了；因此请允许我恳请您进一步做出解释并由此给我一个理由，再次回到那里时更加留意，同时能够不带着明显的偏见去审视我所爱的人和事物，因为要我放弃自己的喜爱不太可能。

我也期待看到更详细的对保卢斯和约翰内斯的描述。③

296

---

① 指罗赫利茨于 1822 年 9 月 18 日的来信，信中谈到了维也纳以及奥地利形势。

② 从 6 月 19 日至 7 月 24 日在马林巴德期间，歌德来往的主要是植物学家施特恩贝格伯爵、地质学家克里斯蒂安·利奥波德·封·布赫、化学家约翰·雅各布·封·伯齐利厄斯以及警事顾问格吕纳。此外他还再次与自己一见倾心的乌尔丽克·封·莱韦措相聚。

③ 罗赫利茨向歌德介绍了同时代的两位画家：菲利普·维特（Philipp Veit，1793－1877）、弗里德里希·里恩（Friedrich Rinn，1791－1866）。他认为维特的创作达到了画家保卢斯的艺术高度，里恩的创作达到了画家约翰内斯的高度。

愿您一切顺心！您会立即收到一个整洁的样本,①是我从装订工人那里得到的第一个样本。请允许我第一时间将这一样本推荐给您,因为您一直以来的关注对我而言很重要。

这段时间我遇到了许多美好的事情；柏林的封•亨宁博士开设了有关我的颜色学的系列讲座,随信附上他的导论,我相信每一个受过教育的人都会理解并对它感兴趣。

期待您的回信,愿能一直确信可以得到您的关爱。

您最忠诚的

魏玛,1822 年 9 月 20 日　　　　　　　　　　　　　歌德

---

① 指歌德自传体著作《远征法兰西》的第一版。

614. 歌德日记

1822 年 9 月 24 日　星期二

口授了给萨尔托里乌斯的信。① 继续整理颜色学资料。② 审阅《论艺术与古代》第 4 卷的校样 2。③ 饭后继续整理颜色学资料。宫廷医生雷拜因来访，共赏博伊塞雷的石版画。枢密顾问迈尔和索雷先生来访；一起欣赏了博伊塞雷的石版画以及拉斐尔作品集。①

297

---

① 格奥尔格·弗里德里希·克里斯托夫·萨尔托里乌斯（Georg Friedrich Christoph Sartorius，1765－1828），哥廷根历史学和政治学教授。提及的信见第 615 篇及注释。
② 歌德在魏玛亲见封·亨宁博士之后，开始为这位"合作者和后继者"整理可用的颜色学资料，亨宁可以将这些资料用于在柏林开设的颜色学系列讲座以及允诺撰写的有关自己颜色学研究的简短的历时性介绍。
③ 指将于 1823 年出版的《论艺术与古代》第 4 卷第 1 册。
④ 指歌德收藏的意大利文艺复兴画家拉斐尔的铜版画和徒手画。

615. 歌德致 G. 萨尔托里乌斯(亲笔落款)

1822 年 9 月 26 日　星期四

　　您亲切的来信和内容丰富的附件①真是令我非常开心;我也常常真切地感觉到,我们实际上只扎根在故旧的关系之中,那是我们持续的生活乐趣和启发的主要源泉;尽管我不能不对那些在过去几年中对我表示好感的优秀的先生们表示感谢。②

　　好几个傍晚,寄来的这本您非常忠实勤勉地对待并续写的书都让我们一再想起您,通过它,枢密顾问迈尔、我的儿子和另外几位朋友清楚了解了上个世纪发生的政治事件。期待续篇,请您不要让我们等待太久,也请您放心,您很快会得到大家的认可。

　　我们的通信往来中断了太长时间,③在这期间,您收到了一些我工作和努力的成果,参与其中,并原谅它们不是由我直接寄去的。当岁月夺去我们许多东西时,每天的要求便增多了;我们不得不专注于自己的内心,然后逐渐失去对远方的影响力。然而令我获得安慰的是,从某些方面听说,当我在所有工作中静静地想念着朋友们的时候,他们也常常能够感觉得到哪些内容是直接针对自己的。但愿自己借此机会也能高兴地得到您的赞同。

　　但这一次我要想着自己眼下正在忙着的这件事。您或许还记得我的颜色学,二十多年前,在一位可敬的朋友的陪伴下,您半开玩笑半严肃地想要了解一些内容,④请代我向这位朋友致以最友好的问

298

---

①　萨尔托里乌斯随 1822 年 6 月 10 日的信寄来了于 1822 年在柏林出版的《欧洲国家历史概要》第一部的第 3 版,该书作者是历史学家路德维希·蒂莫泰乌斯·施皮特勒(Ludwig Timotheus Spittler, 1752 - 1810),新版中有萨尔托里乌斯的续写。随信寄来的还有萨尔托里乌斯对自己棘手的续写工作的评注。

②　有关歌德与年轻一代的科学研究者的关系参见第 35 卷第 28 篇及注释。

③　歌德上一次写信给萨尔托里乌斯是在 1820 年 7 月 17 日,所以两人的通信中断了两年多时间。

④　在 1801 年的《四季笔记》中有相关记载。在 1801 年 7 月至 8 月歌德逗留哥廷根期间,萨尔托里乌斯在法学家古斯塔夫·胡戈(Gustav Hugo, 1764 - 1844)的陪伴下表示想要进一步了解歌德当时对颜色学研究的打算。

候。经过这么长时间，这门学说现在似乎终于蓬勃发展起来，这您从信的附件①可以看出。封·亨宁正在此处，我们之间达成了一个约定：我终于可以从这份长久从事的工作中脱身，将后续工作交给这位充满活力的年轻人。

此外，我觉得剩下的脑力和体力上的负担也逐渐能担得起，因为我很幸运，与中间那代人相比，最年轻的一代更与我意见一致。

比如哥廷根的恩斯特·迈尔博士，我没有必要在他人的见证下通过赠与的方式将属于他的那一部分转交给他，因为即使不这么做，他也会在这条我早就视为正确的道路上继续前行。如果您能偶尔向我更详细地介绍他，我会非常感激。

请代我向教母②和教子③致以最美好的祝福；特别开心听到我深深喜爱的两位居住在优美的新环境④中的消息。我的孩子们身体健康，孙子们快乐活泼，在这个季节仍喜爱在花园里自由地玩耍。但愿我们在这世上还能和平幸福地享受一些美好，也永远都不可以完全放弃此生还能愉快再见的机会。

您最忠诚的

魏玛，1822 年 9 月 26 日　　　　　　　　歌德

---

① 指亨宁的《有关歌德颜色学的公开讲座的导论》一文。
② 这一称呼是指孩子的母亲卡洛琳·萨尔托里乌斯（Caroline Sartorius，1779－1850），因歌德是孩子的教父，所以从与歌德的关系角度来看，她便是教母。
③ 指萨尔托里乌斯第二个儿子沃尔夫冈·萨尔托里乌斯（Wolfgang Sartorius，1809－1867），1809 年歌德承担了其教父的责任。
④ 1822 年，萨尔托里乌斯一家搬进了新购置的房子里，这座带有花园的房子位于温德尔大街 3 号。

616. 歌德致 J. G. 伦茨(亲笔落款)

1822 年 10 月 2 日 星期三

阁下

非常感谢您寄来的小册子；①您在矿物学的发展中有着举足轻重的地位，矿物学历史这本小册子是您正在举行的周年庆典②的一份很有价值的礼物。

299

您拥有伟大天赋，能与全世界建立关系并维持和睦，这一点将和以前一样继续收获丰富的回报！③ 对此没有人比我有更大更真诚的兴趣，因为这么多年来您的作为我都看在眼中。

请将期待的证书④寄给我，因为我可以将它们免费送往波希米亚，一旦邮寄物超过普通的信件形式，驿站要求的邮资就不会少了。

同时也请您好意地告诉我，该如何对待随信寄去的岩石；难道上面有些东西指向银含量？

致以最美好的祝福，也祝您在即将到来的庆祝中愉快且心满意足！

您最恭顺的

魏玛，1822 年 10 月 2 日 约翰·沃尔夫冈·封·歌德

---

① 耶拿矿物学教授约翰·格奥尔格·伦茨随1822 年 9 月 29 日的信给歌德寄来《矿物学历史纲要》，该论文于 1822 年在诺伊施塔特发表，作者是神学家约翰·弗里德里希·海因里希·施瓦贝(Johann Friedrich Heinrich Schwabe, 1779 - 1834)。

② 庆祝伦茨在耶拿大学执教五十周年的纪念活动于 1822 年 9 月 25 日拉开序幕，一个月之后，即 10 月 25 日举办了庆祝宴会。

③ 指丰富的珍贵且稀有的矿物藏品，它们来自世界各地，作为礼物和捐赠寄至由伦茨于 1789 年在耶拿建立并领导的公爵矿物学协会。

④ 歌德于 1822 年 9 月 28 日恳请伦茨为四位可敬的朋友颁发矿物学协会的荣誉会员证书，歌德与他们相识于波希米亚疗养期间。

617. 歌德致 J. S. 格吕纳（亲笔落款）

1822年10月12日　星期六

祝平安！——请允许我在看到上述分析之后大声地告诉阁下；这是特别稀奇的纯银矿石，①我非常好奇，想进一步了解。请您尽快告诉我另一块岩石是什么，这一黑色的风化的矿石是脉石抑或只是插入了一块腐木中。可以的话，请您再给我寄几个这种矿物的样本和这一地区的其他岩石，以便有机会对它们做进一步研究。可以如这位化学家②所愿公开发掘地吗？还是有关方面仍想保密？我恳请尽快得到可喜的消息。③

我常常充满感激之情地回忆起您热情的接待、忠诚的陪伴以及所有因您的周到而享受到的和孩子、朋友及熟人的好处，如果您回想起我和我真诚的亲近，也会感觉到我的感激之情。

只要稍微开始回忆，我定会想起波希米亚和巴伐利亚的朋友们。请代我向他们送去最美好的祝福。我收到了一个从雷德维茨寄来的有趣的邮包，④现在还一直在忙着把它整理和编排。

300

① 格吕纳随 1822 年 9 月 23 日的信寄给歌德一块岩石样本，该样本出自马林巴德北部的桑格贝格银矿，为了进一步确定这块岩石的成分，歌德把它寄给了约翰·格奥尔格·伦茨。伦茨请耶拿化学家卡尔·克里斯托夫·弗里德曼·格贝尔（Carl Christoph Friedemann Goebel, 1794—1851）对其中的矿物质进行了分析。歌德于 1822 年 10 月 6 日收到分析的结果，随此信寄给格吕纳。
② 指卡尔·克里斯托夫·弗里德曼·格贝尔。
③ 格吕纳回信告知歌德，大家对于公开发掘地没有任何异议。
④ 指雷德维茨的弗里德里希·克里斯蒂安·贲肯杰寄来的一箱矿物样本。

　　但是发现的象牙化石①依旧很重要。所以得翻看居维叶②的最新作品：1821 年的新版《骨骼化石研究》，特别是第 266、267 和 268 页，内容涉及两头看起来小于国外猛犸象的欧洲猛犸象。与这篇文章有关的四幅插图上画有几颗牙齿，与波希米亚这颗极其相似。此外，值得注意的是，法国这颗象牙化石是在一个淡水石灰石采石场发现的，那里不乏有介壳软体动物的化石。

　　祝您平安，请想念我和您亲爱的家人共度的时光，直待好运再让我们相聚。

您忠诚恭顺的

魏玛，1822 年 10 月 12 日　　约翰·沃尔夫冈·封·歌德

---

① 很可能是乳齿象的白齿化石。该牙齿化石发现于埃格尔附近地区，1822 年 6 月 18 日，格吕纳在埃格尔将这颗化石作为猛犸象象牙化石展示给歌德，之后两人共同前往了这颗化石的发掘地，多利茨附近的石灰岩采石场。歌德在 1822 年的《四季笔记》中记载，他让人用石膏做了一个象牙化石模型，交与德·阿尔顿做进一步研究。1833 年，歌德发表了《白齿化石，可能出自猛犸象》一文，总结了对此化石及发现的进一步研究。在歌德的策动下，这颗象牙化石被捐赠给了 1818 年在布拉格建立的“祖国博物馆”。

② 利奥波德·弗雷德里克·居维叶（Léopold Frédéric Cuvier，1769－1832），法国动物学家、古生物学家，比较解剖学的创始人。

618. 歌德致大公爵卡尔·奥古斯特 （亲笔修改的草稿）

1822 年 10 月 14 日　星期一

殿下：

　　我迫不及待地恭顺地将这几张纸①随信寄给您；它们让我们有很多美好期待：首先是对自然史研究对象的丰富介绍，然后是我们的研究者的合作带来的无法估量的优秀成果。② 大家正在通往理解科学是共同的祖国这一点的道路上。施特恩贝格伯爵的报告会令殿下更感兴趣，因殿下能够于不久前在场亲见了有关的对象和情况。③ 但愿结果也能令殿下您快乐和满意。

　　　　〈魏玛〉1822 年 10 月 14 日

301

---

① 根据歌德 1822 年 10 月 14 日的日记内容，是指施特恩贝格伯爵 9 月份的一封信以及埃森贝克 10 月初的一封信。

② 施特恩贝格伯爵在信中报告了他慕尼黑之行的结果，为了自然史《祖国博物馆》，他致力于购买植物和动物化石藏品，并成功实现了让巴伐利亚和奥地利自然学者和收藏者就从巴西获取的化石和矿物样本进行交流的愿望。埃森贝克在信中则主要预告了一本科学性的旅游研究著作的出版，作者是植物学家马蒂乌斯（Karl Friedrich Martius）和动物学家施皮克斯（Joseph Berhard Spix）。两位学者奉巴伐利亚国王（Max Joseph I）之命，于 1817 年至 1820 年参加了前往巴西的自然科学考察。此外，作为考察的另一个成果，埃森贝克还提出了出版植物专题论著《巴西植物手册》的计划。

③ 大公爵卡尔·奥古斯特于 1822 年 6 月旅行经过巴伐利亚时看到了那里的自然史藏品。

619. 歌德日记

1822 年 10 月 24 日　星期四至 25 日　星期五

24 日〈10 月〉

审阅《论艺术与古代》校样 6,《自然科学概论》校样 C。① 1809年。② 誊清为世袭大公爵夫人准备的文章。③ 世袭大公爵 1 点左右来访。带来了他妻子的明信片。把明天要寄的信件给了儿子。五人共进午餐。收到洋蓟和一封来自法兰克福的信。④ 傍晚和安德烈埃先生以及哈尼尔先生⑤共度,两位此行前往柏林。枢密顾问迈尔来访。里默尔教授来访。里默尔教授留下共进晚餐。

---

① 分别指《论艺术与古代》第 4 卷第 1 册和《自然科学概论》第 2 卷第 1 册,均于1823 年出版。

② 从 1822 年 10 月中旬至 1826 年春季,歌德一直忙于自己的生平纪事(即《四季笔记》)的工作,这段时间工作进展到 1809 年。

③ 指歌德于 1822 年 10 月 24 日为世袭大公爵夫妇撰写的备忘录《对直属科学与艺术机构的监管,纲要》,歌德写此备忘录,是为了赢得两人对这些机构的兴趣。

④ 指玛丽安娜·维勒默写于 1822 年 10 月 20 日的一封信,与洋蓟一起由维勒默的女婿让·安德烈埃(Jean Andreä)从法兰克福带来。

⑤ 法兰克福的医生。

25 日〈10 月〉

拿出了 1808 年的各种资料。阅读莱比锡报：有关格拉附近钻孔采岩盐的新闻。① 和乌尔丽克以及瓦尔特乘车出游。三人共进午餐。观察新的丰富的内视现象。开始 1808 年的纪事。也回顾了 1807 年。傍晚独自一人，继续有关生平纪事的工作。儿子和朋友们前往耶拿参加伦茨的庆祝活动了。——致耶拿的矿务监督伦茨的邮件，包括索雷先生的文章，一同寄去的矿物样本的目录以及我的几句话。

① 图林根地区正在开采岩盐，为此往岩盐层钻孔。

620. 歌德致 J. G. 伦茨（亲笔落款）

1822 年 10 月 25 日　星期五

302　　　　一同到达的重要的矿物样本系列①出自瑞士萨伏依山和宾登山，其中包括埃尔巴岛屿的重要样本，为了向赠与者以及今天这个喜庆的日子表示敬意，希望有很好的位置来完整展出这个系列，并附上富有表现力的展品说明。祝好运！

　　　　祝愿这样一个日子能开启更多快乐、美好、充实的岁月。

您最忠诚的

魏玛，1822 年 10 月 25 日　　　　　　　　　　　　歌德

---

① 这一重要系列是由日内瓦矿物学家索雷捐赠给耶拿的矿物学协会的。

621. 歌德致 C. E. 舒巴特（亲笔落款）

1822 年 10 月 28 日　星期一

我很开心,您实现了我的心愿,寄来这封我期盼已久的来信,最尊贵的朋友,虽然您所处的不明朗的环境令我忧心。①但是从信中看到您身体健康、生活愉快,甚是欣慰。当然,我距离柏林甚远,无法对那里的情况做出判断,即使长时间逗留柏林,恐怕也很难看清。我所有的祝福永远伴您左右,祝您平安健康。

以通信交谈的方式影响远方的人对我而言越来越难,我不得不希望,不在身边的朋友对我通过出版告知大家的内容有浓厚的兴趣,并且乐意提取他们觉得是针对自己的那些内容,因为对我而言,他们一直在身边。下半年还将出版几本册子。②

如果您愿意偶尔告诉我您正忙于从事的研究,我一定会很感兴趣地倾听。

封•亨宁先生参与到我的颜色学研究中来,这当然令我非常开心;我可以将一份肩负很久的事业托付给一位充满活力的年轻人,有更多的自由再拿出一些时间继续我在各方面的研究。

今年的波希米亚之行对我很有益处,我集中了解到了自己感兴趣的领域,知道了它们的方方面面;活动和新鲜事物使我身心兴奋;自然观察滋养了身心。

此次先说以上内容;您曾以简短比喻赞誉过枢密舒尔茨先生,请代我向他致以最美好和热情的问候;因您衷心表达的内心的关切,我不由地为您和您的纯真而祝福。

珍重再见,代我问候您的家人,期待您的回信。

您最忠诚的

魏玛,1822 年 10 月 28 日　　　　　　　　　　　　　歌德

---

① 歌德在 1822 年 9 月 5 日就向舒尔茨打听舒巴特的近况,表达了自己对舒巴特所处的柏林生活环境的忧虑。
② 指《论艺术与古代》以及《自然科学概论》。

622. 歌德日记

1822 年 11 月 11 日 星期一至 12 日 星期二

11 日〈11 月〉

　　誊清几封即将发出的信件。继续审校正在进展中的册子。① 三人共进午餐。饭后继续册子的编辑工作。傍晚枢密顾问迈尔来访。和他详细讨论了不同事情。枢密顾问雷拜因带回了拜伦那张纸②的平版印刷版。

---

① 指《论艺术与古代》以及《自然科学概论》。
② 指英国诗人拜伦亲笔为歌德所写的献词,原本计划题在 1821 年出版的第一版《萨达纳巴勒斯》(Sardanapalus)一剧中,但因为出版商的疏忽未能实现。1823 年,第二版出版时加入了该献词。据日记记载,歌德于 1822 年 11 月 7 日经由哥廷根的日耳曼语言文学和英语语言文学教授格奥尔格·弗里德里希·贝内克(Georg Friedrich Benecke)得到该献词的原稿并在寄回伦敦之前进行了复制,以便能与朋友们分享。

12 日〈11 月〉

　　忙于各种副本、图表和草稿。弗兰岑布伦的检察官黑希特①来访，带来了警事顾问格吕纳的包裹。② 细看包裹内容并认真思考。处理公事。两人共进午餐。饭后，女士们③从德绍回来。讲述了她们的见闻。解读拜伦的手稿。④ 枢密顾问迈尔带来了格宁⑤的信。稍后与奥蒂莉一起，谈论拜伦的诗歌等。

304

①　约瑟夫•威廉•黑希特(Joseph Wilhelm Hecht)。
②　警事顾问格吕纳被接纳成为耶拿公爵矿物学协会的正式会员，寄来感谢信和一些矿物样本。
③　指奥蒂莉和乌尔丽克。
④　指拜伦亲笔所写献词手稿的摹本。
⑤　很可能是指法兰克福商人、艺术收藏家、作家约翰•伊萨克•封•格宁(Johann Isaak von Gerning)，自 1793 年起，歌德与格宁偶尔有通信往来。

623. 歌德致 G. F. 贝内克

1822 年 11 月 12 日　星期二

尊贵的,
令人尤为敬仰的先生!

　　阁下令我无比清晰地回忆起我们初次相识①的美好时光,彼时我在哥廷根受到了最友好的欢迎,在几位特别具有科学精神的先生的指引下,找到了得以孜孜不倦追求自己目标②的机会。

　　非常感谢您的分享,③这既令我惊喜,又令我羞愧。自该剧第一次出版,我便与身边的、远方的朋友们一样,与全德国和全世界的读者一样,喜欢它的人物塑造和无限创造力,喜欢它既强劲有力又温柔可爱的特点。我试着通过翻译④把自己沉浸其中,感受他最温柔的情感和最独特的幽默;回想起先前的一次情况,在翻译过程中,不能完全清晰地了解作品便会有碍我继续业已开始的《英国诗人和苏格兰评论家》⑤翻译尝试。

　　获悉这样一位备受尊敬的先生对我如此关注,收到一份相同信念的见证,是多么出乎意料,因为从未如此希冀和奢望。

　　如果阁下代我向那位英国朋友⑥表示衷心的感谢,并让他知晓我这些心情和感受,我必将不胜感激。

---

① 歌德于 1801 年夏天逗留哥廷根时与贝内克相识。
② 根据《四季笔记》,这里提及的目的是填补有关颜色学历史的空缺。
③ 指贝内克将拜伦的献词转交给歌德一事,参见第 622 篇。
④ 歌德翻译了拜伦的戏剧诗《曼弗雷德》(Manfred, 1871) 和讽刺诗《唐璜》(Don Juan, 1819),与短评一起发表于《论艺术与古代》第 2 卷第 2 册(1820)和第 3 卷第 1 册(1821 年)。
⑤ 据日记记载,歌德于 1821 年 1 月开始翻译拜伦的讽刺诗《英国诗人和苏格兰评论家》(English Bards und Scotch Reviewers),并在 1821 年的《四季笔记》中提及了此次尝试。
⑥ 指的是拜伦相识多年的好友道格拉斯·金奈尔德(Douglas Kinnaird, 1788 - 1830)。金奈尔德与贝内克教授相识于哥廷根求学期间,是他通过贝内克教授将拜伦所写的献词转递给了歌德。

　　我会将这位尊贵先生的手稿寄回，纵然心中万般不舍，因为谁不想拥有一份如此极具价值之文献的原稿呢?[①]　年老者最终会开始怀疑自己，他需要这样的证明，年纪稍轻者或许无法承受这些证明带来的振奋精神的力量。

305

　　最后但愿并请求您总是友好地念及我。

阁下

完全最恭顺的

魏玛，1822 年 11 月 12 日　　　约翰·沃尔夫冈·封·歌德

---

① 1826 年 3 月 26 日，歌德从贝内克教授处再次得到了拜伦献词的手稿原件。

624. 歌德致玛丽安娜·封·维勒默（亲笔落款）

1822 年 11 月 18 日　星期一

　　安德烈埃先生①的到来让全家人都很开心：小家伙②听到他教父的消息，很是兴奋，儿媳③很有兴趣一起前往柏林，当父亲④因远方的挚爱⑤而激动时，当博学的朋友⑥与博闻强记的旅行者交谈时，儿子⑦也很会适时加入到谈话中来。安德烈埃先生给我们留下了希望，⑧返程时可与他再次见面。建筑总监库德雷先生刚刚也带来了有关法兰克福朋友们⑨的消息，这让我再一次想起他们。

　　如果您没有收到我的回信，那一定是因为我总是立即在脑海中做出了回复。您上一封来信⑩和棕色的旅伴⑪一起陪着我去了波希米亚，它们赋予了我一些心满意足的念头和情感；我在那里度过了十个星期，曾穿越过昏暗的地方，也曾漫步在令人心旷神怡的景色中，敲打了岩石，与新老朋友一起享受了一些美好，直至在身体状况尚可

---

① 让·安德烈埃，法兰克福书商，约翰·雅各布·封·维勒默的女婿。据歌德日记记载，让·安德烈埃前往柏林，于 1822 年 10 月 24 日经停魏玛，带来了玛丽安娜 1822 年 10 月 20 日写的一封信。
② 指歌德的孙子瓦尔特·沃尔夫冈，他是约翰·雅各布·封·维勒默的教子。
③ 歌德儿媳奥蒂莉是普鲁士少校的女儿，对柏林有一种特别的亲和力，特别是 1819 年 5 月在柏林逗留几周之后，她更是被柏林这个普鲁士都城丰富的文化和社交生活深深地吸引。
④ 指歌德自己。
⑤ 指玛丽安娜·封·维勒默。
⑥ 指弗里德里希·威廉·里默尔。
⑦ 指歌德的儿子奥古斯特。
⑧ 遗憾的是这一愿望后来并未实现，因为安德烈埃从柏林返回法兰克福时选择了另外一条线路，没有经过魏玛。
⑨ 亦指维勒默夫妇。
⑩ 此处歌德或是记错，亦或是撒了善意的谎言，因为实际上当玛丽安娜 1822 年 6 月 16 日的来信到达魏玛时，歌德已经到达马林巴德。
⑪ 指玛丽安娜的一把梳子。

时踏上返回的旅程。当然，与在美因河及莱茵河畔不同，多山的波希米亚地区有些干燥，但我聪明地将两地紧密联系了起来：随身带来了一些至今保存得很好的葡萄酒，最开心的是来自家乡的消息，告知陆续收到了更多的葡萄酒。①

您请求对您的神秘感觉②做出解释，我向崇高的巴奇斯③提出了这个问题，他的回答同样神秘，一字一句都附在信末。④

这幅小巧可爱的黑色剪影⑤很奇特，如果有人忠实深情地观赏它，距离稍远，它便立即比之前显得更闪亮而更美好，所以每一次欣赏都会带来最令人愉快的瞬间。

如我所安排，经安德烈埃先生介绍认识的哈尼尔博士⑥从柏林来信了，我写了几封推荐信给他寄了过去，以便他在柏林的朋友们那里受到友好的接待。

美好的天气庇佑我们到现在，窗前的花圃也因此而一直姹紫嫣红，寒冷也未能伤害它们，在明媚的阳光下，显得惬意而生机盎然；我很想在它们的小脑袋还未耷拉下来之前折下最美的几枝，将这些迟开的花朵寄给尊贵的您，它们曾经并继续向晚秋⑦表明着自己的善

306

① 歌德常常收到维勒默赠送的葡萄酒，参见第439篇。
② 玛丽安娜·封·维勒默在1822年10月20日的来信中提及自己对阿黛尔·叔本华的矛盾感觉，其中参杂着谦卑、羞愧和恶作剧心态，并请求歌德对这复杂感受做出解释。
③ 巴奇斯（Bakis）是传说中的希腊预言家。这里歌德用戏谑的方式，让巴奇斯作为权威，用充满神秘色彩的回答来解释玛丽安娜的神秘感觉。
④ 指信末的短诗。
⑤ 1822年10月22日，玛丽安娜·封·维勒默寄给歌德一张自己的剪影。
⑥ 爱德华·封·哈尼尔（Eduard von Harnier，1800－1868），法兰克福律师，陪同安德烈埃一起前往柏林。1822年11月4日和6日，歌德两次为哈尼尔写推荐信，分别寄给柏林的利奥波德·封·亨宁和卡尔·弗里德里希·策尔特。
⑦ 歌德用晚秋一词也意指自己的年纪。

意和热情。

　　我和朋友们都觉得您捎来的洋蓟①味道极好,一段时间以来,我们极不乐意放弃这种在此地非常罕有的享受。

　　因为现在我们正在餐桌旁,所以我大胆请您帮忙,在天气还未变冷之时,给我寄来几罐你们当地用果汁制成的黄芥末酱;就像您捎来的洋蓟一样,黄芥末酱也会勾起对往昔的回忆,如果我们今后的盛宴有您善意寄来的黄芥末酱为菜肴调味,那会十分美好。

　　说完上面这些,再想起还得说说阿黛尔的事,似乎是一个很奇特的转折,或许是因为她有时在此处用餐时喜欢我们的饭菜。她似乎有与您一样的感受;因为尽管她很聪明,很落落大方,并畅所欲言,但是谈及磨坊和女磨坊主,②话语却不多;但是通过巴奇斯的解谜,关于这一点我可以找到些许的解释。

　　盼望您顺便告诉我,施洛瑟③总督学是否已回法兰克福,赖因哈德④伯爵是否已从巴黎回来。

　　珍重再见!　　　　　　　　　　　　　　　　　　您最忠诚的

　　　　　　　　　　　　　　　　　　　　　　　　　　　　亲近的

　　　　　　　　　　　　　　　　　　　　　　　　　　　　　　G

307

---

① 洋蓟,一种蔬菜,由安德烈埃从法兰克福带来。
② 分别指玛丽安娜的避暑别墅格贝尔米勒(Gerbermühle)和玛丽安娜本人。阿黛尔·叔本华于1822年夏天逗留法兰克福时,曾与玛丽安娜在她的避暑别墅格贝尔米勒见面。歌德在日记中记载到,他1822年8月30日从波希米亚回来不久,阿黛尔就到他位于弗劳恩普兰广场旁的住宅来拜访,简洁地讲述了自己在玛丽安娜·封·维勒默家拜访的情形。
③ 约翰·弗里德里希·海因里希·施洛瑟(Johann Friedrich Heinrich Schlosser,1780 - 1851),总督学。
④ 赖因哈德伯爵于1823年1月才从巴黎回来,并在1823年1月20日至23日给歌德的信中讲述了自己巴黎之行的经过。

魏玛，1822 年 11 月 18 日

〈附文〉

伊人①确信
优于斯人，②
小布吕歇尔③般
在胜利中欣喜。
然温柔的天性若觉察到
稍许尴尬，
鲁莽和可爱的傲慢，
便会即刻觉醒。

1822 年 11 月 18 日　　　　　　　　　　　巴奇斯

---

① 指玛丽安娜·封·维勒默。
② 指阿黛尔·叔本华。
③ 在格贝尔米勒时，歌德曾因为玛丽安娜命令他人时坚定的表情而戏称她为
　　"小布吕歇尔"。

625. 歌德致 J. W. 德贝赖纳（亲笔落款）

1822 年 11 月 27 日　星期三

尊贵的，

令人尤为敬仰的先生！

　　阁下将随信收到一张已授权的、需要您签字的凭条，金额为 25 帝国塔勒：①通用币；另有：

　　亨宁撰写的有关颜色学的公开讲座的导论；再有：

　　马车夫朔尔希特今天已带着那块大的磁铁石②和支架出发了；小支架平放在上方，拿走支架，就可以借助绳索将磁铁石拉出来。希望之前的尝试能够成功，请您告诉我有关的消息。

308

　　非常感谢您寄来的装置③、金绿柱石④和钴盐，⑤您的到访⑥令我很受启发，很有乐趣，期盼您圣诞节期间再次来访。⑦

阁下

您最恭顺的

约翰·沃尔夫冈·封·歌德

魏玛，1822 年 11 月 27 日

---

① 德贝赖纳于 1822 年 11 月 23 日提出资金申请，用于制造化学实验室的玻璃器皿。

② 此次寄送在德贝赖纳 1822 年 11 月 29 日的信中得到证实，磁铁石是用于德贝赖纳的电磁学研究实验。

③ 施魏格尔倍增器，用于电磁学研究实验。约翰·萨洛蒙·克里斯托夫·施魏格尔（Johann Salomon Christoph Schweigger，1779－1857），德国物理学家、化学家，1820 年根据丹麦物理学家奥斯特的发现，在多匝线圈中放置磁针，制成了最早的电流检测装置，被称为倍增器。

④ 德文为 Eschwegit，一种矿物，出自巴西云母片岩，呈金黄色，石棉状，德贝赖纳认为其中含有 45% 的二氧化硅和 55% 的氧化铁。

⑤ 钴盐在日光下呈红色，在烛光下呈淡绿色。

⑥ 德贝赖纳于 1822 年 11 月 23 日前来魏玛拜访歌德。

⑦ 1822 年 12 月 26 日至 30 日，德贝赖纳再次拜访歌德，向歌德展示他的实验，并与其探讨科学问题。这段时间里，大公爵卡尔·奥古斯特也基本都在场。

626. 歌德日记

1822 年 11 月 30 日　星期六

　　1821 年日记节选。① 封·埃施维格上校先生来访。五人共进午餐。法兰克福的花座球。② 就此进行商量。莎士比亚的《亨利四世》,福斯的译本。③ 枢密顾问迈尔;谈论耶拿大学生斗殴事件。④ 同样因新的制服而不满。读完《亨利四世》。——将校样 9 和《论艺术与古代》⑤最后部分的手稿寄给维塞尔赫夫特。

---

①《四季笔记》工作进展到 1821 年的部分。
② 11 月底,歌德收到法兰克福书商让·安德烈埃寄来的巨大仙人掌科花座球属植物,于 12 月 2 日让花园督察员斯凯尔(Sckell)接至大公爵的美景宫(Belvedere)。大公爵卡尔·奥古斯特于 1822 年 12 月 3 日即刻致信歌德,对此宝贵馈赠表示感激。大公爵在信中表示,美景宫和他都对这美丽的花座球表示最衷心的感谢;他从未见过如此壮观的仙人掌科植物。只是他们还不确定,该植物是否为一个未知的品种,因为它与大公爵从荷兰带回来的那个长有红刺的品种有些许不同。歌德于 1823 年 1 月 6 日致信维勒默夫妇表示感谢。
③ 由约翰·海因里希·福斯和他的儿子们翻译的《莎士比亚戏剧》于 1822 年在斯图加特出版。因译者的委托,歌德在 1822 年晚秋收到了该版的第 1 卷。
④ 参见第 633 篇及注释。
⑤ 指《论艺术与古代》第 4 卷第 1 册,于 1823 年出版。

627. 歌德致 J. G. 伦茨(亲笔落款)

1822 年 12 月 1 日　星期日

阁下:

　　我早就想写一封很详实的信,保证和竭力证明自己是多么真诚地心系着您的庆典,对于不能亲自出席是多么觉得遗憾。但是,正因为这一内容太过丰富,总是无法冷静并聚精会神。不过现在您寄来诸多书信,①尤其是封·霍夫②先生的那封,帮我减轻了这份甜蜜的负担;我赞同这封信中的每一字每一句,真的,非常赞同,因为您宝贵的工作渐渐为我所熟悉,多年来它满足了我诸多心愿,带给我许多富有启发的时刻。只要最高长官还满意,愿我们两人继续一起尽力并勇敢地为这份美好的事业而工作。

您最恭顺的

魏玛,1822 年 12 月 1 日　　　　约翰·沃尔夫冈·封·歌德

---

① 指伦茨收到的诸多恭祝他在耶拿大学执教五十周年的贺信,1822 年 11 月 29 日,伦茨将这些贺信寄给了歌德,其中包括封·霍夫先生 10 月 22 日的祝贺信。伦茨和歌德互相尊敬,珍惜彼此的恩情,在几十年的岁月中一直就科学进行相互交流。

② 卡尔·恩斯特·阿道夫·封·霍夫(Karl Ernst Adolf von Hoff, 1771 - 1837),哥达法学家、地质学家。

628. 歌德致 H.C.A.艾希施
泰特①（亲笔落款）

1822 年 12 月 4 日 星期三

尊敬的阁下：

您巧妙地将奇怪的现代诗行插入古老而经典的作品中，②再一次证明了您对任何措辞的掌握，由此也看出您不仅是文学教授，也是演讲艺术的大师。请让我能够马上亲眼见到大家已赞不绝口的全部内容。

现在请允许我打听一件事：听说就舒巴特《对荷马及其时代的看法》一文所撰写的详细评论③的开篇已经寄给您了，笔者请求收录于《耶拿文学汇报》或者尽快寄回。如今已过去几周时间，却还没有收到任何消息，所以他想通过我进一步了解一下。如果您愿意向我透露一些消息，那于我而言便是很大的恩情，因为通过委托我来打听这件事，让我开心地看到大家相信我能够影响您，使您做出有利于他们的决定。

衷心地希望那些不安宁的日子①能平缓地过去，不给您和大学留下令人不快的印记。

您最忠顺的

魏玛，1822 年 12 月 4 日   约翰·沃尔夫冈·封·歌德

---

① 海因里希·卡尔·亚拉伯罕·艾希施泰特（Heinrich Karl Abraham Eichstädt，1772－1848），语文学家，自 1796 年起在耶拿大学任教，《耶拿文学汇报》编辑。

② 1822 年 11 月 17 日，艾希施泰特将自己 10 月 25 日在伦茨的工作五十周年庆典上用拉丁语所作的节庆贺词的修改版寄给了歌德，修改版中插入了歌德的诗歌《所有火山岩的显赫反对者》，因此艾希施泰特来信征求歌德的同意。关于这首诗参见第 590 篇及其注释。

③ 该评论撰写者为爱德华·莱因霍尔德·朗格（Eduard Reinhold Lange，1799－1850）。柏林的枢密舒尔茨在 1822 年 11 月 19 日至 27 日的一封来信中请歌德帮忙争取将这篇评论刊登在《耶拿文学汇报》上。艾希施泰特在 1822 年 12 月 6 日的回信中指出该评论篇幅过长，论据不够清晰，建议进行修改。修改后的评论最终于 1823 年 9 月刊登在《耶拿文学汇报》上。

① 参见第 633 篇及注释。

629. 歌德日记

1822 年 12 月 4 日　星期三

310　　　　　与枢密顾问雷拜因谈论金刚石交易。① 与武尔皮乌斯谈论发生在耶拿的斗殴事件，②特别是里纳尔多③的命运。1817 年日记节选。五人共进午餐。饭后继续节选日记。总理封·米勒于傍晚时分来访。与之详谈耶拿事件。枢密顾问迈尔来访。阅读海因罗特的《人类学》。④ ——殿下备忘录。⑤ 致信耶拿的枢密顾问艾希施泰特先生。

〈……〉

---

① 1822 年底，矿物学家、葡萄牙和巴西采矿工程负责人埃施维格造访魏玛时展示了四十二块金刚石结晶，歌德建议大公爵卡尔·奥古斯特买下。交易于 1822 年 12 月 28 日完成，售价为 715 塔勒。

② 参见第 633 篇及注释。

③ 里纳尔多是歌德妻子的兄长克里斯蒂安·奥古斯特·武尔皮乌斯于 1799 年匿名出版的小说《里纳尔多·里纳尔迪尼，强盗首领》的主人公，该小说很是畅销，却没有给武尔皮乌斯带来与畅销度匹配的经济收入。

④ 1822 年 10 月 29 日，莱比锡精神病学、人类学教授约翰·克里斯蒂安·奥古斯特·海因罗特（Johann Christian August Heinroth, 1773 - 1843）给歌德寄来自己所著的《人类学教科书》（Lehrbuch der Anthropologie）。12 月，歌德深入研读该著作，并对书中给出的"歌德的自然和世界经验的特征"表示完全赞同。更多有关歌德研究该著作的内容参见第 637 篇致博伊塞雷的信。

⑤ 实指歌德于 1822 年 12 月 4 日写给大公爵卡尔·奥古斯特的信。

630. F. 封·米勒总理，日记

1822 年 12 月 4 日　星期三

　　午后在歌德家。〈……〉称赞日记为对当下的珍惜，对此刻的尊重，而热情总是想着遥远的目标。讨论在我的建议下写的《与拿破仑的晤面》①〈……〉

---

① 指歌德《与拿破仑晤面》的第一篇概要，因为总理封·米勒的建议，写于 1822 年深秋，记录下了歌德在 1808 年 10 月 2 日与拿破仑的谈话。

631. ᶜ歌德致 Chr. L. F. 舒尔茨
（亲笔修改和落款）

1822 年 12 月 9 日　星期一

1) 已收到您友爱的邮件！① 这幅画有说不尽的美妙之处；万分感激您愿友好地将它让给我。第七幅木版画②正在精心绘制中，所有作品将逐一送达。

2) 我最尊贵的朋友，您用寥寥数语说出了我曾经考虑到的劝告舒巴特的理由：只要大环境仍在摇摆和徘徊，每一个个体都有充足的理由安静地等待结果。③ 保持稳定并肯定的步态④绝对是有益的；日久见真章，因为致力于毁灭他人时，否定的力量也瓦解着自己。

---

① 歌德在 1822 年 11 月 17 日致信枢密舒尔茨，请求一幅《大象列队》真迹的临摹图。该画出自意大利文艺复兴画家、铜版雕刻家安德烈亚·曼特尼亚的系列版画《凯撒的胜利》。在 1822 年 11 月 19 日至 30 日期间，舒尔茨将该版画的真迹转让给了歌德，歌德因而在此表示感谢。

② 在 1822 年 11 月 17 日的书信中，歌德承诺为枢密舒尔茨精心绘制曼特尼亚《凯撒的胜利》系列版画中的第 7 幅。

③ 此处涉及的可能是受舒尔茨和歌德资助的语文学家舒巴特计划出版的论文《后塔西佗时代日耳曼尼亚雄辩术堕落的原因质询或对话而生的恨与爱》（*Haß und Liebe vorm Verhör sive Dialogus de causis corruptae eloquentiae post Tacitum in Germania vulgivagae*）。该论文仿照了塔西佗的作品《对话集》（Dialogus de oratoribus）。舒尔茨于 1822 年 11 月 8 日致信歌德说他在该论文中看到了舒巴特在面对这个时代针对歌德的不好趋势之时爆发出的情感和智慧。论文中有闪光之处，但有一些地方需要修改和完善。尽管舒巴特的目的是为歌德进行辩护，然而歌德在 1822 年 11 月 17 日就坚决劝阻舒巴特不要介入那些争执，因为他本人原则上就不喜欢争论。有关歌德的反争论态度参见第 35 卷第 62 篇的 A 和 B。普布里乌斯·科尔内留斯·塔西佗（Publius Cornelius Tacitus，约 55 - 116/120），罗马帝国执政官、雄辩家、元老院元老，历史学家、文体家。

④ 歌德在 1822 年 11 月 17 日给舒尔茨的信中也写道，唯有方方面面都绝对肯定才有益于维护我们和我们关心的人。舒尔茨于 1822 年 11 月 30 日回信歌德，接受了他的想法，并表示他的《帕莱欧夫龙与内奥特佩》（Palaeophron und Neoterpe）杂志的第 1 册只包含肯定的内容。

几行诗句①如下：

> 任敌对事件发生，
> 你保持平静，保持缄默！
> 若他们否定自己的行动，
> 就在他们眼前晃荡。

借此再次进入生活琐事，未来的事情不久总会发生的。

3）普尔基涅②近日即将来访，我很是期待。

4）感谢魏斯先生的提示，③我已领会。

5）我正在为《论艺术与古代》编写曼特尼亚一文中有关历史的部分④，现将草稿寄给您，敬请赐教。有关历史真是很奇特，全部努力得出的最确凿的结论竟是怀疑。⑤ 唯有主观的真实，即可能性，甚至在近日发生的事件上也是如此，关于最近发生在耶拿的争执，大家向我讲述了很多，但绝不意味着我对此非常了解。

您如此赞同我视地心引力为气象原因⑥的观点，于我而言意义

---

① 这几行诗句出自《温和的讽刺诗》第 3 卷，曾于 1820 年刊登在《论艺术与古代》第 2 卷第 3 册。

② 扬·普尔基涅（Jan Purkinje，1787—1869），布拉格医生、生理学家、物理学家。普尔基涅的来访参见第 633 篇。

③ 柏林矿物学教授克里斯蒂安·塞缪尔·魏斯（Christian Samuel Weiß，1780—1856）对封·奥施维格上校以供出售的那批金刚石持保留态度，舒尔茨在 1822 年 11 月 27 日的来信中详细向歌德介绍了魏斯的批判性看法。

④ 1823 年歌德在《论艺术与古代》第 4 卷第 1 册上发表了《尤利乌斯·凯撒的胜利，曼特尼亚绘制》一文。

⑤ 有关历史研究的缺憾，歌德在草稿中举了对弗里德里希一世巴巴罗萨的洗礼杯的解释为例。有关该洗礼杯的解释参见第 382 篇及注释。

⑥ 歌德在一篇有关晴雨表波动原因的文章（1823 年《自然科学概论》第 2 卷第 1 册）中发表了把气候现象归因于万有引力影响的假设。枢密舒尔茨于 1822 年 12 月初就在歌德寄给他的预印本中抢先读到了该文章，并非常激动地在 12 月初的一封信中谈及此文。

重大。从中您可以看到,我虽多年来一直持有这种想法,但即便是现在,也只是在偶然的情况下胆怯地表达了自己的观点。因为您已接受我的想法,所以很容易想到其后果以及总会引发的问题。倘若人们如我所要求的一样,暂且不理会一切与宇宙、太阳、行星以及距离最近的月亮有关的因素,并将全部大气现象视为征兆,在既年轻又古老的地球母亲身上去寻找一切的话,那么定能出现优秀的成果;然而在这方面也没有指望能找到志同道合者。不过如果您,我最尊贵的朋友,想在这个领域有所作为的话,请让我知晓。

312　　　贝尔图赫公司的图书馆留有一册您早期的地理地质作品,① 封·弗罗里普先生②把它借给了我,于是我开始研读;为了满足如饥似渴的耶拿出版业,我不得不像一直在蒸煮、煎炸、分盘和端菜的厨师一样忙个不停。以下是在这段时间里完成的大大小小的最新成果。

　　　您若可以为促成从 102 页开始谈及的愿望③做点什么,那么就放手去做吧;这是一个有利于我们自己以及与我们志同道合者的机会。如果这些有关戏剧的文章赢得大家的信赖,那也能为这份报纸带来

---

① 指舒尔茨的首部作品《论各海拔间的普遍关联》(*Über den allgemeinen Zusammenhang der Höhen*),1803 年由弗里德里希·约翰·贾斯汀·贝尔图赫 (Friedrich Johann Justin Bertuch, 1747 - 1822)公司的出版社在魏玛出版。

② 指贝尔图赫先生的女婿路德维希·弗里德里希·封·弗罗里普(Ludwig Friedrich von Froriep, 1779 - 1847),作家、医学教授,自 1816 年起在魏玛任医药总顾问,自 1822 年起成为贝尔图赫公司的所有人。

③ 指在 1823 年出版的《论艺术与古代》第 4 卷第 1 册中的《愿望与友好恳求》一文。该文章的发表意在促成在柏林国务与学术通报(Berlinische Nachrichten von Staats-und gelehrten Sachen, auch: Haude-und Spenerische Zeitung)上发表的全部戏剧报道的汇编。

益处；此处的友人们已经倾向于将来不再订阅福斯报，①而是这份报纸了。如果好的意愿得到回应，那么便会带来最美的结果。

　　我努力地确保自己遗著的出版，从《论艺术与古代》的最后印张②上您将得知受委托的出版社；您要求参与的愿望也会得以满足。

　　您会喜欢曼佐尼③对拿破仑逝世表示哀悼而作的抒情诗，《阿德尔齐》④是他新近又创作的一部悲剧，取材于伦巴第王国的历史，刻画了查理大帝入侵意大利途中被困丘萨山口⑤时刻的故事。该剧完全体现了卡尔玛涅奥拉伯爵⑥的思想和精神，但其刻画的人物性格和表现的主题却更为丰富。将这部作品也翻译成德语，会是一份令我十分愉快的工作；⑦啊！为何不能同样为自己的德国同仁效劳呢。

永远的祝福

魏玛，1822 年 12 月 9 日　　　　　　　　　　　　　G.

---

① 福斯报（Vossische Zeitung），指柏林国务及学术皇家特许报（Königlich privilegirte Berlinische Zeitung von Staats-und gelehrten Sachen，1785－1911）。

② 歌德在 1823 年出版的《论艺术与古代》第 4 卷第 1 册的 174 至 178 页中发表了一则有关自己作品新版的简讯《诗人和作家的档案》（Archiv des Dichters und Schriftstellers），同时首次提及作者最后审定的完整版本（Vollständige Ausgabe letzter Hand），该版本最终于 1827 年开始由科塔在斯图加特和图林根出版。

③ 亚历山德罗·曼佐尼（Alessandro Manzoni，1785－1873），意大利诗人、小说家。

④ 悲剧《阿德尔齐》（Adelchi）取材于公元 8 世纪查理大帝对伦巴第的入侵。

⑤ 即伯尔尼峡谷，位于蒂罗尔通往意大利边境的维罗纳的北边，是一个狭隘的关口。

⑥《卡尔玛涅奥拉伯爵》（Il Conte di Carmagnola）是亚历山德罗·曼佐尼 1818 年的一部悲剧。

⑦ 1822 年 1 月 12 日，歌德从大公爵卡尔·奥古斯特那里得到曼佐尼的抒情诗《五月五日》并即刻翻译成了德语。1822 年 12 月 8 日，收到附有手写献词的悲剧《阿德尔齐》的当天，歌德就阅读了该剧，并于 12 月在一篇未公开发表的文章中进行了评论，文章附有译文。

632. 歌德日记

1822 年 12 月 13 日　星期五

　　书信①构思和口授。殿下告知将于周日来访。② 整理归类 1807 年日记节选。③ 殿下对蒂罗尔矿物样本④的分类。艾希施泰特的信。⑤ 三人共进午餐。饭后继续日记节选的整理工作。思考兴趣爱好,有延续多年的,或一段时间内占据重心的,或只是瞬息即逝的。

313

---

① 主要指 1822 年 12 月 14 日致封·克内贝尔和卡尔·弗里德里希·策尔特的两封信。

② 大公爵卡尔·奥古斯特于 1822 年 12 月 13 日致信歌德,告知将于 12 月 15 日星期日的中午时分来拜访歌德,并希望能有幸一睹画于中国宣纸上的科隆大教堂并聊聊其他的事情。

③ 指自 1822 年 10 月中旬至 1826 年春季进行的《四季笔记》工作进展到 1807 年部分。

④ 1822 年 12 月 15 日,大公爵来访,与歌德一起观察了一包矿物样本并进行了讨论。

⑤ 指《耶拿文学汇报》的编辑艾希施泰特于 1822 年 12 月 6 日的回信。歌德的去信写于 1822 年 12 月 4 日,主要是询问有关舒巴特撰写的评论《对荷马及其时代的看法》一事。

633.ᶜ歌德致 C.L.封·克内贝尔（亲笔落款）

1822年12月14日　星期六

我最尊敬亲爱的朋友，你的亲笔信①令我特别开心，因为我们曾因您不适的消息而无比难过和担心。这个冬季虽然足够让人觉得舒适，但是依然需要好的身体才能度过每一个漫长的夜晚。

尽管离城市的喧嚣更近，我的生活仍很孤独，不过每天都很忙碌。又一册《论艺术与古代》②即将出版；科学手册③的编纂在进展中，别的一些工作也在准备中，特别是努力收集和整理了传记手稿④以及对过去所做之事的纪念。⑤ 当然，在精力旺盛的年轻岁月里，我们在盲目的激情和不够彻底的追求中浪费了太多的时间；因此现在得试着尽可能地从忘川河水中打捞出一些过去的印记。

发生在耶拿的事件⑥令我非常难过：只要想到自己在那里付出过的时间和精力、享受过的幸福时光，想到自己每天还在孜孜不倦地为之尽最大努力，那么心爱之物于突然之间徒然遭受的伤害便会带来极大的痛苦。我听说现在事件暂时平息了；但愿不留任何余波。这已然能够预见，未来也难幸免。

卡尔⑦的到访让我很开心，非常高兴地看到我的女眷们⑧对他有

① 指克内贝尔于 1822 年 12 月 6 日的来信。
② 指《论艺术与古代》第 4 卷第 1 册，1823 年出版。
③ 指《自然科学概论，尤论形态学》第 2 卷第 1 册，1823 年出版。
④ 指歌德自 1822 年 10 月中旬开始的《四季笔记》工作。
⑤ 指歌德自 1822 年 4 月开始的自己所有作品的作者最后审定的版本（Ausgabe letzter Hand）。
⑥ 指发生在耶拿大学的学生骚乱，导火索是学术委员会针对在大街上歌唱发布的禁令。1822 年 12 月 2 日，通过耶拿博物馆文秘约翰·克里斯托夫·费贝尔（Johann Christoph Färber, 1778－1844），歌德详细了解到了骚乱发生的原因和整个经过。
⑦ 指克内贝尔之子卡尔·封·克内贝尔（Carl von Knebel）。据日记记载，卡尔于 1822 年 12 月 8 日到魏玛拜访了歌德。
⑧ 指奥蒂莉和乌尔丽克两姐妹。

314　很好的印象,她们都是懂得生活的人,能够辨别小伙子们的功与过。

　　近一段时间以来,我常常跟柏林的枢密舒尔茨先生通信。可能某些时期非常美好,因为有丰富的兴趣并彼此相互关注,但我们却不必为此而庆祝,因为转瞬间便会在别处发生某件事情,并且可能会让我们彼此立场相左。对于双方而言,这一次交流都获益良多,具体内容将于下次告诉你。

　　你会喜欢曼佐尼对拿破仑逝世表示哀悼而作的抒情诗,《阿德尔齐》是他新近又创作的一部悲剧,取材于伦巴第王国的历史,刻画了查理大帝入侵意大利途中被困丘萨山口时刻的故事。该剧完全体现了卡尔玛涅奥拉伯爵的思想和精神,但其刻画的人物性格和表现的主题却更为丰富。将这部作品也翻译成德语,会是一份令我十分愉快的工作;啊! 为何不能同样为自己的德国同仁效劳呢。

　　但是为了实现艺术的纯粹,在此必须摒弃一切民族优越感。德国人,尤其是细腻和优秀的德国人,难道不是都在阅读拜伦和沃尔特·斯科特的作品吗?必须促进语言的学习和对邻国的认可,这样才能紧密团结在一起。

　　你一定也会对普尔基涅①非常感兴趣。令我甚觉惊奇的是,他是如何凭借自己的力量脱离教会的深渊,如何自学成才,自我发展,同时却又选择了走向自我存在的深渊的;他自愿殉教,尝试从细节到整体全方面教育自己、理解自我。我看着普尔基涅与里默尔和雷拜因在一起;他这样的秉性在新教教徒中显得很奇特,因新教教徒总是

315　在外部世界和内心世界之间寻求平衡。我本想多留他几天;他对自己高度忠诚,非常值得去认识他的内在本性,了解他的各种独特的

---

　　① 据日记记载,扬·普尔基涅在1822 年12 月11 日和12 日两天来到魏玛拜访歌德,交谈了很多有关自然科学的内容。

坚持。

　　珍重再见！

　　　　　　　　　　　　　　　　　　　你最忠诚的

　　魏玛，1822 年 12 月 14 日　　　　　　　　G.

634. 歌德致 C. F. 策尔特(亲笔落款)

1822 年 12 月 14 日　　星期六

在期盼多年的首次音乐之夜,我收到了你宝贵的邮件,于是当场就演奏了你这首赋予我作品新生命的音乐创作,舒畅且激情澎湃。

谢谢你这封慢慢写就而成的信,①你的每一句话都很令我精神为之一振;字字句句都充满爱意,蕴含深意。

随信寄去最新一期《形态学》②和《论艺术与古代》,③用你的方式去享受阅读的喜悦吧,如果这种喜悦并不直接,那就间接地享受吧;你很会象征性地处理事情的。

舍内先生曾寄来他的手稿,④我曾偶尔翻看过;一个明智的人居然会将纯粹的重复视为延续,这令人惊讶。最不幸的是,他们学会了用散文和诗歌来写作,并且自认为如此创作便是有所成就。

新一期的《论艺术与古代》⑤目前正在印刷中,下次寄给你,它内容丰富,定会有所启发;我非常期待朋友们因为它而有新的想法。今年冬天相当忙碌,它的温暖让我很舒服,即使我仍不甚喜冬天;我做的每一件事情都有进展,由此我再一次证明了自己是新教徒。迄今为止我看过了众多有趣的新鲜事物;与自己去拜访不同的人相比,邀请大家到自己身边来要舒服得多。

从随信寄去的手稿⑥中你会得知下一期中有哪些值得期待的内容;但愿以此暂且唤起你的兴趣。

316

---

① 策尔特的最近一封来信标注的时间是 1822 年 8 月 13 日至 11 月 26 日,他在信末写道,自己惊讶地看到这张信纸已经搁置超过三个月时间。
② 指《自然科学概论,尤论形态学》第 1 卷第 4 册。
③ 指《论艺术与古代》第 3 卷第 3 册。
④ 参见第 544 篇及注释。
⑤ 指《论艺术与古代》第 4 卷第 1 册,1823 年初出版。
⑥ 歌德随此信附上了《论艺术与古代》第 4 卷第 1 册的目录。

下次再叙！期待不久后收到你的来信。

　　　　　　　　　　　　　　　　　　　你最忠诚的

魏玛，1822 年 12 月 14 日　　　　　　　　G.

635. 歌德日记

1822 年 12 月 16 日　星期一

　　整理和准备。手边的信：致西班牙皇家矿物总监迈尔先生,①地址是位于金齐恩河谷巴登大公国的根根巴赫。枢密顾问德贝赖纳来访。厄斯泰兹教授②和哥本哈根的建筑家宾得斯伯尔③来访。建筑总监库德雷来欣赏科隆大教堂铜版画。与黑尔比希④顾问先生谈论有关气象的事宜。大家共进午餐。思考与厄斯泰兹的谈话。喜剧⑤演出期间,总理封•米勒来访。喜剧结束后,与厄斯泰兹、建筑家、建筑总监库德雷就物理等方面进行了生动有趣的谈话。

---

① 约翰•弗里德里希•迈尔(Johann Friedrich Mayer, 1747 - 1826)。歌德写信给迈尔先生是因为一笔商定的矿物购买生意。
② 汉斯•克里斯蒂安•厄斯泰兹(Hans Christian Ørstedt, 1777 - 1851),丹麦物理学家。Ørstedt 又译为厄斯泰德或奥斯特。
③ 迈克尔•戈特利布•宾得斯伯尔(Michael Gottlieb Bindesbøll, 1800 - 1856)。
④ 卡尔•埃米尔•黑尔比希(Carl Emil Helbig, 1777 - 1855),魏玛枢密顾问。
⑤ 由宫廷剧院演出的一部喜剧。

636．H. Chr. 厄斯泰兹致妻子

1822年12月16日　星期一

　　12月16日，我们（厄斯泰兹和宾得斯伯尔）与德贝赖纳一起前往魏玛。一到那里，德贝赖纳便带我们去见歌德。歌德极其地热情地欢迎我们，有关我发现电磁一事，他表达了很多看法。歌德拿来一封信，一位来自法兰克福的内夫博士在该信中为电磁实验提供了一个建议。我阐述了实验的困难之处并描述了实验的设置。歌德全然理解并决定要在圣诞节期间和德贝赖纳一起进行一次实验尝试。我非常开心能够作为自然研究者与一位崇拜已久的诗人有如此亲密的接触，当我告诉歌德这一感受时，他说："年老时，除了投入大自然的怀抱，我们能做些什么更好的事情呢。"

317

　　〈……〉

637. 歌德致 S. 博伊塞雷

1822 年 12 月 22 日　星期日

　　我最忠诚的朋友,很高兴收到您珍贵而美好的邮件,①犹如当年的手绘图一样,这些铜版画令我想起有保有最美好的童年回忆的地方;也让我内心充满快乐地想起我们一起轻松愉快地享受过的美好时光②。

　　再次对您和您对艺术与历史坚定不移的热爱③而表示由衷的钦佩,是的,如果有人进一步观察,他看到为了这项事业而勇于付出的金钱和财富、身体和生命时,会大吃一惊。然而,如果看到快乐的结果,看到崇高的东西以如此清晰的方式得以展示,他会感到非常高兴;当然,是崇高本身给理性和审判精神呈上了适用于一切相关领域的充足标准。

　　欣赏这些画作时,每个人都带着最浓厚的兴趣,怀着真切的敬畏之情;无论是侯爵与侯爵夫人,还是艺术家与外行人,大家都为能够展开这项事业而感到高兴;看着这些画作,大家都希望您能从这些巨大的牺牲和努力中收获丰硕的成果。

　　我不断地向大家展示这些画,这唤起了内心深处从很早之前就一次次触动自己的一切;它将逐渐变得清晰,当又一次接近主题时,我便阅读您的大作,④之后便可能形成一些合理的想法。

　　幸运的是此刻收到您的这些珍品,因为我正好可以从下一期艺

---

① 指几幅出自慕尼黑画家、铜版雕刻家、石版画家约翰·内波穆克·施特里克斯纳(Johann Nepomuk Strixner, 1782 - 1855)的石版画。歌德在 1826 年的《论艺术与古代》第 5 卷第 3 册中对这些作品进行了评论。同时寄来的还包括根据博伊塞雷有关科隆大教堂的著作而制就的第一批铜版画。
② 指 1814 至 1815 年间歌德和博伊塞雷一起回到故乡莱茵及美因河地区的时光。
③ 指博伊塞雷兄弟多年来孜孜不倦为德国古老的艺术瑰宝所做的努力。
④ 指歌德早在 1822 年 6 月收到的博伊塞雷的手稿《科隆大教堂的历史、描述及古代教堂建筑艺术研究》。

术与古代①的最后印张中撤下几张以前的手稿，换上一则简短却含有友好而赞许之意的广告，介绍您的作品。我或许可以在之后的一期中进行更为详尽的评述。②

　　这里我不想再就此话题赘述，以便能及时寄出当前的这封信，随信附上亨宁的讲座计划。请您通过这份计划重新关注我的努力。我所表达的内容并非凭空捏造，而是基于事实依据的；最近，一位令人尊敬的博学的先生③将我的方式方法称为具象思维，④即一种总是鉴于具体对象而形成并表现的思维方式。我喜欢对我梦想的这一解释。

　　最后附上硬币清单，总价值为 365 古尔登 53 克鲁泽，与我保留的副本记录一致。⑤ 因为有很多爱好者都想拥有其中的一部分，所以为避免任何麻烦，我会毫不犹豫地全部保留；但问题是清单上写着：金属价值，⑥这似乎表示卖方还会要求额外的款项，整件事便有所不同了。关于此，请您告知更详细的信息。如果卖方同意以上面

---

① 指《论艺术与古代》第 4 卷第 1 册，1823 年出版。

② 歌德后来并未写出此处提及的更详尽的评述，但在 1823 年出版的《论艺术与古代》第 4 卷第 2 册的《论德意志建筑艺术》一文中，歌德对博伊塞雷的作品极尽赞美之词。

③ 指约翰·克里斯蒂安·弗里德里希·奥古斯特·海因罗特（Johann Christian Friedrich August Heinroth，1773－1843），莱比锡精神病学教授。

④ 德文为 gegenständliches Denken。在海因罗特的简洁表达的激发下，歌德于 1823 年创作了《独特慧语的重要促进作用》（Bedeutende Fördernis durch ein einziges geistreiches Wort）一文。

⑤ 有关歌德订购硬币一事（参见第 607 篇）。歌德保留了清单的副本。缩写指古尔登，随意大利佛罗伦萨金币（Florenus）用"fl."表示。1 古尔登等于 60 克鲁泽（Kreuzer，缩写为 kr.），在帝国货币体系中等同于帝国莱茵金古尔登，亦即 2/3 帝国塔勒。

⑥ 指铸造硬币的材料价格，而非硬币面值。

所说的价钱出售硬币,那么就可以将硬币妥善打包后随邮车即刻寄给我,我会立即付款。

我会关心一下石版画册①的欠款,也会马上付清的。大公爵自己留下了采用中国纸张的那一版本,有关价格和支付方式请您详细告知。

这封信就此搁笔。您寄来的铜版画将用于论艺术与古代。②预祝您下一幅作品广受欢迎。

您最忠诚的

魏玛,1822 年 12 月 22 日　　　　　　　　　　　　G.

---

① 指卡尔·奥古斯特大公爵购买的博伊塞雷科隆大教堂著作。博伊塞雷于 1822 年 11 月 19 日将寄给歌德的两卷精装版,请歌德转交给大公爵。
② 1823 年出版的《论艺术与古代》第 4 卷第 1 册刊有格奥尔格·海因里希·内登的文章《惠灵顿之盾》,文章详细描述了惠灵顿公爵的盾牌并讲述了其历史,为此加入了一幅惠灵顿之盾铜版画作为插图。

638. F. 封·米勒总理, 日记

1822 年 12 月 25 日　　星期三

〈……〉歌德对他从前的好友拉瓦特尔①很冷漠，上一次在苏黎世他没有前去拜访，在路上看见迈着鹤步②的拉瓦特尔时，他甚至立即躲开。我对这种冷漠态度表示不解。

"因为"，歌德说："年轻时我们还相信有调解及合一的可能性；年纪渐长之后便认识到这是一个很大的错误，于是便与道不同、难以沟通之人保持距离。"

晚餐时③歌德兴致极高，言谈诙谐幽默。

---

① 约翰·卡斯帕·拉瓦特尔(Johann Caspar Lavater，1741－1801)瑞士人，牧师，作家。歌德自年少时便与拉瓦特尔成为好友。由于拉瓦特尔的宗教狂热，歌德与他渐行渐远，最终在 1782 年由于拉瓦特尔自视为先知的高傲和宗教上的不宽容态度而彻底决裂。
② 歌德在 1797 年 9 月 20 日的日记中记载了饭后散步途中与拉瓦特尔的偶遇，日记中用"鹤"来表示拉瓦特尔。
③ 据日记记载，共进晚餐的有总理封·米勒，歌德之子奥古斯特以及儿媳奥蒂莉。

639. ᶜ歌德致大公爵卡尔·奥古斯特(亲笔落款)

1822 年 12 月 26 日 星期四

殿下:

您寄来的这幅无比逼真的珍贵朋友①的肖像画令我十分开心,意外来迟的它到达的正是时候,因为我正打算回信感谢您转寄的朋友来信和邮包,②这样我可以更愉快地告诉他,他的画像令我充满活力。

如果诗集③的初衷能成功给殿下带来快乐,那么所有参与者都会打心底里感到开心。诗歌或许最能表达尊贵的心意及其结果;它能在当下展望未来,比理性更生动,激励已经开始的行动并预言其令人欣喜的成功;朋友们因美好的目标而更紧密地相聚在一起,有机会因尝试而看到一直默默存在的丰富的精神生活,这让他们感到非常开心。愿这样的小小举动能在某种程度上促进这伟大而值得称道的初衷。

诚挚问候
您最恭顺的
魏玛,1822 年 12 月 26 日　　　约翰·沃尔夫冈·封·歌德

---

① 指卡斯帕·封·施特恩贝格伯爵。1821 年夏天,大公爵卡尔·奥古斯特委托某位画家绘制了一幅施特恩贝格伯爵的肖像画,他本以为这幅肖像画早已在歌德手中,却偶然发现还在自己家中,于是在 1822 年 12 月 25 日寄给了歌德。

② 涉及施特恩贝格伯爵 1822 年 12 月 7 日的来信,歌德在 12 月 21 日收到此信,同时还有施特恩贝格伯爵 1806 年在雷根斯堡出版的著作《1804 年春穿越蒂罗尔前往意属奥地利行省之旅》(Reise durch Tyrol in die Oesterreichischen Provinzen Italiens im Frühjahr 1804)。

③ 1822 年 11 月 17 日的市民学校建设奠基庆典之后,歌德致信大公爵卡尔·奥古斯特,请求与几位诗人朋友,包括枢密顾问迈尔和里默尔教授,一起再举办一次庆祝活动。歌德在 11 月 13 日就曾提到过将诗集作为圣诞礼物送给大公爵的计划。经过 11 月 17 日、12 月 14 日、21 日及 23 日的几次相聚,最终在 12 月 24 日寄出了诗集《孩子们致父亲的圣诞礼物,1822》,傍晚时由四岁的卡尔·亚历山大送给了自己的祖父。大公爵在 12 月 25 日的书信中表达了收到礼物的欢喜之情。

译后记

　　2015 年 7 月，以陈琦、孙瑜、卞虹为主要成员的上海理工大学德语系译者组受到邀请，怀着无比荣幸而又忐忑的心情参与到国家社科基金重大项目"《歌德全集》翻译项目"中，承担了书信卷 36《在魏玛与耶拿之间（1819 - 1822）》的翻译工作。

　　欢欣与荣幸源自 2015 年 3 月的项目启动仪式，译者当时就被那激动人心的场面深深感动。上海外国语大学汇集了老中青数代翻译人才，组建了国内德语界有史以来最为庞大的翻译团队。然而，欢欣鼓舞之后，心中的忐忑与不安也油然而生，因为我们无不感到责任的重大和前途的艰辛。译者虽然在各自研究领域中对歌德与德国文学都有涉猎，但均不是真正从事歌德研究的专家。如何同其他翻译学者一道保证这一堪称译界史诗级工程的质量纯属我们发自科学良知的善意担忧。

　　歌德作为享誉世界的德国大文豪，一生的著述卷帙浩繁，作品内容题材丰富，文思哲理隽永深邃。他的书信与日记内容涉猎广泛，全方位构建了一个上知天文，下谙地理，人文哲理与自然科学兼通，植物和矿物学皆懂，博学多才，造诣颇深的歌德。对于皆是文科出身的译者组来说，其翻译本身就是一项包罗万象的学习研究工程。有时看似简单的一句话，需要查找和阅读大量文献，才能真正理解。遇到自然科学领域的一些术语和实验过程的描述，则需要在翻译过程中通过查找中、英、德等多门语言资料进行反复核实。

　　译者尽量保持原著的风格和体例，不做过多主观的内容添加，以求向读者展现原文的特色。部分地方，歌德本人亦有失误，译者根据原著的注释与修改在译文中均予以说明。值得指出的是，该书信集的注释非常有价值，详细解说了日记的前因后果和补充信息，译者也对原著中的注释进行了翻译，并添加了详实、可靠的查询内容。

　　翻译是一个痛并快乐着的学习过程。虽然常有如堕烟海，不知所云之感觉,但是通过阅读与翻译,我们了解了更多的关于古希腊罗马故事,看到了波希米亚地区的风土人情,更是对一个生动、立体的老年歌德形象有了全新认识——他既明智又偶尔被蒙了双眼,既威严又偶尔卑微,既伟大又经常囿于琐事,既宽容又难免小肚鸡肠。也许正是因为这多面的性格,歌德才能创造出既有艺术高度又能打动普通人心的诸多传世之作。

在翻译和学习过程中,我们得到了许多老师和朋友的帮助。感谢以卫茂平教授为首席专家的项目主要实施和管理人员。在项目实施阶段,通过组织如歌德书信翻译研讨会、《歌德全集》(德文版)发布会、《歌德全集》译者大会等学术活动,为译者提供相互学习、借鉴和交流的平台。感谢项目组的信任和宽容,这份信任和宽容为我们完成译稿提供了巨大动力;感谢黄艺等老师在人名、地名、术语统一方面所做的辛勤工作并提供了各类索引目录,使翻译的效率得以提高,译文的前后一致性也得以保证。

最后交代一下三位译者承担此卷书信翻译任务的具体分工情况:书信编号 321－512 由孙瑜译出初稿,编号 513－639 由卞虹译出初稿;另外,由陈琦负责 321－639 全部内容的二稿修改和整卷的统筹。译文中定有许多不妥乃至错误的地方,由译者组独自承担,恳请专家和读者赐教、指正。

陈琦,孙瑜,卞虹

2018 年 3 月

编后记

　　本卷主要收录歌德 1819 至 1822 年的信札及日记，也含少量他人与歌德有关的书信。歌德语汇浩瀚，思想深邃，其日记书信，简略之处比比皆是，决定了翻译歌德，实为至艰至苦之事。本卷的两名译者和一名校译者，均为承担繁重教学任务的年轻教师，在课徒之暇完成此卷，甚为不易。顺致敬意！

　　虽经外审及译者修改，仍有一些体例及内容上的遗留问题，最后均由主编改定。所以，对于译文中可能存在的错讹窒碍，主编同样负有责任。

卫茂平

2018 年 11 月 12 日